불유체 연애 소설

한여름밤의 꿈 2

아버지께서 나를 사랑하신 것같이 나도 너희를 사랑하였으니

나의 사랑 안에 거하라.

『요한복음 15장 9절, 예수님의 말씀.』

—이 소설은 1990년대 시대적 배경의 특성을 살리기 위해 현재 표준어인 '초등학교'를 '국민학교'라고 표기하였습니다.

51

"어머? 그래서 저렇게 맞고 온 거야?"

9월이 가까워 오던 8월 마지막 주의 어느 아침, 석원이의 집에 처음으로 가본 지 아마 1주일이 조금 지난 무렵이었을 것이다. 학교를 갔더니 반 안이 온통 뒤숭숭한 것이 평소와 무척 달랐다. 재경이라는 이름을 가진 키 작은 남자 아이가 하나 있었는데 그 애가 오늘 등교길에 같은 학교 학생으로 보이는 몇 명의 남학생들에게 폭행을 당하고 돈까지 빼앗긴 뒤 왔다는 것이다. 얼굴이 정말 심상치 않게 상해 있었다.

"네가 조용하니까 다른 애들이 설치는구나."

그런 일에는 관심없는 듯 무심히 이어폰이나 꽂고 앉아 있는 석원

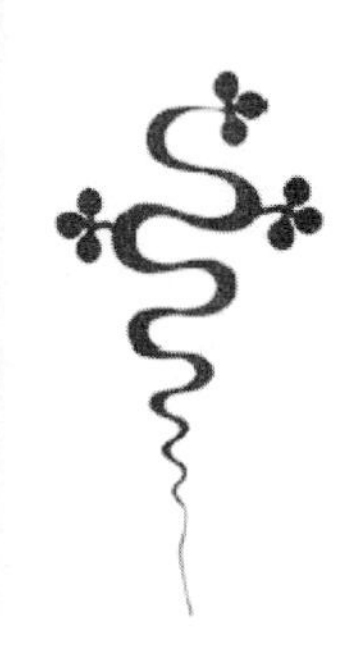

이에게 다가가 말하는 데 동태가 끼어들었다.

"무슨 말이야! 이래 봬도 애들 등쳐먹는 짓은 안 했다, 우리."

절대로 그런 일은 있을 수 없다는 듯 흥분하는 동태와 달리 석원이는 조용하다.

"도대체 또 무슨 일이래? 조용할 날이 없네."

수정이가 투덜거리는 소리를 듣고 있는데 그때까지도 창밖만 보고 있던 석원이가 이마를 찌푸렸다. 왜 그러나 싶어 창 너머로 고개를 내어보니 저쪽 강당을 향해 나 있는 계단 부근에서 남학생들 네 명이 걸어나오고 있는 것이 보인다. 너무 멀어 자세히 보이지는 않았지만 그중 한 명이 뒤에 처져서 절룩거리며 뒤따르고 그 앞에 희희낙락, 신이 난 세 명의 남자 아이들이 성큼성큼 학교 건물로 향하는 것이 아무래도 뒤에 있는 한 명이 나머지 세 명에게 맞기라도 한 것 같았다.

"설마 저 애들이 재경이 돈 빼앗아 갔다는 그 애들 아니겠지?"

혀를 차며 바라보다가 한마디 했는데 별말없이 그쪽만 바라보던 석원이가 책상에 엎드린다.

"야, 왜 그래? 설마 정의를 내세워 또 일 낼 건 아니지?"

엎드리다 말고 쳐다보는 얼굴이 상당히 귀찮다는 표정이다. 내가 뭐 하러 그러겠냐, 하는 표정. 하긴 네가 남 일에 간섭하는 애는 아니지. 나는 퉁퉁 부은 얼굴로 울상을 하고 있는 재경이 쪽을 보다가 곧 고개를 흔들었다.

"요즘 학교 주변에서 이상한 일들이 벌어지는 것 같으니까 조심들 하고 항상 같이 다녀라, 이상."

담임의 종례도 비슷한 이야기들이었다.

"재경이가 말했나?"

"아닐걸? 덜 떨어진 놈이 아니라면."

이번에도 동태가 가장 먼저 아는 척을 하며 대답했다.

"그게 왜 덜 떨어진 행동인데?"

"같은 학교 애들이었다며? 괜히 꼰질렀다가 무슨 일 당하려고."

"조폭이냐, 무슨 일씩이나 당하게?"

"어허, 세상 물정 모르는 소리 하고 있네. 얌마, 원래 학생들이 더 무서운 법이야. 뭐 걸릴 게 있겠냐? 처자식이 걸리길 해, 생사가 오락가락하기를 해."

그런 건가? 곰곰이 생각해 보고 있는데 석원이가 자리에서 벌떡 일어섰다. 얼굴 위로 귀찮음이 하나 가득이다. 이런 이야기들을 무척 싫어하는 모양인지 아까부터 무관심하더니 이제 말도 없이 가버리는 것이다. 그 바람에 동태도 슬쩍 집으로 간다고 일어섰고 나도 묵묵히 연습실로 가기 위해 석원이의 뒤를 따랐다.

"왜 네가 흥분해?"

그리고 이번엔 빈이가 귀찮아하고 있었다. 도착하자마자 마주친 빈이에게 아침에 있었던 일들을 말해 줬는데 흥분한 것으로 보인 모양이다.

"그런 일이 한두 번 있는 일이냐? 새삼스럽게."

태연한 표정으로 누구나 다 경험하며 자라는 일이라는 듯 가볍게 넘겨 버린다. 맞으면서 크는 거야라고 말하며 일어난 덕만 오빠가 연습하자, 라고 크게 소리쳐서 결국 그 화제는 일단락되긴 했지만 내가 하려던 말은 결코 맞으면서 크는 일에 관한 것이 아니었다. 그저 동급생에게 폭행을 당하는 억울함에 대해 주장하고 싶었던 건데 다들 뺏겨보거나 혹은 빼앗아봤는지 별일 아니네 하는 표정으로 신나게 연습에만 열중하고 있었다.

"또 그 소리야?"

그리고는 마침내 집에 돌아오는 길에 석원이가 짜증을 내고 말았다. 내가 한 가지 일에만 너무 매달리자 지치는 모양이었다.

"너무하잖아. 얼마나 비참하겠냐? 같은 학생들 사이에서 맞는 것도 그럴 텐데 돈까지 뺏기고. 차라리 강도에게 당하는 게 낫지, 더 억울하고 속상하지 않겠어?"

그만 해, 하면서 팔을 잡아끌어 전철에 태우는 석원이. 아직 머리 속은 많이 흥분해 있었지만 이제 정말 지겹다는 표정을 짓고 있었기 때문에 여기서 그만두어야 할 것으로 보였다. 하긴 나 또한 조금의 시간이 지나면 언제 그런 일이 있었냐는 듯 까맣게 잊고 말 테니 별 도움 없이 떠들기만 하는 것도 좋은 모습은 아닐 것이다.

그러나 그 일은 다물어 버린 내 입이 아니라 다른 곳에서 다른 모습으로 석원이를 자극하고 말았다. 며칠 뒤 학교에서 점심을 먹고 좀 앉아 있으려는데 동태가 석원이의 팔을 잡아끌었다. 뭘 하러 가는지 알고는 있었지만 요즘 부쩍 금연이란 것을 석원이의 머리에 주입시

켜 볼까 궁리 중이었기 때문에 두말 않고 뒤따라 나갔는데,

"넌 왜 오는데? 이제 이것도 배웠냐? 하나 줄까?"

따라가는 나에게 농을 걸다가 급기야 석원이에게 뒤통수를 맞았다. 입이 방정이라고, 저렇게 나대니 엄하게 맞기나 하지. 혀를 차며 그들을 따라 강당으로 향하는데 미처 뒤쪽으로 들어가기도 전에 이상한 소리가 들려왔다. 많이 들어본 소리이긴 한데 딱히 뭐라고 꼬집을 수 없는 뭉그러진 소리.

"야, 야! 너희들, 뭐야?"

그게 무슨 소리인지 감이 오기도 전에 동태가 먼저 뛰어들었다. 그리고는 곧 흥분한 목소리로 떠들기 시작했다.

"얼레? 이 자식들 봐? 너희들 여기서 뭐 하고 있었어? 야! 빨리 와 봐."

천천히 석원이와 강당 뒤로 돌아가 보니 한 명이 바닥에 넘어져 있고 또 다른 두 명이 그 앞에 서서 동태를 잡아먹을 듯이 노려보고 있었다. 우리가 들어가자 조금 성가시다는 표정이다가 석원이를 보더니 서로 얼굴을 마주 보며 입술을 비죽거린다. 우선 그 아이들보다도 뒤에 쓰러져 있는 아이에게 눈을 돌렸다. 많이 맞았는가 싶어 걱정스럽게 쳐다보니 이런, 눈앞에 누워 있는 그 아이는 바로 얼마 전 돈을 뺏기고 왔던 재경이었다. 그 얼굴을 확인하자마자 어느새 석원이가 말릴 새도 없이 두 명의 남자 아이들 쪽으로 걸어가 버렸다.

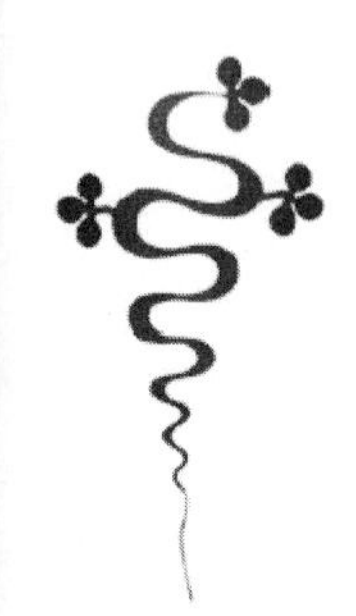

52

동태가 넘어져 있던 재경이를 일으켜 세우고, 또한 나도 천천히 뒤따라가며 아무 짓도 하지 말아달라고 중얼거리고 있는 사이 석원이는 그 애들 앞에 서서 죽 훑어보기 시작했다.

"줘봐."

그렇게 살피기만 하던 석원이가 입을 연 것은 어느 정도 시간이 지나서였다. 무엇을 달라고 하는 건가 싶어 보니 둘 중, 한 아이의 손에 무언가가 쥐어져 있는 게 보였다.

"넌 뭔데? 왜 남의 일에 끼어드냐?"

별말없는 석원이의 행동에 오히려 주눅이 들었던 모양이다. 머뭇거리며 쳐다보더니 그래도 그런 티는 내고 싶지 않다는 듯 빽 소리를 지른다. 머리 속으로 선생님을 불러야 하나, 궁리를 하는데 갑자기 석원이의 손이 위로 올라가는 게 보였다. 그리고는 주먹도 아닌 손바닥으로 조금 전 소리 지른 아이의 머리를 내려쳤다. 여전히 왼손은 주머니에 넣은 채 오른손으로만 때렸는데도 맞은 아이는 바로 넘어져 버리고 만다. 맞은 아이보다 아마 내가 더 놀라지 않았을까 싶다. 가서 말려야겠다 생각하고 있는데 다시 석원이가 말했다.

"…줘."

"왜, 왜 그러는 거야? 저 자식이 돈을 안 갚아서 그러……."

친구가 맞는 것을 보며 이미 겁에 질린 듯 말까지 더듬는 또 다른 아이. 그러나 그 아이의 대답이 원하던 바가 아니었는지 이번에도 여지없이 석원이의 손에 얻어맞고 만다. 쓰러지진 않았지만 충격은 매우 컸던 듯 한 손을 들어 올려 머리를 감싼 채 연신 눈을 깜박이는 게 보였다. 그러는 동안 석원이의 시선이 동태 옆에 서서 불안한 표정을 짓고 있는 재경이에게 향했다.

"네가 말해."

"……."

재경이의 모습도 나머지 두 명과 크게 다를 것은 없었다. 눈을 동그랗게 뜬 채 그 아이들의 눈치를 보고 있는 것으로 미루어 아마도 지금까지 꽤 많은 괴롭힘을 당한 것 같다는 생각이 들었다.

"말해!"

"그, 그냥 저 애들이 돈 내놓으라고……."

말이 끝나기가 무섭게 이쪽에 기가 죽어 서 있던 두 명의 아이들 중 한 명의 손이 힘없이 벌어졌다. 풀썩, 떨어지는 만 원짜리 지폐들.

"병신 같은 놈들."

석원이는 한심하다는 듯 그 돈과 앞에 서 있는 세 명의 남자 아이들을 번갈아 보더니 천천히 뒤돌아섰다. 그 말이 뺏으려 했던 아이들을 향한 것인지 혹은 뺏기기만 했던 아이를 가리킴인지 확실치는 않았지만 내가 보기에 석원이는 그 모두를 한심하게 생각한 게 아닐까 싶다. 찡그린 얼굴로 나를 한번 쳐다보고는 담배 피우러 온 것도 잊은 채 성큼성큼 교실 쪽으로 가기 시작했다.

"일루 와, 일루 와. 어딜 갈라고? 응? 요 자식들아, 요, 요, 요, 요 자식들아."

요, 요, 할 때마다 머리통을 한 대씩 쥐어박으며 마무리를 참 지저분하게 하고 있는 동태를 놔두고 나도 석원이를 따라갔다. 석원인 벌써 좀 전에 일을 잊었는지 무표정하게 걸어가고 있었다.

"왜 그랬어? 말로 하지."

잠시 그런 얼굴을 살피다가 물어봤지만 대답이 없다. 그냥 교실로 들어가더니 또 창밖만 내다보면서 눈썹을 찌푸릴 뿐이다. 그 모습을 보며 나도 골똘히 생각에 잠겨야 했다. 본래 석원이는 굉장히 무심한 성격이라고 알고 있었는데 그게 아니었었나. 본인이 원하는 일이 아니면 그다지 남의 일에 관심을 주거나 참견하는 모습을 본 적이 없었기 때문에 오늘 일은 나에게도 의외라고 할 수 있었다. 물론 어려운 친구를 돕는 것이야 권장할 만한 일이었지만 이번 일은 칭찬을 해줘야 하는 건지, 앞으로는 말로만 하라고 주의를 줘야 하는 건지 판단이 서지 않는다.

잠시 후 돌아온 동태의 활약으로 이번 일이 삽시간에 퍼지겠구나 싶어 그것도 걱정이 되었지만 말릴 수 있는 재주가 없는 터라 그냥 두고 보기로 했다.

처음엔 그런 소문들에 크게 신경 쓰지 않았었다. 남자 아이들 사이에서 간혹 말도 안 되는 패싸움, 혹은 자기들만의 지역(?) 싸움이 종종 일어난다는 것은 익히 들어 알고 있었지만 대부분의 소문들은 뜬

소문으로 끝나거나 매우 축소된 사건 하나만 남겨놓는 게 고작이었기 때문에 그런 건 흥밋거리도 되지 않았다. 그러나 우리 반 남자애들이 물어들이는 소문들은 시간이 갈수록 내 귀를 사로잡았고 급기야 이제 석원이가 벌인 일로도 모자라 그 일로 인해 반대로 석원이를 벼르고 있는 어떤 아이에 대해서도 듣게 되었다.

"최정욱?"

"그래. 걔가 석원일 벼르고 있다는 거야. 강당 뒤에서 맞은 애들이 그 애 반이라지, 아마?"

"그런데 자기가 왜 나서? 돈 뺏는 장면 보고 이르지 않은 것만도 어딘데."

"모르지. 남자애들은 그런 게 의리라고 생각하잖아. 그리고 잘잘못을 떠나서 반 아이들끼리, 혹은 학교 애들끼리 괜히 감싸주는 척, 뭐 그런 거 잘하잖아. 학교 사이에서 패싸움도 그래서 나는 거 아니야?"

글쎄, 하고 나는 머리를 가로저었다. 물론 이곳저곳의 타 학교들하고 싸웠다는 소문이 들려올 때도 있긴 했다. 그러나 그걸 직접 확인한 사람들은 없었고 또 싸웠다 해도 선생님들이 알게 해서는 안 된다는 자기들만의 철칙 때문인지 그다지 자세하게 뒷이야기가 돌지는 않았었다. 대신 기껏 소문나 봐야 어디서 베낀 듯한 영웅담 한 토막씩 나돌았을 뿐이었기에 우리 여자애들은 남자애들이 패싸움을 한다 그러면 굉장히 재미없어했었다.

사실, 같은 반 남자애들이나 혹은 주위에서 쉽게 접하는 남학생들

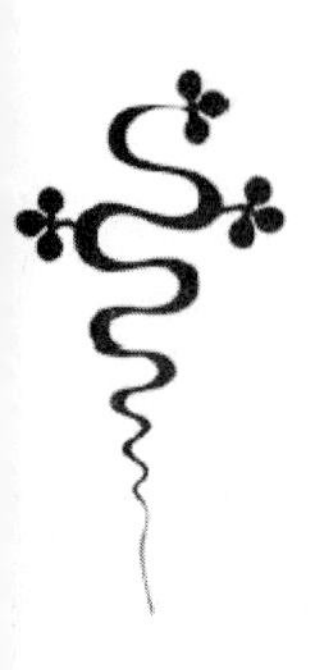

은 문제의 패싸움이 있던 다음날에도 멀쩡하게 출석들을 했으니 그들이 대단한 고수이지 않는 한 그 패싸움이라는 것이 원래는 네댓 명 참가하고 마는 매우 같잖은 수준의 것이 아니겠냐는 의견이 지배적이었던 것이다.

이번에도 분명 그런 애 중에 하나일 거라고 생각하고 쉽게 넘어가려 하는데 문제는 동태의 반응이었다. 마지막 교시를 준비하고 있는데 눈을 동그랗게 뜨고 달려오더니 석원이의 책상에 찰싹 달라붙어 무언가를 한참 설명하기 시작했다. 동태가 가지고 들어온 소문이 뭔지는 모르겠지만 들리는 소문을 생각했을 때 그냥 넘길 수는 없다는 판단 하에 딴청을 부리며 청소함 쪽으로 몰래 다가가서 슬쩍 귀를 기울여 봤다.

"그래서… 정욱이 그 자식이 노발대발… 멸치 새끼하고 그 두더지하고 흥분해서 복도를… 너하고 이번에는 꼭 판가름을 낸다고……."

솔직히 무슨 말을 하고 있는 것인지 제대로 들리지는 않았다. 그러나 대충 알아듣기로는 아까도 들었던 그 최정욱이라는 애가 잔뜩 화가 나서 석원이하고 무언가 담판을 지을 생각을 품고 있는 모양이라는 것만은 어느 정도 확인을 할 수 있었다. 사실 그런 말을 전해주고 있는 동태의 이마를 밀치며 시끄럽다고 짜증을 부리던 석원이의 모습으로 미루어보아 별로 대단찮은 일이구나 하는 생각이 더 강했지만 그래도 어쩐지 동태의 모습이 평소보다 조금은 진지해 보이는 점으로 인해 잠시 고민해 보다가 확인은 해보기로 했다.

53

"그런 표정 짓지 말고 빨리 말해 보라니까? 빵 사다줬잖아."

종례를 위해 담임이 오셔야 하는 바로 전 시간, 나는 빵을 씹는 동태 앞에 앉아 눈을 빛내고 있었다. 정욱이란 애가 궁금해진 나에게 동태는 빵 하나를 원했었고 그래서 열심히 매점까지 다녀왔는데도 불구하고 아직까지 그 빵에 매달려 나에게 설명할 생각을 안 하고 있는 것이다. 보다 못해 등을 두어 대 두드려 줬더니 기침을 한번 하는 것으로 말문을 열기 시작했다.

"별거 아니야. 최정욱, 그 자식이 원래 예전부터 석원이를 눈엣가시로 보고 있었거든."

"왜? 둘이 무슨 일 있었어?"

"없었지. 석원이가 받아주질 않는데."

잠시 그 말이 무슨 뜻인지 생각해 봐야 했다. 받아주질 않는다는 게 뭘 가리키는 말일까.

"정욱이 자식이 1학년 때부터 학년 캡짱이었잖냐?"

캡짱? 들어본 단어이긴 한데 사실 구체적으로 무엇을 하는 직책인지는 정확히 알지 못한다. 주로 만화책 보면 많이 나오는 단어였다는 생각에 다시 동태를 쳐다보니 얼굴에 한심한 기운을 가득 띠며 날 쳐다보기 시작했다. 기분이 나빠지려 한다.

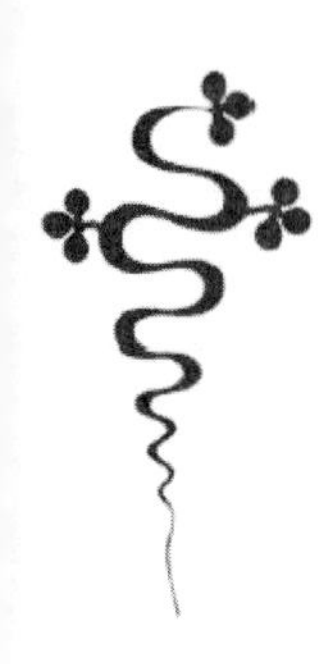

"답답하긴, 왜 학교에 보면 대장입네 하고 힘 빡 주고 다니는 놈들 있잖아. 일진이 어쩌네 하면서."

대장. 나는 동태의 말을 들으며 웃음이 조금씩 기어올라 오는 걸 느껴야 했다. 대장이라니. 정말로 그러고 다니는 애들이 있었단 말인가.

"석원이가 이 학교에 처음 왔을 때부터 경계를 했었거든. 워낙 화려하잖냐, 경력이."

화려하긴 하다. 폭력으로 퇴학당한 뒤 이 학교에 재입학한 것으로도 모자라 노상 같은 이유로 징계를 받고 있으니.

"작년에 1학년 캡 자리 놓고 해보자는 걸 석원이가 관심없다고 거절했었어. 그 후로 선배들하고는 문제가 있었지만 같은 학년이나 후배들은 안 건드리니까 정욱이 놈도 가만있었던 것 같은데 먼저 강당 뒤에서 석원이한테 맞았던 그 자식들이 정욱이 패거리들이었나 봐. 그러니까 이번엔 가만 안 둔다고 뭐… 그러고 다니는 거지."

"뭐가 그래? 학교 대장이라는 놈이 왜 애들 돈이나 뺏고 난리야?"

"설마, 직접 시키진 않았겠지, 체면이 있는데. 그래도 애들이 당했다니까 자존심이 걸린 문제라 흥분하는 걸 테지만."

체면? 자존심? 가만히 동태의 이야기만 듣고 있어도 비웃음이 저절로 입속에서 흘러나온다. 그러나 조금이라도 웃는 기미를 보이면 분명 남자들만의 세계에 대해 가르치려고 혈안을 할 동태임이 뻔했기 때문에 얼른 침을 삼키며 참았다.

"그런데 석원이 말이야, 조용하려면 그냥 계속 조용히 하지 왜 3학년 선배들하고는 문제가 있었던 건데?”

“지금은 졸업했지만 작년 3학년들이 석원이를 무척 건방지게 봤거든. 뭐, 자기들 패거리에 끌어들이려는데 말을 안 들으니까 힘으로 해보려고 했던 거겠지.”

동태의 길고 긴 이야기를 듣고 나니 납득이 되기는커녕 오히려 더 우스워졌다. 도대체 선배들이 무슨 이유로 어떤 일에 끌어들이려고 했다는 것인지는 모르겠지만 뭐 들어보나마나 뻔하다 싶어 그렇구나, 하는 시시한 마음에 몸을 일으키려는데 조용히 히죽거리던 동태의 중얼거림이 들려왔다.

“석원이가 학교 젖먹이들이 눈에 차기나 하겠어? 노는 레벨이 다른걸? 웃기는 자식들.”

순간, 이 말이야말로 무언가 뒤에 깔린 게 있다는 걸 직감적으로 알아챌 수 있었다. 지금까지 들은 아이들 장난 같은 말과는 전혀 다른 말이라는 확신이 든 것이다.

“빨리 그것도 털어놔. 무슨 레벨?”

“어? 아니… 무슨 레벨은. 석원이는… 드럼! 그래~ 드럼을 친다 이거지.”

잡는다고 잡아봤는데도 이럴 때만 날렵한 동태는 혀를 비죽 내밀며 내 손 밖으로 냉큼 달아났다. 아무래도 뒷말을 들었어야 하는 거였는데, 그걸 못 들었으니. 나는 애꿎은 빵 값만 날렸다는 생각에 이맛살을 찌푸리며 자리로 돌아와 앉았다. 그리고 음악에 열중하고 있는 석원이의 귀에서 이어폰을 확 잡아뺐다.

"너 전에 강당 뒤에서의 일은 반 친구 때문에 그런 거라고 해도 때린 건 잘못이었어."

시큰둥하게 바라보는 석원이의 눈에는 참회의 기색이라곤 개미 눈곱만큼도 보이질 않았다. 하지만 원래 그런 성격이니 별로 신경 쓰이지는 않는다.

"그리고 앞으로 그런 캡, 뭐라는 애들 신경 쓰지 마. 신경 쓰이게도 하지 말고. 넌 대학을 가야 하는 몸이야."

여전한 무관심.

"듣고 있는 거야?"

"네가 학주냐?"

"걱정되니까 그러지."

정색을 하면서 말하는 날 잠시 보더니 곧 가볍게 웃으며 걱정 마, 한다. 그리고는 자리에서 일어나 먼저 밖을 향해 성큼성큼 가버렸다. 뒷모습을 보며 한숨을 쉬고는 나도 따라 일어섰다. 하지만 조금 전에 들었던 레벨이라는 단어가 계속 거슬렸다.

이날은 석원이가 연습실로 갈 마음이 없다고 해서 집 앞에서 바로 헤어졌다. 집까지 오는 내내 정욱이라는 아이에 대해 생각해 보다가 결국 석원이가 알아서 잘할 거라고 믿고 신경을 접기로 했다. 우선은 본인이 별 생각 없는 듯한데 거기에 대고 자꾸 물어보고 간섭하는 것도 안 좋을 듯해서였다.

대문까지 바래다주고 돌아서는 석원이를 보고 있자니 늘 같이 있다시피 하던 일이 버릇이 되어 괜히 아쉬워졌다. 그러나 나 또한 집에서 일찍 좀 다니라는 소리를 여러 차례 들었던 터라 오늘만큼은 제때 들어가 보자 싶어 그렇게 헤어지고 말았는데…

—오세령.

집에 돌아와 숙제를 하고 있다가 저녁 7시 30분쯤에 걸려온 전화를 받아보니 뜻밖에도 석원이의 목소리가 흘러나왔다.

"웬일이야?"

—일 없으면 전화하지 말라는 소리로 들린다.

딱 한 번, 한밤중에 전화했던 것 말고는 저녁에 전화를 받아본 기억이 없었다. 말은 가볍게 해도 무언가 일이 있는가 보다 싶어 조금 걱정이 되었다.

—아프다.

그리고 낮게 들려오는 목소리. 조금 전보다 힘이 빠진 느낌이다.

"어디가?"

—몰라.

"그런데 나한테 전화하면 어떻게 해?"

—…그럼 누구한테 해?

내가 갑자기 뭘 어떻게 해줄 수 있겠냐는 뜻이었는데 석원이의 말을 듣고 보니 그것도 그렇다. 혼자 살고 있는 이 아이가 연락해 볼 만한 가까운 거리에 있는 사람은 나, 혹은 동태나 빈이 정도가 아닐까.

—좀 와라.

"알았어. 기다려."

웬만해선 아프다고 할 성격이 아님을 알기 때문에 전화를 끊자마자 뒷일 생각 안 하고 집을 나섰다. 급한 마음에 택시를 탔는데 한 정거장 뒤에 내린다고 하니까 어지간히 짜증이 나시는 모양이다. 말없이 기본 요금을 내주고 서둘러 석원이의 아파트로 달렸다.

"나야."

벨을 눌렀는데 한참 동안 대답이 없다. 그래서 문을 조금 두드리며 말했더니 그제야 안에서 누구냐고 묻는 소리가 들렸다.

"나라니까."

"진짜 온 거냐?"

"도로 갈까?"

훗, 하는 웃음소리가 들리더니 문이 열렸다. 맨발에 조금 낡아 보이는 물 빠진 청바지와 푸른 셔츠를 입은 부스스한 모습의 석원이는 그다지 아파 보이는 모습을 하고 있지 않았다. 문을 열어준 뒤 안으로 들어가는 그 애의 등을 바라보다가 신을 벗으며 문을 닫아 걸었다.

"아프긴 한 거야?"

거실로 들어가 잠시 살피다가 물어봤는데 대답이 없다.

"어디가 아픈 건데?"

"…체했어."

그러고 보니 얼굴이 창백한 것도 같아서 옆으로 다가가 앉았다.

"바늘 줘봐."

"안 가지고 왔어?"

"이 밤에 바늘 들고 돌아다니는 사람이 몇이나 되겠냐?"

"…가지고 다니랬잖아."

문득 홍대를 다녀왔던 날 전화해서 뜬금없이 바늘 잘 가지고 다니라고 하던 석원이의 목소리가 생각났다. 설마 내가 그 한마디에 바늘을 늘 가지고 다닐 거라 믿었던 건 아니겠지? 집 안을 구석구석 뒤져 핀통을 찾아냈다. 어깨부터 살살 문질러서 엄지손가락을 실로 촘촘히 동여맨 뒤 핀으로 톡 찔렀다.

"너, 체한 거 아니지?"

역시 대답이 없었다. 하지만 피가 나오는 모양이나 색으로 보아서는 체했다는 생각이 들지 않았다. 석원이를 살짝 째려봤더니 방 안으로 들어가 침대 위에 걸터앉는다. 그리고는 체한 거 맞아, 라고 작게 중얼거린다.

"뭐 먹고 체한 거야?"

"…물."

"아닐걸? 너 아픈 거 아닌데?"

나도 뒤따라 들어가 옆에 앉았다.

"오세령."

"왜?"

"아프다니까."

자꾸 아닌 것 같다고 하니까 뒤로 누워버리는 석원이. 눈을 감은 채 가만히 있는 것을 보니 정말 아픈가, 싶기도 하다. 잠시 옆에 앉아 다른 생각을 하고 있는데 누워 있는 석원이는 30분이 지나도 일어날

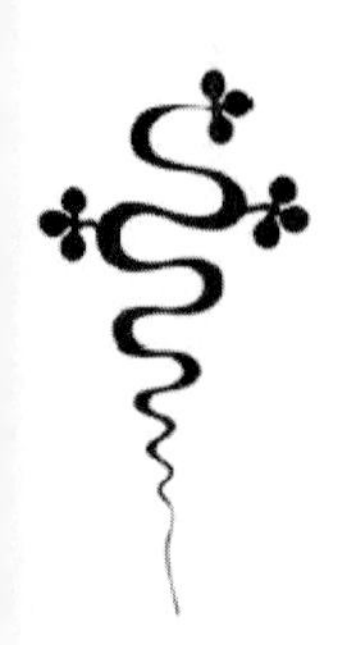

생각을 하지 않았다. 그제야 조금 이상하다는 생각이 들어 이마를 짚어보았다. 아까는 미처 알아차리지 못했는데 이마 위로 느껴지는 열이 상당하다.

이런!

54

"바보 아니야? 열나는 걸 말해 줬어야지, 그런 표정으로 손만 딴다고 되는 줄 알았나."

얼른 부엌을 뒤져 제일 큰그릇을 찾아낸 뒤 찬물을 가득 받아왔다. 수건을 적셔서 꾹 짠 후에 이마에 올려놓았는데 눈썹만 움찔할 뿐 눈을 뜨지는 않는다. 시계를 보니 아직 9시가 안 된 것이 보여 열쇠를 찾아 들고 밖으로 나갔다. 석원이의 아파트 바로 앞으로 쇼핑몰이 있었는데 다행히 저 끝으로 약국이 보였다.

어디가 아픈 것인지 물어보지 않은 상태에서 나왔다는 것을 깨닫고는 잠시 망설여야 했다. 그저 열이 난다는 것밖에 알지를 못해서 일단 몸살 증세에 먹는 약을 산 뒤 집에 돌아와 부엌을 뒤져 죽을 끓였다. 그리고 다시 방 안으로 들어와 봤더니 석원이는 여전히 자고 있다. 아픈 모습을 보고 있으니 괜히 속상해서 그렇게 한참을 보고 있었는데 얼마나 지났을까, 정신을 차려 시계를 보았을 때는 이미 10시가 다 되어간다는 것을 알 수 있었다. 말도 안 하고 나왔으니 방에 없는 거 걸렸으면 지금쯤 난리났을 텐데 어쩌지 싶다. 마음으로는 계속 옆에서 지켜보고 싶었지만 그럴 수 있는 상황은 아닐 듯해서 결국 내일 아침 일찍 다시 오기로 결정을 하고 조용히 몸을 일으켰다. 이마 한번 짚어보니 열이 조금 내린 것 같아 몸을 돌려 나오는데 느닷없이 석원이가 내 손을 잡는다.

"너 안 잔 거야… 어라?"

갑자기 끌어당기는 바람에 누워 있는 석원이 위로 쓰러지고 말았다. 전혀 힘을 주지 못하고 있었기 때문에 충격이 심했을 텐데도 여전히 눈을 감은 채 말이 없었다. 다만 오른쪽 팔을 움직여 내 어깨를 안았을 뿐이다. 열에 들떠 한 행동이겠지만 상당히 거북한 자세가 되고 말았다. 소란스럽게 뿌리치고 일어나자니 무안해할 것 같고, 그렇다고 가만히 있자니 영 불편하다.

"뭐 하는 거야? 안 무거워?"

할 수 없이 아무렇지도 않은 척 딴청을 부리며 그만 일어나려 하는데 그제야 석원이가 말했다.

"…이불보다는 무거워."

이런 말을 하는 걸 보니 정신은 있는 모양이다. 그러나 기운은 없는지 목소리에 힘이 없었다.

"무거운데 왜 이러고 있어? 아프다면서. 나 갈게. 갔다가 내일 아침에 다시 올게."

"나중에 데려다 줄게."

"……."

"…조금만 자고."

점점 더 잦아들어 가는 석원이의 목소리. 하지만 이러고 잔다는 말에 어이가 없어 얼굴을 빤히 쳐다봤더니 그게 느껴졌는지 다른 한 손을 뻗어 내 머리에 얹는다. 그리고는 너도 자, 라고 말하면서 내 머리를 자신의 가슴 위에 기대어놓았다. 이러고 잠이 오겠냐? 움직거려 보았지만 머리 위에서 느껴지는 석원이의 아픈 숨결 때문에 잠시 가만히 있어보기로 했다. 잠이 들면 조심스럽게 일어나 집으로 가야겠다 생각하며 누워 있는데 그렇게 10초쯤 있다 보니 이번에는 석원이의 심장 뛰는 소리가 점점 선명해 지기 시작했다. 수학여행을 마치고 돌아오던 차 안에서 들었던 심장 소리. 그 편안한 느낌이 온몸으로 퍼지는 것 같아 결국 나는 속으로만 일어나야지, 일어나야지, 하고 되뇌이다가 까무룩 잠이 들고 말았다.

[너 진짜 시집 안 갈 생각이야?]

해를 거듭할수록 심해지는 엄마의 잔소리.

[누가 안 간대? 선을 안 본다는 거지.]

[그럼 어떻게 가려고? 가만히 있으면 누가 와서 데려가니?]

[그럼, 석원이가 있는데.]

[석원이? 석원이가 누구야?]

[누구긴? 여기 옆에… 어? 석원이 어디 갔지?]

옆에 있을 거라고 여겼던 석원이가 이제 보니 안 보인다. 그와 동시에 엄마의 잔소리도 끝나긴 했지만 마음만은 다급해졌다. 석원아, 석원아, 하고 소리를 치는데 누가 내 입을 틀어막았다.

"우우아?"

누구냐고 강경하게 소리쳤는데도 입이 막혀 있는 바람에 반벙어리 같은 소리만 흘러나왔다. 몸을 벌떡 일으키며 사방을 둘러보았는데 조금 전까지 보이던 엄마도 안 보이고 방도 내 방이 아니다.

"왜 그래?"

"어? 여기 어디……."

왜 그러냐고 묻는 석원이에게 여기가 어디냐고 물어보려 하다가 그제야 이 상황을 깨달을 수 있었다. 어서 일어나서 가야지, 했던 것이 결국 나마저도 잠이 들었던 모양이다.

"꿈꿨냐?"

"어, 그러네. 꿈인가 보네."

이렇게 중얼거리면서 나도 모르게 한숨이 나왔다. 꿈에서 석원이가 없어진 것을 알고 얼마나 놀랐었는지, 아직도 심장이 파르르 떠는 느낌이다.

"그러고도 잠이 오냐?"

"넌 안 잤어?"

"…온몸에 쥐나서 못 자겠더라."

온몸에 쥐? 나는 잠시 석원이의 얼굴을 살펴보았다. 분명 자신이 나를 끌어당겨 놓고서는 마치 내가 무지막지하게 짓눌렀다는 표정으로 쳐다보고 있었다.

"우리, 상황 판단은 제대로 하자. 네가 날 당긴 거지 내가 먼저 덮친 거 아니다."

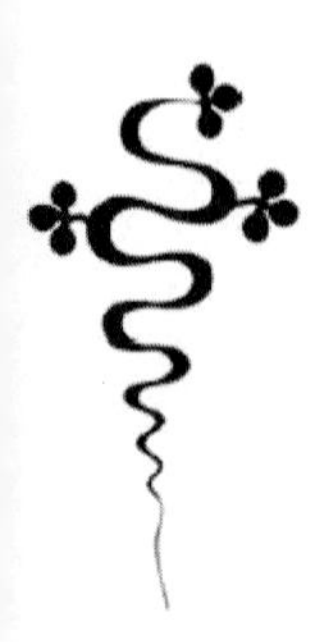

설마라고 말하는 듯한 표정으로 나를 보더니 옆에 있는 담배를 꺼내어 입에 문다. 아프다던 녀석이 담배를 피우나 싶었지만 그러고 잠이 들었었다는 게 다시금 무안해져서 결국 아무 말도 못하고 딴짓에 정신 팔린 척을 해야 했다. 잠시 후에 자리에서 일어서던 석원이가 담배를 비벼 끄며 한 시다, 라고 말했다.

"벌써 한 시야?"

"가자."

정말 데려다 줄 생각인지 먼저 현관쪽으로 향한다. 급한 마음에 따라 나오긴 했는데 걱정이 되었다.

"안 아파?"

"괜찮아."

결국 늦었다는 생각에 죽을 먹여야 한다는 것도 잊어버렸다. 걷는 길에 잠시 이마를 짚어보았더니 열은 많이 내린 뒤였다. 그래도 약을 못 먹인 게 마음에 걸려 집 앞에 도착한 뒤에 돌아가려는 석원이를 붙들고 꼭 약 먹고 자라고 몇 번씩 강조하였다.

"그런데, 너 보니까 체한 건 아니던데 왜 체했다고 생각한 거야?"

돌아서 가려는 석원이를 보고 있다가 문득 생각나 물어보았었는데 별말이 없었다. 그냥 엄지손가락을 슬쩍 보더니 피식 웃으며 몸을 돌려 가버린다. 나는 그런 석원이의 뒷모습을 보며 어쩐지 일부러 그런 것 같은 느낌을 지우지 못해 이마를 찡그려야 했다. 일부러 다른 곳이 아픈 척해서 얻어지는 게 뭐가 있지? 결국 손가락 하나만 애매하게 찔린 것뿐인데.

55

얼마 뒤, 2학기 소풍 때가 다가왔다. 최정욱이라는 아이는 그렇게 무수한 소문만 내어놓고서 아직 별말이 없었다. 동태의 말로는 지가 그럼 그렇지, 어딜 석원이한테 덤벼. 그렇게 깡이 세? 라며 시시덕거렸지만 내 보기엔 그 아이와는 무관하게 소문만 무성했던 것이 아닐까 하는 생각도 들었다. 한 번은 동태가 저게 최정욱이야, 라고 알려줘서 얼굴을 본 적도 있었다. 마침 곁에 있던 석원이를 조금 안 좋은 얼굴로 쳐다보기는 했지만 별다른 일은 일어나지 않아서 정말로 걱정할 일이 아니로구나, 싶어 긴장을 늦추고 있었는데 즐거웠던 소풍 시간도 끝나고 이제 슬슬 해산할 때가 되어가는 마당에 그만 문제가 또 발생하고 말았다.

우리와 함께 있던 동태가 느지막이 자신의 예전 반에 놀러갔다 온다며 잠깐 없어졌던 일이 이 일의 시작이었다. 꽤 오랫동안 안 오길래 잘 놀고 있는 모양이라고만 생각했었는데 나중에 반 아이에게서 들어보니 그게 아니라 한적한 곳에서 싸움을 하고 있다는 것이다. 우리 반으로 돌아오던 길에 최정욱하고 함께 다니던 몇 명의 아이들과 마주쳤는데 그냥 지나쳐 왔으면 되었을 것을 자꾸 눈빛이 마주치다 보니 저쪽에서 먼저 동태를 향해 이죽거리기 시작했고 그렇게 두 편의 싸움은 시작되었다는 게 나중에 듣게 된 동태의 설명이었다. 하지

만 동태는 혼자였고 저쪽은 여럿이었으니 대등한 싸움이 되었을 리 없다. 마침 지나가던 반 아이가 보게 되어 석원이가 그곳으로 달려가는 것을 끝으로 일단락되긴 했지만 문제는 그 후에 있었다. 조금의 시간이 지나자 이번에는 최정욱이 직접 찾아온 것이다.

지금 석원이와 정욱이는 저만치 반과 조금 떨어진 곳에 마주 보고 서 있다. 무언가 말을 하는 것 같긴 한데 너무 멀어서 들리지는 않았다. 혹시 저러고 있다가 또 싸우기 위해 갑자기 가버리기라도 하는 건 아닐까 싶어 계속 바라보고 있는데 한참 그렇게 서 있던 석원이가 뒤를 돌아 반 쪽으로 오기 시작했다. 얼굴이 많이 굳어 있는 것을 보니 좋은 대화는 아니었던 모양이다.

"무슨 말 한 거야?"

얼른 다가가 물어보았지만 대답이 없었다. 슬쩍 뒤를 돌아보니 정욱이도 무척 화가 난 듯한 모습으로 자신의 반 쪽으로 걸어가고 있는 중이었다. 혹시 이 두 사람이 어딘가에서 싸우기로 약속이라도 한 것은 아닐까. 걱정이 되어 물어봤지만 대답은 간단하게 아니, 라는 말로 끝나고 말았다. 그러나 마음을 놓을 수는 없다. 게다가 석원이와 싸울 빌미를 만들기 위해 의도적으로 자신에게 시비를 걸었을 거라던 동태의 말이 내 걱정을 더욱 증폭시켰다.

결국 집에 돌아오는 차 안에서도 그 생각은 지워지지 않았다. 두 차례나 그 아이의 친구들을 건드렸으니 이번에는 그냥 넘어갈 것 같지 않다고 심각하게 고민하고 있는데 이런 내 얼굴을 잠시 쳐다보던 석원이가 말한다.

"걱정하지 마."

내 생각을 읽은 것처럼 석원인 말했지만 걱정이 안 될 수는 없었다. 싸움으로 인해 상해야 할 몸도 그렇고 자칫 잘못하여 학교에서 생길 일들도 그렇고…….

"어떻게 할 생각인데?"

"뭘?"

"아까 그 애가 그냥 있을 것 같지 않아서."

"싸울 생각 없어."

석원이의 말을 들어보니 싸움 같은 건 원하지 않는 듯했다. 별로 받아들이고 싶지 않아하는 게 보인다. 하지만 안 받아준다고 이 상황이 그냥 끝날까? 잘 모르겠다.

"…엄마한테 가자."

각자 생각에 잠겨 있는 동안 버스는 목적지에 거의 도착해 가고 있었다. 낯익은 동네 간판들을 보며 습관처럼 읽고 있는데 석원이가 난데없이 엄마한테 가자고 한다.

"뭐?"

갑작스런 말에 당황하고 말았다. 언제나 예상치 못한 행동을 하곤 했지만 오늘은 그 강도가 더욱 높았다. 석원이의 어머니는 개방적인 분이신 걸까? 그야 알 수 없었지만 아무래도 평소보다 더욱 지저분해진 내 옷차림이 부쩍 신경 쓰였던 것은 사실이다.

나의 옷. 어찌나 동태하고 심하게 놀았었는지 청바지 무릎 쪽에 풀

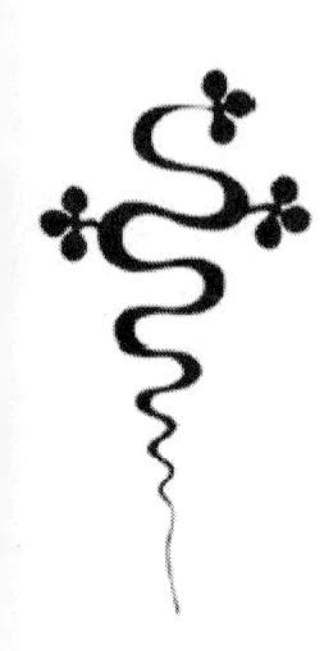

물이 들어 있고 어깨에 멘 가방에선 빈 찬합들이 덜그럭거리고 있었으며 얼굴은 땀과 먼지로 범벅이 되어 무척 지저분할 거였다.

"괜찮아."

이번에도 그런 내 마음을 알고 있다는 듯 씩 웃으며 말하고는 지하철 역이 보이자마자 먼저 내려 버린다. 할 수 없이 나도 따라 내렸더니 지하철을 탈 생각인지 역 안으로 성큼성큼 들어갔다. 말리고 싶었는데 그럴 수가 없었다.

석원이가 나를 데려간 곳은 지난 여름 방학에도 와봤던 청량리 역이었다. 이 근처인가 했는데 이번에도 아무 말 없이 역사 안으로 들어간 석원이는 춘천으로 가는 기차표 두 장을 끊어 나에게 건네주었다. 춘천에 계시는구나, 그 표를 보며 그제야 혼자 사는 석원이에 대해 이해할 수 있게 되었다. 다른 가족들은 모두 춘천에 있는 모양이다. 그래서 서울에서 학교를 다니고 있던 석원이만 외할머니와 살다가 이번에 혼자가 된 것일 테고. 물론, 떨어져 있어야 하는 이유에 대해서는 알지 못했지만 본래 사는 곳이 춘천이라는 점에 신선함을 느낀 나는 갑자기 즐거워졌다.

기차에서 내린 후에도 버스를 타고 한참을 달려야 했다. 다시 40분쯤을 더 들어가 겨우 털털거리는 버스에서 내린 곳은 부용이라는 이름의 산이 있는 곳이었다. 주위는 마치 병풍처럼 산으로 둘러져 있었고 이름을 알 수 없었던 커다란 물줄기도 보였다. 나중에 그것이 소양호라는 것을 석원이에게 들었지만 그때는 막연히 강이겠거니, 하는 생각만 했었다.

버스 정류장 옆에 정말 작은 미니 마켓 하나만 덩그러니 서 있는 것 외에 어디에도 건물은 보이지 않았다. 온통 색색의 가을단풍이 든 산뿐이어서 도대체 어디라는 건가 싶어 둘러보는데 마켓에서 무언가를 사가지고 나온 석원이가 옆으로 난 길을 통해 눈앞에 보이는 산등성이로 오르기 시작했다. 그렇게 높아 보이지 않더니 웬걸 역시 산이라 만만히 볼 게재가 아니다. 잠시 오르다가 지쳐 버린 나는 석원이의 부모님들이 전원주택에 사시는 모양이라고 생각하며 가쁜 숨을 내쉰 뒤 주위를 둘러보았다. 아직도 올라가기만 하는 석원이의 앞으로 쭉 뻗어 있는 산길이며 뒤로 보이는 전경들이 무척 아름다웠다. 올라갈수록 선명히 모습을 드러내는 둥그스름한 호수. 과연 멋진 곳에 사시는구나 하는 생각에 절로 고개가 끄덕여졌다. 이런 곳에서 운치있게 지내실 줄 아는 분들인 것을 보면 부모님들 또한 멋진 분들일 거라는 생각과 함께.

"우리 엄마야."

멍하니 서 있는 나를 눈치 챘는지 석원이가 작게 말했다. 그러나 대답을 할 수가 없었다. 다가갈 수도 없다. 석원이가 걸음을 멈춘 곳은 집이라고는 눈을 씻고 찾을래야 없는 그런 산중턱이었다. 아래의 전경이 한눈에 들어오는 전망 좋은 그 중턱에는 조그마한 무덤이 얌전히 자리 잡고 있었다.

한참, 무덤만 내려다보고 있는 석원이의 뒷모습을 바라보았다. 다른 때와 달리 작고 약해 보이는 등이 내 걸음을 막았다. 어쩌면 석원

이가 울고 있을지도 모르겠다는 생각이 있어서인지도 모른다.

"좋은 곳이지?"

그러나 한참을 서 있다가 갑자기 뒤를 돌아 나를 쳐다보던 석원이는 울고 있지 않았다.

"그래… 좋은 곳에 계시는구나."

애써 아무렇지도 않은 척 대답을 했다. 내 대답에 가볍게 웃어 보인 석원이는 무덤 맞은편으로 걸어가 밑을 내려다보기 시작한다. 이 곳을 일부러 편편하게 닦고 앞을 훤하게 터놓은 모양이었다. 아래로 보이는 전경이 한눈에 들어올 수 있도록 말이다. 병풍 같은 산자락도, 둥그스름한 고운 호수도 모두 보일 수 있도록, 이렇게 잊지 않고 찾아오는 아들의 모습도 멀리부터 알아볼 수 있도록.

눈시울이 뜨거워지는 것 같아 서둘러 깜박이며 천천히 석원이에게 다가갔다. 담배를 꺼내어 불을 붙이고 있다가 내가 가까이 가자 작게 중얼거렸다.

"…실망하실 거야."

아마도 자신의 지금 모습을 보면 실망하실 거라는 소리인 듯했다. 하지만 아무런 대답도 할 수 없었다. 괜스레 얼굴을 돌리다가 이미 지고 있는 햇살로 인해 석원이의 눈가가 반짝 빛나는 것을 보게 되었다. 표정은 평소와 다름이 없었지만 눈에는 눈물이 고인 것인지도 모른다. 어쩌면 흘러내릴 수도 있다는 생각에 무안해하는 모습을 보고 싶지 않아 뒤로 가려 했더니 반대로 석원이는 그런 나를 가지 못하게 잡았다. 다시 바라본 그 애의 눈은 이미 말라 있었다.

"일곱 살 때 갑자기 아프셔서 서울로 갔어."

"……."

"열두 살 때 돌아가셨고."

담담하게 들리는 석원이의 목소리가 오히려 내 가슴을 아프게 파고들었다. 나를 잡고 있는 손만이 지금의 심정을 대변하는 듯 점차 강하게 힘이 들어가고 있을 뿐 그 외에는 어떤 것도 표현하지 않아 더욱 먹먹해졌다. 차라리 울기라도 했다면 이 자리가 훨씬 편했을까. 매운 담배 연기가 눈과 코를 자극했지만 애써 피하려 하지 않고 그대로 있었다.

석원이는 그렇게 담담하게 서서 담배를 하나 다 태우더니 곧 마켓에서 사 온 까만 비닐을 열어 맥주 캔을 꺼내 들었다. 그 자리에 앉아 몇 모금인가를 마시기에 다시 무덤 앞으로 다가가 가만히 비석을 바라보니 심성연(沈性姸)이라고 깊게 새겨져 있는 한자가 보였다. 석원이의 어머니 성함이 심 자, 성 자, 연 자였구나. 성함대로 마음도 아주 고운 분이셨겠지. 이름을 알게 되었다는 야릇함에 또다시 가슴이 먹먹해져 왔다.

"맥주만 사 왔니?"

문득, 무덤에 술병과 포 종류를 챙겨 가곤 하던 드라마 장면이 생각나서 물어보았는데 석원이가 고개를 흔든다.

"크리스천이셨어."

아, 작게 탄성을 지르며 나는 다시 한 번 비석을 바라보았다. 이름 위에 새겨져 있는 십자가가 선명하게 보였다. 그래서 석원이는 절도

하지 않았던 거구나. 나는 그제야 고개를 끄덕였다. 사실 우리 부모님들도 기독교인이시긴 하다. 다만 믿기 시작하신 때가 내가 고등학교 올라오던 그 무렵이었기 때문에 나까지 함께 데려가는 일에는 실패하셨을 뿐이었다. 하지만 간혹 끌려갔던 기억에 의해 기도하는 법에 대해선 대충 알고 있었기에 그래서 나는 석원이를 대신해 몰래 눈을 감고 기도를 하였다. 천국에 계실 석원이 어머니와 또 현재 힘들게 지내고 있는 석원이를 위해서.

감았던 눈을 떴을 때 석원이는 무덤 주위를 돌며 잔풀들을 조금씩 정리하고 있는 중이었다. 아무런 문제도 없어 보이는 그 모습이 더 아파 보인다. 저 아이… 언제부터 감정을 드러내지 않는 생활을 해온 것인지, 무엇 때문에 저렇게 어린 나이에 엄마의 무덤 앞에서조차 울지 않을 정도로 상처가 많은 것인지. 겉으론 담담해 보여도 속으로는 울고 있을 텐데, 분명 그럴 텐데.

석원이의 아버지는 누굴까. 문득 비석을 바라보다가 그런 생각이 들었다. 이렇게 잘 관리되어 있는 무덤을 보면 누군가 일정하게 신경을 쓴다는 것일 텐데, 그게 어린 석원이의 힘만으로 가능할 거라는 생각은 들지 않았다. 혹시 아버지가 아닐까, 짐작을 하다가 또 다른 생각들도 내 머리 속에 생겨났다. 아니, 의문이라고 해야 할지도 모르겠다. 같이 살지는 않더라도 아들을 저렇게 방치해 둬서는 안 될 텐데, 과연 그 아버지는 이런 아들의 모습을 알고는 있을지, 이렇게 힘겹게 살고 있는 아들을 찾아와 보시기는 하는지, 그런 의문들 말이다.

"그만 가자."

멍하니 앉아 있는 나의 귀로 석원이의 목소리가 들려왔다. 이제 해는 거의 다 져서 희미한 빛을 남겨두고 있을 뿐이다. 온 지 얼마 되지 않았지만 정말로 가야 할 시간임을 깨닫고 나도 자리에서 일어섰다. 밑으로 조심조심 내려오다가 뒤를 한번 돌아다보았다. 희미한 햇빛 아래 위치한 그곳은 사방이 트여 있어 밝고 아늑한 곳이었지만 정작 주인인 조그마한 무덤은 너무 외로워 보인다.

거의 다 내려와 이젠 뒤돌아봐도 보이지 않을 만한 거리가 되었을 때 앞서 걷던 석원이가 또 다른 맥주 캔을 꺼내더니 입으로 가져갔다. 하늘을 향해 얼굴을 일직선으로 뉘인 채 술을 넘길 때마다 움직이는 목울대가 힘겨워 보였다.

"하여간 술 정말 좋아해."

석원이가 내려놓으려는 캔을 받아 나 또한 똑같이 머리를 뒤로 젖히고 몇 모금 마시자 씩 웃으며 꺼낸 말이다. 술 정말 좋아한다고.

"안주도 좋아해."

내 대답에 말없이 한번 보더니 나머지를 바닥에 부어버리고 검정 비닐봉지에 도로 넣는다. 터벅터벅 걸어 다시 버스 정류장으로 향하는데 어느새 해는 다 저버리고 주위는 어둠에 파묻혀 바람 한 점 불어오지 않았다. 희미하게 풀벌레 우는 소리만이 들렸을 뿐이다. 이제 서울로 갈 시간이었다.

56

『아프냐?』

춘천에서 돌아온 뒤 밤새 이리저리 뒤척이느라고 한잠도 못 자고 학교를 나갔었다. 석원이는 평소와 다름없는 얼굴로 나를 보다가 아프냐고 물었고 어쩐지 나에게는 그 말이 꼭 스스로가 아프다고 말하는 것처럼 들려서 괜히 안쓰러운 마음이 들기도 했다. 그러나 눈으로 보이는 석원이의 모습은 정말 다른 때와 전혀 다름이 없었다.

『네가 잘 나왔길래 주는 거야.』

다른 뜻은 없다는 듯 말하면서도 괜한 짓인지 모르겠다고 생각했었다. 그저 전날, 집에 도착해서 무언가 주고 싶다는 생각이 불현듯 들었었고 그래서 수정이가 억지로 찍어주었던 사진을 액자에 넣어 들고 온 것뿐이었다. 어머니의 무덤을 봐서 그랬을까. 변하지 않는 게 있었으면 좋겠다던 석원이의 말이 다시 생각났고 그래서 아마도 나는… 나만은 옆에 있어줄 거라고 말하고 싶었을지도 모른다.

그리고 그날 나는 석원이에게 A4 용지를 두 번 깔끔하게 접은 메모를 받았었다.

「사진 정말 안 나왔다.」

이렇게 써 있었다. 석원이가 처음으로 건네준 종이에는 고작 이런 말밖에 없었고 그래서 나를 조금 어이없게 만들었던 것도 같다. 그러나 다른 때와 달리 그 말에 안도감을 느끼기도 했던 것을 보면 나는 아마도 아주 조금씩 앞으로의 일들에 대해 불안감을 가지고 있었던 건 아닐까 싶다. 짐작할 수는 없었지만 그래도 무언가 우리에게 다가오고 있는 것 같다는 그러한 느낌.

『신당동 가자.』

그날, 석원이는 나에게 뭐가 먹고 싶냐고 물어왔었다. 여름 방학 때 정동진을 다녀온 것 외에는 무언가를 먹으러 갈 때도 대부분, 연습실 형들과 빈이가 함께였었고 혹은 수정이나 동태가 늘 곁에 있곤 했었는데 그날 따라 나에게만 묻는 석원이를 보며 기분이 무척 좋았었다. 그래서 수정이와 즐겨가곤 하던 신당동 떡볶이 집을 적극 추천했다. 지금은 없어졌지만 90년대 초에는 아직 그곳의 명물이라고 불리던 DJ들이 남아 있던 시기였다. 7~80년대의 음악다방 DJ처럼 말이다.

"그곳 떡볶이가 죽이잖겠어. 게다가 DJ오빠들, 환상이지."

괜히 오빠들 얘기 꺼냈다가 간다고 하는 걸 잡아들이느라 고생 좀 했다. 가끔 왜 이렇게 좀생이가 되는지. 마침 자주 가던 곳이 문을 닫아서 옆집으로 들어갔다. 기본에 사리 넉넉히 추가시켜서 주문해 놓고 보니 석원이는 그때까지도 내 뒤쪽에 있는 DJ만 보고 있었다. 잠시 그 자세로 열심히 보더니 곧 나를 보며 말한다.

"…저 얼굴, 환상이긴 하다."

물 마시다가 뱉을 뻔했다. 콧속으로 물이 들어간 것 같아서 잔뜩 찌푸리며 뒤돌아보니 내가 봐도 좀 그런 모습이라는 것을 알 수 있었다. 어떻게 그 많은 집들 중에 골라골라 저렇게 생긴 사람이 있는 곳으로 들어왔을까. 결국 DJ의 생긴 모습이 가장 어줍었던 집으로 안내하고 만 것이다.

그러나 DJ에 대한 불만에도 불구하고 석원이는 즉석떡볶이를 무척 잘 먹었다. 생각 외로 이런 걸 좋아했던가 싶어 잠시 바라보아야 했다.

"너, 떡볶이도 먹을 줄 아는구나."

그 말에 무척 떨떠름한 표정을 짓는다. 사실 지금까지 석원이가 좀 독특해 보이는 면을 얼마나 많이 보였던가. 네가 간혹 사람처럼 안 보일 때가 있어서 그렇지, 라고 말해 줬더니 더 더욱 이마가 찌푸려졌다.

"네가 먹고 싶은 거 뭐냐고 했잖아? 난 떡볶이만 먹겠다고 한 적 없어."

게다가 다 먹고 나오면서 입구 쪽에 있는 아이스크림을 사주는 척하며 석원이에게 계산을 떠넘겨 버리기까지 했다. 어이없어하면서도 어쩔 수 없이 지갑을 꺼내는 모습에 괜히 기분이 좋아져서 달콤한 바닐라 아이스크림을 조금 핥아먹고 잠시 후 쳐다보았는데 이미 석원이는 과자까지 다 먹고 빈손으로 서 있었다. 머리 안 아플까.

"그걸 그렇게 먹냐?"

"…사람이 아니라서 그런다."

"얼, 지석원 농담이 급증하고 있어."

쳇 하고 혀를 차며 고개를 돌리는 석원이를 향해 또 뭐라고 놀릴까 생각하는데 갑자기 얼굴이 굳는다. 무엇 때문에 그러나 싶어 그 애의 시선을 따라가 보다가 그만 좋은 기분을 모두 망치고 말았다. 저 앞에 우리처럼 떡볶이를 먹고 나왔는지 손에 아이스크림을 들고 있는 여섯 명의 남녀 고등학생을 보았기 때문이다. 그들은 최정욱과 친구들이었다. 여자 아이 세 명은 교복 입은 것을 보니 우리 학교 학생들은 아니었고 미루어 짐작하건대 이곳에서 미팅을 한 것이 아닐까 싶었다.

57

"지석원, 요즘 너무 자주 보는데?"

한동안 조용히 서 있던 정욱이가 먼저 말을 걸었다. 말은 그렇게 해도 마주친 게 반가운 눈치인 듯 보였다.

"이런 불쾌한 만남을 줄여야겠다는 생각, 안 드냐?"

비릿하게 웃는 정욱의 얼굴을 보니 절로 눈살이 찌푸려진다. 그러나 석원이는 의외로 조용한 표정이었다. 잠시 그들을 쳐다보더니 씩 웃음을 짓는다.

"좋아 보인다."

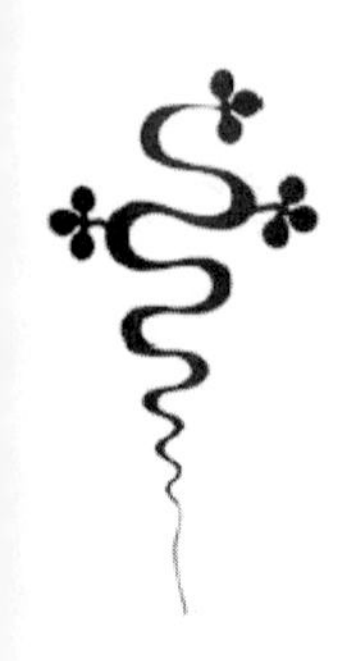

별다른 대답은 없었지만 정욱이의 얼굴이 조금 굳었다. 곧 뒤를 돌아 친구들에게 무언가를 말하더니 다시 여유있는 웃음을 지으며 보란 듯 이쪽을 바라보았다. 뭐 하는 건가 싶어 보다가 다시 눈살을 찌푸려야 했다. 함께 있던 여자 아이들이 납득할 수 없는 표정을 지으며 버스 정류장으로 가기 시작했던 것이다. 석원이의 말을 듣더니 그들이 방해가 된다고 여긴 듯했다. 정말 못 말릴 아이들이다.

"너도 보내야 하지 않겠냐?"

정욱이가 나를 향해 턱짓을 하며 말했다. 조금 불쾌해진다.

"…데려다 주기로 했거든."

그리고 석원이의 대답과 함께 터지는 그들의 실소. 무척 재미있다는 듯 과장된 제스처를 취하며 감탄하는 시늉을 하더니 곧 다시 냉랭한 얼굴 표정을 지으며 말했다.

"그건 네 사정이고, 난 너와 꼭 해결할 게 있는 사람이야."

석원이의 얼굴에 약간 짜증이 섞였다. 눈썹을 찌푸리며 나를 보더니 가자, 라고 말하며 앞서 걷기 시작했다. 그래도 되는지 몰라 뒤를 쳐다보며 따라갔다. 그러자 얼굴빛이 변하던 정욱이가 빠른 걸음으로 뒤따라오기 시작한다.

그 아이가 거의 다 왔다고 생각되어지는 순간, 석원이가 나를 뒤쪽으로 밀며 뒤돌아섰다.

"꼭 이 자리에서, 이렇게 보는 앞에서 하길 원하냐? 그렇다면 원하는 대로 해주고."

석원이의 얼굴이 점차 굳기 시작했다. 화나면 안 되는데, 제발 여기서 싸우면 안 되는데.

"난 너와 뭘 해볼 생각 같은 건 없어. 그러니 그만 가라."

"해볼 생각 없는 놈이 그 따위로 건드리고 다녀?"

"…건드린 건……."

"……."

"너야."

맞물린 잇새로 흘러나오는 석원의 목소리. 조금씩 얼굴빛이 변하는 것을 보며 더불어 내 마음도 답답해지기 시작했다. 싸움을 강요하는 정욱이의 모습이 그 애 혼자의 모습만으로 보이질 않았기 때문이다. 그동안 석원이에게 싸우길 요구하던 모든 이들의 모습이 이러했을 것이기에 가슴이 답답해져 왔다. 더 이상 진전되지 않길 바라며 석원이에게 한 걸음 다가가려 할 때였다.

"뭘 그렇게 열심히 봐?"

느닷없는 목소리에 앞에 있던 석원이가 먼저 뒤돌아본다. 그리고 거의 동시에 손을 뻗었으나 그보다 목소리의 임자에게 끌려가는 것이 더욱 빨랐다. 내 손목을 틀어쥔 사람은 지금까지 정욱의 뒤에 서 있었던 아이였다. 동태의 말에 의하면 멸치라는 별명을 가지고 있다고 했었다.

"먼저 갈 테니 잘 생각해 봐."

그리고는 그 상태로 나를 붙잡고 걸어가기 시작한다. 잠시 이 상황에 당황해야 했다. 지난번 홍대에서도 그랬었고 지금도 그렇고… 어째서 나는 꼭 석원이의 걸림돌이 되어버리는 걸까. 남자들의 치사함

에 혀를 내두르며 손목을 힘껏 뿌리쳐 보았다.

"가만히 안 있어?"

"너 지금 뭐 하는 거니? 같은 학교 친구한테 이렇게 해도 된다고 생각해?"

"친구? 누가 친군데? 이거 이제 보니 미친년 아냐?"

땅으로 침을 퉤 뱉으며 어깃장을 놓던 그 애는 뒤를 돌아보더니 곧 씩 웃음을 지었다. 그리고는 혼잣말로 중얼거렸다. 지가 안 오면 어쩔 거야… 그 말의 뜻이 무엇인지 알기에 더 더욱 뒤돌아볼 수가 없었다. 한참을 걸어가는데도 더 이상 놓으라는 소리나 혹은 그만두자는 말 같은 것도 하지 못했다. 혹시라도 더 안 좋은 일이 생겨 석원이를 자극하는 결과를 낳을지도 모르기 때문이었다.

멸치가 나를 데려간 곳은 그곳에서 안쪽으로 10분쯤 들어간 좁은 공터였다. 근처에 목재들이 쌓인 것을 보니 이제 곧 건물이 들어설 자리인 듯했다. 그러나 건축 자재만 이곳저곳 눈에 띌 뿐 사람들은 보이지 않았다.

내 손을 밀치듯 놓아버리고 목재 위에 앉는 멸치. 곧 옆으로 또 다른 아이가 나타났고 고개를 숙이고 있는 내 귀로 석원이와 정욱이의 발걸음 소리도 들려왔다. 보지 않겠다고, 절대로 안 보겠다고 생각했었는데 나도 모르게 고개가 들려졌다. 가장 먼저 윗옷을 벗어 민 소매 차림으로 서 있는 정욱의 모습이 들어왔다. 열심히 몸을 푸는 그 아이 앞으로 조용히 서 있는 석원이.

내가 고개를 드는 것을 보더니 이쪽을 쳐다보며 희미하게 웃음을 짓는다. 그리고는 곧 오른쪽 손가락을 작게 움직여 고개를 숙이라는 신호를 보내왔다. 마치 이런 건 볼 게 못 된다고 말하기라도 하는 양.

그와 동시에 정욱이가 흥, 하고 콧방귀를 뀌었고 곧 오른손을 휘두르며 석원이에게 달려들었다. 가볍게 상체를 숙이며 피하는 모습만을 보았는데 또다시 이어지는 공격을 마저 보기도 전에 그만 눈을 질끈 감고야 말았다. 더 이상 어떻게 진행이 될지 보고 있을 수가 없었다. 맞는 모습도 볼 수 없었지만 때리는 모습도 볼 수가 없다.

옆에서 낄낄거리는 소리가 귀를 자극한다. 마치 자신들이 싸우는 양 갖은 소리들을 섞으며 흥분하고 있던 이들은 곧 누군가의 넘어지는 소리와 함께 고조되더니 어느 순간 입을 딱 봉하고 말았다. 보고 싶지 않았지만 걱정되는 마음이 더 컸기에 조심스럽게 고개를 들어 보았다. 열 걸음 정도 떨어진 곳에 쓰러져 있는 정욱이가 보였다. 석원이는 그보다 가까운 곳에 서서 거칠게 숨을 들이쉬고 있었다. 오른 손목을 털며 입술을 비틀기에 다친 것일까 싶어 쳐다보았더니 그런 나를 본 석원이가 곧 일어서서 자세를 추스르는 정욱에게 말한다.

"…이제 그만 보내라."

정욱은 뒤를 돌아보더니 그래도 상관없다 여겨졌는지 손짓을 해왔다. 그러자 멸치란 아이가 투덜거리며 자리에서 일어섰다. 가방을 들고 그 아이를 따르다가 석원이의 곁을 스쳐 지나며 쳐다보니 이미 입술이 터져 있었고 턱 부분을 스치고 지나가듯 핏자국이 묻어 있었다. 빨리 오라고 소리치는 멸치의 뒤를 따라 황급히 걸음을 옮기는데 뒤에서 다시 싸움이 시작되는 소리가 들려왔다. 귀를 틀어막고 싶다는

생각을 하며 버스 정류장으로 빠르게 걸었다. 그리고 버스가 오자마자 뒤도 돌아보지 않고 안으로 올라탔다.

누군가에게 알려볼까, 경찰에게 말해 볼까 하는 생각들을 안 해본 것도 아니다. 그러나 멸치는 내가 그럴 것을 염려하는 듯 차에 올라타기 전까지 자리를 뜨지 않았고 또한 신고한다고 해도 석원이에게 영향이 미치지 않는다고 볼 수도 없었기에 아무 말 없이 버스표를 내고 자리에 앉았다.

되도록 사람들에게 보이지 않을 만한 자리로 가 앉으면서 창 쪽을 향해 최대한 얼굴을 돌렸다. 그와 함께 눈물이 투두둑 무릎 위로 쏟아져 내린다. 이제 이 싸움이 지나면 괜찮을 거라고, 그 뒤로 이런 일은 다시 없을 거라고 생각해 봐도 눈물은 멈추지 않았다.

같이 있어주지 못해서 미안해, 너 혼자 두고 와서… 미안해. 자리를 차지하지 못한 이들의 몸이 간혹 어깨에 스쳤지만 돌아보지 않았다. 차는 정체된 길을 오래오래 달렸고 나도 그 길을 따라 오랫동안 울었다.

미안해, 석원아.

『아직 안 갔냐.』

그날, 11시 가까이 되어서야 돌아온 석원이의 모습은 무척 지쳐 보였다. 어디를 어떻게 다친 것인지 모르겠지만 갑자기 환한 곳에서 이 아이의 상처를 보는 게 힘들겠다는 생각이 들었었다. 그래서 경비실 쪽을 통과해 집으로 들어가려는 모습을 보다가 그만 나 안 들어갈래,

라고 말하고 말았다. 가방 안에 넣어놓았던 약도 발라줘야 했는데 이상하게 그 순간 안으로 들어가 상처를 확인하는 게 싫었었다.

『네가 벗을래, 아니면 내가 벗길까.』

결국, 근처 공원에서 윗옷을 들추게 하고는 사놓았던 연고를 고루 발라주었다. 혼자 바르겠다고 고집 부리던 석원이는 벗겨준다는 말에 얼굴을 찡그리며 옷을 걷어 올렸고 탁한 오렌지 빛을 내는 가로등 밑으로 드러난 등 위에는 울긋불긋한 멍자국들이 부옇게 잡혀 있었다. 눈이 시릴 정도로 밝은 형광등 불빛 아래서 보지 않은 것을 얼마나 다행으로 여겼는지 모른다. 이런 기억이 아직도 나는 것을 보면 석원이의 상처는 꽤 심했던 모양이었다. 그리고 나는 아마도 그 순간 또다시 코끝이 싸해져서 괜히 못 본 척을 했을 것이다.

『이렇게 계속 걸어갈까?』

아픈 몸을 이끌고 곧 죽어도 우리 집까지 가야겠다고 우기던 석원이의 고집을 당해내지 못해 천천히 한 정거장의 거리를 걸어가다가 석원이는 그렇게 말했었다. 이렇게 계속 걸어갈까.

그 말에 내가 느낀 것은 석원이의 답답한 마음이었다. 이대로 걷는 게 좋아서 무작정 가자는 행복에 겨운 소리가 아니라 그저 가고, 또 가고, 가다 보면 자신의 답답함이 풀릴지도 모르겠다고 하소연하는 것같이 느껴졌었다. 그래서 나는 별로 생각해 보지도 않고 그러자고 대답했다. 물론 한 템포 느리게 나온 답이긴 했지만 석원이가 그 정도 느림을 가지고 서운해하지는 않았을 거라고 나는 생각한다.

무작정 걷는 것만으로 된다면, 그래서 네 속이 좀 풀린다면 그렇게

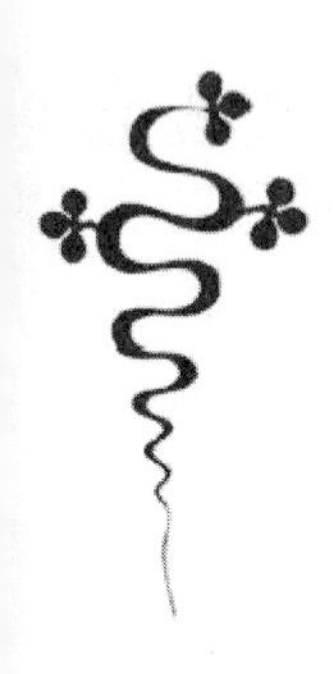

하자. 나는 석원이의 눈을 바라보며 고개를 끄덕였었다. 걷는 것만으로 헤쳐진 네 마음이 다시 붙는다면 그렇게 하자, 나는 그 애를 보고 그렇게 말해 주고 싶었다. 네가 하고 싶은 건 뭐든지 함께해 줄 테니 아무거나 다 해보라고, 결국 내가 해줄 수 있는 것들이 그리 많지는 않겠지만 나는, 나만큼은 철저하게 석원이만 이해해 주고 싶었다. 꼭 그래 주고 싶었다.

58

이 둘의 싸움 소식은 다음날부터 학교 안을 떠들썩하게 만들어 버렸다. 마침 정욱이가 결석을 하는 일까지 겹치면서 그 소문은 남자 아이들의 흥분 속으로 빠르게 녹아들어 갔는데 이번에는 제법 큰 사건이라고 판단했는지 그 기간이 다른 때보다 길게 이어졌다. 물론 선생님들의 귀를 교묘히 피해서 말이다.

그날 있었던 싸움의 결과를 내가 직접 확인해 본 것은 아니라서 어디까지 믿어야 할지는 모르겠지만 정욱이의 상태가 매우 심각하다는 말과 함께 앞으로 정욱이 및 그의 친구들은 석원이 앞에 나타나지 않기로 맹세했다는 무슨 사극 같은 이야기가 종종 들려와 나를 웃게 만들기도 했다. 그로 인하여 동태는 매우 기고만장해져서 활개를 치며 학교 안을 누비고 다녔고 간혹 마주치는 정욱이의 고개는 깊이 숙여져 있곤 했다.

두 아이들을 화해시키는 방법은 없을까. 나는 종종 그 아이의 모습을 보며 생각하곤 했는데 석원이는 크게 개의치 않는 눈치였다. 아니, 사실 석원이는 학교 안에 떠도는 소문 자체에 신경을 쓰지 않고 있었다. 오로지 동태만이 신이 났을 뿐 석원이의 일상에는 아무런 변화가 없었던 것이다. 그래서 나도 점차 정욱이에 대한 생각을 잊어갔다.

그 무렵, 나는 부쩍 잠이 늘어 있었다. 점심을 먹은 후에는 일정 시간을 자줘야 했고 어떨 때는 연필을 들고 필기를 하다가 꾸벅거리며 조는 나를 석원이가 깨워주기도 했었다. 그리고 많아진 잠 속에서 꼭 꿈을 꾸곤 했는데 잠자리가 편하지 않아서 그런지 꿈도 늘 뒤숭숭한 것들만 꾸기 일쑤였다. 하긴 꿈이야 늘 자주 꾸긴 했었지만 방학 때부터는 그 양이 부쩍 늘어나 항상 개운치가 못했었는데, 늘 서른의 나이로 되돌아가 종은이를 부러워하던 내 모습을 본다거나 혹은 과장님에게 꾸중을 듣는 모습, 그것도 아니면 엄마가 시집 좀 가라고 역정을 내시는 것 등등 그다지 좋은 느낌이 아닌 꿈만 꾸었던 탓에 내 기분은 늘 짜증과 우울을 반복하곤 했다.

항상, 잠과는 무관한 표정을 지으며 앉아 있다가 어느 순간 거의 기절하듯 잠 속으로 빨려 들어가 버리곤 했기 때문에 요즘 들어 어처구니없어하는 시선을 받는 일이 많아졌다. 다행인 것은 이렇게 가을을 타는 현상이 나에게만 국한된 것이 아니기에 망정이지 안 그랬으면 선생님들에게 여러모로 귀찮음을 당할 뻔하였다.

"학교가 자는 곳이냐? 잠만 퍼 자게?"

지금도 꿈속에 있던 나를 동태가 요란하게 깨운 덕분에 갑자기 일어서느라 깨질 것같이 아픈 두통에 휩싸여 버렸다. 한쪽 손으로 이마를 쥔 채 바라보니 무언가를 내민다.

"뭔데?"

"건의서란다. 학교에 건의할 거 있으면 써서 내래. 이놈의 학교가 미쳐 가고 있어요, 이젠. 별걸 다 하래."

건의 잘못했다가 맞아 죽는 거 아니냐며 온갖 과장을 다 하고 있는 동태를 보아하니 정작 건의할 사항은 가장 많아 보인다. 그 아이가 가버린 뒤 찬찬히 반을 둘러보니 남자 아이들은 이미 등교 시간을 늦춰달라는 건의를 해보자며 뜻을 모으고 있었다. 0교시를 없애주는 좋은 프로그램 같은 건 이 당시엔 없었기 때문에 실현 가능성 없는 건의서 하나에도 이렇게 희망들을 걸곤 했다.

"교복 입자고 하자."

앞줄에 앉아 있는 수정이가 나를 소리쳐 불렀다. 그녀는 동태나 다른 남자 아이들과는 달리 매우 긍정적이고 학구적인 태도로 건의서에 임하고 있었다.

"교복?"

"그래. 아침마다 옷 고르는 것도 하루 이틀이고 그렇다고 때마다 살 수 있는 것도 아닌데."

"괜히 긁어 부스럼 만드는 거 아냐? 성광여고 교복 생각해 봐. 그게 어디 옷이니? 치마는 전에 우리가 만들던 개던가 개털인가 하는 그 스타일에 농구화 끌고 다니잖아."

"거기만 이상한 거지. 경성여고 못 봤어? 치마도 플레어 스커트고 하얀 깃도 달린 게 딱 70년대 교복 스타일이잖아. 얼마나 예쁘니?"

"맞아, 그거 예쁘더라. 구두도 신고 교복이라 머리도 기르게 해주고."

수정이 앞에 앉아 있던 민정이가 고개를 돌려 우리의 대화 속으로 동참하였다. 그리고는 벌써 자기들끼리 남색이야, 아니야 자주야, 하면서 부산을 떤다. 하지만 내가 온 곳에서는 이미 그런 모양의 교복들이 퍽 많아서 아이들이 진절머리를 내곤 하는 것을 본 기억이 있었다.

"우리 학교는 자율복 시범 학교라던데?"

귀가 간지러운 느낌이 들어 새끼손가락을 이용하여 슬슬 긁어주며 어디선가 들었던 학교의 방침에 대해 말해 주다가 문득, 나를 노려보고 있는 두 명의 살벌한 눈초리를 깨달았다.

"아니, 뭐. 이제 바뀔 때도 되었다는 말이지, 내 말은. 아, 그래! 남색이다! 남색이 낫겠어, 얘들아."

째려보는 아이들을 대충 달래준 후 자리로 돌아왔다. 교복이야 입으면 나도 편하긴 하겠지만 실현 가능성은 없어 보였기 때문에 별 생각 없이 앉으려 하는데 그때 석원이가 자리에서 일어나 열려져 있는 창틀을 짚은 채 한참 운동장을 내다보고 서 있더니 어느 순간 그곳을 넘어 난간으로 나가 버렸다.

"뭐 해?"

느닷없는 그 애의 행동에 나도 밖을 내다보며 물으니 나올래?

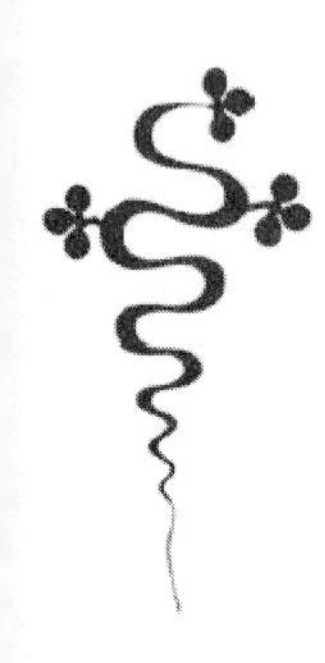

한다.

"뭐 할 건데?"

몸은 이미 나가고 있었지만 그래도 한 번 더 물어보았다. 3층에 위치한 곳이어서 그런지 미미한 바람이 불어오는 걸 느낄 수 있었다. 그와 함께 조금씩 헝클어지며 나부끼는 석원이의 머리카락들. 그러한 모습들은 퍽 보기 좋은 광경이었기에 잠시 쳐다보기만 하는데 석원이가 갑자기 오른손을 위로 치켜들었다. 동시에 그 애의 손을 떠나 하늘을 향해 날아올라 가는 하얀 물체.

종이 비행기…….

언제 접었는지 석원이의 손을 떠난 종이 비행기가 커다란 원을 그리며 활강하다가 부드럽게 운동장 바닥으로 착지하는 모습이 보였다. 어려선 많이 해보던 놀이였지만 언제부터인가 시시하게 생각되어져 비행기 아닌 돛단배를 접다가 다시 학으로 바뀌고 그 외 여러 가지 종이 접기를 거쳐 이제 시도도 해보지 않게 된 종이 비행기. 너무 오랜만에 본 때문인가. 공중을 날던 종이 비행기가 착륙하는 그 순간까지, 마치 내가 함께 날고 있는 것 같은 짜릿한 느낌이 발바닥에서부터 시작하여 뒷목까지 쭉 뻗어 올라왔었다.

"너도 해."

괜히 기분이 좋아져서 큰 소리로 웃고 있는데 옆에서 석원이가 말했다.

"종이 없어."

"손에 있잖아."

"이건 건의서잖… 너! 지금 날린 게 건의서였니?"

씩, 웃고 만다.

"나참, 못하게 하니까 이젠 별 알뜰한 방법으로 반항을 하는구나."

말은 그렇게 하면서도 내 손은 이미 종이 비행기를 꼼꼼히 접고 있었다. 석원이가 하는 걸 보니 재미있어 보이기도 하고 지금까지 퍽 오랫동안 안 해본 일이라는 생각도 들고 해서 접자마자 하늘을 향해 힘껏 던졌는데 내 손을 떠난 종이 비행기는 아쉽게도 제대로 된 비행 한번 못해보고 바닥으로 곤두박질쳐 버렸다.

"이리 앉아."

불만스럽게 밑으로 떨어져 내린 나의 비행기를 바라보고 있다가 얼른 석원이를 끌어 바닥에 납작하게 앉혔다. 설마 벌써 본 건 아니겠지, 싶은 마음이 드는데도 걱정보다는 웃음이 먼저 나온다.

"왜?"

억지로 앉힐 때부터 이상해하더니 내가 웃자 더 더욱 이상하게 보는 석원이.

"학주랑 교감이랑 비행기 떨어진 곳으로 오고 있더라. 저거 보면 또 입에 거품 물 텐데, 발각되어서 좋을 일 없잖아."

내 말을 듣더니 석원이가 의외로 빙그레 웃었다.

"칭찬받을지도 모르지, 내가 했다 그러면."

"그런 건가?"

다른 때와 달리 좀 더 오래, 좀 더 편안하게 웃는 모습을 보며 나도 한껏 기분이 좋아졌다. 이런 느낌은 기쁘고 즐거운 일인데도 불구하

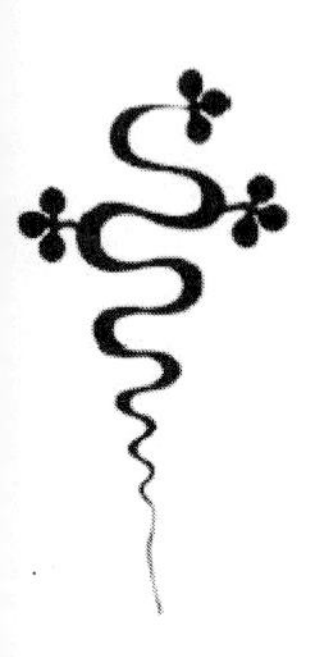

고 간혹 눈 속을 따끔거리게 하는 현상을 불러오기도 한다. 바로 지금처럼. 괜히 조금 전 석원이가 날린 비행기를 보다가 순간 눈을 찌르던 햇빛으로 인해 답답해진 것을 탓하며 조금씩 양쪽 눈을 만져 주었다. 이미 그 순간의 아득함은 없어진 지 오래였지만.

59

선생님들이 지나가신 뒤 나와 석원이는 연습장을 찢어 다시 한 번 시도를 해보았다. 역시 석원이의 비행기는 제 역량대로 날아주다가 안전한 착지를 하는 반면 내 비행기들은 뜨는 족족 사고요, 재해의 연발이었다. 갈수록 태산이라고 이젠 아예 밑에 있는 3학년 교실로 들어가 버리는 녀석들도 생겨나서 더 이상 하다가는 잡혀 내려갈 거라는 점에 동의를 하고 교실 안으로 들어왔는데 이미 반 안에서는 2주 후에 있을 체육대회에 대해 학급회의에 들어가 있는 상태였다. 우리는 안 부른 것을 보니 불러도 별 도움 안 될 것이라 여겨 그냥 놀라고 놔둔 모양이다.

"종목은 단거리부터 중, 장거리, 1600m 계주하고 오래 달리기, 남자들 농구와 축구, 그리고 여자들 배구가 있고 단체 참여는 줄다리기, 가장행렬, 응원, 뭐 그런 거야. 작년하고 다르게 종목이 책정되었으니까 잘 생각해서 추천을 해줘."

민석이의 말이 끝나자마자 여기저기서 웅성거리는 소리가 들려왔다. 200m부터 선수를 뽑기 시작하는 것을 보며 나에겐 별로 상관없는 일이로구나 싶어 옆을 보니 똑같은 생각을 했는지 어느새 석원이가 책상에 엎드리기 위한 준비를 하고 있었다.

"너도 나갈 거지?"

대답이 없다.

"나가야지. 운동은 꽤 하잖아."

하지만 생각해 보니 내가 아는 한 체육대회에 참가한 석원이의 모습을 본 기억은 없었다. 나왔다면 분명 유성이와 비슷한 종목에 출전했을 텐데 그 모든 것들을 샅샅이 훑으며 다니던 내 눈에 석원이는 결코 포착되지 않았던 것이다. 그다지 반에 협조적이지 않은 것을 알고 있기에 불참한 것에 대해 이상하게 생각되지는 않았지만 단 한 번도 이런 일에 참여가 없었다는 것은 조금 문제가 있었다. 나는 석원이에게도 다른 아이들과 마찬가지로 학교 생활 속에서 무언가 경험할 수 있는 기회를 만들어주고 싶어졌다.

"응원단장은 어때? 파격적으로 변신을 해주는 거야. 그러면 우리 반 아이들, 응원상은 거뜬하지 않을까?"

내 말에 앞자리에 앉아 있는 경진이가 작게 웃음을 터뜨렸다. 정작 석원이 본인의 얼굴을 보니 무척 마음에 안 드는지 눈썹이 험하게 솟구쳐 버린다. 그러나 의외로 석원이가 응원단장을 잘할 거란 생각은 쉽게 가시지 않았다. 눈길 한 번이면 북한이 체육전에서 보여주던 관중들의 절도감 못지않은 군기를 심어줄 것이 아니겠는가.

100m: 김민정, 이유나.

200m: 신유성, 지석원.

400m 남, 여 계주: 조민석, 이영래, 손민승, 박진호, 차지예, 허민주, 김소라, 나경애.

1000(800)m 오래 달리기: 정성주, 박진호, 최진희, 김유정.

1600m혼성 계주: 신유성, 지석원, 조민석, 정성주, 김민정, 이유나, 김유정, 허민주.

농구: 최진혁, 이준태, 서진태, 이호영, 조민석, 신유성, 지석원, 한석주, 김봉환.

축구: 오태수, 문성혁, 전주승, 구일섭, 조태준, 박진호, 박문재, 김이석, 강정민, 최문길, 이바람, 신성문, 이준영.

배구: 김수정, 오세령, 김소라, 김민정, 민예지, 천인선, 류수진, 오경애, 문선영, 추정민, 이상연, 소민희.

가장행렬: 농구, 1600계주 선수 외 전원.

줄다리기: 전원.

응원단장: 이준태, 최진길, 오태수, 김석진, 이주연, 한지선, 은경진, 오세령.

한 시간 동안 우리 반을 대표하는 모든 선수들이 정해질 수 있었다. 나름대로 운동에 감각이 있다는 아이들의 출전 종목이 몇 개씩 겹쳐지기도 하는 가운데 나 또한 자타가 공인하는 석원이를 스리슬쩍 여러 곳에 배치하는 일을 끝끝내 성공하고야 말았다. 마음에 안 들어하는 표정이 역력했지만 원래 반에서 일어나는 일에 가타부타 참견하는 성격이 아니었기 때문에 인상은 쓰면서도 크게 뭐라고 하지는 않았다. 어쩌면 당일에 안 나와 버리면 된다는 아주 간단한 생각을 하고 있는 것인지도 모르겠다.

하지만 그건 나중 문제다. 지금 가장 시급한 것은 바로 나였다. 내가 갑자기 말도 안 되는 응원단장이라는 멤버 속에 끼고 말았던 것이다. 동태만 아니었어도 이런 일은 없었을 텐데, 느닷없는 추천으로 인하여 이름이 칠판 위로 올라가고야 말았으니 정말 갑갑한 노릇이었다. 안 그래도 키가 크다는 그 이유 하나만으로 배구 선수 된 것도 부담이었는데.

"의상이 삐까뻔쩍해야 한다니까. 그래야 튀는 거야."

응원단장들이 잠시 모여야 한다고 해서 우선 석원이만 먼저 연습실로 보냈었다. 30분쯤 의견을 나누다가 해산한 것까지는 좋았는데 동태가 괜스레 흥분을 하더니 시장 조사를 가야 한다고 반 강제로 나를 잡아 근처에 있는 시장으로 끌고 가기 시작했다. 안 가려고 실랑이를 벌여봤지만 통할 리 없었다.

"정말 그런 게 있어야 하는 거야?"

아까부터 반짝이가 붙은 옷에 대해 장황하게 설명하는 동태를 보다가 심드렁하게 물은 순간이었다. 눈앞에 보이는 사람들이 누구인지 인식하는 순간 내 발이 거짓말같이 멈춰 버렸다.

"왜 그래? 안 갈……."

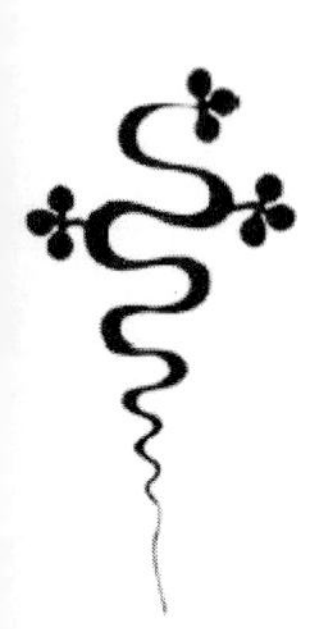

아직 말을 하는 도중인 동태를 서둘러 잡아끌어 옆에 보이는 건물 뒤로 몸을 숨겼다. 그리고는 조금 전 발견한 사람들을 보기 위해 머리를 슬며시 내밀었다. 최정욱, 그 아이가 비스듬한 옆모습을 보이며 서 있었고 그 외에 검은 정장을 차려입은 몇 명의 남자들도 눈에 들어왔다.

"저 자식들 저기서 또 무슨 짓을 꾸미고 있는 거야?"

동태의 투덜거리는 소리가 들려왔지만 나는 얼른 그 애를 쿡 찔러 조용히 하라고 이르고는 다시 그들을 향해 고개를 내밀었다. 같은 학년 아이를 보며 숨는다는 것은 여러모로 비정상적인 일이었지만 지금은 동태까지 있는 상황이니 싸움이 일어날지도 모르는 일이었다. 그래서 모두들 가버리기 전까지 여기 있어야겠다고 생각을 하는데 그때, 나에게 등을 보이고 있던 한 남자가 삭발한 머리를 슬슬 문지르며 뒤를 흘끔 바라보는 게 보였다. 그와 동시에 머리 속으로 생생하게 떠오르는 기억. 일전에 홍대에서 석원이와 마주쳐 험악한 분위기를 조성하던 바로 그 남자가 아닌가.

"어? 문찬이 형."

내가 그 남자를 발견하고 경악에 가까운 반응을 보이는데 갑자기 동태가 입을 열었다. 문찬이 형? 다시금 동태를 쳐다보니 언제 그랬냐는 듯 건물에 딱 붙어 딴청을 부린다. 하지만 얼굴 위로 보이는 표정들에는 이 애만의 특이한 과장법이 동원되고 있었다.

얼른 동태를 이끌고 건물 옆, 골목을 이용해서 다른 길로 들어섰다. 최정욱보다도 홍대맨에게 걸리는 게 더욱 큰일이었기 때문에 조심스럽게 그 자리를 피하면서 다시 한 번 동태를 살피니 실로 오랜만에 골똘한 표정을 짓고 있는 것을 볼 수 있었다. 너무나 새로웠다.

"동태야, 문찬이 형이라는 사람이 그 남자들 중에서 머리 삭발한 사람이었지?"

동태의 얼굴이 눈에 띄게 놀라는 빛을 띤다.

"전에 석원이하고 있을 때 마주친 적 있어. 누구니? 석원이하고 어떻게 아는 관계야?"

조금 고민하는 모습을 보이던 동태는 머리를 슬쩍 긁더니 나를 쳐다보았다.

"석원이가 말 안 해?"

"그런 말, 할 애가 아니잖아."

"그럼 내가 해줄 수도 없지. 그건 석원이 일인데."

갑작스러운 동태의 어른스러움에 잠시 적응이 안 되었다. 하지만 틀린 말은 아니었기 때문에 더 이상 그 질문은 안 하기로 마음먹었다. 물론 석원이에게 직접 물어보기로 한 것이다.

"그런데 왜 정욱이가 저 일행들하고 있는 거지? 원래 그 애랑 석원이랑 문찬이란 사람이랑 다같이 알았던 건 아닐까?"

"아닐걸. 그 애들은 서로 얼굴만 아는 정도였는데, 아는 놈들이 그러고 모른 척했겠냐?"

아는 사이라 해도 충분히 모른 척 무시할 수 있는 것이겠지만 동태의 목소리에 굉장한 확신이 들어 있었기 때문에 일단은 서로 잘 모르던 사이라는 쪽으로 납득하기로 했다. 하지만 정욱이가 홍대 삭발맨

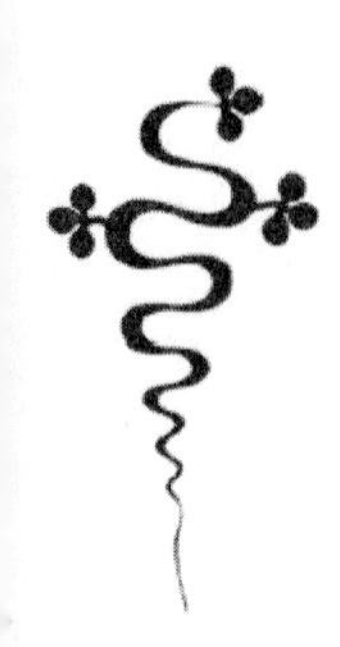

하고는 왜 함께 있었던 것일까.

"어쨌든 감이 안 좋아. 문찬이 형도 괜찮은 인간이 아닌데."

"넌 어떻게 알아? 그 문찬이라는 사람."

"석원이하고 만날 때 가끔 따라간 적 있어."

석원이하고 만날 때라. 역시 저 삭발맨하고 석원이는 매우 긴밀한 관계였던 적이 있었다는 소리겠지? 동태까지도 몇 번 본 정도라면 아무래도 그럴 것 같다는 생각이 들었다.

"석원이한테 말해야겠어."

"그래야지."

시장 조사고 뭐고 이미 동태의 머리 속엔 남아 있지 않은 듯했다. 빨리 알려야 한다고 소리치며 달려가는 그 애의 얼굴을 보니 아까의 진지함은 이미 사라져 버렸고 대신 평소의 들떠 보이는 표정이 하나 가득이다. 도대체 뭘 기대하고 있는 걸까, 싶은 생각이 들 정도로.

한 번도 가본 적이 없다는 동태를 데리고 도착한 석원이의 연습실. 그러나 앞뒤 정황을 다 듣고도 석원이의 표정엔 별 다른 반응이 없었다. 우리가 너무 부풀려 생각한 건가? 사실 한번 싸웠던 학교 아이 하나가 예전에 알던 사람을 만난 정도의 일일 뿐인데 그 일로 이렇게까지 흥분하는 우리가 조금 앞서 나간 것인지도 모른다.

"심각해질 거 같냐?"

하지만 그와 함께 던져지는 빈이의 질문. 마치 무언가를 알고 있다는 듯 말하는 빈이 때문에 조금 전 생각했던 것들은 모두 사라지고 역시 무언가 있구나, 하는 생각이 다시 들었다. 그러나 석원이에게서는 여전히 아무런 말도 나오지 않았다.

“문찬이 그 새끼, 나이가 몇인데 아직도 그 수준에서 애새끼들 데리고 방황이냐? 다른 놈들은 다 제자리 잡고 있는데… 하여간 병신이라니까.”

그리고 또다시 들려온 빈의 목소리. 다른 사람들이 어떤 식의 제자리를 잡고 있는지는 모르겠지만 역시 빈이가 이 일에 대해 깊숙이 알고 있는 것만은 확실한 듯 보였다.

“무슨 일들을 하는데?”

재빨리 물어보았다. 말하는 것으로 봐서 빈이라면 지금까지의 궁금증에 대해 설명해 줄지도 모른다는 생각이 든 것이다. 어쩌면 삭발맨에 대해 정확히 알 수 있을지도 모른다는 기대감에 차서 바라보았는데 그 순간 석원이가 아무것도 아니라며 퉁명스럽게 말을 막았다. 그리고는 빈이를 한번 쳐다본 뒤 곧 옆에 놓인 생수병을 집어 들었다. 보기에는 별다른 행동이 아니었지만 아마도 쳐다보는 그 순간, 아무 말도 하지 말라는 무언의 눈빛을 전달한 것이 아닐까 싶다.

“아무것도 아니긴, 그런다고 없던 일이 되냐? 저 자식…….”

말을 하며 나가 버렸기 때문에 뒷말은 들을 수가 없었다. 하지만 없던 일이 되냐고 하던 그 말에 오히려 아까보다 더한 궁금증이 내 머리를 지배해 버리고 말았다. 차라리 물어보지나 말 것을, 더 복잡한 생각들이 한데 뒤섞여서 석원이가 했을 그 무언가가 도대체 무엇일지 미칠 듯이 고민되기 시작한 것이다.

"내가 현상범이냐? 그 둘이 만날 수도 있는 거지."

집에 오는 동안에도 말 한마디 없이 그 생각만 하고 있으니 석원이가 오히려 태평하게 말한다. 물론 그거야 그렇다. 그 사람들이 좀 만난다고 해서 다 이상한 일, 위험한 일은 아니겠지. 하지만 동태의 말이나 빈이의 말을 종합해 봤을 때, 꼭 현상범이 아니더라도 이런 일은 걱정이 앞설 수밖에 없는 것들 아닐까.

나는 석원이의 옆얼굴을 보며 고개를 조금 저어보았다. 물론 내가 알려고 해도 석원이가 말을 안 한다면 아무것도 모를 수밖에 없을 테지만 그러나 자꾸만 생기곤 하는 불안들은 어떻게도 없앨 수가 없다.

60

다시는 또 다른 슬픔이란 없는걸. 그대 곁에 있으면 우리 사랑은 영원할 뿐이야.

오늘은 체육대회 날이다. 사공이 많으면 배가 산으로 간다고 했던가. 우리 반은 삼 일 전까지도 제대로 된 응원동작이나 응원복을 정하지 못하고 있다가 급기야는 그 모든 것들을 모조리 나에게 떠넘기는 웃지 못할 일이 벌어지고 말았다. 의견이 맞질 않아 한참 싸우곤 하던 이 아이들이 갑자기 수학여행에서의 내 모습을 기억해 내며 춤을 정해오라고 시켰고 그에 따른 의상도 정해와야 한다고 결정을 내리기에 이른 것이다.

어이없고 황당했지만 마냥 안 한다고 했다가는 정말 우리 반, 응원의 꼴지를 보기 좋게 낚아챌 것으로 보였기에 울며 겨자 먹기로 석원이와 함께 원단 시장과 남대문을 누비며 응원복 및 응원도구를 만들고 틈틈이 안무를 쥐어짜서 가르쳐 주곤 했다. 하지만 내가 본래 춤을 잘 추거나 혹은 관심이 있는 사람이 아니었기 때문에 창작이란 절대로 있을 수 없었고 그저 TV에서 자주 보았던 2000년대 가수들의 춤을 기억나는 만큼 재현해 봤더니 그래도 몇 곡 정도 소화해 낼 수 있을 만큼은 되었었다.

"대충 무슨 춤인지는 알겠는데 가르치는 네가 왜 우리보다 더 못해?"

춤을 알려주는 며칠 동안 동태는 내내 저렇게 툴툴거렸다. 하지만 이건 어쩔 수 없는 일일 뿐이다. 내가 알고 있는 건 머리 속의 기억일 뿐 직접 춰봤던 것은 아니니 자세가 엉성한 것까지 바꿀 수 있는 것은 아니었다.

"너무 귀여워. 어쩌면 저렇게 입고 응원할 생각을 다 했니?"

아침 일찍 학교에 나와 모두들 준비되어진 응원복을 입자 수정이가 옆에서 연신 감탄을 하기도 했다. 뭐 크게 머리를 써서 만든 것은 아니다. 남색 줄이나 빨간색 줄이 들어간 세일러 칼라가 붙은 상의와 흰색 주름 미니스커트를 사다가 남자, 여자 안 가리고 모두 입혔을 뿐이다. 하얀 천을 끊어다가 긴 토시를 만들어 무릎에서 발목까지 둘

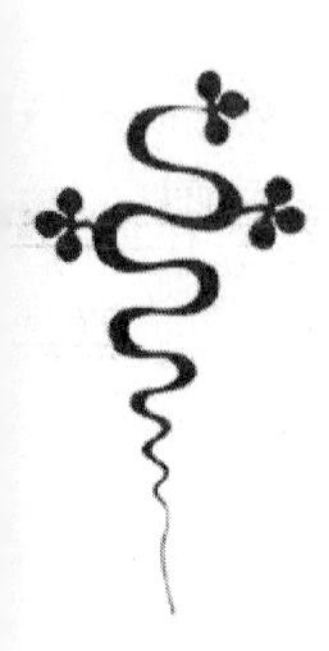

러주고 머리도 양쪽으로 묶어주거나, 혹은 머리띠를 착용하거나, 얼굴보다 큰 리본을 달아주었더니 마무리까지 완벽하게 되었다. 아이들은 이 모든 것을 내가 혼자 해낸 것인 줄 알고 처음부터 끝까지 나의 재능을 칭찬했었다. 사실은 나도 여성 가수 뮤직비디오를 기억해내고 따라 한 것뿐이지만 다른 반이나 다른 학년들까지도 구경하러 오는 것을 보니 어쩐지 어깨가 으쓱해지기도 했다.

이렇게 내가 응원 쪽에서 두각을 나타내고 있는 동안 석원이도 나름대로 자신의 일을 충실히 해내고 있었다. 아침에 집에 들러 데리고 나올 때까지만 해도 얼굴 표정이 그다지 좋지 못했었는데 시간이 되고 자신의 차례가 되자 과연 지금까지 짜증스러워하던 그 녀석이 저 애 맞을까 싶을 정도로 진지하게 임하더니 결국, 200m 단거리에서 1등을 차지하고야 말았다. 1600m 계주도 결승전까지 진입을 했고 농구도 유성이와 석원이의 활동으로 역시 결승전까지 진출해 주어서 줄다리기와 배구, 축구, 400m, 800m에서의 탈락으로 의기소침해 있던 반 아이들에게 활력을 주기도 했다.

바쁘고 활기 찬 응원과 경기들이 어느 정도 막을 내리고 오후에 있을 가장행렬과 두어 가지의 결승전을 치를 종목들을 위해 모두 반으로 가서 점심을 먹으며 휴식을 취하게 되었다. 나는 오랜만에 석원이와 영화를 보러 가기로 했기 때문에 사실 기분이 무척 들떠 있었다. 남은 시간 동안 석원이의 활동을 지켜볼 일도 좋았고 그 후에 기필코 받아낼 거라 믿어 의심치 않는 결승전에서의 승리를 예측하는 것도 즐거운 일이었으며 그 후에 보러 갈 영화도 좋았기 때문에 서둘러 밥을 먹고 소화를 시키고자 운동장에 나와 앉아 있는데 학교 건물 옥상 위에 사람 그림자가 언뜻 스치는 것이 보였다.

한 대여섯 명 정도 되는 것 같아 자세히 보기 위해 눈을 가늘게 뜨고 쳐다봤더니 뒤로 가버렸는지 곧 그들의 그림자는 시야에서 사라져 버렸다. 누구였을까, 별뜻없이 생각해 보다가 아마도 노는 날을 기해서 공사라도 하는 모양이라고 생각하고는 곧 주위 어딘가에 서 있을 석원이를 찾기 시작했다. 도시락을 먹은 후 동태와 함께 나갔으니 분명 운동장 어느 구석쯤에 있을 텐데 찾아지질 않았다.

"석원이 못 봤니?"

아직 강당에 있나 싶어 가볼까, 몸을 일으키려 하는데 저쪽에서 동태 혼자 운동장으로 나오는 게 보인다. 한쪽 팔을 들어 올려 불렀더니 응원복인 짧은 미니스커트를 휘날리며 열심히 뛰어왔다.

"아까 매점 갔다 왔는데 없었어. 반 아이가 그러는데 누가 불러서 갔다는데?"

"누구?"

"몰라. 친구 아닐까?"

"석원이가 이 학교에 너 말고 친구가 어디 있어?"

그러게, 하며 머리를 긁적이는 동태를 보다가 조금 의아해졌다. 아무리 다른 볼일이 있었더라도 지금쯤은 앞에 나타났어야 하는데. 설마 누군가가 또 싸우자고 시비를 걸었나 싶어 걱정이 되었다. 얼마 전부터 정욱이의 눈길이 점차 사납게 변하는 것 같다던 동태의 말도 불현듯 기억이 나 더욱 그런 생각이 들었다. 하지만 딱히 찾아볼 만

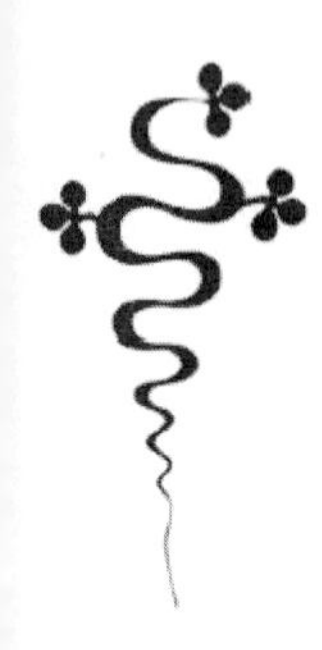

한 곳이 없어 미적거리는 사이 어느덧 체조 시간이 되고 말았다.

5분간의 체조를 끝내고 나머지 종목을 시작하기 전에 먼저 가장행렬 준비를 하는 시간이 있어 다시 반으로 들어갔는데 그때까지도 석원이는 나타나지 않았다. 2학기 들어 학교 내에서 이 정도로 오랫동안 사라졌던 경우는 대부분 무슨 문제가 있었을 때이다. 하지만 요즘 석원이는 문제 같은 거 안 만드는데… 정말 싸우러 간 것은 아니겠지, 싶어 이마를 찡그리다가 순간 내 머리 속에서 생각나는 한 가지 장면 때문에 반으로 들어가려던 걸음을 멈추고 주춤, 서게 되었다.

체조 시간이 되기 전, 옥상 위로 어렴풋이 보이던 그림자들. 공사가 있을 거라는 말도 들어본 적 없고, 시끄러운 소음도 들려온 적 없었지만 그래도 그 시간에 옥상 위에 있는 것을 보니 당연히 공사일 거라고 믿었던 그 그림자들이 생각난 것이다.

"안 돼."

나도 모르게 소리를 내어 중얼거렸다. 안 돼!

"어디 가는데? 무슨 일이야?"

대충 유성이와 민석이, 그 외 반에서 꽤 큰 아이들 몇 명과 동태를 이끌고 옥상으로 급히 올라갔다. 달려가면서도 다리가 많이 떨린다. 아니길 바라는 마음이다가도 만약 싸우고 있는 게 맞다면 차라리 옥상 위가 낫다는 생각도 들었다. 그래야 지금이라도 빨리 반으로 데리고 갈 수가 있으니까.

"이 지독한 새끼, 그걸로 쑤셔 버려. 씹새끼."

옥상 문을 열기도 전에 들려오는 험악한 고함 소리는 분명 최정욱의 목소리였다. 그 뒤를 따르는 마찰음과 함께 저 새끼손가락을 분질러야 놓을 거야, 라고 떠드는 소리들. 뒤에서 따라오던 유성이가 그 소리를 듣더니 문을 열려는 나를 밀치고 자신이 먼저 나갔다. 가까스로 동태의 뒤를 따라나서는데 무언가 알 수 없는 끈적한 느낌이 훅하고 끼쳐 온다.

"또 저 새끼야!"

거친 숨을 몰아쉬며 누군가 잔뜩 쉰 목소리로 겨우 말을 꺼내기에 바라보니 바닥에 쓰러져 있는 정욱이었다. 석원이가 목을 잡아 아래로 내리누르고 있어 그 아이의 얼굴은 피가 몰렸는지 검붉게 변한 채 여기저기 퉁퉁 부어 있고 땀과 피로 얼룩져 있었다.

그러나 위에 올라타고 있는 석원이의 모습도 그다지 괜찮은 편은 아니다. 겉옷이 처참하게 찢겨져 있고 옆얼굴을 따라 흘러내린 붉은 핏줄기도 보였는데 눈에 남은 독기만 여전해서 보고 있는 내 눈에도 힘이 들어가는 게 느껴질 정도였다. 오전엔 환하게 웃음을 지었던 얼굴이 이제 다시 딱딱하게 굳어 있다. 단거리에서 1등을 한 뒤 우리 반 쪽을 슬쩍 쳐다보며 눈이 마주친 나를 향해 씩 웃어 보였던 것이다. 그 모습이 얼마나 좋아 보였는지 모른다. 그런데 이제 이곳에서 싸우고 있는 석원이의 모습에는 그런 웃음이 남아 있지 않았다.

석원이는 우리 쪽을 쳐다보지 않았다. 다만 두 아이의 주위를 둘러싸고 있던 아이들만 당황하여 머뭇거리고 있을 뿐이었다. 이들에게 있어 유성이나 민석이 등은 아무래도 벅찬 상대이긴 할 것이다. 학교

에서 손에 꼽히는 모범생들이고 보니 아무래도 뒤에 찾아올 후환에 대해 걱정이 되는 모양이었다. 그러나 그런 머뭇거림도 잠시, 어떻게 되든 모조리 처벌당하는 것은 달라지지 않을 것이라 생각했는지 그중 누군가가 저 새끼들도 죽여! 라고 소리 지르기 시작했고 곧 이쪽을 향해 달려오기 시작했다.

동태에 의해 벽 쪽으로 밀려나며 몸을 아래로 수그렸다. 설마 했는데 여지없이 달려드는 그들을 보니 상황이 더 악화될 모양이었다. 어느 정도 각오는 하고 왔지만 그다지 싸움을 해봤을 것 같지 않은 아이들이었기에 무척 걱정이 되었다. 아니나 다를까 곧 서서히 밀리기 시작하더니 어느새 두어 명은 자리에 쓰러져 버린다. 가장 앞에 있는 동태와 유성이, 그리고 민석이 정도만 어느 정도 버티고 있을 뿐이다.

선생님에게 알려야 하는가, 이대로 싸우게 놔둬야 하는가. 석원이의 모습을 보면 분명 먼저 시작한 싸움은 아니었지만 그래도 응하긴 했으니 처벌이 뒤따를 것도 같았다. 그러나 이 상태로 반 아이들을 다치게 놔둘 수도 없는 일이어서 이도 저도 결정을 못한 채 망설이고 있는데 그 순간, 닫혀 있던 옥상 문이 요란하게 열리며 저 안쪽에서부터 많은 수의 발걸음 소리가 들려왔다.

"이 새끼들, 뭐 하는 거야? 여기서!"

그와 동시에 바로 옆에서 터져 나오는 무시무시한 고함 소리에 고막이 심하게 울렸다. 선생님이구나 싶어 간이 철렁 내려앉는 느낌을 받으며 쳐다보니 선생님들보다 더 험악하게 인상을 쓰고 있는 사람들이 안으로 들어온다. 놀란 가슴을 가라앉히며 자세히 살펴보니 분위기만 그럴 뿐 생긴 모습들은 아직 학생이라는 것을 알 수 있었다. 설마 정욱의 친구들?

"박도식이야."

"뭐?"

갑자기 작은 말소리가 내 옆에서 들려와 쳐다보니 언제 왔는지 동태가 심하게 까진 손등을 연신 만지작거리며 턱으로 제일 앞에 서 있는 사람을 가리켰다.

"3학년 캡이야. 일났다. 저 형은 그래도 석원인 안 건드렸었는데."

박도식.

눈이 길게 옆으로 찢어진 모습이어서 날카롭게 보였지만 결코 작진 않았다. 입술도 일자로 조금 긴 듯하고 머리는 스포츠형으로 바짝 잘려져 있다. 그 바람에 각진 얼굴이 더 각이 져 보였고 또한 무겁게 가라앉은 느낌까지 주었지만 전체적으로 나쁜 인상은 아니었다.

3학년 캡이라는 말에 또 다른 걱정이 앞서기 시작했다. 이 상황을 어떻게 정리하려 할지 염려가 되는 것이다. 내가 조심스레 지켜보는 가운데 박도식은 단 한 마디도 하지 않은 채 엉망으로 서 있는 2학년들을 한 사람, 한 사람 살펴보더니 곧 유성이를 발견하고는 눈을 더욱 찌푸렸다. 조금 놀란 것처럼 보이기도 했다.

"넌 왜 여기 있어?"

그 말에 인사하는 유성이를 보니 안면이 있는 모양이었다. 어떻게 둘이 알고 있을까, 의아해지긴 했지만 일단 두 사람이 아는 관계라는

사실에 적잖이 안심이 되긴 하였다. 유성이와 민석이가 앞뒤 상황을 대충 설명하는 사이 난 최정욱 일당들의 살벌한 눈초리를 받으며 석원이를 부축해 세웠다.

"미친 새끼들! 할 짓이 없어서 한 놈을 끌어다 돌려? 최정욱, 이 모자란 새끼야! 졌으면 그걸로 끝인 거지 이따위로 치사하게 할래!"

아까 들어올 때부터 요란하던 또 다른 3학년 선배 한 명이 별안간 소리를 질러서 깜짝 놀랐다. 정말 무서울 정도로 말라 보이는 그 선배는 가느다란 목에 핏대까지 세우며 최정욱 일당들을 성토하고 있었다. 그들이 당하는 모습이야 만족스럽기도 했지만 이러다가 선생님들이 오시는 건 아닐까 걱정스러울 정도로 그 선배의 목소리가 컸기에 이제 그만 했으면 하는 표정으로 쳐다보고 있었더니 그런 내 시선을 알아차린 것일까? 느닷없이 날 보면서 입을 다물어 버린다. 그리고는 내 쪽을 손으로 가리키며 해석할 수 없는 표정을 지었다. 곧 유성이에게 무언가 묻는 걸 보니 아무래도 아까 봤을 땐 내가 여자애라는 걸 몰랐다가 이제야 발견하고 놀란 모양이었다.

"최정욱, 네가 문찬이 새끼한테 빌붙었다는 게 사실이냐?"

드디어 박도식 선배가 입을 열었다. 조금씩 웅성거리던 소리들이 잠잠해졌고 대신 모두의 눈초리가 힘겹게 일어서 있는 정욱이에게 쏠렸다. 그리고 나 또한 문찬이라는 이름을 기억해 내고 뒤늦게 놀라 박도식 선배와 정욱이를 번갈아 쳐다보기 시작했다. 어떻게 홍대의 삭발맨을 아는 사람들이 이렇게나 많단 말인가.

"지석원, 넌 그만 내려가 봐라. 유성이 너도."

한참 이해되지 않는 점에 대해 생각을 거듭하고 있다가 그제야 정신이 들었다. 지금 다른 사람들을 보며 이것저것 평가할 때가 아니라는 것을 깨달은 것이다. 점점 위축되어 가는 정욱이와 그 일당들을 곁눈으로 살피며 서둘러 반 아이들을 챙겼다. 동태와 민석이가 석원이를 부축하여 모두들 계단 입구로 향하는데 다시 박도식 선배의 목소리가 들려왔다.

"조심해서 다녀라."

경고인가 싶어 보니 그건 아닌 모양이다. 옆에 서 있는 무섭게 마른 선배가 문찬이 새끼가 너 때문에 이를 간다는데, 라고 덧붙이는 것을 듣고서야 삭발맨을 조심하라는 소리라는 것을 알 수 있었다. 과연 뭐라고 대답할까 싶어 석원이를 보았지만 할 말이 없는지 잠시 쳐다보는 것을 끝으로 그냥 밑으로 내려가 버렸다. 3학년 선배들 중 저 건방진 자식, 하는 소리가 들렸지만 의외로 도식 선배는 아무 말이 없다. 그래서 생각보다 쉽게 반으로 내려올 수 있었다. 이건 그냥 내 개인적인 바람이지만 재수없는 최경욱과 그 일당들, 오늘 별일나길 빈다.

61

반에 이들을 끌어다놓으니 삽시간에 야전 병원 같은 분위기가 구축되었다. 미 남북 전쟁에서 돌아온 부상병들 버금가는 모습들을

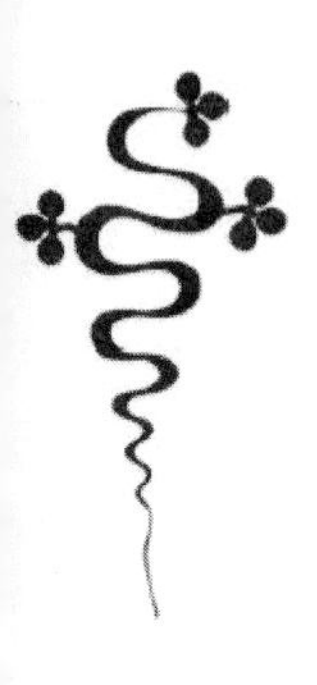

보고 반 애들 전체가 입을 다물질 못한다. 특히 남자 아이들, 자신들이 끼지 못한 패싸움이 있었다는 걸 짐작했는지 부단히 주먹을 불끈 쥐며 매우 한스러워했다. 필히 이들의 싸움 실력을 발휘할 수 있는 시간을 마련해 줘야 할 듯하다.

"별일 아니었으니까 다들 소문 내지 말았으면 해. 내 말 무슨 뜻인지 알겠지?"

민석이가 주위를 주는 동안 얼른 복도 쪽으로 난 창을 가리기 위해 커튼을 쳤다. 다른 반 아이들은 이 모습조차 분장으로 느낀 것인지 어쨌든 복도를 오는 내내 별 반응이 없었지만 그래도 선생님이라도 지나가시다가 보면 큰일이어서 구석구석 빈틈없이 가려 버렸다.

"어쩌지? 아까 석원이 없는 거 보고 담임이 꼭 찾아오라고 하셨었는데. 이 상태로 나가면 학주한테 걸릴 거야."

민석이가 한쪽 팔을 문지르며 다가왔다. 담임이 석원이를 찾았다니 문제이긴 한데 그렇다고 이 모습을 가릴 방법이 있는 것도 아니었다.

"글쎄."

고개를 갸웃하며 다른 쪽을 보는데 저만치 서 있던 유성이가 나를 향해 손짓을 한다. 이미 민석이도 또 다른 다친 아이들에게 가버린 후라서 의논이라도 해봐야겠다 싶어 다가가니 곧 내 귀에 대고 무언가를 설명하기 시작했다. 그리 많은 말을 한 것은 아니지만 한마디 한마디를 듣고 있는 동안 속으로 걱정하고 있던 것들이 조금씩 가라앉기 시작했다.

"야! 너희들, 그 옷 다 벗어."

유성이의 말이 끝나자마자 얼른 분장에 임하고 있는 아이들에게 뛰어가 소리를 질렀다. 이런 난리법석이 났어도 어쨌든 가장행렬을 포기할 수는 없다는 생각에 이리저리 준비 중이던 아이들이 모두 멍한 눈으로 쳐다본다. 하지만 어쩔 수 없었다.

우리 반의 가장행렬 주제는 세기의 영화들이라는 제법 그럴듯한 것이었다. 유명한 영화들을 뽑아 각 대사관과 방송국에 문의하고 사정하여 힘들게 의상을 구했는데 마침 유성이가 여자 옷을 다친 남자 아이들에게 입히고 화장을 해서 가리는 게 어떻겠냐고 물어온 것이다.

물론 석원이나 유성이, 그리고 민석이와 준태도 함께 분장을 해야 할 터였고 그렇게 되면 가장행렬 바로 전에 있는 농구 결승전은 참가 못한다는 엄청난 피해가 있었지만 그래도 어쩔 수가 없었다. 우리 반 남자애들이 폭력으로 인해 교무실로 끌려가느니 차라리 농구에 지는 게 낫다는 결론을 유성이가 조용히 내려준 것이다. 나도 그 말에 이의가 없었기 때문에 서둘러 다른 후보 선수들을 채워서 몸 풀라고 내보내고는 다친 아이들 위주로 분장을 다시 하기로 했다.

"저리 안 비켜!"

그러나 옷 입기 전에 화장부터 시키겠다고 다가서는 여자애들을 보더니 석원이가 여지없이 소리를 지른다. 이미 그럴 것이라 예상을 하고 있었기 때문에 내가 고개를 저으며 다가갔더니 눈썹을 찌푸리며 자리에서 일어나려 한다. 얼른 어깨를 눌러 도망가지 못하게 한

뒤 슬며시 웃어주었다.

"말 안 들을래?"

"비켜."

"안 돼! 난 네가 얌전히 고교 졸업장을 따길 바래."

재빨리 얼굴에 메이크업 베이스부터 깔고는 그 위에 진하게 파운데이션을 덧입혔더니 얼굴 전체가 부옇게 뜨는 느낌이다. 그래도 가릴 수 있는 한은 가려야 한다는 일념에 파우더와 콤팩트를 두껍게 바른 후 치크와 아이쉐도우를 최대한 펴 발라주었더니 어느새 그 많던 멍과 상처들이 가려지고 꽤 괜찮은 모습으로 탈바꿈하였다. 다른 남자 아이들도 차례로 화장을 한 후 입술까지 그럴싸하게 발라주니 어느새 우리 반은 뉴욕 뒷골목에 자리 잡고 있을 법한 게이바 같은 분위기로 바뀌어 버렸다. 이대로 제3의성, 그들만의 공간이라는 이름으로 주제를 바꿔 나가도 손색이 없을 것 같다. 가장 돋보인 것은 역시 유성이었다. 원래 하얀 피부였는데 그 위에 화장을 해놓으니 웬만한 여자들보다 더 화장을 잘 먹었을 뿐더러 밑으로 보이는 다리가 저게 과연 남자 다리일까 싶을 정도로 빛나는 자태를 보여주고 있는 것이다. 나와 다른 여자 아이들이 애써 그 옆에 서지 않으려고 노력했음은 물론이다.

대충 준비들이 마쳐진 상태에서 죽 세워놓고 마지막 점검을 하고 있는데 마침내 농구가 졌다는 소식이 들려왔다. 우리 반은 분장을 늦게 시작한 탓에 그나마 응원도 못해주었는데 결승에서 떨어졌다고 하니 다들 기분이 착잡한 모양이다. 그렇지만 그런 기분이 오래가지는 못했다. 두 줄로 세워놓고 쳐다보게 했더니 서로의 모습들을 보며 모두들 어쩔 줄을 몰라 한다. 우습긴 하지만 자신의 모습이 생각나서 웃을 수도 없는 모양이었다.

티파니에서 아침을, 바람과 함께 사라지다, 그리스, 다이얼 M을 돌려라 등 각각의 명화 속 여배우들인 오드리 헵번이나 비비안 리, 올리비아 뉴튼 존, 그레이스 켈리 등의 역으로 분장이 되어진 남자 아이들은 스스로가 생각해도 전혀 공감할 수 없다는 표정들이었다. 내가 봐도 사실 그들과 이들과의 모습을 절대 비교조차 할 수 없는 것으로 보이긴 했다. 그나마 석원이나 유성이나 민석이는 얼굴이라도 그런 대로 괜찮았지만 나머지 애들은 여드름 덕지덕지 난 멍게 사촌 같은 얼굴에 저런 분장을 해놓으니 세기의 영화들은커녕 '스타워즈 —그들이 만난 외계인'이라고 해야 관중들이 납득하지 않을까 걱정이다.

"다음은 우리 2학년 5반의 입장이 있겠습니다. 주제는 세기의 영… 흣흠."

각자 담임 선생님들이 자신의 반에 대해 소개하고 시작되게 되어 있는 가장행렬에서 끝끝내 우리의 담임은 웃음을 참지 못하시고 중간에 소개를 멈추셔야 했다. 체육관에 열을 지어 서 있는 우리들을 보러 오셨다가 특히, 석원이나 유성이 등의 모습을 보시면서 표정 관리를 못하시던 선생님은 단상에 올라가서도 그 모습을 지우기 힘드셨던 모양이다.

『다음부턴 나한테 먼저 상의해라.』

그러나 웃음을 참지 못하셨던 담임 선생님이 본부석으로 돌아가시면서 저런 의미심장한 말을 남기신 것으로 미루어보아 우리 반 남자아이들의 일을 대강 눈치는 채신 듯 보였다. 아무리 화장을 두껍게 해놓았어도 가까이서 보니 티가 났던 모양이다.

"그래도 우리 담임, 화낼 때는 무섭지만 참 멋있지 않니?"

수정이의 말에 고개를 끄덕이며 본부석까지 걸어나갔다. 그 앞에 도착해서 하나하나 준비한 포즈를 취하고 있는데 조금씩 술렁이기 시작하던 그 일대가 일순, 소란스러워졌다. 특히 석원이의 엽기적인 모습에 압도당한 듯하다. 지금 석원인 치마를 우악스럽게 움켜쥐고 얼굴을 있는 대로 찌푸린 채 매우 불량하게 서서 자신의 차례가 되어도 꼼짝도 않고 다른 곳만 바라보고 있는 참이었다. 옆에 그레고리 팩으로 분장하고 있는 나 혼자서만 열심히 그 주위를 돌고 있을 뿐이다. 푯말에는 분명 로마의 휴일이라고 적혀 있지만 다들 납득은 못하는 눈초리였다.

"지석원이 저거 어깨가……."

제일 앞에서 교감선생님과 함께 앉아 있던 학주가 상체를 앞으로 내밀며 새우처럼 눈을 가늘게 뜨시는 모습이 보였다. 불안한 마음에 곁눈으로 살펴보니 석원이의 어깨 부분에 동전만한 피멍이 눈에 보인다. 가슴과 어깨가 넓게 패인 드레스를 입은 터라 그 부분을 살펴봐야겠다고 생각은 했었는데 그만 깜박한 모양이다.

"자기야~ 난 자기가 더 좋아."

이제 이걸 어쩌나 싶어 고민하고 있는데 딱히 할 게 없어서 빨간 머리 삐삐로 변장시켜 혼자 걸으라고 해놓았던 동태가 저 뒤에서 폴짝거리며 뛰어와서는 갑자기 석원이를 안으며 어깨의 피멍에 입을 맞추어 빨간 입술도장을 찍어버리고 말았다. 그 바람에 오히려 놀라고 기겁을 했던 것은 주위에 있던 우리였지만 어찌 되었든 그 일로 인하여 학주의 눈초리에서 벗어나긴 한 것 같았다. 다만 동태가 매우 처참한 모습으로 운동장에 누워버렸다는 것만 빼고는.

아무튼 우리 반의 가장행렬은 무언가로 변했다기보다는 보는 이의 눈을 즐겁게 해주었다는 쪽이 더 설득력있어 보인다. 가까이 다가가는 반마다 모두들 환호성을 질러대기 바빴고 그중에는 카메라 셔터를 열심히 누르고 있는 몇몇 아이들도 보였다. 드레스를 움켜쥐고 그들 사이로 뛰어들어 카메라를 뺏어 오려고 하는 석원이를 말리느라 나중에는 어깨가 시큰거릴 정도였다.

한 바퀴를 그런 대로 무사히 돌고 체육관으로 다시 들어오자 석원이는 제일 먼저 가발을 내동댕이쳤다. 어렵게 빌린 드레스도 찢어버릴 기세로 벗는 것을 겨우 말려서 얌전히 벗게 하였다. 화장까지도 그 자리에서 지워 버릴 기세였지만 아직 1600m 계주가 남아 있었고 그것마저도 안 뛰면 무언가 이상한 낌새를 차릴 수도 있다는 유성이에 말에 그냥 출연하기로 결정했기 때문에 조금만 더 참으라고 달래줄 수밖에 없었다.

우리 반을 대표하는 네 명의 남자 선수들 중 세 명은 화장을 한 상태이다. 어디서 보든 구별이 확실히 되는 바람에 오히려 응원을 부채

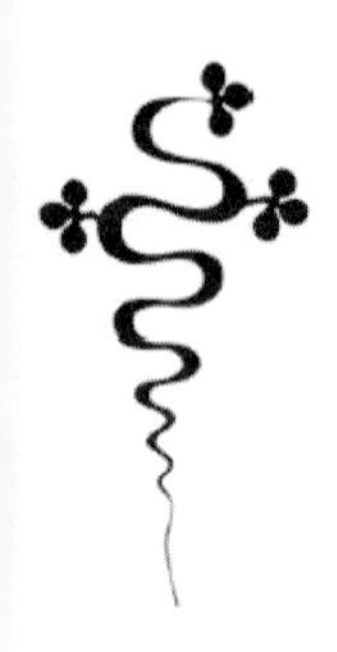

질하는 효과를 낳았다. 남자 중에는 가장 먼저 달리는 유성이, 그리고 가장 마지막에 달리는 석원이. 세 명이나 몸이 좋지 않으니 이번 것도 포기를 해야겠구나, 싶어 응원이라도 열심히 하자 결심했던 반 아이들이었는데 계주를 맡은 아이들은 그럴 생각이 전혀 없다는 듯 무섭게 달리기 시작했고 결국, 가장 마지막에 석원이가 1등으로 들어오는 장면을 전교 아이들이 보는 기분 좋은 일이 연출되고야 말았다.

체육 선생님의 손에서 공포탄이 터짐과 동시에 나는 늘 미래에서 꿈꾸곤 하던 장면 하나가 생각났다. 유성이가 계주에서 1등으로 들어와 시상대 위에 서곤 하던 그 꿈. 그리고 이제 저 앞에 시상대 위로 올라가게 될 석원이.

62

『누나라고 하면 지워 준다니까.』

『빨리 지워.』

『어허! 내 말을 지금까지 어디로 들은 거야? 아까 한 그 말대로 해야…….』

『…누나.』

1600m 계주에서 우승을 한 뒤 석원이는 얼굴의 상처로 인해 다른 남자 아이들처럼 화장실로 달려가지도 못한 채 나만 보고 있어야 했다. 바로 지우기에는 조금 아깝다는 생각이 들어 최대한 거들먹거리

며 시간을 늦추어보았더니 아니나 다를까, 수세미라도 찾아 들고 얼굴을 밀어버릴 것 같은 기세로 자리에서 일어서 버린다. 다시 잘 달래어 의자에 앉혀놓고 꼼꼼하게 스킨과 베이비로션을 묻힌 손수건으로 화장을 지워주며 생각했었다. 아프면 아프다고 말하고 쓰라리면 눈을 찡그리기라도 해야지, 왜 그걸 참고 있니…….

석원이는 모든 색조 화장을 지우고 다시 한 번 화장솜을 이용해 문지를 때에도 별다른 말 없이 내 어깨 넘어 다른 곳만 바라보고 있었다. 그리고는 그 모습에 정신이 팔려 입술의 상처를 세게 건드리자 곧 눈을 찡그리며 내 손목을 잡았다. 찡그리는 모습이 신기해서 아프니… 나도 모르게 물어보았고 석원인, 쳇 하며 혀를 찬 뒤 다시 눈을 돌렸었지.

"아픈데 다음에 가자."

종례 시간 이후, 아무래도 영화를 보러 가는 것은 무리라는 생각에 다음에 가자고 했는데 괜찮다고 대답하는 석원이의 목소리가 까슬하다. 여장이라는 거, 석원이에겐 너무 큰 무리였나.

"미안해. 갑자기 방법이 생각 안 나서. 유성이 말 들었을 때는 꽤 괜찮은 방법이라고 생각했는데, 네가 이렇게 싫어할 줄 알았으면 안 할 걸 그랬어."

성큼성큼 앞서 걷던 석원이는 그 말과 함께 우뚝 멈춰 서서 날 잠시 바라보았다. 그리고는 씩, 웃음을 짓는다.

"그래도 넌 했을 거야."

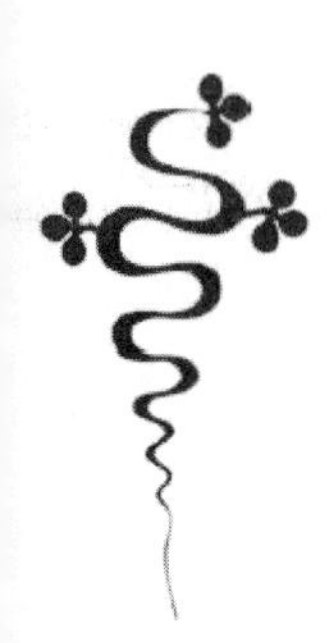

내가 고집스럽다고 생각하는 것일까. 다시 걷기 시작하는 뒷모습을 보다가 부지런히 쫓아갔다. 사실 고집은 나보다 네가 더 세잖니.

버스로 20분을 간 뒤 다시 2분쯤 걸어 도착한 영화관 앞은 생각보다 한산했다. 평일이라 그런지 사람이 별로 없는데도 내가 이틀 전에 예매한 늑대와 함께 춤을, 이라는 영화는 매진이었다. 이 영화가 얼마나 인기있었던 것인지 알고 있기 때문에 두말 않고 예매를 하긴 했었지만 사실 석원이와 오는 게 아니었다면 봤던 영화를 또 보러 오는 일은 하지 않았을 것이다. 제목도 기억 안 나는 다른 영화들을 대충 훑어보며 안으러 들어가려 하는데 석원이가 그런 나를 불렀다.

"다른 거 보자."

"다른 거? 여기 이거보다 재미있어 보이는 거 없는데?"

갑자기 다른 것을 보자고 하던 석원이는 내 말에 대꾸도 없이 표를 가로채더니 성큼성큼 매표구로 다가갔다.

"야, 뭐 하는 거야?"

내가 멍하니 서 있다가 한 박자 늦게 항의를 하자 미안하다며? 라고 한마디 하고는 빠르게 표를 바꿔온다. 말로는 괜찮다고 하더니 상의도 없이 여장시켜 버린 거 복수하는 건가. 매표구에서 잠시 시간을 지체한 석원이는 이제 곧 시작이라며 멈춰 서 있는 나를 재촉해서 본래 들어가려던 곳과는 반대되는 입구로 향했다. 여유있게 팝콘도 사가려 했던 계획은 모두 물거품이 되어버리고 등도 꺼져 컴컴한 속을 엉거주춤한 자세로 더듬더듬 들어가야만 했다. 이미 대한 뉴스가 끝난 뒤였다.

석원이가 바꿔온 영화는 한마디로 표현하자면 영화가 아니었다. 그냥 음악 그 자체라고 할 수 있을 듯하다. 상영 시간 내내 매우 긴 연주 장면이 여러 번 나오기도 하는 본격적인 클래식 음악 영화였기 때문이다.

세상의 모든 아침.

제라르 드빠르디유, 앤 보쉐, 쟝 삐에르 마리엘이 주연이고 알랭 코르노 감독이 연출한 영화라고 팜플렛에 인쇄되어 있었지만 사실 제라르 드빠르디유 말고 내가 들어본 이름은 없었다. 예전에 대학 선배에게 추천받은 적이 있어 보려고 하다가 구비해 놓은 비디오 집을 찾지 못해 결국 포기한 적이 있었는데 중간쯤 보다 보니 그 일이 기억났다. 솔직히 말하자면 흥미진진한 내용은 아니었으나 잔잔한 것이 마음에 들어 열중하여 보고 있는데 내 앞과 옆, 뒤에 띄엄띄엄 앉은 적은 수의 관람객들은 이 영화를 선택한 것에 대해 꽤나 후회하는 듯했다.

"이래서 보고자 하는 영화가 매진일 때는 그냥 가야 하는 거야. 괜히 다른 거 보면 이렇게 된다니까."

앞에 앉은 남자가 옆에 있는 여자에게 낮은 소리로 중얼거리는 게 들려왔다. 여기 있는 사람들 다 우리 같은 사람들일 거야, 라고 말하는 그 남자. 순간 난 그의 어깨를 치며 그게 아니올시다, 라고 말해주고 싶은 충동에 사로잡혔다. 나와 석원이는 평일에도 매진일 만큼 반응이 좋은 영화의 표를 미리 예약하여 버젓이 들고 있다가 마지막 순간에 교환까지 해서 이쪽으로 들어온 것이다.

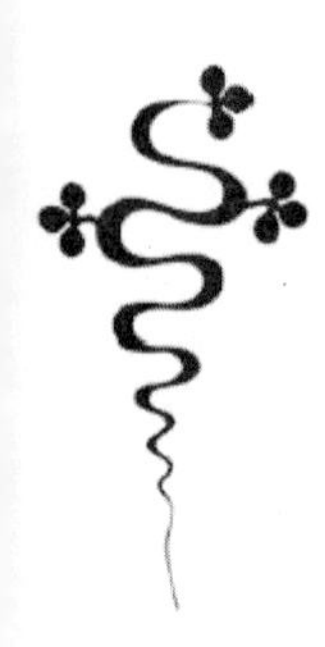

하지만 그래도 후회할 만큼 따분한 영화는 아니었다는 생각이다. 오히려 기대보다 훨씬 괜찮았다는 느낌이 들기도 했으니까. 하긴 음악에, 특히 클래식 음악에 알러지 반응이라도 일으키는 사람들이라면 절대로 보아선 안 되겠다는 느낌은 있었지만 대체로 영상도 깔끔했고 전체적인 느낌도 좋았다. 간혹 이 영화를 먼저 보자고 했던 석원이를 살피기도 했는데 앞에서 반사되어 오는 빛에 얼굴과 눈이 반짝거리는 것 하며, 상체를 앞으로 수그리고 손가락으로 턱을 만지작거리면서 어떤 때엔 눈까지 감고 있는 모습들을 볼 때에는 정말 음악을 좋아하는구나 하는 생각이 들기도 했다. 이 정도로 음악에 심취할 수 있다는 것이 신기해 보일 정도였다.

"생뜨 콜롱브, 마랭 마레. 프랑스 이름들은 너무 어려워. 각본 쓴 사람이 지었겠지?"

영화 속에서 나온 주인공들의 이름이다. 다 끝나고 나오면서 그 생경한 발음을 두어 번 되뇌어보다가 혼자 중얼거렸더니 석원이가 내 말을 들었는지 실존 인물들이야, 한다. 그다지 들어본 이름들이 아닌 것 같은데 실존 인물이라고 하니 갑자기 신기한 생각이 들었다. 혹시 어디서든 들어본 적이 있나 싶어 조금 기억을 되돌려 보다가 결국 포기하고 말았다.

"다시 봐야겠어, 너. 이런 음악에도 관심을 보이고."

"훗."

잔잔하게 웃으며 내 가방을 들고 먼저 걸어가는 석원이의 뒷모습을 보고 있자니 다시 복잡해지는 느낌을 받아야 했다. 석원이라는 아이를 구성하고 있는 모든 것들, 실제로 옆에서 지켜보면 어쩐지 부서지기 쉬운 감성을 가지고 있을 것 같은데도 언제나 늘 거칠고 강하게만 보여지는 상반되는 부분들이 나를 늘 혼란스럽게 했다. 또한, 음악에 대한 설명할 수 없는 관심과 열의가 내비칠 때는 정말 내가 알고 있던 그 석원이가 맞을까 하는 생각도 들었다. 이렇게 가까이서 지켜보지 않았다면 절대 보이지 않았을 숨겨진 모습들.

집까지 묵묵히 걸어오면서 계속 석원이에 대한 생각을 했다. 궁금한 것도 많고 알고 싶은 것도 많은데 차마 물어볼 수는 없었다. 지금까지 계속 석원이가 대답을 잘 안 하는 점을 들어 모른 척해왔지만 사실은 물어서는 안 될 것 같은 느낌 때문에, 특히 석원이의 가족 사항이나 유성이와의 문제 등, 그런 것들은 피해야 할 사항이라는 알 수 없는 느낌 때문에 일부러 외면하고 있었다고 해야 정확할 것이다. 게다가 석원이도 나에게 질문 같은 걸 잘 하지 않았기에 애써 그런 것들을 합리적으로 생각해 오고 있었다.

그러나 누군가 내 곁에 있다면, 그리고 늘 내 머리 속과 마음속에 가장 커다랗게 자리 잡고 있는 사람이라면 그에 대해 모든 걸 알고 싶어지는 게 인간의 심리 아닐까. 나도 그렇다. 나 또한 많이 자제하고는 있지만 석원이를 보면 어깨를 잡아 앞뒤로 마구 흔들어서라도 실토를 하게 하고 싶은 충동에 가끔 사로잡히곤 한다. 아주 가끔이긴 하지만 이런 생각은 짧은 대신 매우 강렬했다. 언젠가 정말로 석원이를 흔들며 빨리 다 말해 보라고 다그칠지도 모르겠다는 생각이

들 만큼.

63

지나고 나면 이 일은 아주 사소한 것에서부터 시작되어지고 준비되어졌다는 것을 깨달을 때가 있다. 그 시작점부터 다가올 일을 미리 알았었다면 어쩌면 나는 조금쯤 그러한 일에서 벗어나는 것에 성공할 수 있었을까.

"먹어."

사건이 많았던 10월이 지나고 어스름하게 흉내만 내다 만 첫눈이 아주 조금 내리기도 했던 11월의 중간쯤 되던 날, 동태가 덤벙대다가 학교 앞 건널목에서 차에 치어 오른쪽 다리를 깁스 한 채 돌아다니고 있었으며 언제나 한결같은 유성이의 반응 때문에 괴로워하는 수정이가 우리의 곁에 있었다.

학교 가는 길에 석원이가 좋아하는 야채 호빵과 캔 커피를 사가지고 교실 안으로 들어서는데 문득 마른 잎사귀들이 날리는 모습을 보게 되어 기분이 이상해짐을 느꼈었다. 반나절을 그런 기분에 시달리다가 조금 전환을 해봐야겠다는 생각에 두 손을 높이 들며 천장을 향해 소리를 질러보았다.

"이제 한 달만 있으면… 방학이다!"

그날, 점심을 먹고 서늘해 보이는 창밖 날씨를 지켜보던 석원이가 참 무관한 소릴 한다, 하는 표정으로 쳐다봤다. 그러고 보니 반 애들 전체가 날 그렇게 보고 있었다. 뭐, 방학을 한 달 전부터 기뻐해선 안 된다는 법이라도 있는 건가.

"방학 하면 뭘 할 건데 벌써부터 방학타령이야?"

하지만 그 순간 수정이가 매우 기운없는 표정으로 물어와서 기분을 바꿔보겠다던 내 계획은 단번에 실패하고 말았다.

"어이구, 어쩌다 이렇게 기운이 빠지셨어요, 할머니?"

딴에는 농담이라고 한 것이었는데 서로 저기압이던 상태라서 그랬는지 나도 수정이도 별로 웃지 못했다. 웃기는커녕 허황된 소리를 했다는 벌로 매점에까지 다녀와야 하는 우울한 일이 겹해졌다. 누군가 같이 가길 바라는 마음으로 사방을 둘러보았으나 석원이까지도 짐짓 모른 척 다른 곳을 보고 있다. 빨리 다녀오라는 수정이의 채근에 힘없이 교실을 나섰다.

"너, 2학년 아니냐?"

매점에 들렀다가 이제 10분 뒤면 수업 시작종이 울릴 거라는 생각에 걸음을 빨리하여 돌아오는 중이었다. 뒤에서 누군가가 친근하게 나를 불렀다. 그 근방에 나 외엔 없었기 때문에 걸음을 멈추긴 했지만 사실 명찰만 봐도 몇 학년인지 알 수는 있는 것이어서 그냥 지나가다가 뭐 물어보려고 부른 것이겠거니 싶어 뒤돌아봤는데 우선 그 사람의 가슴에 있는 3학년 명찰이 눈에 보였다. 그리고 잠시 후 보이는 얼굴.

하마터면 소리를 지를 뻔했다. 그다지 무섭게 생긴 얼굴은 아니었지만 이미 잊은 줄 알았던 3학년 캡이라는 박도식이 그곳에 서 있었기 때문이다. 나를 부를 만한 친분이 전혀 없었기 때문에 조심스럽게 살펴보는데 옆에 있던 무섭게 마른 선배가 대신 말을 꺼냈다. 항상 같이 다니는 모양이다.

"맞네. 그때 유성이랑 같이 있던 애, 맞지?"

"아닌데요. 석원이랑 같이 있었는데요."

무슨 뚝심인지는 모르겠지만 그 선배의 말이 끝남과 동시에 유성이라는 이름을 석원이로 정정하고 말았다. 순간적인 충동에 의해 한 일이었는데 두 명의 선배는 매우 황당했던 모양이다. 꽤 오랫동안 말을 못하고 있더니 마른 선배가 겨우 말문을 연다.

"하하. 그래, 석원이 옆. 그 녀석이 요즘 바쁘다더니 사실이네."

아무리… 그대보다 바쁠라구요. 늘 박도식의 옆을 지키며 이것저것 도맡아 해줄 것 같은 느낌을 주는 마른 선배를 바라보다가 조용히 인사를 하고 돌아섰다.

"가란 말 안 했는데."

그리고 뒤를 이어 날아온 박도식의 목소리. 생각해 보니 날 부른 것은 바로 이 선배였다.

"왜요?"

빨리 가야 한다는 것에만 몰두해 있어서 급하게 물으며 뒤돌아봤더니 도식 선배는 빙그레 웃는데 반해 마른 선배는 눈을 가늘게 뜨며 괜스레 못마땅해 보이는 표정을 억지로 짓고 있었다. 내가 억지로라고 생각했던 이유는 별게 아니다. 얼굴 위로 웃음이 조금 번지려던 것을 가까스로 참고 있다는 느낌을 받았기 때문이다.

"석원이는 요새 뭐 하냐?"

"그냥 조용히 지내는데요."

옥상에서 싸움이 있은 후 한 달여 동안 석원이와 마주친 적이 없는 듯 보였다. 내 대답에 퍽 만족스러웠는지 고개를 끄덕하더니 말한다.

"나한테 한번 오라고 해라."

"네."

"잊지 말고 전해야 한다."

다시 네, 라고 대답을 했는데도 도식 선배는 내가 못미더웠는지 몇 차례 더 강조를 하며 주입을 시켰다. 무슨 일이기에 이러는가 싶어 연속적으로 대답을 하고 난 뒤 그제야 가려고 하는 선배의 모습을 멍하니 보고 있는데 갑자기 내 손이 허전해지면서 옆에 있는 마른 선배의 목소리가 그 사이를 비집고 들어왔다.

"이건 내가 접수한다. 수고!"

손에 들고 있던 봉지를 빼앗아 달려가 버린 것이다. 느닷없이 일어난 일이어서 뭐라고 항변도 못하고 고스란히 빼앗겨 버린 난 입만 벙긋거리며 그 자리에 수초쯤 서 있다가 겨우 정신을 차렸다. 이대로 반으로 돌아가면 오늘 종례 때까지 수정이의 눈초리를 견뎌내야 할 테고 매점까지 다시 갔다 온다 해도 이미 5분도 채 안 남은 점심 시간인데 먹을 시간까지는 없을 것 같고. 어떻게 하든 좋은 소리 듣기는 틀린 듯 보인다.

결국 그날 난 학교가 파한 뒤 거금을 들여 떡볶이와 순대를 사줘야만 하는 억울한 일을 당해야 했다. 덤으로 따라온 동태의 먹성이 실로 엄청난 것이어서 네 명이 들어가 9인분을 먹어치우고서야 나올 수 있었다.

"너, 빨리 그 박도식이라는 선배한테 가봐."

다음날, 나는 전날에도 해줬던 말을 석원이에게 똑같이 들려주었다. 어제도 떡볶이를 먹은 뒤 연습실로 가는 길에 말을 해줬었는데 반응이 영 시원찮았었다. 그래서 아침에 보자마자 다시 전달해 주었는데 역시나 귀찮은 표정만 지으며 고개를 젓는다. 왜 안 가냐고 물어도 대답조차 없었다. 괜히 일이 시끄러워지면 어쩌나, 걱정하는 나와는 달리 석원이는 태평했다.

그리고 그날 점심 시간의 일이다. 도시락을 싸오지 않아 밖에 나가서 먹기로 합의한 우리 네 사람은 근처에 있는 분식점에 찾아가 어제처럼 퍽 많은 양의 음식들을 먹어치우고 돌아오게 되었다. 체육복을 빌려야 한다며 먼저 달려가는 수정이를 따라 동태도 열심히 달려가고 난 다음, 천천히 걸어 교문으로 다가가고 있는데 그때 뒤에서 석원이를 부르는 소리가 들려왔다. 돌아보니 교문 맞은편에 우리 또래의 남자 아이들 셋이 삐딱하게 서 있었다. 옆엔 오토바이도 세 대가 보였는데 얼른 봐도 같은 학교 아이들은 아님을 알 수 있었다. 또 어디선가 싸우러 온 건 아닐까 싶어 그쪽으로 걸어가는 석원이를 따라가 보려 했지만 분명 제지할 거란 생각에 보고만 있었더니 의외로 그 아이들과 석원이는 손을 부딪치며 반갑다는 듯 인사를 한다. 별로 아는 사람이 없는 것으로 보이던 석원이 앞에 처음 보는 아이들이 나타나자 무척 이상했다. 장식을 요란하게 한 가죽 점퍼를 걸친 세 명의 아이들은 뭐랄까, 조금 희극적으로 보이기도 했다.

"빈이 놈, 연락이라도 해보지."

5분쯤 뒤에 석원이가 나에게 다시 돌아오는 게 보였다. 그리고 바로 뒤에 있던 아이가 빈이의 이름을 말하며 연락을 해보라고 말하는 것도 들렸다. 빈이와 알고 있는 것을 보니 지난번 퇴학당하기 전에 알던 친구들인가 싶기도 했지만 물어봐도 대답해 줄 것 같지는 않기에 간단히 누구인지만 물어보았다.

"…친구."

"왜 온 건데?"

"놀러온 거지."

"저 애들은 학교 안 다녀?"

그 말엔 별다른 대답이 없었다. 그래서 일부러 찾아온 친구들인데 좀 더 같이 있다 들어가야 하는 거 아니냐고 물었더니 괜찮다며 안으로 쑥 들어가 버리고 말았다. 그다지 친한 친구들은 아닌 것일까, 뭔가 석연치 않아서 나도 부지런히 따라 들어가 옆에서 얼굴을 쳐다보았더니 갑자기 손을 뻗어 한쪽 볼을 잡아 옆으로 쭉 당긴다.

"아, 아푸자나, 바부야."

"놀러가자고 온 건데 거절한 것뿐이야. 갈 걸 그랬나?"

"수업 남았는데 어딜 가!"

내 대답을 듣더니 씩 웃어버리는 석원이. 놀러가자고 부르러 올 만한 친구들이 있었다는 것도 놀라운 일이었지만 수업 도중에 데리러 올 생각을 한 그들도 상당히 놀랍다는 생각이 들었다. 나란히 반으로 들어가며 빈이에게 그들이 누구인지 물어봐야겠다, 생각하고 곧 잊어버렸었는데 문제는 그 후에 일어났다.

5교시가 끝난 뒤 석원이가 사라지고 만 것이다.

64

하냐?”

5교시가 지나서 사라진 석원이는 종례 시간까지도 끝끝내 돌아오지 않았다. 나는 점심 시간에 마주쳤던 아이들이 의심스러웠으나 그들이 아직까지 교문 근처에 남아 있는 것도 아니어서 누구에게든 석원이의 행방을 물어볼 수도 없었다. 그 아이의 가방과 함께 내 가방을 책상 위에 나란히 세워두고 창밖을 바라보며 돌아오기를 기다리고 있는데 누군가 내 어깨를 툭 쳤다. 석원인가 싶어 바라보니 늘 도식 선배와 함께 다니던 비쩍 마른 그 선배이다.

“석원이는?”

“…글쎄요.”

“글쎄? 어디 갔는지 몰라?”

“아마도… 친구에게 간 것 같아요.”

"언제 오는데?"

"모르겠어요."

확신이 없는 내 대답에 무슨 생각을 한 것인지는 모르겠지만 잠시 그 자리에 서서 이마를 찡그리고 있는 선배를 보니 갑자기 피곤함이 느껴졌다. 별로 할 말도 없고 해서 다시 창밖이나 봐야겠다 싶어 돌아서는데 이 선배가 나의 팔을 재빨리 잡으며 다른 질문을 해왔다.

"왜 안 온 거야?"

박도식 선배의 부름에 대해 말하는 것 같긴 했지만 내가 딱히 그 이유를 아는 것은 아니다. 말했지만 그다지 갈 마음이 없어 보였다고 대답할 수도 없어서 그냥 머리만 흔들고 말았더니 이번에도 이마를 찡그리며 혀 차는 소리를 내었다. 귀도 슬슬 긁고 있는 모습을 옆에서 보고 있자니 어찌나 말랐는지 꼭 한 마리의 곤충 같은 느낌이 들었다.

"가자."

그리고는 느닷없이 끌어당기는 선배.

"어디를요?"

"도식이가 데려오라고 했는데 없으니까 너라도 가야지."

"내가 왜요?"

"맞기 싫거든."

하지만 빙긋 웃는 모습을 보니 그 이유는 아닌 듯했다. 내가 보기에도 설마 그런 이유로 친구에게 맞을 사람으로 보이진 않는다.

"바쁜데요."

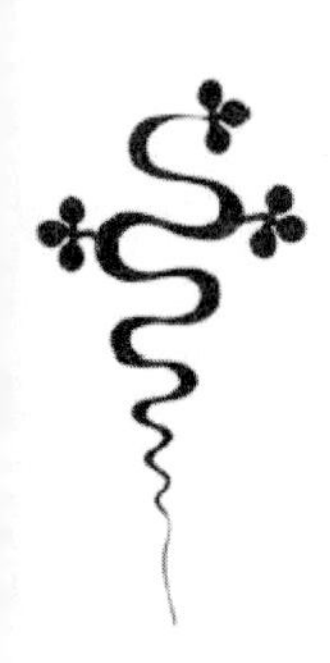

석원이를 기다려야 한다고 말하는 것도 우스울 것 같아 이렇게만 말했는데 갑자기 정색을 하는 모습이 보였다.

"고2가 수험생보다 더 바빠?"

선배님에게는 수험생이라는 단어가 해당 사항 없어 보이는데요. 차마 그렇게는 말을 못했지만 사실 속으로 놀라기는 했다. 왜 나는 이 선배를 보면서 고3이라는 생각만 했지 곧 대입을 볼 거란 생각은 못했던 걸까.

"고민하는 척하지 마. 선배가 부르면 가는 거야."

아직 어떤 결정도 짓지 못하고 있는 나를 밀며 그렇게 선배는 걷기 시작했다. 도식 선배라면 내가 나타난 것을 더 싫어할 거라 여겨지는데 이 선배는 그런 것은 상관없는지 막무가내로 가자고 우겼다.

그 선배에게 이끌려 3학년 교실로 향하면서 나는 계속해서 주위를 두리번거렸다. 혹시 내가 이곳에 와 있는 동안 석원이가 교실에 나타났다가 그냥 가버리는 건 아닐까 싶어 가방을 두고 오긴 했지만 도대체 어디로 가버린 것인지 영문을 알 수가 없었다. 지난번 옥상에서처럼 어디선가 싸움을 하고 있는 것은 아닐까 싶어 이미 학교 안을 샅샅이 뒤져 봤기 때문에 밖으로 나간 것이 분명하다는 확신이 생겼으면서도 어쩐지 저쪽 복도 끝에서라도 석원이가 불쑥 나타나 어디가? 라고 말할 것만 같은 생각을 지울 수가 없었다.

그러나 망설임 속에서도 나는 참 열심히 따라갔다. 그 와중에도 선배들이 석원이를 왜 불렀던 것인지 궁금해진 때문이었다. 나를 데려가면서 선배는 정무래라고 스스로의 이름을 말해 주었다. 독특한 이름이구나 싶어 고개를 끄덕이며 대충 나의 이름도 가르쳐 주고 나니 이미 도식 선배가 속해 있다는 반 앞에 도착해 있었다. 뒷문을 열어 먼저 들어가길래 망설이다가 조심스럽게 따라 들어갔는데 박도식 선배가 날 보더니 이마에 석 삼자(三)를 그렸다. 하지만 무래 선배는 그런 것에 별다른 신경을 안 쓰는 눈치이다.

"석원이, 친구한테 갔다는데?"

"친구 누구?"

도식 선배의 말에 무래 선배가 날 쳐다보길래 할 수 없이 내가 대답해야 했다.

"잘 몰라요."

"학교 친구야?"

"아뇨."

석원이는 그 아이들에 대해 단지 친구라고만 했을 뿐 누구라고 가르쳐 주지는 않았었다. 또한 사라진 석원이가 그들과 함께 갔다고 말하기도 애매한 상황이었기 때문에 더 더욱 내가 해줄 말은 많지 않았다. 본래 나에게 말하고 간 것도 아니고 갑자기 없어진 것이기 때문에 정확히 말하자면 실종이라는 단어를 써야 했겠지만 이 선배들이 왜 석원이를 찾는지도 모르면서 그런 것을 시시콜콜히 말해 주는 것도 이상할 것 같아 그 정도에서 입을 다물기로 하였다.

내 엉성한 대답에 도식 선배는 다른 말을 하지 않았다. 그저 무래 선배하고 나직하게 몇 마디 주고받는 것만 볼 수 있었는데 아무리 기다려도 석원이를 찾는 이유에 대해서는 말해 주지를 않아 괜히 왔나

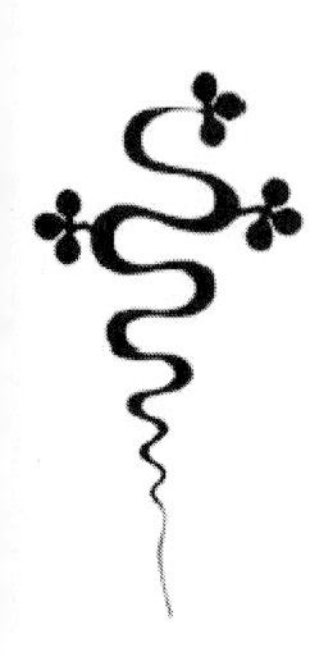

보구나, 하는 후회가 들기 시작했다. 혹시 지금쯤 석원이가 돌아온 것은 아닐까 싶은 생각에 기회를 틈 타 가보겠다는 말을 하려고 살피고 있는데 그때 뒷문이 벌컥 열리며 몇 명의 남학생들이 우루루 몰려 들어왔다.

"정욱이는 없고 이 자식만 남아 있길래 데려왔는데."

안으로 들어온 사람들은 도식 선배와 같은 3학년인 것으로 보인다. 친구들이구나, 하는 마음에 다시 한 번 간다고 말하려 하는데 그때 내 귀로 정욱이의 이름이 들려왔다. 그리고 그와 함께 뒤에 있다가 앞으로 휙 밀쳐지는 아이 한 명. 얼굴을 푹 숙인 채 얼떨떨한 표정으로 서 있는 그 아이는 다름 아닌 정욱이의 친구 멸치였다.

"정욱이 어디 갔니?"

"…모르겠습니다."

그 말에 갑자기 신발 하나가 날아와 멸치의 이마를 때린다. 별 생각 없이 보고 있다가 내가 더 놀라야 했다. 뭔가 싶어 봤더니 무래 선배의 커다란 농구화 한 짝이다. 아니, 왜 저런 걸 던지고 그러나 싶어 바라봤는데 한쪽 발로 깡충거리며 뛰어간 무래 선배는 곧 멸치의 머리를 툭 치며 제대로 대답 안 해? 라고 윽박질렀다. 그리고 다시 들리는 도식 선배의 똑같은 질문.

"저는 정말 모르겠습니다. 그냥 5반에 지석원을 불러오라고 했었구요, 그 뒤로 같이 나갔거든요."

5반의 지석원? 멍하니 있다가 갑자기 나온 석원이의 이름에 하마터면 소리를 지를 뻔했다. 교문 근처에서 보았던 친구들과 갔을 것이라고 짐작하고 있었는데 난데없이 정욱이라니! 그렇다면 이 둘은 또 다시 어딘가에서 싸우고 있단 소리인가. 도식 선배도 의외였는지 내 쪽을 쳐다본다. 친구와 함께 갔다고 말하던 내가 이상하게 생각되었을 것이다.

"가기 전에 아무 말도 하지 않은 거야? 뭔가 들은 게 있기는 할 거 아냐, 어디를 간다거나 어떤 일이 있다거나. 하다못해 왜 석원이를 불러오라고 하는지에 대해 말이라도 했을 거 아니냐고."

옆에서 보고 있던 무래 선배가 답답하다는 듯 재촉을 하였고 그러자 멸치가 슬쩍 고개를 들어 이쪽을 쳐다보았다. 그리고는 그제야 나를 발견했는지 얼굴색이 조금 변했다.

"어디를 가는지는 말하지 않았었구요, 그냥… 문찬이 형이 석원이를 데리고 오라고 했다고 들었거든요."

"뭐! 문찬이?"

무래 선배가 버럭 소리를 질렀고 나 또한 소리를 지르게 되는 건 아닐까 싶어 얼른 입을 막아야 했다. 5교시 지나고 사라졌던 석원이는 그렇다면 문찬이를 찾아가기 위해 그랬다는 것일까. 하지만 그 아이가 아무 이유 없이 따라갈 리는 없는데.

"이런 정신 나간 새끼가 있나. 뒈지고 싶다는 거야, 뭐야?"

계속해서 고래고래 소리를 지르는 무래 선배. 도식 선배의 만류로 다시 조용해지긴 했지만 여전히 씩씩대며 역시 마른 손가락 관절을 뚝뚝 꺾기 시작했다. 그리고 이제 도식 선배가 다시 말을 꺼내었다.

"문찬이가 석원이를 데리고 오라 그랬다고?"

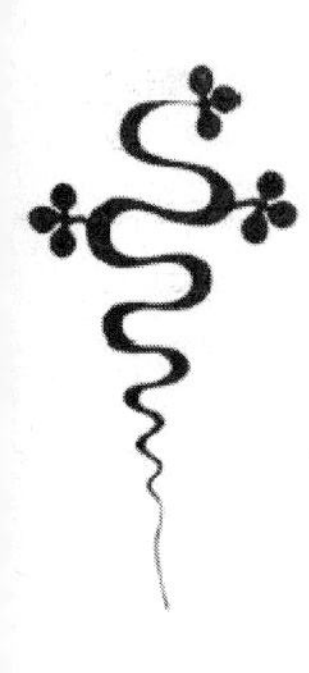

"네."

"석원이도 그걸 알고 간 거고?"

"……."

그 말에는 대답이 없었다. 빨리 대답 안 한다고 무래 선배가 또다시 신을 벗을 채비를 하자 그제야 흠칫, 뒤로 물러서던 멸치는 곧 오만상을 찌푸리며 대답을 했다.

"전 가지 말라고 했는데 정욱이가 괜찮다고 자꾸 그래서요, 그래서 지석원을 불러줬거든요. 뭐라고 말을 한 건지는 몰라도 정욱이 말을 듣고는 자기도 간다고 했던 거 같아요, 지석원도."

그리고는 잠시 뜸을 들이고 있다가 이렇게 덧붙였다. 아마, 문찬이 형 얘기는 안 한 거 같아요, 라고. 그 말을 듣자마자 어지러워져서 얼른 책상에 몸을 기대었다. 그렇다면 석원이는 자신이 어디를 가는 것인지도 모르고 속아서 끌려갔단 말인데, 그럼 지금쯤 그 아이는 어디에 있다는 거지? 그리고 정욱이는 왜 그런 짓을 한 거야.

나와 마찬가지로 당황하여 서 있던 두 선배가 서로 얼굴을 마주 보며 씁쓸한 표정을 지었다. 그리고는 저쪽 창가로 다가가며 무언가 상의를 하기 시작했다. 작은 목소리였기 때문에 어떤 말을 하고 있는 것인지 들리지는 않았지만 그다지 들어야겠다는 마음도 없었다. 단지… 지금 석원이가 어디쯤에 있는 것인지 그게 너무나도 알고 싶었다.

65

"가봐."

한참 만에야 제자지로 돌아온 선배들은 곧 멸치에게 가보라고 말하였다. 그러자 재빠르게 나가 버리는 그 아이. 조용히 닫히는 뒷문에서 시선을 거두지 못하고 있었더니 옆에 있던 무래 선배가 내 눈앞에서 손가락을 딱 소리가 나게 맞부딪치며 웃는다.

"걱정되냐? 뭐, 설마 죽기야 하겠어?"

당연히 죽지는 않겠지요! 어이가 없는 무래 선배를 잠시 쳐다보았다.

"선배님이야말로 걱정 좀 해야 하는 거 아닌가요?"

"내가? 내가 뭘 걱정해? 난 석원이 안 좋아해."

"그런 거 말구요. 대입이 이제 딱 한 달 남았는데 공부 안 하세요?"

"대입? 그거 한 달 남았나? 언제였더라."

"12월 17일이잖아요. 어떻게 고3이라는 사람이 시험 날짜도 몰라요?"

내 말에 허허 웃던 무래 선배가 갑자기 얼굴을 팍 굳히며 나를 쳐다보았다.

"그러니까 네 말은 고3인 내가 시험 날짜도 모르고 공부도 안 해서

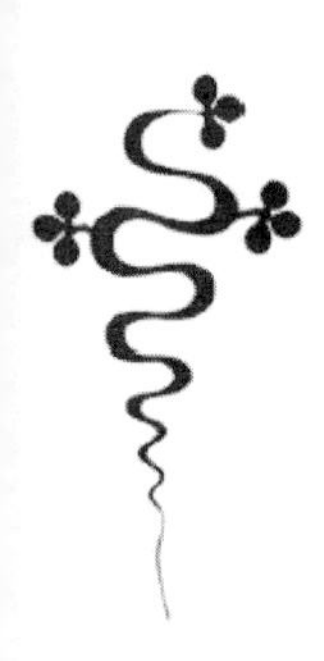

한심해 보인다 이건데, 지금 하극상이냐?"

하극상. 계속해서 웃고 있는 그 선배를 보며 할 말을 잃었다. 말은 심각하게 받아들이는 척해도 얼굴을 보면 이런 상황을 퍽 재미있어 하는 것으로 보였다. 조금 전에는 석원이를 걱정하는 듯하더니 금세 익살스러워진 그 선배의 얼굴을 보며 할 말이 없다는 것을 깨달았다. 그래서 그냥 앞에 서 있는 도식 선배를 바라보았는데 그와 동시에 가방을 집어 올리며 나가자고 한다.

어디를 가자고 하는 것인지는 모르겠지만 나에게 하는 말은 아니라는 것을 알기에 일단 인사를 하고 먼저 빠져나와 위층, 교실로 올라갔다. 생각 같아서는 두 선배 뒤를 쫓아다니며 석원이가 처한 상황에 대해 알아보고 싶은 마음이 더 간절했지만 그들이 지금 석원이가 있는 곳으로 가는 것도 아닐 테고, 설사 선후배 사이의 정을 위해 찾아 나선다 하더라도 나를 데리고 다니지는 않을 거라는 걸 너무나 잘 알고 있었기에 아무 말 없이 교실로 되돌아와 가방 두 개를 들고 밑으로 내려갔다.

내려가면서도 한참을 생각해야 했다. 도식 선배는 어째서 석원이와 정욱이를 함께 찾은 것일까. 지난번 일을 잊고 화해하라는 이유였을까. 가만히 생각해 보던 나는 고개를 저었다. 이미 한 달도 넘게 지난 일을 가지고 지금 와서 화해를 주선한다는 것은 매우 어색한 일일 뿐이다. 게다가 그런 것을 가지고 일일이 신경 써줄 만큼 할 일 없어 보이지도 않았다. 그렇다면… 그렇다면 그 선배는 혹시 이런 일에 대해 미리 알고 있던 것은 아니었을까.

이것저것 궁리해 보며 밑으로 내려가 현관을 빠져나가려는데 그때 앞에 우뚝 서 있는 세 명의 남학생을 발견했다. 두 사람은 도식 선배와 무래 선배였는데 남은 한 사람은 보라색 머리를 하고 있었다.

"뭐야? 네가 왜 여기 있어?"

내 눈앞에 서 있는 사람은 말이 안 되게도 바로 빈이었다. 빈이도 내가 이상하게 보였는지 대답은 않고 너야말로 왜 여기 있냐는 표정으로 쳐다본다.

"여기 우리 학교잖아. 너 이 선배들이랑 알아?"

"…중학교 때 선배야."

내키지 않는 듯 대충 소개하는 빈이의 뒤를 이어 무래 선배가 말했다.

"너 이 자식도 아냐? 아, 하긴 석원이하고 연습실에도 갔었겠네."

"선배가 연습실도 알아요?"

생각보다 석원이와 깊은 관련이 있는 선배들이었나 보다 하는 생각을 하며 물었는데 옆에 있던 빈이가 그 말을 자르며 물어왔다.

"석원이는?"

빈이의 목소리가 조금 급하게 느껴진다. 왜 오늘따라 이렇게 석원일 찾는 사람들이 많은 것인지 모르겠다. 내가 할 말이 없어서 가만히 있었더니 대신 무래 선배가 상황을 대충 설명해 주었다. 말을 듣고 있는 빈이의 표정이 상당히 심각해진다. 그러자 무래 선배가 옆에서 히죽 웃으며 덧붙여 말했다.

"아까는 석원이가 친구랑 갔다고 우기더니, 이젠 얼굴이 새파래

졌네."

"제가 언제 친구랑 갔다고 우겼어요? 그냥 그런 것 같다고 한 거지."

"어쨌든 그렇게 생각했었잖아."

나는 무래 선배를 흘겨보다가 문득 그들이 빈이도 알고 있었던 것을 떠올렸다. 누구인지는 정확히 모르겠지만 어쩌면 빈이는 알고 있을지도 모른다. 중요한 건 아니지만 말은 해줘야겠다 싶어 빈이를 불렀다.

"아까 점심 시간에 석원이 찾아온 애들이 있었거든? 난 그래서 석원이가 그 애들하고 어디 간 건 줄 알았었는데 말야, 그런데 그 애들이 너도 알던걸?"

"날… 알아?"

"어. 오토바이 타고 다니는 애들이었어. 너한테 연락이라도 해보라고 그러……."

그 말이 채 끝나기도 전에 빈이가 상당히 다급하게 교문 밖으로 달려나갔다. 말이 채 끝나기도 전에 사라져 버려서 어안이 벙벙하여 바라보고 있는데 그때 또다시 옆에 있던 무래 선배도 같이 뛰기 시작했나. 너 더욱 영문을 몰라 멍하니 있다가 옆에 있는 도식 선배에게 시선을 돌리니 얼굴 표정이 이상하게 굳어 있다. 내가 뭐 말이라도 잘못한 것일까.

"아까는 그런 말을 왜 안 했어?"

도식 선배의 표정과 말투에 당황하였다. 석원이를 찾아왔던 아이들이 빈이를 알고 있었다고 해서 그게 뭐 어떻다는 건지 전혀 이해를 못하고 있는데 옆에서 무래 선배의 한숨 소리가 크게 들려왔다. 화급히 쫓아 나가더니 못 잡았는지 빈손으로 허무하게 돌아와 깊이깊이 한숨을 쉰다. 계속해서 여유있게 반응하던 무래 선배가 그러니까 내가 괜히 미안해지는 기분까지 들어야 했다.

"왜 그러세요? 그 애들이 도대체 누군데 그래요?"

질문을 해봐도 두 선배들은 서로의 얼굴을 바라보며 난감한 표정만 잔뜩 짓고 있었다.

"성진이 형인 것 같지?"

먼저 말문을 연 것은 무래 선배였다.

"그렇겠지."

"역시… 백자기 쪽하고 마찰이 있다는 건 뜬소문이 아니었나 보네."

성진이 형? 백자기? 오토바이를 몰고 온 석원이와 빈이의 친구들 이야기를 할 것이라고 믿었던 내 귀에 전혀 들어본 적 없는 낯선 이의 이름과 이상한 명칭이 들려왔다. 도대체 무슨 소리인지 알 수가 없었지만 무언가 관련이 있긴 하니까 저렇게 말들을 하는 것이겠지

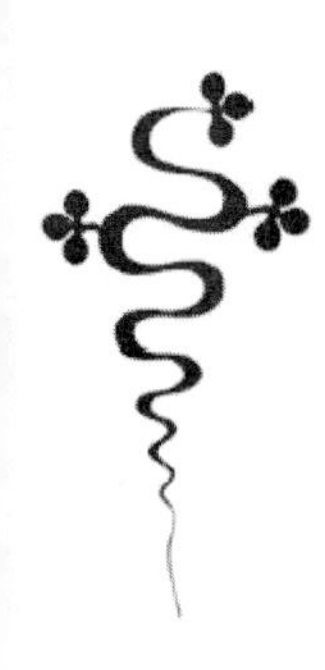

싶어 빤히 쳐다보다가 문득 이상한 느낌이 들었다.

"석원이가 어딜 간 건데요?"

혹시나 싶어 물어보았다. 어쩐지 석원이가 찾아간 사람이 문찬이라는 사람이 아니라는 느낌이 든 것이다. 이 몇 마디 가지고 섣불리 추측할 수는 없는 것이겠지만 어쩐지 그냥 넘길 수 있는 문제가 아니라는 생각이 강하게 들었다.

"어쩐지 너무 쉽게 돌아간다 싶더라. 석원이가 순순히 정욱이에게 끌려갈 녀석이 아닌데."

그러나 질문에는 대답없이 다른 말만 하는 선배. 나는 그런 무래 선배의 팔을 우악스럽게 잡았다. 그리고 지금 무슨 말을 하고 있는 것인지 빨리 말하라고 다그쳤다. 그러자 조금 곤란한 표정을 지으며 머리를 긁적인다.

"확실한 건 아니야. 문찬이가 개인적인 감정으로 석원이를 부른 거면 작은 일이지만 그렇지 않다면 큰일이다, 뭐 그런 거지."

"뭐가 큰일인데요? 개인적인 일이 아닌 것으로 부른 거라면 공적인 일이라는 건가요?"

내가 질문했지만 그러면서 나 스스로 의아함에 빠졌다. 공적인 일? 그런 단어는 개인 사이에서는 사용하지 않는 단어인데. 그렇다면 석원이와 문찬이라는 사람은 같은 어딘가에 소속되어 있단 소리인가. 이상한 느낌이 들어 대답이 들리기 전에 또다시 질문했다.

"석원이는 아까 말한 성진이라는 사람하고도 관련이 있는 거죠? 맞죠?"

생각없이 한번 꺼낸 이름을 내가 말하자 무래 선배 입장에서는 조금 놀라운 모양이었다. 또다시 머리를 긁적이다가 대답했다.

"문찬이라면 몰라도 그 밑에 있는 녀석들은 빈이를 몰라. 빈이는 성진이 형 밑으로 들어갔던 녀석이라서. 그러니까 빈이를 알고 있고 석원이도 함께 알 정도면 성진이 형 밑에 같이 있던 녀석들이 아닐까, 짐작하는 것뿐이야."

빈이는 성진이 형 밑에 있었다고?

"그게 무슨 말이에요? 그럼 석원이는 문찬이라는 사람 밑에 있었다, 뭐 그런 얘기인가요?"

입에서 나오는 대로 제차 물어보긴 했지만 사실 이해는 가지 않았다. 밑에 있다니, 어떤 것을 말하는 것인지 짐작할 수가 없었다. 그러나 무래 선배가 내 질문에 대답을 할 것처럼 입을 움직거릴 때 그 순간 도식 선배가 나서는 바람에 결국 그 말들에 대한 것은 듣지 못했다.

"위험한 일에 간 건가요, 석원이?"

물어도 대답하지 않을 거라는 걸 알기에 이렇게만 물어보았다. 그 말에 무래 선배가 가볍게 고개를 가로저었지만 믿을 수 있는 대답은 아니라는 생각이 들었다.

"먼저 빈이에게 말을 해두지 그랬어."

그런 나를 보다가 도식 선배가 천천히 말을 꺼냈다.

"이렇게 제 발로 갈 줄 알았나. 게다가 빈이 놈 요즘 집에도 잘 안 들어와서 며칠 못 봤어."

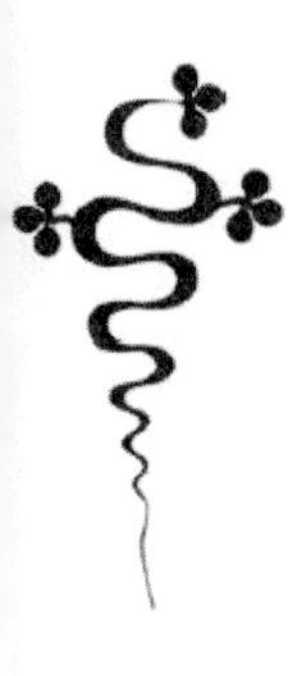

순간, 걱정스러운 와중에도 이게 무슨 소리인가 하는 생각이 번뜩 들었다.

"그게 무슨 말이에요? 빈이가 왜 선배 집에 잘 들어가야 하는 건데요?"

"그놈 집이니까."

"선배 집이 아니구요?"

그러자 무래 선배가 야릇한 시선으로 나를 쳐다보며 묻는다.

"빈이, 이름이 뭐냐?"

뜬금없는 질문이었지만 사실 나는 빈이의 정확한 이름은 모른다. 모두가 부르는 대로 빈이라고만 불렀을 뿐. 내가 빈이요, 라고 대답하자 성은? 이라고 되묻는다. 그러나 성까지는 나도 모르는데.

"여태 이름도 몰랐냐? 정무빈이야, 정무빈. 이름이 원래 무빈이잖아."

정무… 빈? 그 말을 듣고 뜨악한 표정을 지음과 동시에 무래 선배가 큰 소리로 웃음을 터뜨렸다.

"맞아. 내 동생이야."

그리고 그와 함께 내 얼굴이 더 더욱 일그러졌다. 아무리 봐도 빈이의 작품 같은 얼굴과 무래 선배의 곤충 같은 얼굴이 연관되어 지질 않았기 때문이다.

"하나도 안 닮았는데요?"

"내가 살만 좀 붙으면 똑같아져."

선배가 살이 찌면 무당벌레가 되는 거지요. 이런 생각을 하긴 했지만 굳이 입 밖으로 내지는 않았다. 어째서 빈이가 이곳에 올 수 있었는지, 그리고 두 선배와 석원이의 관계가 어느 정도인지, 이제 모든 의혹이 풀려 버렸다. 하지만 그렇다고 해서 속이 시원하게 된 것은 아니다. 아직 남아 있는 커다란 일이 뒤에 있었다. 성진! 그리고 아까 들었던 백자기!

내가 애써 머리 속에 들어 있는 일들을 끼워 맞추고 있는 동안 도식 선배가 현관 옆에 붙어 있는 공중전화기를 향해 다가갔다. 동전을 집어넣는 모습을 보다가 무래 선배를 쳐다보니 더 이상 가르쳐 줄 것이 없다는 듯 고개를 내젓는다. 하지만 나에게 남아 있는 의문점은 아직 많았다.

"성진인가 하는 사람이 문찬이라는 사람보다 더 파워있는 사람인가요?"

사실 그냥 짐작해 본 것뿐이다. 문찬이라는 사람은 이름을 막 부르면서 성진이라는 사람은 형이라고 하는 것도 그렇고, 또한 지금까지 이야기의 느낌이 아무래도 그런 뉘앙스를 풍겼던 것이다. 조금 어깨를 갸웃거리던 선배는 이 정도는 말해 줘도 되겠다 싶었는지 쉽게 수긍했다.

"그런데 그 사람이 왜 석원이를 부르러 했을까요? 선배 말로는 석원이는 문찬이… 그 사람 밑에 있었다면서요."

"불러내려고 온 것은 아닐 거야. 그런 일에 고등학교 애들을 부를 형이 아니거든."

그런 일? 무래 선배는 못 느끼는 듯하지만 간혹 이런 식으로 말실

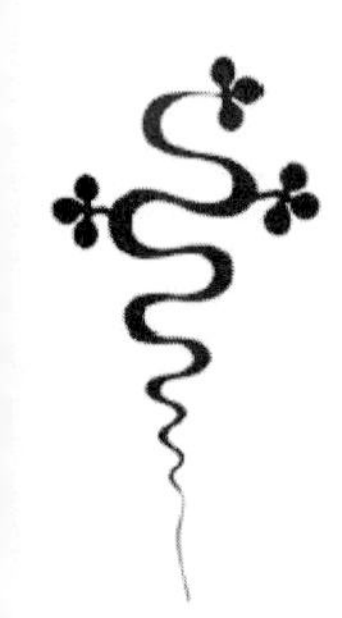

수를 하곤 한다. 나는 선배의 말을 통해 더 더욱 이 일에 대한 확신을 가지게 되었다. 그래, 뭔가 있구나. 그들이 함께하는 무언가에서 공적인 일이 터졌는데 성진이라는 사람은 석원이를 부르지 않으려 했고 문찬이는 불러냈다… 왜 그랬을까.

"여기까지 애들을 부를 정도면 불러내려고 온 거겠지요, 빈이에게도 연락해 보라고 하던데."

짐짓, 내가 아무것도 모르는 척, 태연을 가장하여 물었더니 이번에도 무래 선배는 쉽게 넘어와 버렸다.

"그건 아니야. 아마도 성진이 형은 문찬이가 불러도 오지 말라는 말을 하기 위해 보낸 걸 거야. 그렇지만 석원이 이 자식은 그래서 더 더욱 정욱이를 따라 문찬이에게 가게 된 것일 테고."

뭐? 알면서도 갔다고? 들으면 들을수록 더 더욱 복잡해지는 말을 들으며 잠시 입을 벌려야 했다. 도대체 이게 무슨 말이야. 석원이와 빈이와 성진이, 문찬이 등의 사람이 한데 모여 있는 무언가에서 공적인 일이 생긴다. 그중 문찬은 오라고 하고 성진은 오지 말라고 사람까지 보내어 전달한다. 그런데 석원이는 오지 말라고 한 성진 때문에 오라고 한 문찬에게 가버린다. 오라고 한 사람이 사실은 평소에 늘 피해 다녔던 위험인물인데도 불구하고 말이다…….

"어떻게 됐어?"

한참을 정신없이 유추하다 보니 어느새 도식 선배가 돌아왔다.

"우리도 가기로 했어. 어쨌든 일은 벌어진 거고 빈이가 데리고 올 가능성은 희박하니까 더 큰일 터지기 전에 먼저 가서 빼내와야지."

또다시 도식 선배의 말이 내 정리된 생각 뒷부분에 가서 붙었다.

그 공적인 일은 꽤 큰일에 속한다. 그러니 더욱 위험한 일을 당하기 전에 어서 가서 빼내와야 한다. 빈이가 간 정도로는 석원이를 빼내올 수 없다…….

67

"돌아다니지 말고 집에 가 있어. 혹시 석원이 전화 오면 잘 받아두고. 나중에 전화할게."

우리 집 전화번호를 적으면서 무래 선배가 그랬었다. 집으로 돌아가기 위해 버스에 올라탈 때까지 뒤에 서 있어주던 그 선배는 마지막으로 도식 선배가 서 있는 반대 편으로 가기 위해 건널목을 향해 걷기 시작했고 그게 내가 본 선배의 마지막 모습이었다.

지금은 밤 9시가 조금 넘은 시간. 전화를 받기 위해 거실에 앉아 안 보던 TV를 보며 수화기에만 온 신경을 쏟고 있는데 이 시간까지 무래 선배나 석원이는 전화를 안 해온다. 내가 선배들과 헤어져 한참을 생각하여 내린 결론에 의하면 석원이는 두 패의 폭주족이 모여 패싸움하는 장소에 간 것이 틀림없었다. 사실 폭주족이라는 것은 오토바이를 근거로 해서 추리한 것이니 틀릴 수도 있지만 그 일이 싸움에 연관되어 있을 것이라는 추측은 거의 확신에 가까웠다. 문찬이라는

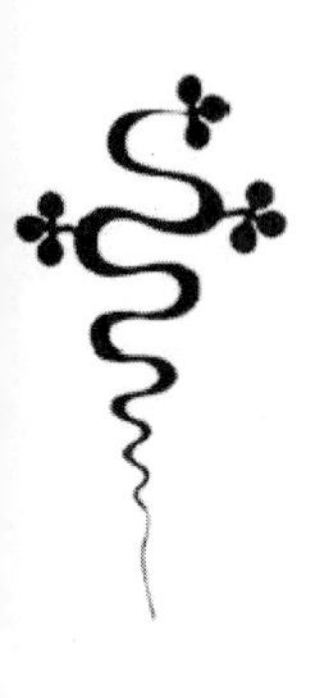

사람의 겉모습이라거나 석원이와 빈이가 전 학교에서 퇴학을 당했던 일 등등 이런 여러 가지를 종합해 보면 역시나 폭력! 이거 외엔 답이 없는 것이다.

하지만 추측이 되었다고 해서 걱정이 안 되는 것은 아니다. 오히려 더욱 걱정이 되고 마음이 쓰여 전화기 옆에서 한 걸음도 떠날 수가 없을 지경인데 이들은 왜 이렇게까지 소식이 없는지 모르겠다. 이 정도 시간이면 끝날 때 된 거 아닌가 싶어 초조함이 더욱 커졌다.

"비디오 보자니까. 매일 보는 뉴스, 뭐 새로운 거 있다고."

언제나 10시 조금 넘으면 감기는 눈을 주체 못하시는 엄마가 리모콘 잡고 안 놔주시는 아빠에게 불평을 하고 계셨다. 지금부터 보기 시작해야 얼추 한 편을 대충이라도 보실 수 있는데 아빠의 뉴스 욕심에 번번이 앞집에서 빌려주는 비디오를 반도 못 보시고 돌려주시는 것이다. 나도 뉴스보다는 비디오가 날 것 같아서 은근히 엄마가 이기기를 기대했지만 다른 건 몰라도 리모콘에 대한 양보심만큼은 전혀 없는 아빠였기에 오늘도 우리는 뉴스가 시작되는 화면을 나란히 들여다봐야 했다.

들어가 공부하라고 구박의 초점을 나한테 바꾼 엄마를 모른 척하며 거실에 앉아 있는 것은 그다지 쉬운 일이 아니다. 두어 대 등도 얻어맞은 후에야 다행스럽게도 아빠가 내 편을 들어주셔서 간신히 자리를 지탱할 수 있었지만 그런 일이 있은 후에도 여전히 전화는 울릴 생각을 하지 않았다. 게다가 누워서 쿠션으로 머리를 받치고 계시던 아빠가 갑자기 벌떡 일어나시는 바람에 방심하고 있다가 무척 놀랐다.

"저거 요 근처 아냐?"

조용히 하라며 손을 내저으시는 아빠를 보니 이미 뉴스 속으로 푹 빠지신 듯하다. 동네에 불이라도 난 걸까 싶어 나도 같이 화면을 살피니 원래는 술집이었을 것으로 추정되는 어떤 곳의 실내가 꽤 심하게 훼손되어져 있었다. 불이 난 것 같지는 않았지만 피해의 폭이 화재보다 더 큰 것이 아닐까 싶을 정도로 처참해 보인다. 무슨 일인지 궁금해지는 참에 화면이 바뀌며 남자 아나운서 한 명이 나타났다.

「홍칠만파와 백자기파의 지역 싸움이 있었던 현장입니다. 이곳, 신사동에 위치한 모 성인 나이트 클럽에서 싸움이 시작된 건 오후 7시를 조금 넘긴 시각으로…….」

백자기? 느닷없이 들려오는 낯익은 이름에 또다시 신경이 곤두섰다. 어디서 들었는가 싶었는데 가만 생각해 보니 낮에 무래 선배에게 들었던 이름이다.

「싸움이 시작된 지 50여 분 만에 이곳으로 출동한 경찰에 의해 홍칠만파와 백자기파에서 각각 세 명과 일곱 명의 조직원이 검거되었으며 그중에는 미성년자도 끼어 있는 것으로 밝혀져 충격을…….」

다시 들려온 아나운서의 말이 채 끝나기도 전에 나는 어리둥절하게 이마를 긁어보고 있었다. 다시금 백자기 쪽과의 문제에 대해 말하던 무래 선배의 목소리가 귓속을 가득 메웠다. 설마 그 백자기가 지금 나온 이 백자기?

그렇지만 아무리 석원이가 폭력 전문 제조기라고 해도 아직 어린

나이에 그런 일에 연관되어 있을 거라고 믿을 수는 없다. 조금 전 들었던 미성년자라는 말도 무언가 잘못되어 그 자리에 있던 아이들이 걸려든 것이겠지, 설마 조직 폭력배 세상에서 정말로 어린 남자 아이들을 껴줄 것 같지는 않았다. 물론 무래 선배가 틀림없이 백자기라는 말을 입에 올리긴 했었지만 그 나이쯤 되는 아이들은 간혹 멋있어 보이는 무언가를 보면 금세 따라해 보기도 하지 않던가. 아마도 오토바이를 타고 몰려다니는 어설픈 폭주족 아이들이 이름만 그럴싸하게 가져와 붙인 거라고 생각하며 나는 고개를 가로젓기에 바빴다.

그러나 나름대로 논리정연하게 부정하려 하는 내 머리 속으로 또 다른 기억이 떠오른 것은 불과 10초도 지나지 않아서였다. 지난 방학 때, 정동진을 가기 위해 기차역으로 나갔다가 우연히 석원이의 뒤에서 보게 된 신문에 커다랗게 씌어져 있던 '홍칠만파 행동대원 김성두 외 다섯 명 검거' 라는 기사 제목. 또한 그러한 기사를 유심히 바라보고 있던 석원이. 그때는 농담 삼아 아는 집 친척이냐고 가볍게 넘겼었지만 지금은 그렇게 웃으며 넘겼던 것에 대해 아차, 하는 생각이 크게 들었다. 홍칠만파.

그렇다면 이것은 아이들 장난이 아니라는 소리일까. 나는 그제야 조금 전보다 더욱 심각하게 이 일에 대해 생각해 보기 시작했다. 검거된 미성년자가 있었다는 기사 내용도 아까보다 훨씬 더 크게 느껴져서 이제 가슴속이 쿵쿵거리며 뛰기 시작했다. 차분히 생각해 보려고 애썼지만 아무리 따져 보아도 아이들의 장난으로 믿기에는 조금씩 걸리는 것들이 많았다. 하다못해 이십 대 중반쯤으로는 보이던 문찬이라는 사람이 아이들과 함께 오토바이나 몰고 다니며 폭주족 일원 노릇을 하고 있다는 것도 우스운 일 아니겠는가. 나는 그제야 이 일이 내 생각보다 훨씬 더 크고 어려운 일이라는 것을 깨달을 수 있었다. 오늘 있을 사건이라는 게 저런 엄청난 거였다니, 아무리 커도 한강 같은 곳에서 있을 폭주족의 패싸움 그 이상은 아닐 거라고 생각했었는데 뉴스에 나올 정도의 일이었다니, 도저히 납득할 수가 없다. 정말 이 정도로 어마어마한 일에 네가 속해 있는 거라고? 기가 막혀서 말이 나오질 않는다. 차라리 폭주족끼리의 싸움을 걱정하던 아까의 시간이 부러워지기 시작했다. 조직원이라니, 한낮 고등학생밖에 되지 않은 녀석이 조직원이라고 불려야 한다니.

뉴스가 모두 끝나고 어느새 들어가 주무시는지 안 보이는 엄마를 따라 아빠마저 안방으로 들어가실 때까지 난 꿈속을 헤매듯 멍하니 앉아 있었다. 저걸 믿어야 하나. 30살이 될 때까지도 저런 일은 신문이나 뉴스에 갇혀 있는 줄만 알았던 내가, 나하고는 전혀 무관할 거라 생각했던 별세계 이야기가 이렇게 느닷없이 밀접한 관련이 되어 다가온 것을 정말 믿어야 할까. 웃음도 나오지 않는 일들이 갑자기 물밀듯 쳐들어오자 정신을 차리고 있는 것도 힘들었다. 그리고 그와 동시에 날 짓누르는 건 조직원으로서 같이 검거되었다는 미성년자가 있다는 사실.

그게 석원이라면, 만약 그 미성년자가 혹시라도 석원이라면 이건 퇴학이 문제가 아니다. 폭력으로 퇴학당하면 다른 학교에라도 갈 수 있겠지만 저런 일로 잡혀 들어가면 필시 소년원 같은 곳에 들어가게

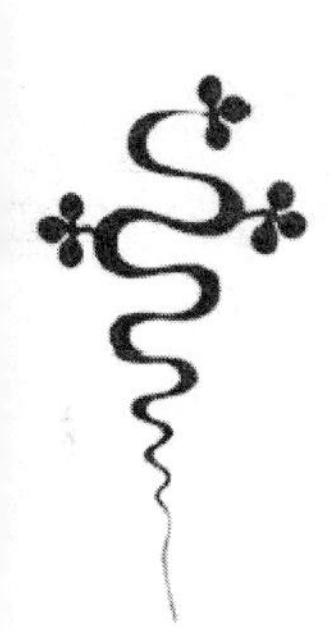

될 것이고 그 말은 살아온 날보다 살아갈 날이 더 많은 석원이의 앞날에 적신호가 뜬다는 말이 아닌가. 이럴 수 없어. 이건 사실이 아니야. 아까 무래 선배의 말을 내가 잘못 들은 걸 거야, 그럴 거야.

전화벨이 울린 건 새벽 한 시가 넘은 후였다. 그때 나의 마음속은 온갖 두려움과 걱정으로 터질 것같이 부풀어 있었기 때문에 혹시라도 장난 전화 같은 쓸데없는 내용이었다면 그 자리에서 수화기를 집어 던지며 소리를 질렀을지도 모른다. 그러나 수화기 저편에서 대답을 한 사람은 석원이었다. 내 다급한 질문에 한참을 망설이는 것처럼 서 있다가 겨우 그래, 라고 대답하고는 어디냐는 질문에도 말이 없었던 석원이. 몇 번의 물음과 대답 속에서 예전 내가 아르바이트했던 그 지역 편의점 앞에 있는 공중전화 부스에 있다는 것을 알아내고는 꼼짝 말고 기다리라는 말과 함께 서둘러 수화기를 내려놓았다. 전화를 받고 목소리도 들었지만 널 보기 전까진 안심이 안 돼, 가서 널 봐야겠어, 네가 아무 일이 없었다는 걸 내 눈으로 봐야겠어.

택시 안에서 내내 손톱을 물어뜯었다. 잘못 뜯긴 손톱에서 피가 맺히기도 했던 것 같지만 그때는 그게 아프다는 것조차 깨닫지 못하고 있었다. 그러기에는 내 마음이 너무 많은 두려움에 휩싸여 있었다. 겁내지 말자, 지금 필요한 건 겁이 아니야, 석원이가 어떻게 되느냐가 중요한 거지. 이렇게 나를 달래고 있는 동안 택시는 환한 불빛을 유리창 너머로 하나 가득 쏟아내고 있던 편의점 앞에 다다랐다.

그러나 거스름돈도 마다하고 뛰어간 편의점 앞에는 석원이가 없었다. 좌우 골목과 차도 부근에 석원이가 없다는 것을 깨닫고 얼마나 놀랐었는지 모른다. 분명 나와 조금 전에도 통화를 했었는데… 이곳에 없는 이유가 혹시라도 뒤쫓아온 경찰에게 잡혀간 것은 아닐까 싶어 눈앞이 깜깜해지기도 했다. 그럴 리 없다고 중얼거리며 편의점 안을 고개를 빼고 살피다가 더 이상 견딜 수가 없어 그만 몸을 돌려 차도를 바라보며 멍하니 서 있었지. 가슴 안쪽이 허전해서 아무것도 할 수가 없었다. 몇 시간 전의 놀람으로 인해 잔뜩 움츠려 있던 감정들이 일시에 가라앉는 것처럼 맥이 탁 풀렸고 그와 함께 정신도 같이 없어졌다. 이대로 주저앉았으면 좋겠다는 생각과 반대로 석원이를 어서 찾아야 한다는 생각이 머리 속에서 싸우고 있었고 나는 마치 제삼자처럼 그 싸움을 방치하며 멍하니 앞만 바라보았다.

한 대는 빨간 색이고, 또 다른 건 흰색과 은색이고, 그 옆에 있는 차는 왼쪽 깜박이가 나가 버렸고, 그 뒤에 불법 유턴을 하려고 하는 봉고는 범퍼가 찌그러지고… 아무 생각 없이 이렇게 중얼거렸다. 꽉 막힌 것처럼 답답하게 느껴지는 가슴을 주먹으로 조금씩 치며 그렇게 중얼거리고 있자니 느닷없이 울고 싶다는 생각도 들었었다. 만약 그 순간 석원이가 나타나지 않았었다면 나는 필경 도로에 아무렇게나 주저앉아 큰 소리로 울고 말았을 것이다. 그러나 막 울음이 터질 것 같다 싶은 차에 어깨 위로 올려지는 누군가의 손이 느껴졌고 그래서 나는 급히 뒤를 돌아보겠다는 생각에 울음 같은 건 대번에 잊을 수 있었다.

그때 아무리 뒤를 돌아보려 해도 할 수가 없었지. 나는 그때를 생

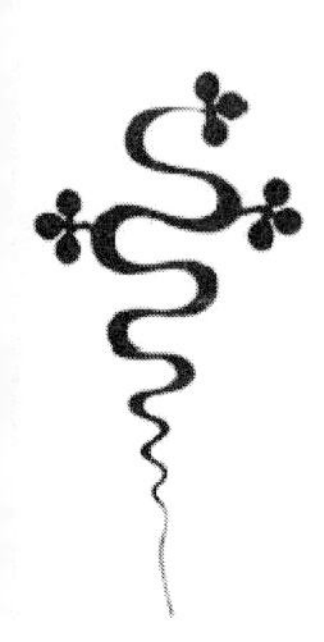

각하며 픽 웃음을 지었다. 석원이가 어깨 위로 올려놓은 손에 잔뜩 힘을 주고 있었던 탓에 나는 고개만 간신히 옆으로 돌릴 뿐 몸을 돌리지는 못했던 것이다. 그래서 몇 번 더 힘을 주며 다급하게 석원이의 이름을 불렀더니 그제야 겨우 말을 꺼냈었다.

『돌아보지 마.』

평소와 같은 목소리였지만 그 안에 담긴 미세한 다름을 느낄 수 있었다. 꼭 그래야 한다고 말하는 듯한 석원이의 목소리에 가만히 행동들을 멈추고 서버렸지만 반대로 가슴은 더욱 세차게 뛰었다. 얼마나 다친 것일까 싶어 이마를 찡그리던 나의 뒤에서 나직이 들리는 한숨소리… 그리고 내 머리 위에 기대어 오던 석원이의 이마.

『…잠시만 이러고 있자.』

아직도 그 목소리가 내 귀에 생생하다. 잠시만 이러고 있자던 석원이의 지친 목소리가 요즘도 간혹 내 등 뒤에서 들려오는 듯한 느낌이 들곤 한다. 석원이가 가지고 있는 아픔이, 피로가, 두려움이, 또한 고독이 모두 그 아이의 이마를 통해 나에게 전달되어지는 느낌 때문에 명치 끝이 그만 먹먹해졌었다. 내가 어떻게 할까, 어떻게 해줄까. 차마 입 밖으로 내놓지는 못하고 가만가만 마음속으로 되뇌이고 있을 때, 나는 느꼈다. 석원이가 울고 있다는 것을.

비록 확인해 본 적은 없었지만 머리 위로 느껴지던 따뜻하고 축축한 느낌이 그 아이의 눈물이었다는 것을 나는 알 수 있었다. 그리고 그 눈물과 함께 내가 확인해 보리라던 생각들, 뉴스에서 보았던 사건이 석원이와 어떤 관련이 있는 것인지에 대해 확인하고 물어보리라던 그 모든 생각들이 다 없어져 버렸다. 어째서 나에게 말을 하지 않은 것인지, 그럴 기회도 그럴 일들도 많았었는데 왜 지금까지 혼자 그런 것을 간직하고 있다가 이런 일을 저지른 것인지 꼭 물어보겠다고 다짐하던 것들을 모두 없애 버리고 대신 나는 이 아이를 더 크게 이해해 보겠다고 결심했다.

그래, 네가 원한다면 난 모른 척할게. 네가 바라지 않는 일이라면 난 이렇게 잠시 널 보기만 할게. 물론 다시는 이런 일이 없도록 널 지켜주려 하겠지만 네가 말하지 않는 이상 다른 누군가가 나에게 또 이런 일을 알려준다 해도 난 귀머거리가 되겠어. 언젠가 네가 스스로 말을 할 때까지, 네가 그러길 원할 때까지.

68

"이제 됐어."

얼마나 시간이 지났을까. 언제까지고 기대어 있을 것 같던 석원이가 팔을 내리며 고개를 들었다. 이제 몸을 움직이기 수월해졌지만 선뜻 볼 수가 없어 조금 망설이다가 천천히 몸을 돌려보니 그사이 모자를 썼는지 검은 야구모자 하나가 머리 위에 올려져 있고 역시 눈은 조금 반짝거리고 있었다. 생각도 못했던 모습이라서 빤히 쳐다봤더니 무안했는지 그만 봐, 한다.

"잘 어울린다, 생각보다."

웃으며 말을 하니 석원이가 내 얼굴을 살피듯 바라보았다.

"왜?"

"아까 선배들과 같이 있었다며?"

그 선배들이랑 만나긴 했구나. 그들이 먼저 석원이를 데리고 나왔던 걸까, 아니면 모든 일이 끝난 후 겨우 피신시킨 걸까.

"맞아. 거기서 엄청난 소리를 들었지. 너 혼 좀 나야 돼."

여전히 무표정하게 보고는 있지만 나의 말을 듣자 눈가에 긴장감이 어리는 걸 알 수 있었다.

"너 아까 문찬인가 하는 그 사람한테 간 거라며? 왜 그런 곳엘 또 갔니? 상관없는 사람들이라고 했었잖아."

그래, 앞으로는 정말 너와 상관없는 사람들이 될 거야, 꼭.

"왜 간 것 같은데?"

아무렇지도 않은 척 물어왔지만 그러나 눈만은 내 얼굴을 유심히 살피고 있었다. 내가 다 알고 있으리라 생각하고 있구나. 그래, 어느 정도 짐작은 해. 그걸 알려줄 생각은 없지만. 넌 그냥 지금까지의 모습대로 날 대하면 되는 거야.

"싸우러 갔겠지 뭐. 그게 네 일이잖아. 다친 데 없어?"

내 연기가 그럴 듯했는지 훗, 하고 웃음을 짓는다. 동시에 긴장감도 풀어지는 걸 느낄 수 있었다. 괜찮아, 라고 말하는 그 애를 보고 있자니 나 또한 모든 게 괜찮아진 것처럼 여겨졌다. 이 모든 일들이 다 괜찮아진 것처럼.

그러나 없는 일이 될 수는 없다. 나는 석원이가 그 성인 나이트 클럽 사건에 참여했던 건지 알기 위해 머리를 굴리다가 선배들과는 몇 시에 만난 것이냐고 지나가는 말처럼 물었다.

"왜?"

"아까 정무래라고 하는 선배가 너 찾으면 전화한다 그랬거든. 그런데 지금까지 연락이 없어서 못 만난 건 줄 알았지."

"글쎄, 8시 반쯤?"

눈이 저절로 감기려고 해서 힘껏 힘을 주었다. 역시 석원이는 그 일에 연관되어 있는 건가. 그렇다고 물어볼 수도 없는 일이어서 마음속으로만 답답해하고 있는데 석원이가 도로 양 옆을 살피더니 아무도 없네, 라고 중얼거렸다. 그리고는 집에 가자. 데려다 줄게, 라고 덧붙이며 먼저 성큼성큼 걷기 시작했다. 늘 그런 식으로 가곤 하는지라 별 생각 없이 따라가다가 무언가 조금 이상하다는 것을 깨닫고 걸음을 멈추었다.

부자연스럽다고 해야 하나. 무엇 때문에 그런 느낌을 받은 것인지 얼른 알 수는 없었지만 평소 보아오던 뒷모습과 많이 다르다는 것은 확실히 알 수 있었다. 조금이라도 달라진 곳이 있는지 찾기 위해 머리부터 발끝까지 살펴보던 내 눈이 곧 한곳에 머물렀다. 바로 석원이의 오른팔 위로.

조금 전 등 뒤에서 내 어깨에 손을 올릴 때 석원이는 왼팔을 사용했었다. 늘 오른팔을 사용하던 석원이었는데 말이다. 물론 그럴 수도 있는 일이지만 지금 저렇게 부자연스럽게 오른팔을 축 늘어뜨린 저 모습도 그럴 수 있는 것일까? 평소엔 늘 바지 주머니에 들어가 있던

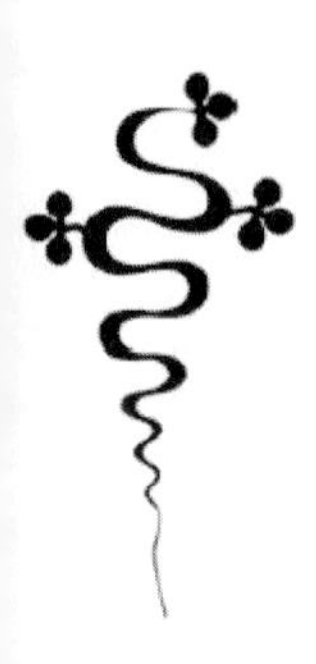

손이 오늘은 꼭 자신의 것이 아니라는 듯 걷는데도 흔들림조차 없이 한곳에 일정하게 고정되어 있었다. 사람의 반사 신경이라는 건 걷는 속도와 모양에 따라 앞뒤로 일정한 운동을 해줘야 하는 걸 텐데.

"지석원, 멈춰봐."

그 말과 동시에 석원이의 걸음이 멈췄다. 주머니에 넣고 있던 왼손을 빼내어 모자를 다시 추스르며 잠시 그대로 서 있던 석원이는 곧 뒤로 천천히 돌아섰다. 입을 꾹 다문 채 고집스레 나를 쳐다보는 얼굴.

난 급히 석원이의 앞에 섰다. 그리고 오른팔을 가만히 들여다보았다. 분명 어디서 겉옷만 주워 입고 온 모양이다. 그 옷만 깨끗했고 속에 있는 옷들은 무언가 사연이 많아 보였다. 그리고 손목 안쪽에 남아 있는 갈색의 흔적들. 피가 굳었을 때 보여지는 색과 같은 거였다.

"…다친 데 없다며?"

"……."

"팔 빼봐."

"……."

"날 화나게 할 생각이야? 싸운 거 이미 알고 있잖아. 상처만 볼 테니까 빨리 빼봐."

아무 말 없이 쳐다보기만 하던 석원이는 그제야 한숨을 쉬며 겉옷에서 느리게 팔을 빼내었다. 필요 이상으로 천천히 움직이는 것을 보니 또다시 고통을 참고 있는 모양이다. 울컥 화가 치밀었다. 소매에서 빼낸 팔을 붙들고 다시 보니 안에 입고 있는 긴소매 옷은 이미 찢어져 있는 상태에서 안쪽 부분으로 고정시켜져 있었다. 비죽이 튀어나온 옷핀을 보다가 한숨과 함께 손을 뻗었다. 그리고 떨리는 손으로 옷핀을 빼내어 찢어진 소매를 걷어 올려 지혈 목적으로 감아놓은 듯한 엉성한 붕대들을 풀어내다가 나도 모르게 눈을 감았다. 도대체 뭘 어떻게 했길래 이런 상처가 생긴 것일까. 아주 날카로운 무언가에게 찍힌 것처럼 살점이 군데군데 파헤쳐지고 또 그어져 있어 지혈을 했다 하더라도 그냥 놔둬선 안 될 것처럼 보였다.

그래, 이제야 확신이 드는군. 넌 그 자리에 있었구나. 이건 뭘까. 영화에서처럼 누가 병이라도 깨서 찌른 거니. 많은 생각이 교차하면서 다시 눈이 아려왔다. 울어선 안 된다는 생각과는 다르게 다시 눈물이 흘러나와 나를 당황하게 했다.

"울지 마."

석원이는 자신의 팔이 아니라는 듯 담담하게 말한다.

"…어떻게 싸웠길래 이렇게… 된 거야… 너 정말… 그 사람들…하고 정리… 해야겠다."

나 또한 담담한 척 억지로 말을 꺼냈지만 이번엔 성공하지 못했다. 그냥 석원이의 팔을 잡고 계속 울기만 했다. 바보 같은 놈, 바보 같은 놈, 이라고 되뇌이면서.

69

한참을 울다가 진정한 뒤 처음으로 생각한 것은 병원에 갈 수가 없겠구나, 하는 것이었다. 우선 보호자도 없는 학생들뿐인데 이 상태로 병원에 가면 학교에 연락하게 되는 게 아닐까 하는 걱정이 앞섰다. 이 시절에 부모님의 동행 없이 혼자 무언가를, 특히 감기 외의 병으로 병원에 혼자 간다든가 하는 일을 처리해 본 적이 없어서 그냥 무턱대고 찾아가면 그 뒤에 어떤 조치가 취해질지 아무것도 알 수가 없었다. 게다가 치료를 받는 중간에 경찰들이 들이닥치는 게 아닐까 하는 얼토당토않은 생각까지 들었다. 석원이의 상처를 이상하게 생각한 의사 중 한 명이 신고를 하기라도 하면 어쩌나, 하는 걱정이 드는 것이다. 하지만 그런 내 옆에서 석원이는 이렇게 말한다.

"곧 나을 거야. 신경 꺼."

참 대단하다는 말밖에 할 말이 없다. 곧 낫긴 하겠지. 분명 죽지는 않을 테니 요행이 덧나지만 않는다면 새살이 돋을 테고 고통도 없어지겠지.

"그럴까? 신경 끄고 며칠 기다려 볼까?"

걱정 속에서도 어이가 없어 쳐다보았다. 내 말이 곱게만 들리진 않았을 테니 기분이 조금 안 좋았나 보다. 눈썹을 찌푸린다.

"하나만 물어보자. 지금 아프니? 그렇긴 해?"

더 더욱 찌푸려지는 얼굴.

"아파."

가슴속 답답함이 터질 것같이 아프게 변했다. 왜 너는 이 정도로 아무렇지도 않은 척하는 생활들에 길들여진 거지? 무엇이 너에게 이런 걸 강요했니, 도대체 무엇이.

"하나만 부탁해도 될까?"

가볍게 고개를 끄덕이기에 나도 같이 숨을 들이마셨다.

"지금 힘들지?"

"……."

"지금까지처럼 너 혼자 생각하고 판단하는 거 반대하지 않을 거야. 물어보지도 않을게. 정말 알고 싶은 건 많지만 그냥 참을게. 대신 힘든 건 말해 줘. 아까처럼 그렇게 짧게라도 네가 힘들다는 걸 내가 알 수 있도록 해줘. 나, 힘들고 아프고 괴로울 때 네가 모른다면 넌 많이 화가 날 거야. 나도 그래. 다른 건 다 몰라도 되지만 네가 힘들 때 정도는 내가 알 수 있었으면 해."

눈동자 한번 깜박이지 않는 석원이를 보면서 다시 한 번 숨을 들이쉬었다. 그리고 마지막으로 물었다.

"그럴 수 있지?"

석원이는 한참 내 말을 묵묵히 들으며 그 말들을 되씹는 것처럼 보였다. 나를 보던 눈을 비스듬히 옆으로 내린 채 한동안 그렇게 서 있기만 하더니 곧 다시 나에게로 시선을 돌리며 씩 웃는다.

"무슨 말이 그렇게 길어. 널 무시하지 말라는 소리 아냐."

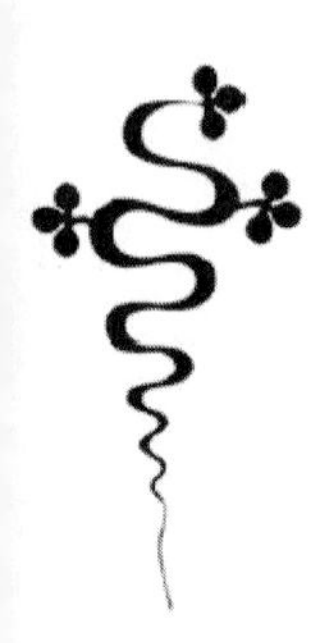

엄마 닮이라니까, 이렇게 중얼대며 앞에 보도블록 튀어나온 곳을 발로 툭툭 걷어찼다. 일껏 심각하게 고려해서 한 말이었는데 다 끝나고 나자 맥없이 싱거워진 느낌이었다. 어이없이 석원이를 쳐다보다가 나도 같이 웃었다.

“그래. 그 말이네, 생각해 보니. 그 정도 알고 있으면 됐다. 앞으로도 아까처럼 날 배려해 줄 수 있겠네. 그렇지?”

그래, 다른 건 몰라도 네가 나 모르게 아파하거나 힘들어하진 않을 거란 생각이 든다. 그럼으로 인해 옆에 있으려 하는 날 배려해 줄 거라는 생각이 들어.

석원이는 다시 이마를 찌푸리더니 빨리 가자 하면서 또 걷기 시작했다. 그런 석원이의 뒷모습을 보다가 잠깐만, 하고 불러 세웠다.

“미안해요, 언니. 급해서 그런 거예요.”

—다친 게 누구라는 거야? 넌 아니란 소리지?”

잠에서 깬 민지 언니의 목소리가 다급하다.

“네, 전 아니에요. 친구인데 지금 부모님이 해외에 가 계셔서 우리끼리 병원엘 가자니 좀 걸리고, 놔두자니 꽤 심한 상처고 해서 그래요.”

민지 언니는 남학생들끼리 싸운 거면 많이 다쳤겠네, 하고 중얼거리며 잠시 생각 좀 하는 것 같더니 친한 친구냐고 묻는다.

“네, 많이 걱정되는 친구예요.”

—그래라, 그럼. 사실 남학생들 패싸움에 네가 끼는 거 마음에 안

들지만 남자 친구도 친구는 친구니까 도와줘야지."

민지 언니는 역시 평소의 성격대로 시원시원하게 대답하면서 전화를 끊었다. 수화기를 내려놓으며 보니 석원이가 정말 마음에 안 든다는 표정으로 담배를 피우고 있었다. 저 정도 상처로는 병원에 갈 필요성을 못 느끼는 건가. 그럼 도대체 어떤 상처에 갈 수 있다고 생각하는 거지.

문득 석원이의 가슴에 있던 대각선으로 길게 난 커다란 흉터가 생각났다. 화상이나 단순 찰과상 정도의 흉터가 아니라 매우 날카로운 무언가에 찔리고 베인 듯, 붉은 새살이 흉하게 돋아 있던 그 상처.

"석원아, 나 하나만 물어볼게."

"…너 오늘 말 많다."

무엇을 물을지 알기라도 하듯 일단 거부부터 하는 게 보였지만 개의치 않기로 했다.

"가슴에 흉터, 언제 다친 거야?"

구체적으로 무엇에, 어떻게, 어떤 식으로, 또 누구에게, 무슨 일을 하다가 입은 상처인지 물어보고 싶었지만 대답 안 할 게 뻔해서 저렇게만 말했다. 꼭 내가 생각하는 이유일 거라고 장담할 수도 없는 일이니 말이다.

"말하고 싶지 않아."

하지만 다음에 들려온 석원이의 대답은 내 예상을 별로 벗어나질 못하였다. 언제나 말하고 싶지 않은 것 투성이였기 때문에 웃어버리지 않고 이만큼이라도 대답해 준 게 어디냐, 싶은 생각까지 들었다.

그래도 불만이긴 했기에 옆에 있는 따뜻한 캔 커피를 들어 올려 죽 들이켰다.

"…낫에 찔린 거야, 싸우다가. 전 학교에서 잘린 게 그 싸움 때문이었고."

커피를 채 다 마시기도 전에 석원이가 말을 꺼내서 하마터면 사레가 들릴 뻔했다. 서둘러 밑으로 내려놓으며 입 밖으로 뿜어져 나오려 하는 걸 뱉어낸 뒤 숙였던 머리를 들어 올려 석원이를 쳐다보았다. 낫? 지금 낫이라고 했나?

"그러니까 말하기 싫다고 했잖아."

퉁명스럽게 말하며 다른 곳을 보는 석원이. 그 모습을 보며 놀란 내 얼굴을 수습하기 시작했다. 이제야 겨우 한 가지씩 알려주기를 시작하고 있는데 그걸 막을까 봐 두려웠던 것이다. 머리 속으로 쏟아져 나오는 생각들도 일단 정리했다. 낫 들고 싸우는 학생들은 없어, 그러니 이것 역시 그 조직인지 뭔지 하는 일에서 다친 걸 거야, 하는 생각 같은 것들.

"1년 된 상처네. 얼마 안 된 초보 흉터잖아."

이 얼마나 답답한 소리인지. 아무렇지도 않게 받아들이는 것처럼 보이고 싶어서 가볍게 말한다는 게 더욱 이상해져 버렸다. 내가 이렇게 중얼거리자 석원이는 정말 잘못 가르쳐 줬다고 생각했는지 나를 유심히 쳐다보기까지 했다. 서둘러 멍한 생각들을 수습하고 다시 말했다.

"놓고 애들하고 싸웠냐, 낫 들고 싸우게?"

"훗, 그럼 공고나 상고 애들은 뭘 들고 싸우는데?"

"그거야 네가 더 잘 알 텐데. 넌 전문인이잖아."

내 말이 상당히 웃겼는지 이제 웃다 못해 고개까지 가로저었다.

"전문인은 따로 있지."

별 생각 없이 말한 듯 보였는데 그러고 나니 또다시 아까의 일이 생각나는 모양이었다. 얼굴이 조금 굳는 게 느껴졌다. 쳐다보고 있으면 어색해질 것 같아서 짐짓 못 본 척하며 저만치 가로등으로 눈을 돌렸다. 하지만 나 또한 아무렇지도 않은 것은 아니다. 무언가 앞뒤가 안 맞았던 일들이 이제야 이해가 가면서 새롭게 가슴 한쪽이 아려왔다. 언제가 되어야 석원이가 마음 편하게 웃는 것을 볼 수 있을까.

70

민지 언니의 작은 차를 달려 도착한 곳은 서울 시내의 한 대학병원이었다. 수속을 밟게 되는 것 때문에 내심 긴장하고 있었는데 언니는 그럴 필요 없다는 듯 간단히 전화 한 통화를 끝으로 곧 우리를 작은 방으로 안내했다.

"형, 오랜만이야."

들어서면서부터 누군가에게 활발히 인사하기에 얼른 쳐다보니 스무 살 후반쯤으로 보이는 남자 한 명이 조금 난감한 웃음을 지으며 한 손을 들어 마주 인사해 온다. 언니는 나와 석원이에게 옆의 의자

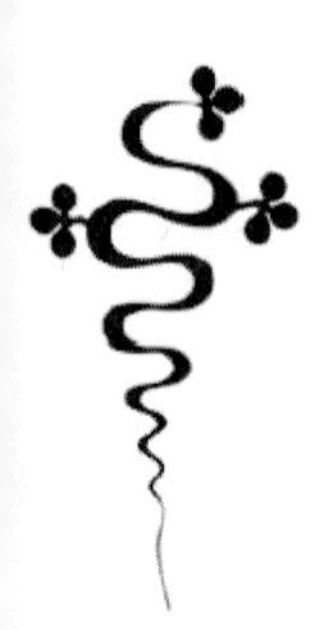

를 손짓해 보이며 이름이 서대풍이야, 라고 소개를 해주고는 몇 마디 농담을 시도하다가 곧 용건으로 들어갔다. 이야기를 들을수록 기가 막히는지 흰 가운을 입은 남자의 얼굴이 점점 변해갔다.

"그렇다고 이리로 오냐? 내 방도 아닌데."

말하는 것과 나이로 짐작해 인턴이거나 혹은 갓 레지던트 과정을 시작한 것으로 보인다. 그런 짐작이 들자 나도 덩달아 불안해져서 언니를 쳐다보았다. 민지 언니와 석원이는 안 그런데 나와 서대풍 씨만 유독 불안해하는 눈치였다. 물론 우리의 불안함은 서로 종류가 다른 것일 테지만.

"의료보험증 없어? 돈 얼마 안 드는데 그냥 응급실에서 치료받고 가지?"

"남자애들끼리 싸우다 다친 건데 내가 부모도 아니고 뭐라고 설명하냐? 학교 선생님이라도 데려오라고 하면 어떻게 해? 게다가 나 아직 생일도 안 지났어."

그 말에 아 그렇구나, 언니도 아직 미성년자구나, 하는 생각을 그제야 하게 되었다. 미래에서 32살의 오빠를 보아오다 보니 동갑내기 언니도 무척 어른스럽게 보인 모양이다. 서대풍 씨는 그 말을 들으며 피식 웃는다.

"학교에까진 연락 안 해."

"혹시 의심스러워서 그러지."

"뭐가 의심스러워?"

"어쨌든 패싸움이었는데 큰 거잖아. 맘 놓고 있다가 잘못해서 학교나 경찰에게라도 연락하는 얼빵한 일이 터지면 어쩌냐? 사실 나도 겁나니까 형한테 온 거지."

아니라니까, 하고 극구 부정하는 서대풍 씨와 언니를 번갈아 보면서 겁난다는 부분에 대해서는 나도 동의를 하였다. 사실 경찰이 올까 봐 겁나는 건 내가 더하다. 그래서 언니의 말을 듣고 있다가 반드시 여기서 이 남자분에게 치료를 받아야 겠다고 굳게 마음먹었다.

일단 상처나 보자는 말에 뒤에 있는 석원이를 데려다가 앉혔다. 사실은 처음 마주치자마자 다투는 두 사람을 보며 나가려고 하는 걸 겨우 잡아놓았던 것이라 기분이 별로 안 좋아 보이긴 했지만 그래도 상처를 가렸던 붕대를 걷어내니 그런 대로 얌전히 있는다.

"응급실에 얼마나 많은 환자가 넘쳐 나는데 무슨 시간이 남아돈다고 경찰한테 연락… 헉."

계속 투덜대며 석원이의 팔로 시선을 옮기던 서대풍 씨가 갑자기 말을 멈추며 눈을 쟁반만하게 뜨고 석원이의 팔을 들여다보기 시작했다.

"이… 이렇다니까. 그러니까 형이 직접 해야지."

기막히게 놀랐다는 표정이면서도 마치 알고 있었다는 듯 태연히 웃으며 말하는 민지 언니의 노력이 눈물겨웠다. 하지만 그 뒤로 이어지는 눈초리를 모른 척하기 위해 나도 눈물겹게 노력을 해야 했다.

"아무래도 다른 곳에도 상처가 있을 것 같은데, 아니야?"

팔을 소독하며 일부 꿰매기도 해야겠다고 말하던 서대풍 씨는 석원이가 대답이 없자 나를 쳐다보았다. 팔의 상처로 보아 다른 곳도

다쳤을 것 같긴 하지만 워낙 표현을 안 하니 알 수가 없다. 나도 모르겠다고 고개를 가로저으니 곧 심각하게 입술을 내밀며 턱을 긁던 서대풍 씨가 신중하게 말하였다.

"그나마 이 상처는 꿰매는 걸로 될 것 같지만 핏줄이나 신경까지 건드렸으면 내가 혼자서 치료 못해. 수술해야 하는 거니까."

매우 심각하게 나와 민지 언니에게 말을 하고는 석원이에게 잠시 저기 누워보라며 옆에 있는 침대를 가리켰다.

"치프한테 걸리면 아작나는데. 마취제 비는 건 또 뭐라고 둘러대나."

이마에 땀을 흘리며 커튼을 치고 침대 안으로 들어가는 것을 보며 언니와 나는 밖으로 나왔다. 치료에 대한 걱정으로 인해 깜박 잊었었는데 언니는 아닌 모양이다. 나오자마자 내 어깨를 꽉 잡으며 엄하게 물어오기 시작했다.

"사실대로 말해. 저게 정말로 학생들 사이에서 있던 싸움으로 생긴 상처야?"

"모… 몰라요."

"몰라? 아까는 그렇게 말 안 했잖아."

언니의 표정을 보니 사실대로 말하고 싶은 충동이 생겼다. 다 말해버리고 어떻게 할지 물어보고 싶기도 했다. 하지만 그런다고 해서 언니가 해결해 줄 수 있는 문제가 아니라는 건 내가 더 잘 안다. 만약 현재 내 나이가 30이라고 해도 이 일은 해결할 수가 없는 것이니 나 답답하다고 괜한 언니를 이 문제로 끌어들일 수는 없었다. 또한 그런 일들에 대해 듣고 나서 나올 언니의 반응도 무척 걱정이 되었다.

"그냥 저 애가 말한 대로 믿은 거예요, 나도. 하지만 거짓말을 한 거라고 해도 저 애 나름대로 사정이 있어서 그런 걸 거라고 생각하거든요."

"…사정은 충분히 있어뵈고도 남는다."

민지 언니는 날 앞에 두고 무언가 고민에 빠진 듯했다. 설마 오빠한테 말할 생각을 하고 있는 건 아니겠지?

"너 저 애를 왜 돕는 거야?"

"친구니까요. 그리고 절대로 저런 상처를 낼 싸움을 아무 이유 없이 할 애가 아니라는 걸 알고 있으니까요."

"……."

"언니가 오빠를 믿는 것처럼 나도 석원이를 믿어요. 물론 맹목적인 건 아니에요. 어떤 애인지 알고 있어서 믿는 거예요."

믿을 수 있는 아이거든요, 내가 믿어줘야 하는 아이거든요. 내 말을 듣고 얼굴을 쳐다보던 언니는 또다시 생각을 하는 눈치였다. 곰곰이 한쪽 눈을 찌푸린 채 잠시 서 있더니 곧 흔쾌히 내 어깨를 탁 내려쳤다.

"말하는 걸 보니 일단은 안심이다. 네가 철부지 어린 생각에 무조건 아무 일에나 껴드는 건 아니라는 거 알겠어."

"오빠한테 말할 건가요?"

"응? 왜 그런 생각을 해?"

"좀 전에 그럴까 말까 고민한 거 아니에요?"

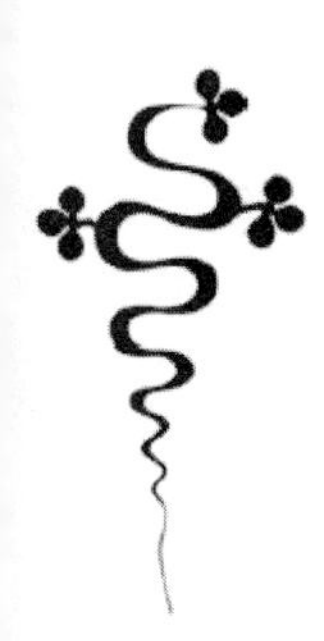

"그러기도 했었지. 하지만 네 말을 듣고 내가 알았다고 했잖아. 그건 나도 널 믿는다는 소리고. 쓸데없이 너와의 일을 세헌이한테 말할 필요는 없는 거지. 안 그래?"

그래요, 그래서 내가 언니보고 멋지다고 했잖아요. 겨우 안심이 되어 가슴을 쓸어 내리는데 그때 서대풍 씨가 밖으로 나왔다.

"어디 다른 데 상처 있었어요?"

나오는 모습을 보자마자 달려가 매달릴 듯 물어보았다. 조금 당황해하며 나를 쳐다보더니 다시 이마를 찌푸리며 고개를 흔든다.

"대단하진 않았어. 타박상 몇 군데 정도? 정강이 쪽에 좀 심한 게 있긴 했지만 뭐 며칠 지나면 나을 거고. 그런데 무슨 싸움을 했길래 병에 찔린 거야? 요즘 녀석들은 병 깨서 싸움하나?"

역시 그랬구나. 병에 맞은 거였어.

"어쩌다 보니까 병이 깨진 거고 그러다가 다친 거겠지. 아무리 진짜 찌르기야 했겠어?"

내 대신 대충 대답해 주는 민지 언니를 뒤로하고 안으로 들어갔다. 석원인 이미 자리에서 일어나 주섬주섬 상의를 걸치고 있다가 날 보더니 또 눈썹을 찌푸린다. 치료받는 게 많이 아팠나? 잠시 보고만 있는데 아픈 오른쪽 팔을 조심성없이 움직이며 옷을 입어서 깜짝 놀랐다.

"야야! 너 어떻게 그렇게 옷을 입어? 팔 괜찮아?"

"마취했잖아."

그제야 아까 마취도 해야 한다고 중얼거리던 서대풍 씨의 말을 기억해 냈다. 어느 정도로 치료를 한 것인지 보고 싶었지만 표정이 그다지 협조적일 것 같지 않아서 일단 놔두었다.

심드렁하게 옷을 다 걸친 석원이를 끌고 밖으로 나오니 서대풍 아저씨는 호출로 인해 뛰어가신 뒤였고, 민지 언니만 어색하게 웃으며 우릴 쳐다보았다.

"밥은 먹었니?"

"아뇨."

지금 보니 석원이는 뻔뻔하기도 했다. 이 밤에 달려와 준 사람에게 고맙다는 말도 안 하고 마치 밥 사달란 듯이 대답하다니. 민지 언니는 성격 좋네 하고 말하며 더 성격 좋아 보이게 씩 웃고는 아는 집 있어. 가자, 하면서 앞장섰다.

언니가 우리를 데려간 식당은 그리 멀지 않은 곳에 있었다. 하얀 간판에 커다랗게 원조 박 할머니 감자탕이라고 써져 있는 것을 보며 안으로 들어갔더니 민지 언니가 나 왔어요, 동생들 데리고, 라고 커다랗게 소리치며 주인 할머니에게 마치 손녀같이 인사를 했다. 자리에 앉아 주위를 둘러보는데 안쪽으로 들어갔던 언니가 소주 한 병과 오이 잘라놓은 것, 그리고 고추장을 들고 나오더니 우리 앞에 척 내려놓는다.

"무슨 일인지 모르겠지만 이 술 한 잔 마시고 소독해라. 덧날지 모르니까 한 잔만 마셔."

그리고는 자기 잔에도 따라서 같이 한 번에 들이켰다. 성격이 시원할 거라고는 생각했지만 이렇게까지 화통할 거라고는 짐작도 못했기

때문에 그런 모습을 멍하니 바라보아야 했다.

"나중에 상처 다 나으면 세헌이하고 같이 보자, 넷이."

언니의 말하는 걸로 봐선 우리가 단순한 친구 사이가 아니라는 걸 눈치 챈 것 같다.

"오빠가 싫어할 텐데. 아니, 집에 이를 텐데."

"무슨 그런 걱정을. 맡겨둬, 내가 알아서 할게."

거침이 없는 그 성격이 석원이도 마음에 들었던가 보다. 씩 웃더니 곧 언니의 잔에 소주를 채워준다. 지금까지 나 외에는 수정이에게도 크게 마음을 열지 않던 녀석이라서 조금 의외였다. 그래서 언니가 잠시 주방에 가기 위해 일어섰을 때 작게 물어보았다.

"너 민지 언니 마음에 들어?"

별다른 말이 없었지만 표정을 보아하니 긍정적으로 보였다. 나도 오늘 하루 동안 민지 언니에 대한 신뢰감과 감사함, 또 친근감이 무척 커진 상태여서 이 두 사람이 잘 어울리는 모습을 보니 기분이 좋았다. 간혹 석원이의 현상황에 대해 생각이 날 때마다 가슴이 찌르르 떨려왔지만 그래도 많이 안심이 되긴 했다.

소주 딱 한 병만 마시고 그만 끝내자던 언니는 자신의 말대로 더 이상 술 없이 열심히 밥만 먹었다. 모두들 지친 하루를 보냈기 때문에 밥맛이 좋은 모양이었지만 나는 그렇지 못했다. 많이 놀라고 근심하고 두려운 시간들을 보내서 그런지 입맛이 없다. 밥 대신 석원이의 얼굴을 종종 바라보았다. 그리고 생각했다. 네가 어떤 애이든 간에, 어떤 다른 면모를 가지고 있던 간에 난 내가 알고 있는 너만 생각할 거야. 내가 알고 있는 넌 상처가 많은 아이… 그래서 아픔이 많고 번뇌가 많은 아이, 의외로 마음이 여린 아이, 그걸 감추기 위해 일부러 더 강한 척하는 아이, 뭐든 자신의 혼자 힘으로 해결하려는 못 말리는 고집이 있는 아이, 그래도 가끔 내게 찾아와 작은 위로를 받아갈 줄도 아는 그런 아이, 그럼으로써 옆에 있고자 하는 날 배려해 주는 그런 아이, 그래, 그런 아이.

71

"어딜 갔다 오는 거야?"

민지 언니와 헤어져 석원이의 아파트 단지 안에 막 들어서자마자 앞에서 버럭 소리를 지르는 사람 때문에 놀라야 했다. 어둠을 가르며 다가오는 사람은 바로 정무래 선배였다. 화가 많이 났는지 얼굴은 울룩불룩하고 있어도 몸은 꽤 차가워 보인다. 턱까지 간혹 떨어주던 그 선배는 나에게 왜 왔냐고 투덜거리더니 곧 앞서 걷기 시작했다. 석원이를 기다린 모양인데 무척 오랜 시간을 밖에 서 있었는지 불만이 많아 보였다.

무래 선배를 따라 안으로 들어가니 이번에는 도식 선배가 경비 아저씨 앞에 앉아 매우 다정하게 정담을 나누는 모습이 보였다.

"학생이 뭘 좀 아는구만. 내 말이 그거라니까. 요즘은 도통 어린 자식들이 말이야……."

무언가를 더 말씀하려는 듯 보이던 아저씨는 들어서는 석원이를 보더니 조금 못마땅하다는 표정을 지으시며 입을 다무신다. 요즘의 어린 자식들이 누구를 지칭하는지 알 수 있었다. 이 학생들, 오래 기다렸다는 아저씨의 말을 들으며 더불어 엘리베이터 앞에 존재감없이 서 있어서 날 놀라게 했던 빈이까지 합쳐 다섯으로 불어버린 인원들이 서둘러 석원이의 집으로 들어갔다.

"잠깐 있다 온다 그러고 간 놈이 이게 잠깐이야? 선배를 개, 똥으로 알아? 무슨 짓 하다 왔어, 어! 열쇠나 주고 가든가."

무래 선배, 불만이 가장 많아 보였다. 투덜거리는 입을 막기 위해서 얼른 뜨거운 물을 끓여 컵에 담아 내주고 자리에 앉았다. 그리고 네 명의 남자를 죽 훑었다. 상황이 어찌 되었든 모두 안전하게 앞에 모여 있으니 그것만으로도 다행이라는 생각이 든다. 크게 다친 곳은 없는가 싶어 우선 도식 선배를 보니 목덜미가 시뻘건 게 무언가에 강하게 쓸렸는지 살이 꽤 일어나 있고 피도 군데군데 맺혀 있다. 무래 선배는 오른쪽 턱 밑이 새카맣게 변해 있었으며 왼쪽 입술이 찢어졌었는지 꽤 큰 피딱지가 앉아 있었고 빈이는 이마 한가운데가 조금 찢어지고 손바닥에도 깊은 상처가 있어 보였다. 이 모습들을 보아하니 그곳에 도착하여 이들도 휩쓸렸었나 보다 하는 생각이 머리를 스치고 지나가서 기분이 매우 우울해졌다.

잠시 어정쩡하게 앉아 있는데 갑자기 도식 선배가 빈이한테 애들 불러오라고 말하는 게 들렸다. 애들이 누구지? 싶어 보고 있는데 아무 말 없이 나간 빈이는 그 뒤로 한참의 시간이 지나도 안 들어온다.

"아, 진짜! 이 자식들 또 싸우고 있는 거 아냐?"

한참 만에 무래 선배가 다시 뛰쳐나갔다. 그리고 20분쯤 후에 꽤 많은 수의 아이들을 우르르 몰고 나타났다. 얼굴들을 보니 아까 3학년 교실에서 마주쳤던 선배들과 최정욱, 그리고 정욱의 친구들이다. 그 사이에서 백만 볼트의 짜릿함을 과시하며 노려보고 있는 정욱과 빈이가 눈에 띄어 슬며시 무래 선배를 쳐다보니 마침 그 선배도 이 아이들을 향해 오만상을 다 찌푸리고 있는 참이었다.

"너희들은 이따위 자식들 기합 넣는다더니 두 새끼 싸우는 것도 못 때려잡냐?"

말을 들어보니 3학년 선배들이 2학년 애들을 어디서 굴리다 온 모양이다. 또 싸운다고 하던 인물들이 바로 정욱이와 빈이었군. 동생 건드리면 길길이 날뛰는 게 말은 꼭 저렇게 해, 하는 소리가 3학년들 사이에서 들려왔다. 하지만 누가 그런 것인지는 보이질 않는다.

"그만들 하고 앉아."

도식 선배가 말하자 주위가 삽시간에 조용해졌다. 난 사실 그런 도식 선배의 파워보다도 이 아이들이 더 무서웠다. 도대체 어떤 생각들을 품고 있길래 부모한테도 안 해봤을 저따위 충성을 바치는 건지 이해가 가지 않았다. 나도 예전엔 이랬었던가. 자리에 앉는 정욱이의 몸에도 여지없이 상처들이 곳곳에서 보였다. 어디라고 말할 것 없이 엉망진창이 되어 있는 모습을 보고 있자니 그래도 아는 아이라 그런지 안쓰러웠다. 약이라도 있으면 발라줄 텐데 이 집에 그런 게 있을 리 없었다.

한동안 침묵하고 있는 그들을 보며 상황이 매우 침울하게 느껴져서 가만히 있는데 석원이가 가자고 말하며 자리에서 일어섰다. 따라 일어나며 인사를 하려고 주위를 둘러보다가 정욱이를 비롯한 2학년 아이들이 모조리 무릎을 꿇고 있는 게 눈에 띄었다. 선배를 업고 다니든 안고 다니든 다 좋은데 아플 때에도 저래야 할 필요가 있을까 싶어 정욱이를 불렀다.

"너 아파 보이는데 그만 편히 앉아라. 그리고 앞으로 석원이하고 싸움 같은 거 하지 말고. 내년엔 너도 대학 가야 하잖아."

갑자기 분위기가 싸아해지는 느낌 때문에 왜 이러나 싶어 쳐다보니 다들 어안이 벙벙한 얼굴로 날 보고 있었다. 잠시 머리를 긁어보다가 이 아이들도 내일은 학교를 가야 한다는 점에까지 생각이 미쳐 조금 더 목소리를 높여 말했다.

"내일 다들 학교 가야 하는 거 알죠? 깨우러 올 테니까 쓸데없이 도망 같은 거 가지 말아요. 특히 무래 선배, 알았죠?"

또 말을 잘못한 건가. 이번 말에도 표정들이 매우 이상했다. 내가 뭘 잘못한 것인지 알 수가 없어 신을 신고 나가려는데 뒤에서 무래 선배의 목소리가 들려왔다.

"아무리 봐도 저 애가 짱이야."

『학교만 졸업시키자.』

그 밤, 아니, 새벽. 같이 가겠다고 하는 석원이를 억지로 안으로 밀어 넣고 엘리베이터로 나오는데 도식 선배와 무래 선배가 뒤따라 나오며 같이 가주겠다고 했었다. 그들과 크게 친분이 있었던 것은 아니어서 거절하고 싶었지만 그들마저 거절하면 석원이가 아픈 몸으로 나오겠다고 고집을 부릴 것이 걱정되어 그러자고 해놓고 묵묵히 집까지 걷고 있는데 그때 나에게 물었었다. 석원이를 어떻게 했으면 좋겠느냐고. 도식 선배의 질문에 어떤 대답을 해야 하는지 알 수가 없어 가만히 있었다. 내가 보기엔 석원이와 도식 선배, 그리고 무래 선배가 모두 비슷한 처지로 보였기 때문에 이들이 석원이 걱정을 해준다고 해서 어떤 것이 크게 달라지겠는가, 하는 생각도 했던 것 같다. 사실 나는 그 당시 같은 반 아이들을 보면서, 혹은 같은 학교 아이들을 보면서 나보다 어린 아이들이라는 생각을 무의식중에 가지고 있었던 것 같다. 그들이 겪어보지 못한 생활을 10년 넘게 했다는 자신감에 예전과는 다른 고등학교 시절을 보낼 수 있었던 것이겠지만 또한 그들 모두를 한없이 어린 아이들 정도로 보았다는 점도 부정할 수는 없다.

내가 아무 대답 없이 무작정 걷고만 있으니까 도식 선배가 다시 말했다.

『비록 우리가 너희 같은 평범한 애들이 이해 못하는 아웃사이더들이긴 해도 나름대로 해서 될 일과 안 되는 일 정도는 구분하고 있어. 석원이 놈, 지금까지 해선 안 되는 일을 더 많이 하고 다녔다. 졸업하고 나서야 어떻게 살던 내 알 바 아니지만 아직은 그런 일에 나서기엔 석원이뿐만 아니라 우리 모두 너무 어려. 학교만 졸업시키자. 적어도 졸업 전에 밀려나서는 안 된다는 게 내 생각이야.』

학교만 졸업시키자… 생각없이 듣고 있다가 그 말이 내 귀로 들어오는 순간 갑자기 치솟아오르는 감정을 억누르느라 얼마나 애를 먹었는지 모른다. 나도 그런 생각을 하고 있었다. 혹시라도 이 상태에서 석원이가 떨궈지는 것은 아닐까, 다른 평범한 아이들과는 달리 고등학교도 졸업 못하게 되는 것은 아닐까. 절대로 평범함 속에서 벗어나게 할 수 없다는 생각에 머리가 아플 정도로 생각에 생각을 거듭하고 있다가 나와 같은 생각을 하고 있는 또 다른 누군가를 만나게 되자 말로 표현할 수 없을 정도로 든든함을 느낄 수 있었다.

72

다음날 아침, 일찌감치 석원이의 아파트로 찾아갔다. 다들 잠자기 시작한 지 두 시간도 안 되었던 때라서 계속해서 자기 위해 무던히도 애를 썼지만 결국 한 사람도 빼놓지 않고 모조리 일으켜 세울 수 있었다. 안쓰럽긴 했지만 이 아이들이 단체로 결석해 버리면 학교에서도 어떤 낌새를 눈치 챌 것이 분명했고 그렇게 되면 석원이뿐만 아니라 다른 아이들에게도 좋지 않은 일이 생길 것이 뻔했다.

상처가 심한 아이들을 중앙에 걷게 하여 학주의 눈에 띄지 않도록 조심스레 교문을 통과하고 나니 그제야 긴장감이 어느 정도 사라졌다. 지금까지 학교에서 모르는 것을 보면 경찰에서도 석원이에 대해 모른다는 것일 테니 일단은 걱정 안 해도 될 것으로 보인다.

자리에 앉은 뒤 긴 한숨을 지으며 책상에 풀썩 엎드렸다. 그리고는 너도 자, 라고 말하며 눈을 감았다. 곧 잠 속으로 들어갈 것처럼 몽롱해지는데도 이상하게 얼굴 옆쪽이 따끔거리는 느낌이다. 안 떠지는 눈을 뜨고 고개를 돌려보니 석원이가 나와 같은 자세로 엎드려서 고개를 이쪽으로 돌리고 있었다.

왜? 입 모양으로 물었는데 대답이 없다. 대신 내 손에 무언가가 닿는 느낌이 들어 고개를 조금 들어 내려다보니 석원이의 손이었다. 다시 책상에 엎드려 마주 바라보았다. 5초쯤 그대로 있다가 다시 왜 그러냐고 물으려 하는데 손을 놓더니 고개를 바로하는 석원이. 제멋대로군, 하는 생각과 함께 나 또한 잠이 쏟아져 들어와서 얼른 고개를 바로한 채 눈을 감았다. 그리고… 또다시 꿈을 꾸었다.

동태가 보인다. 그런데 저기서 대체 뭘 하고 있는 걸까. 빨간 푯말을 하나 들고 열심히 허공을 향해 뛰고 있는 모습이 우습기도 하고 이상하기도 해서 자세히 쳐다보니 그 푯말 위에 2003이라는 숫자가 적혀 있었다. 내가 다가가서 뭐 하는 거냐고 물으려 하는데 갑자기 자신의 입에 검지손가락을 하나 올려놓으며 조용히 하라는 표시를 했다. 그리고는 내 손을 잡고 마구잡이로 끌어당기기 시작했다. 길이 하나 나 있는 것을 보니 그곳으로 가려는 것 같았는데 처음 보는 낯선 길이어서 별로 가고 싶은 마음이 생기질 않았다. 어디 가냐고 물어도 아무 대답 없이 끌기만 하더니 결국 나를 넘어뜨리고야 만다. 항의하기 위해 일어서려고 하는데 그 짧은 시간도 기다릴 수 없다는 듯 그냥 끌고 가는 동태.

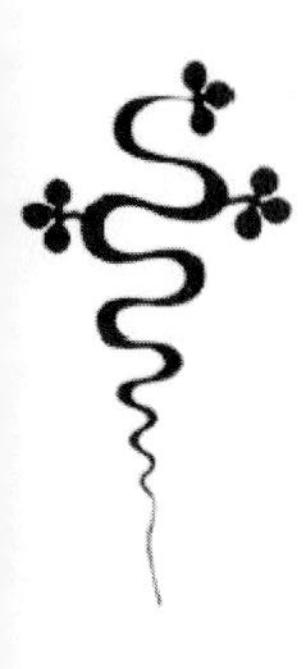

"뭐 하는 거야!"

소리를 버럭 지르며 일어섰는데 그 순간 조금 전에는 못 느꼈던 빛이 눈에 들어왔다. 눈을 깜박이며 주위를 살피니 옆에 앉은 석원이부터 시작해서 저 멀리 1분단 앞에 앉은 아이까지 모조리 나를 향해 시선을 집중하고 있었다.

"…꿈꿨냐?"

곧 나에게 물어오는 석원이를 보며 깨달을 수 있었다. 내가 꿈속에서의 감정을 주체하지 못하고 소리를 지르며 깨어났다는 것을.

"어."

"무슨 꿈인데?"

"동태 나온 꿈."

석원이는 더 묻고 싶지 않은지 책상에 엎드려 다시 잠을 청하기 시작했다. 동태라는 이름 한마디만으로도 모든 상황을 짐작할 수 있는 모양이었다. 곧 고르게 숨소리를 내는 석원이를 보니 벌써 잠든 모양이다. 하지만 나는 더 이상 잠도 올 것 같지 않았기에 수정이에게나 가볼까 싶어 일어서다가 도로 주저앉고 말았다. 갑자기 꿈에서 보았던 한 장면이 머리 속을 스치고 지나갔기 때문이다.

2003. 빨간색 푯말 위에 하얀 색으로 커다랗게 그려져 있던 2003이라는 숫자가 내 신경을 곤두서게 했다. 그게 뭐였을까. 어째서 그런 숫자를 들고 동태가 내 꿈에 나타난 걸까.

"혹시… 2003년?"

연습장에 2003을 써보며 곰곰이 생각해 보았다. 그러고 보니 지금까지 2003년도에 겪었던 일들을 꿈으로 꽤 자주 보았었다. 두고 온 그 시간을 보고 싶어했기 때문에 꿈에 나오는 거라고 생각하고 말았었는데 지금 생각해 보니 그 꿈들, 누우면 보곤 하는 그 꿈들이 어쩐지 예사롭지가 않았다. 내가 이 시절로 돌아오기 전 고등학생 시절만을 꿈꾸던 그때와 지금의 상황이 너무 똑같지 않은가.

2년 가까이 꿈에 시달리다가 어느 날 눈을 떠보니 과거로 돌아와 있었던 그 일이 주마등같이 머리 속을 휘저어놓았다. 그럼 뭐지. 나는 지금 또다시 그때의 일을 반복하고 있다는 소리인가? 또다시 2003년도로 돌아가기 위해 준비 중이라는 말일까. 설마, 설마!

결국 그때부터 시작하여 모든 수업이 끝날 때까지 다른 일은 전혀 건드리지 못했다. 계속해서 그 생각 속에만 머물며 내가 다시 돌아왔을 때와 조금이라도 다른 무언가가 있지 않을까 싶어 비교하고 분석하고 또 절망하는 일들을 반복해 나갔다. 하루 종일 아무 말도 하지 않는 나를 수정이와 석원이가 이상하다는 표정으로 쳐다보기 시작한 것도 점심 시간이 지나면서부터이다. 너무나도 생동감있는 아이들의 얼굴과 목소리, 또 행동들. 이 아이들의 모습을 보면 내가 생각하는 게 한낱 기우에 불과하다는 느낌이 들었다. 하지만 이곳으로 오기 전에도 나는 그러지 않았었나. 그렇게 선명한 현실 세계에서 갑자기 과거로 돌아오는 따위의 일이 생길 리 없다고 스스로 믿고 있었잖아.

"왜 그래?"

종례 시간이 지나고 나자 도저히 참을 수 없다는 듯 수정이가 물어

왔다. 그렇지만 왜 그러는지에 대해 말해 줄 수가 없다. 확실하지 않다는 것은 둘째 치더라도 누가 이런 일들에 대해 믿을 수 있을 것인지 전혀 자신이 없었기 때문이다.

"아니야, 아무것도."

다시 정신을 수습하며 가방을 들고 일어섰다. 머리 속은 계속 혼란스러웠지만 그런 모습을 보이고 있으면 결국 이 일에 대해 설명을 해줘야 할 만큼 그들의 궁금증을 유발시킬지도 모른다는 생각에 아닌 척 행동해야 했다.

연습 간다고 우기는 석원이를 무조건 집으로 데려다 주었다. 간다고 해도 저 팔로 할 수 있는 일이 없었다. 문을 열고 안으로 들어서니 학교 갈 일이 없어 밥 먹자마자 도로 누워 자고 있던 빈이가 부시시한 모습으로 방에서 나왔다. 두 사람의 상처에 약을 다시 발라주고 저녁도 준비하여 먹으라고 시킨 후 집으로 가기 위해 나왔다. 더 있다 가라는 말에도 묵묵히 고개를 흔들고 나온 것은 아직도 내 머리 속에는 정리되지 않은 생각들이 가득 들어 있었기 때문이다.

아파트 입구를 지나치려는데 옆에 붙어 있는 은색의 편지함이 눈에 들어왔다. 별로 사용할 일이 없어 보이는 열쇠 구멍들이 반짝 빛을 발하는 걸 보다가 석원이의 편지함 속에 편지 한 통이 들어 있다는 것을 깨달았다. 매우 두꺼운 우편물이었는데 보내온 이의 칸에는 이름 하나만 덩그러니 적혀 있었다.

"지석태?"

이름으로 보아하니 형이거나 혹은 동생 정도 되는 게 아닐까 싶다.

친형제는 아니더라도 사촌 정도는 될 것 같기에 새삼 놀라야 했다. 어쩐지 석원이에게는 형이나 동생, 혹은 사촌마저도 없을 것 같은 묘한 느낌이 들었기 때문이다. 석 자 돌림인가 보다, 하고 혼자 중얼거리며 지금 전해줄까 하다가 나중에 꺼내보겠지 싶어 도로 꽂아놓고 밖으로 나왔다.

집에 도착하여 웬일로 일찍 오냐는 엄마의 말에 고개로만 대답을 하고 방 안으로 들어가 침대에 누웠다. 그냥 자려고 하는데 신경이 너무 곤두서서 도저히 그럴 수가 없었다. 한참을 뒤척이며 다른 생각을 해보려고 하다가 결국 자리에서 일어나 버렸다. 이렇게 막연히 불안해하는 것보다 확실히 따져 보는 게 더 낫지 않겠어?

마음속에서 나를 향해 자꾸 재촉하는 말들이 들려와서 고개를 한참 숙이고 있다가 할 수 없이 연습장을 앞에 펴놓고 길게 누웠다. 속으로는 지금까지 아무 생각 없다가 왜 오늘 이유없이 그런 생각을 떠올려서 혼자 불안해하느냐고 꽤 담담하게 중얼거려 보기도 했지만 아무런 소용이 없었다. 피할 수 있다면 피하고 싶다. 언뜻 그런 생각도 머리를 스쳤지만 마음을 다잡고 지금까지 있었던 일들을 하나하나 적어 정리해 보기로 결심했다.

나는 왜 이런 꿈을 계속 꾸는 걸까. 아까 학교에서 잠시 생각한 것처럼 다시 현실로 돌아 갈 때가 되어서 그런 건가. 올 때도 그렇게 왔으니까 만약 다시 가야 한다면 같은 방법으로 가게 되는 거겠지. 그 생각이 들자마자 머리 속이 하얗게 탈색되는 것 같았지만 억지로 입술을 깨물어 참아냈다. 더 생각해야 해, 더.

만약 내 짐작대로라면 그건 언제쯤일까. 아마 당장은 아닐 것이다. 올 때 천 번의 꿈을 꾸고 왔으니까 갈 때도 그렇게 갈 것이다. 그렇다면 지금까지 내가 꿈을 꾼 횟수는 몇 번이나 될까. 그런 것을 알 리가 있나! 세고 있었던 것도 아닌데. 좋아, 그럼 다음.

돌아가는 게 맞다면, 그래서 어느 날 돌아가게 된다면 나와 석원인 어떻게 되는 걸까. 지금까지의 일들이 모두 고스란히 남아 있을까, 아니면 없던 일처럼 변해 있으려나? 내가 오기 전 그 상황 그대로 아무 변화 없는 2003년을 보게 될까, 아니면 변질된 2003년을 보게 될까. 이게 과거일 테니 아마도 변해 있겠지. 그렇다면 내가 10년간의 시간을 훌쩍 뛰어넘는다 해도 잘만 하면, 나와 석원이가 변하지만 않는다 치면, 아무런 문제 없이 지내고 있을지도 모르겠네.

아, 그래야 하는데, 그래야 하는데! 나름대로 침착하게 생각하자고 다짐했건만 석원이가 생각나자 그런 생각은 모두 다 사라지고 말았다. 그저 뭐 이런 말도 안 되는 경우가 다 있을까 하는 생각에 느닷없이 화가 머리끝까지 치밀어 올랐다. 돌아오게 했으면 그냥 쭉 살게 해주지 왜 왔다 갔다 하게 만드는 거야! 내 삶이라구! 그런데 누가 맘대로 조종하는 거야, 누구야!

난 어두워질 때까지 침대에 웅크리고 누워 어쩌지, 어쩌지, 하고 중얼거렸다. 그 중얼거림은 간혹 흐느낌으로 바뀌다가 나중엔 아닐 거라고 나를 달래기도 했고 어떨 땐 다 죽여 버리겠다고 누군지도 모를 상대를 위협하기도 했다. 그리고는 결국, 내가 돌아가 버린 뒤 석원이는 어떻게 되는 것인가 하는 걱정을 끝으로 깊고 깊은 잠에 빠져

들었다.

73

“너 요즘 왜 그래?”

내가 또 밥 먹다 말고 멍청히 창밖을 내다보고 있었는지 수정이가 걱정스레 말한다. 꿈의 심상치 않음을 느낀 후로 나는 늘 멍한 상태의 연속이었다. 석원이 걱정하랴, 내 이상한 꿈 신경 쓰랴, 이렇게 두어 달만 더 지내면 머리가 모두 빠질 것 같다.

“뭐, 고민있니?”

수정이의 말에 이제 깁스를 풀고 예전처럼 활개를 치고 있는 동태와 석원이도 날 보기 시작했다.

“아니야, 아무것도.”

다시 열심히 밥을 먹으며 슬쩍 석원이를 보니 아무 표정 없이 날 보고 있다. 저 얼굴, 정말 얼마 뒤엔 저 얼굴을 못 보게 되는 건가. 이제 꿈은 하루에 한 번 꼴로 아주 규칙적으로 날 찾아오고 있다.

“집에 가자.”

나, 또 멍청히 앉아 있었나 보다. 석원이가 어느새 팔을 잡아 일으키려 하고 있었다.

“연습 안 가?”

“…….”

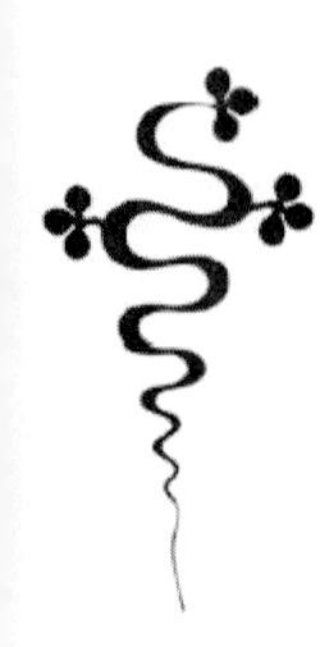

아무 말 없이 묵묵히 내 손을 잡아끌고 뒷문으로 향한다. 그래도 애들 보는 데서는 안 잡았었는데, 반 애들의 휘파람 소리가 유난히 귀를 자극했다.

"왜 그래, 말도 안 하고?"

자신의 집에 날 데려다 놓고 빤히 보고만 있는 석원이 때문에 답답해져서 내가 먼저 말을 꺼냈다.

"너야말로 요즘 왜 그래?"

"내가 뭘."

계속 날 보고 있는 게 신경 쓰여서 어물쩍 가방만 만지작거리며 모른 척 되물으니 아니야, 라고 대답한 뒤 부엌으로 들어간다. 저 애가 보기에도 내가 이상해 보이겠지. 요즘 넋 놓고 지내는 날 보며 어떤 생각을 하고 있었을까. 순간 왈칵 눈물이 쏟아지려고 해 화장실로 급히 들어갔다. 이 모든 게 일시에 사라질 수도 있다니, 다시 시간을 통과해 돌아가야 한다니…….

세면대 물을 틀어놓고 조용히, 아주 잠깐 울었다. 머리 한구석에선 아직 확실한 거 아니야 라는 희망의 말을 들려주고자 애쓰고 있었지만 이런 일을 이미 한 번 겪어 세상에 못 믿을 일이 없어져 버린 나로서는 별 위로가 되지 않는다.

"먹어."

겨우 진정시키고 세수를 하고 나오니 석원이는 이미 거실에 앉아 있었다. 앞에 웬 떡볶이가 떡하니 자리 잡고 있었다.

"네가 한 거야?"

별말없이 포크를 쥐어주더니 자신은 신문을 펼쳐 들었다. 또다시 눈물이 나려고 해 얼른 하나 집어 먹었는데 꽤 맛있다. 칭찬이라도 한마디 해주려고 입을 열다가 떡이 목에 걸리는 바람에 그만둬야 했다. 급히 물을 마시며 보니 유심히 신문을 살피고 있었다. 석원이는 2주 전 그 사건이 있은 후로 신문을 늘 자세히 읽는 버릇이 생겼다. 모른 척하고는 있지만 같은 미성년자가 잡혔다는 게 얼마나 신경 쓰이랴 싶어 안쓰럽기도 했다. 그 미성년자라는 애가 말 한 번 잘못하면 석원이나 빈이, 또 최정욱까지 연결되어 버릴지도 모르는데.

문득 궁금한 게 생겼다. 이런 생활을 했던 석원이는 2003년도에는 과연 어떤 생활들을 하고 있었을까. 그때에도 이런 조직이 어떻고 지역 싸움이 어떻고 하는 그런 일에 연루되며 살았을까?

아마도 그렇지 않았을까 하는 생각이 든다. 과거로 돌아오기 전 원래의 고등학교 때 석원이는, 1년 내내 난폭했었다. 나와 수정이가 스스럼없이 말을 걸기는커녕 아마 석원인 수정이란 애가 있었는지도 몰랐을 거다. 일주일에 삼 일은 학교를 빠지고, 매일 싸움이나 하다가 다치고, 또 그랬다는 이유로 학교에서 맞고… 그래서 얼굴엔 늘 상처가 붙어 다녔으며 그 와중에도 꼬박꼬박 일주일에 한 번 정도는 재수없다며 날 면박 주는 것도 잊지 않더니 결국 고 3때 다시 우리 학교마저 잘리고 말았었는데 지금 기억을 더듬어보니 그 사유도 전에 다니던 학교와 똑같이 폭력이었었다. 그때도 도식 선배가 석원일 돕고자 했었는지는 알 길이 없지만 그랬을 거란 생각이 든다. 내가 과거는 바꿨어도 사람들의 성격까지 바꾼 건 아니니까.

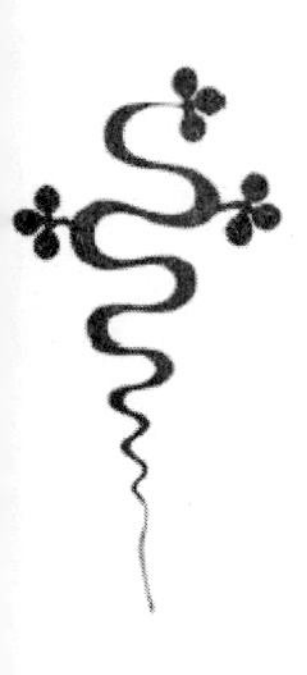

그럼 석원일 위해, 앞으로는 예전의 현실과 다른 삶을 만들어갈 석원이를 위해, 기뻐해야 하는 건가? 비록 난 어정쩡하게 뭐 한 건지 모르고 다시 10년 뒤의 현실 속으로 돌아간다고 해도 석원이는 많이 바뀌었으니 이것으로 만족스러워해야 하는 건가. 다시 돌아가면 저 애 모습은 동창회에서나 볼 수 있을 텐데, 아니, 동창회에도 안 나오면 영영 못 보는 거지. 설사 본다 해도 그때까지 우리가 이 모습 그대로 남아 있을 거라고 장담할 수 없으니 어쩌면 우린 그냥 무덤덤한 척 스쳐 지날지도 모르겠다.

혼자 떡볶이를 열심히 먹으며 이런저런 생각으로 날 괴롭히고 있는데 뭔가 이상한 느낌이 들었다. 보지는 않았지만 석원이가 매우 긴장한다는 사실, 그리고 무언가에 빠르게 몰두한다는 사실이 옆에 있는 나에게까지 전달되어 왔다. 뭐지? 고개를 들고 석원이를 살피니 신문 한 면을 펴 들고 무척 무서운 얼굴로 뚫어지게 쳐다보고 있었다. 설마 그 미성년자 조직원이 다 불어버린 건 아니겠지? 그랬다면 신문에 나기도 전에 먼저 잡혀갔을 테니. 포크를 입에 물고 멍하니 석원이를 살피는데 그제야 그런 날 발견했는지 신문을 옆에 내려놓으며 안 먹어? 한다.

"뭐가 나왔는데?"

"아니야. 그냥 기사야."

어떤 기사냐고 물어보고 싶었지만 석원이가 먼저 음료수 줄까 하고 묻길래 아이스크림이라고 대답했다. 그리고 그 애가 부엌으로 들어간 사이 신문을 집어 들었다. 이곳저곳 살피며 무엇을 본 것인지 찾아봤지만 무엇 때문인지는 모르겠다. 잠시 후 부엌에서 나오던 석원이가 별거 아니라니까, 하며 신문을 빼앗아 든 뒤 확확 접어 들고 현관 쪽으로 다가갔다.

"어디 가?"

"아이스크림 사러."

언제 봐도 무뚝뚝하지만 나한테 티 안 내고 신경 써주는 것은 늘 비슷했다. 없으면 그냥 둬도 될 텐데 굳이 사러 가는 모습을 보고 있다가 더 울적해지고 말았다. 베란다에 매달려 아래를 내려다보니 석원이가 막 입구를 나서고 있는 모습이 보였다. 손에 들고 있던 신문을 펴서 무언가를 다시 한 번 보고는 곧 박박 찢어 옆에 놓인 휴지통에 버린다. 뭐였을까. 어떤 기사이기에 내가 봐서는 안 되는 걸까.

석원이가 앞의 상가에 들어간 지 10분쯤 후에 다시 나오는 모습을 보며 여전히 신문 속의 기사를 궁금해하고 있는데 도로를 횡단하는 그 아이 옆으로 검은 차 한 대가 서는 게 보였다. 곧 운전석에서 내리는 나이 많은 아저씨. 뭐라 말을 거는 것 같은데 두 손을 앞에 모아쥐고 있는 게 어쩐지 비정상적으로 보인다. 지금까지 살면서 윗사람이 아랫사람 앞에서 조심스러워하는 모습은 본 적이 없어서 이상하다는 느낌이 강했다. 유심히 내려다보고 있자니 석원이가 무언가 고개를 가로젓는 게 보이고 곧 다시 아파트 쪽으로 오는 것도 보였다. 나이 많은 아저씨는 한참 그런 석원이를 보고 있더니 한숨을 쉬는 것인지 고개를 가로저으며 차에 탄 후 가버렸다. 아는 사람일까.

74

"아까 누구야?"

계속해서 석원이의 눈치를 보다가 결국 참지 못하고 묻고 말았다. 아이스크림을 유리잔에 덜고 있던 석원이가 날 한 번 보더니 길 물어보는 거였어, 한다. 어쩌면 거짓말을 해도 저렇게 금방 들키게 하나. 대한민국 어느 아저씨가 어린 고등학생 아이한테 두 손 모아 길을 묻니? 기가 막혀서 빤히 보고 있는데 못 본 척을 하기로 했는지 열심히 아이스크림만 덜어 나에게 건네준다. 그 모습이 영 석연치 않았다. 뭔가 있어. 그게 뭐지?

"아, 맞다!"

갑자기 소리를 지르니 석원이가 얼굴을 조금 구기며 쳐다본다.

"너 형제 있지?"

이 말에 석원이의 얼굴색이 눈에 띄게 변했다. 잘못 알았나.

"지석태라고 형제 없어?"

일순 그 바뀌었던 얼굴색이 다시 원상태로 돌아오더니 곧 어이없는 얼굴로 돌변했다.

"어디서 봤냐, 그 이름?"

"한참 됐어, 지난 달에 본 거니까. 너한테 온 우편물 중에 발신인이 그런 이름이었던 게 하나 있었잖아."

석원인 잠시 날 보더니 형제 아니야, 한다.

"형제 아니야? 그럼 사촌이야? 아닌데, 사촌도 형제인 건 맞는데."

"왜 형제일 거라고 생각했는데?"

"가운데 석 자가 같잖아. 나도 오빠랑 세 자 돌림인걸. 세령이, 세헌이."

"…형제 없어. 아버지야."

아버지. 난 그제야 석원이 입에서 아버지란 소리를 들었다. 어딘가 계실 거라고는 생각했지만 한 번도 듣거나 본 적이 없어서 매우 현실감이 적었던 석원이의 아버지. 그 아버지 성함이 지 자, 석 자, 태 자셨구나.

"아버지 이름 중에서 따온 거구나. 보통 그렇게 안 하던데."

"뭐가?"

"부모님이나 부모님 동기 간 중에 이름을 따오는 경우는 거의 없다고 그러셨거든, 아빠가."

훗, 하고 웃고 있는 석원일 보니 나도 덩달아 기분이 좋아진다. 그래, 넌 웃는 게 어울려.

"아버지가 널 무척 사랑하셨나 보다, 석원아. 이름도 따서 지으시고."

순간 난 내가 뭘 잘못했나 싶어 어리둥절해져야 했다. 이 말이 끝남과 동시에 석원이의 얼굴이 눈에 띄게 굳어진 때문이었다. 한참을 바닥에 놓인 유리잔만 내려다보던 석원이가 천천히 입을 열었다.

"…너희 아버지는 널 사랑하시냐."

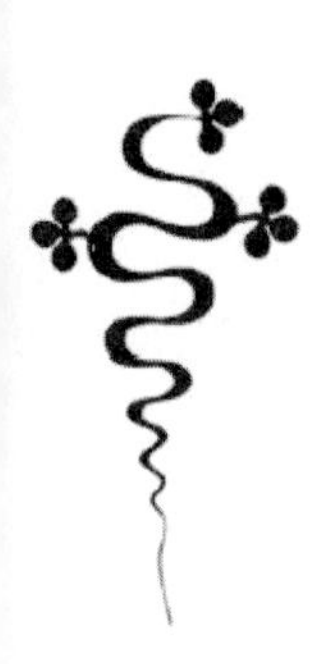

듣기에 무척 이상하게 들리는 질문.

"그렇겠지, 딸인데. 원래 부모님들은 자식을 사랑하는 거잖아."

석원인 또 훗 하고 웃더니 그런 거냐, 한다. 웃긴 웃는데 그러면서도 얼굴은 상당히 어두웠다. 뭔가 있긴 하군. 나는 아이스크림을 떠서 입 안에 넣으며 생각했다. 아버지와의 관계 중에 무언가 있는 것으로 짐작되어졌다. 그러니까 얼굴빛이 저렇게 안 좋으…

"아, 머리야!"

느닷없이 느껴지는 머리의 통증에 입에 넣었던 수저를 빼내며 이마를 찡그렸다. 그러자 앞에서 보고 있던 석원이가 재미있다는 듯 웃는다.

"찬 걸 그렇게 먹으니까 아프지."

여전히 웃는 얼굴이면서도 마치 걱정해 주는 척, 손가락으로 내 관자놀이를 문지르며 잔소리를 한다. 다른 생각에 빠져 생각없이 아이스크림을 먹다 보니 너무 많은 양을 입에 넣은 모양이다.

"거기 2학년 짱 아니신가?"

다음날 아침 등교 시간이었다. 학교에 거의 다 왔을 무렵, 갑자기 들려온 소리에 나도 모르게 주위를 살펴보며 정욱이를 찾았다. 그 일이 있은 후로 간혹 마주치면 인사를 하곤 하는 사이가 되었기에 반가운 마음에 한참을 둘러보았지만 어디서도 보이지 않았다. 그런데도 뒤에서는 여전히 짱을 부르는 소리가 들려온다. 누구일까 싶어 돌아보니 그날, 석원이 집에서 모두 함께 잠들었던 3학년 선배들이 보였고 앞에는 도식 선배와 처음 보는 여학생이 나란히 걸어오는 중이었다. 짱을 부르던 목소리는 뒤에서 따르는 선배들의 것이었는데 여전히 비실비실 웃으면서 나를 쳐다본다.

"짱! 학교에 소문이 파다해. 애들이 아주 난리야, 여자 짱 생겼다고."

그제야 알아들을 수 있었다. 그날, 석원이가 조직이라는 음침한 곳과 관련이 있다는 것을 처음 알았던 그 새벽에 도식 선배 앞에서 정욱이에게 편히 앉으라고 말했다는 이유로 무래 선배가 간혹, 나를 향해 짱이라고 칭하며 엄지손가락을 치켜세우곤 했었는데 그 일로 인해 이제는 이 선배들까지도 나를 짱이라고 부르는 모양이었다. 그다지 유쾌하지는 않았다.

"그만 해라."

내가 얼굴을 찡그리며 쳐다보자 도식 선배가 짧게 제지한 뒤 다가왔다. 그래서 얼른 인사를 하니 옆에 있던 여학생이 날 보며 2학년이지? 라고 붙임성있게 묻는다. 그 말에 느낌이 동년배가 아니구나 싶어 명찰을 살폈다. 역시나 초록색인 것을 보니 선배가 맞다. 게다가 이름이 무척 유명하기까지 하다.

서민아.

학교에서 둘째가라면 서러워한다는 모범생 중의 모범생이 바로 이 선배이다. 얼굴은 처음 보는 것이지만 학교 다니는 내내 단상에 올라서는 뒷모습을 눈에 못이 박히게 보아왔기 때문에 기억에 있었다. 물론 과거로 돌아온 요즈음에도 그 모습은 변함이 없었고, 늘 유성이가

상 받는 일에 관심이 많았던 나에게는 절대로 모르는 이름이 아닌 것이다. 하지만 조금 의외이긴 하다. 이 선배가 도식 선배와 함께 있다니.

남은 거리를 두 명의 선배와 나란히 걸어갔다. 교문이 가까워질수록 아이들의 수도 늘어갔고 민아 선배의 이야기도 점점 흥미진진해졌다. 별다를 것 없는 선생님들의 에피소드였지만 말하는 것에 있어서 타고난 재주가 있는 게 아닐까 싶을 만큼 감질나는 이야기들이었다. 하긴, 늘 발표와 토론을 밥 먹듯 하고 있을 테니 말을 못할 수는 없는 것일지도. 간간이 옆에 있는 도식 선배의 얼굴을 쳐다보았다. 어떤 표정으로 여자 친구 옆에 있을 것인가, 조금은 장난스러운 기분으로 살펴본 것인데 볼 때마다 비록 시선은 정면에 고정되어 있었지만 눈 위로 보이는 웃음은 숨길 수 없었다. 옆모습에서 보이는 민아 선배의 부드러움과 도식 선배의 과묵함이 퍽 잘 어울린다, 싶어 둘이 잘 어울려요, 라고 말했는데 그 말에 민아 선배가 너희들도 그래, 라고 대답했다.

"어! 우리를 아세요?"

"그럼. 마침 저기 있네."

손가락으로 가리키는 곳을 보니 석원이가 보인다. 이미 우리를 발견했는지 걸음을 멈춘 채 눈썹을 찌푸리고 있었다. 왜 또 기분이 상한 걸까.

"야! 빨리 와봐."

상당히 귀찮다는 표정이었지만 내가 부르니 마지못해 걸어와 인사

마저도 대충 고개만 한번 꾸벅 하고는 만다. 그것도 도식 선배에게나 했지 다른 사람들은 별로 반갑지 않은 눈치였다. 내가 막 민아 선배를 소개시키려 하는데 그보다 먼저 석원이가 가자고 재촉을 했다.

"뭐가 그렇게 급해? 같이 가자, 석원아."

그리고 조금 알 수 없는 일이 일어났다. 민아 선배가 친근하게 석원이의 이름을 부른 것이다. 그 말에 얼굴을 심하게 찌푸리면서도 걸음은 늦추는 것을 보니 더 더욱 이상했다. 언제 나도 모르는 사이에 열심히 사교 활동이라도 한 것일까.

가만히 보고 있으니 석원이도, 도식 선배도 그저 묵묵히 뒤에서 걸어오기만 한다. 그다지 말을 하는 것 같지도 않았고 그렇다고 어색한 긴장감 같은 게 느껴지지도 않았다. 잠시 그들을 바라보다가 민아 선배에게 말했다.

"저 두 사람, 닮은 것 같아요."

"그렇지? 꽤 많이 닮았어."

그렇지만 얼굴로 봤을 땐 석원이가 낫지요, 네. 입 밖으로 꺼낼 수 없는 말을 중얼거리며 픽 웃었다. 이런 일이야 뭐 제 눈의 안경 아닌가.

75

점심 시간 때는 크리스마스 실(seal)을 사야 한다고 해서 각각

원하는 만큼의 수량을 종이에 기재하였다. 오전 수업 내내 석원이가 민아 선배와 어떻게 알게 된 것인지에 대해 궁금해하며 시간을 보냈더니 이제는 오히려 그 궁금함이 훨씬 무뎌지고 말았다. 어쩌면 도식 선배가 소개시켜 줬을지도 모를 일이지.

평소처럼 동태와 함께 나가는 석원이를 보다가 수정이의 빵을 사다주기 위해 매점으로 향했다. 뭐가 먹고 싶은 것은 아니었지만 교실에 있다 보면 또 잠을 잘 것이고 그러면 꿈을 꾸게 될 것이니 그다지 반가운 일이 아니라는 생각에 묵묵히 나섰는데…

"어."

계단을 빠르게 나가 현관을 나서다가 순간 걸음을 멈추었다. 언뜻 본 것이긴 하지만 유성이와 석원이가 건물 뒤쪽으로 들어가는 것을 보았기 때문이다. 동태와 나갔던 석원이가 다른 아이와, 그것도 거의 말도 섞지 않던 유성이와 함께 있다니, 도대체 무슨 일인 거지? 분명 무언가 사고가 생겼구나, 하는 생각이 들었다. 그래서 잠시 머뭇거리다가 그들이 간 쪽으로 나 또한 들어가 보았다. 천천히 걸으며 그들을 찾아 두리번거렸고 곧 그런 내 귀로 누군가의 목소리가 들려왔다.

좀 더 자세히 설명하자면 이렇다. 내가 서 있는 곳은 건물의 계단 부분이어서 조금 튀어나와 있는 벽면이었고 그들이 있는 곳은 복도 쪽이어서 안으로 들어가 있는 형태였다. 한참 걸어가도 그들의 모습을 보지 못했던 것은 이렇게 들쑥날쑥한 건물의 형태 때문이었다. 그래서 튀어나와 있는 계단 쪽 벽을 짚으며 앞으로 다가가던 나는 그들을 보는 것보다도 먼저 목소리를 듣게 되었고 심상치 않은 그 소리에 나도 모르게 걸음을 멈추게 된 것이다.

"다음 주야. 잊은 건 아니지?"

유성이의 목소리였다. 부드럽게 들리던 평소와 다르게 무뚝뚝했지만 그건 그리 이상하게 생각되지 않았다. 내가 이상함을 느낀 것은 그 안에 내재되어 있는 어떤 느낌이었다. 유성이의 무뚝뚝한 목소리 안에 희미하긴 하지만 간청 비슷한 느낌 같은 것들이 섞여 있었던 것이다. 물론 이건 그저 내 느낌일 뿐이니 뭐라고 단정 지어 말할 수 없다는 것을 안다. 하지만 하필 그 목소리에서 느껴진 것이 간청이라니, 어째서? 게다가 다음 주라니, 무엇이 말인가.

내가 의아함에 멈춰 있는 동안 그들은 다른 일상적인 대화들을 간간이 나누기 시작했다. 일상적이라고는 하지만 두 사람에게 있어서는 퍽 어울리지 않는 그런 말들이었기 때문에 나는 좀 이상한 생각이 들어야 했다. 이를 테면 요즘도 그렇게 지내? 같은 말들. 이 말이 어떻게 두 사람 사이에서 나올 수 있느냔 말이다. 늘 같은 반 안에서 꼬박꼬박 마주치고 있으면서.

그러나 졸지에 이들의 대화를 엿듣는 입장이 되어버려서 조금 난처해지긴 했다. 물론 귀로 들려오는 말들이 부쩍 호기심을 당기는 것은 사실이었지만 계속해서 엿듣고 있을 수도 없는 것이어서 그만 가야겠다 생각을 하는데 그때 다시 유성이의 목소리가 들려왔다.

"요즘은 왜 안 와?"

안 오다니, 그게 무슨 소리? 가려던 걸음을 멈추고 얼른 귀를 기울여봤다.

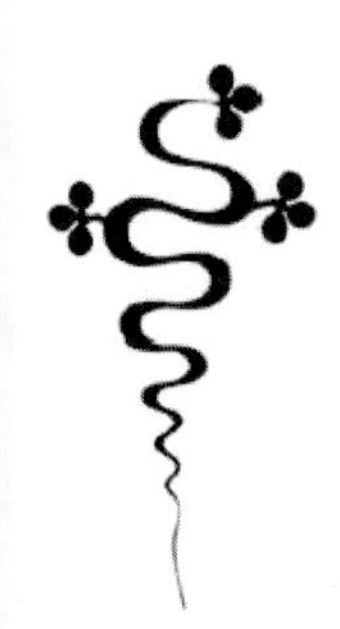

"…마당에 풀어놓은 개나 치워."

그리고 곧 다시 들려온 석원이의 대답. 마당에 풀어놓은 개? 이건 또 무슨 영문 모를 소리인가. 개를 키우다니.

결국 그날은 그들이 자리에서 일어날 낌새가 보이는지라 서둘러 먼저 돌아오는 것을 끝으로 그 이상의 말들은 듣지 못했다. 내가 그 자리에 있었다는 것도 모르고 있으니 확인차 물어보지도 못하였다. 그러나 그들의 대화가 무언가 어긋나는 점이 있었음은 틀림없는 사실이다. 물론 유성이와 석원이가 그리 많은 말을 했던 것도 아니고 서로 호의적으로 묻고 답했던 것도 아닌 평소 같은 어색한 분위기로 일관하긴 했었지만, 대화 내용만큼은 평이하지 않았던 것이다.

내가 이 아이들의 대화를 다시 떠올리게 된 때는 그렇게 그 주가 지나고 다시 돌아온 토요일이 되어서이다.

"먼저 가."

종례 후였기 때문에 막 가방을 들고 뒷문을 나오는 참이었다. 어디 가는 것이냐고 물어보니 일이 좀 있다고 대답하고는 가려고 하기에 팔을 힘껏 잡아당겼다.

"안 돼. 어디 가는지 말하기 전엔 못 가."

괜히 보내줬다가 지난번처럼 엄청난 일이나 생긴다면 이제 정말 지칠 것 같았다. 개인적인 약속까지 참견을 하고 싶지는 않았지만 그런 걸 일일이 따질 상황이 아니라는 생각에 크게 걱정스러운 표정으로 쳐다보니 그런 나를 보고 있던 석원이가 조금 어이없어한다. 그래도 본인의 죄는 아는 모양이다. 눈을 밑으로 내리깔며 어색하게 웃음을 짓는 그 애를 보니 눈동자 속에 은은하게 미안함이 엿보였다.

"아버지 보러 가는 거야."

아버지? 나는 석원이의 말에 조금 놀라며 잡고 있던 손을 놓았다. 갑자기 들은 말이라서 놀란 것만은 아니다. 어째서 아들이 아버지를 만나러 간다고 말하는데 그게 이렇게까지 어색하게 들리는 것인지. 인사를 하고 긴 복도를 걸어가는 석원이의 뒷모습을 보면서도 머리 속에서 어정쩡하게 자리 잡고 있는 어색함을 쉬이 털어내지는 못했다. 지금까지 한 번의 말조차 꺼내본 적이 없던 아버지를 만나러 간다니, 혹시 무슨 일이 생긴 걸까.

잠시 서서 이것저것 추측해 보던 나는 곧 한심한 생각에 머리를 가로저었다. 어째서 나는 안 좋은 쪽으로만 생각을 하고 있을까. 사실 석원이 아버지에 대해 아는 것은 아무것도 없으면서.

집에나 가자는 생각에 터덜터덜 버스 정류장으로 향했다. 혹시 석원이가 버스를 타고 가는 것은 아닐까 싶어 건너편 정류장까지 샅샅이 찾아보았지만 보이지 않는다. 오늘따라 차도가 유독 막힌다 생각하면서 얼굴을 찡그리고 있는데 곧 뒤에 있는 아이들의 술렁임이 들려왔다.

"저기 신유성 아니니?"

"맞다. 집에서 데리러 왔나? 우와, 차 장난 아니다. 집이 좀 사나 본데?"

"몰랐어? 신문에도 나왔었잖아. 그런데 이상한 게 있더라."

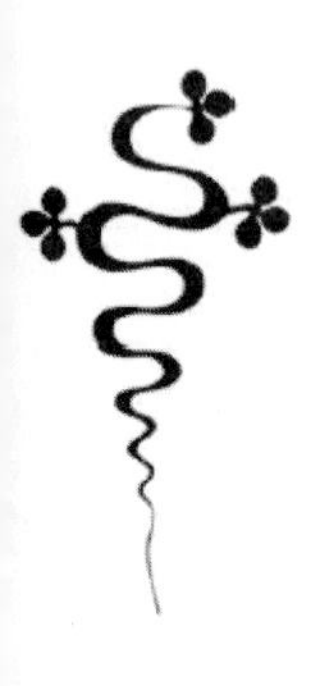

거기까지 듣다가 고개를 돌려 뒤에 있을 유성이를 찾았다. 아이들이 바라보고 있는 쪽을 쳐다보니 학교 쪽 경사로를 막 빠져나와 차도로 진입하려 하는 검은 차 한 대가 보였다. 그러나 이미 교통체증으로 몸살을 앓고 있는 이쪽 도로에 진입하는 게 용이하지 않아 보였다. 운전석을 보다가 뒤로 시선을 돌렸다. 창문이 내려져 있고 유성이가 밖에 있는 누군가를 향해 무슨 말인가를 하고 있었다. 뒷모습을 보아하니 민석인 듯하다. 그런데 유성이가 신문에도 났었다고? 금시초문이었기에 아이들을 둘러보니 전부 그 이야기를 하고 있었다. 오늘 하루 동안 우리 반은 조용하던데 다른 반은 어디서 이런 정보들이 흘러 들어간 것인지 알 길이 없다. 하지만 신문에 났다면 잘못된 소문은 아니란 소리인데.

낯선 느낌을 받으며 괜히 혼자 이상해하는 동안 마침 주변에서 쳐다보는 게 신경 쓰였는지 조금 얼굴을 돌리던 유성이가 그제야 날 발견한 모양이다. 무언가 앞좌석을 향해 말하더니 차 문을 열어 밖으로 나왔다. 이미 민석이는 다른 곳으로 가고 난 후이다.

"집에 가니?"

"어. 버스 기다리는 중이야."

"많이 기다려야 할 거야. 사거리에서 사고났다고 교통방송에 나오던데."

이미 예상은 했던 일이었지만 사고라는 말을 들으니 기운이 조금 빠졌다. 기다리느니 차라리 지하철을 탄 뒤 세 정거장의 거리를 걷는 게 낫겠다, 생각하는데 유성이가 다시 말한다.

"타. 다른 쪽으로 돌아갈 건데 가는 길에 내려줄게."

"아니야. 바쁜 것 같은데 그냥 가."

어색할 것 같아서 거절했지만 괜찮다며 유성이는 나를 차까지 데리고 갔다. 주위에서 차갑게 쳐다보는 아이들의 시선이 느껴져 괜히 당황해하다가 서둘러 올라탔다. 이 일로 인해 엉뚱한 소문이 번지거나 하는 건 아닐지 은근히 걱정도 되었다.

"오늘 좋은 일 있나 봐, 차까지 온 걸 보니. 집에 무슨 행사라도 있는 거야?"

"아버지 생신이셔."

"너도?"

"…어?"

"아니, 아니야."

나는 서둘러 고개를 저으며 입을 다물었다. 석원이 또한 아버지를 만나러 간다고 했던 것이 생각난 것이다. 하긴 나 또한 밤이 되면 어김없이 아빠를 만나게 될 테니 이건 누구에게나 해당되는 사항일 수도 있다. 그러나 지난번에 들었던 유성이의 말에 따르면 이번 주 안에 둘이 꼭 만나야 할 무슨 일인가가 있는 것처럼 보이던데, 그게 혹시 유성이 아버지의 생신 때문에 그런 건 아닐까 하는 생각이 언뜻 스쳐 지나간 것은 사실이다. 둘 사이가 소원해졌다 하더라도 부모님 세대까지 그러지는 않았을 테니 그곳에 가기 위해 석원이도 자기 아버지에게 간 것일지 모르겠다는 생각이 든 것이다. 여기까지 짐작을 해보고 있는데 앞에 있던 아저씨가 음악을 작게 줄이더니 유성이를

불렀다.

"작은 도련님도 오시긴 하는 건가요?"

작은… 도련님?

"네."

"같이 타고 가시지. 조금 기다리셨으면 되었을 텐데 말입니다."

아쉽다는 듯한 아저씨의 말투. 물론 어린 남자 아이들을 상대로 도련님이니 하는 극존칭을 써가며 존대를 하는 것은 굉장히 어색하고 보기 안 좋은 장면이었지만 그것보다도 나는 일단 같이 타고 가셨으면 되었을 거라는 말에 초점을 맞춰보았다. 같이 타고 가도 되는데 먼저 갔다는 건 유성이의 동생이 같은 학교에 다닌다는 건가?

"너한테 남동생도 있었어? 우리 학교 다니니?"

사실은 나까지도 유성이를 도련님이라 지칭하며 남동생도 있으셨어요? 그분도 우리 학교 다니시나요? 라고 해야 할 것 같은 야릇한 기분을 느껴야 했기 때문에 목소리를 최대한 낮춰서 물었다. 유성이가 대단해 보여서가 아니라 앞에 앉아 계신 아저씨도 경어를 쓰시는데 내가 반말을 해버리면 무척 실례를 하는 느낌이 들 것 같았기 때문이다. 겨우 어렵게 질문을 한 뒤 슬쩍 아저씨의 옆모습을 쳐다보는데 유성이가 그 말에 음, 이라는 애매모호한 대답을 들려주었다. 도대체 그렇다는 거야, 아니라는 거야.

결국 질문에 대한 답은 듣지 못한 채 집까지 다 오고 말았다. 다시 한 번 묻고 싶었지만 아무래도 앞에 계신 아저씨가 너무 신경 쓰였다. 유성이에게 반말을 한다는 이유로 인해 누군가에게 죄송함을 느껴야 할 거라고는 지금까지 상상조차 안 해봤는데.

유성이를 태운 차가 멀어지는 것을 보다가 집으로 들어왔다. 아까부터 마음에 걸리는 게 있었는데 그게 뭘까. 사실은 차 안에서부터 무언가 자꾸 근질거리는 것을 느꼈었는데 그게 뭔지 콕 집어낼 수가 없었다. 게다가 자꾸만 내 귀 옆으로 윙윙거리고 날아다니는 날파리들이 느껴져서 주변을 둘러보았지만 이 추운 계절에 파리 같은 게 돌아다니고 있을 리는 없으니 당연히 내가 잘못 느낀 게 분명했다. 그러나 여전히 간지러운 이 기분은 뭔지.

76

멍하니 그 기분을 음미하고 있는데 갑자기 전화벨이 울렸다.

"웬일이야?"

수정이었다.

"끊어?"

이 아이도 석원이와 동태 사이에 파묻혀 지내더니 말투가 점점 변해가고 있다. 예전 같으면 이렇게 재치있게(?) 대답하지 못했을 것이다.

"너까지 왜 그래. 무슨 일 생겼나 싶어서 물은 것뿐인데. 너 오늘 엄마랑 쇼핑 간다고 했었잖아."

—생겼지. 무슨 일이 생겨도 아주 큰 게 생겼지. 쇼핑이 문제가 아

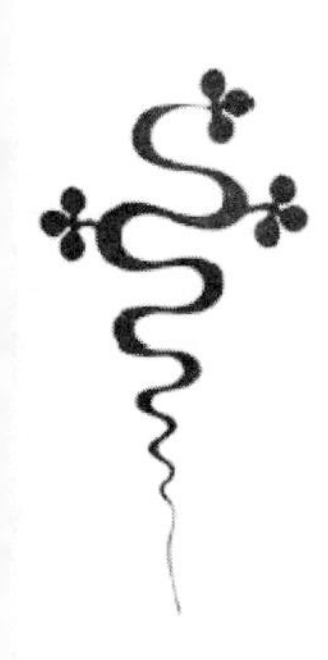

니야.

"무슨 일인데?"

—너 아직 모르는 거야? 이 일, 벌써 학교에 다 퍼졌는데?

수정아, 너 정말 왜 그러니. 오늘 학교에서 얼굴 맞대고 있던 그 긴 시간 동안 너 또한 몰랐었잖니.

—발해일보 경제면 좀 찾아봐.

"우리 그거 안 봐. 우린 중심일보 봐."

—그럼 나가서 하나 사보던지. 지난 주 수요일 거야.

"다 지난 신문을 누가 파니? 도서관에라도 가야 있지."

—그런가? 그러면 너 꼼짝 말고 집에 있어. 내가 가지고 갈게.

도대체 무슨 일인데 그러나 싶어 어리둥절함 속에 끊으려 하다가 문득 버스 정류장에서 들었던 말이 생각났다.

"혹시, 유성이 나오……."

유성이네 집이 부자라는 기사에 대해 말하는 거라면 굳이 안 와도 된다는 말을 해주려는데 그사이 전화는 힘차게 끊기고 말았다. 물론 대단한 일이긴 하지만 그래도 남의 집 부자라는 것이 뭐 그리 좋은가 싶어 시큰둥하게 전화기를 내려놓았다. 그리고는 다시 멍한 기분을 수습하기 시작했다.

"놀랐지? 응?"

나의 이런 마음을 아는지 모르는지 수정이는 매우 의기양양하게 내 얼굴을 쳐다본다. 생각보다 많이 놀란 것은 사실이었다. 신문에 날 정도이니 꽤 알아주는 집안이겠다, 하긴 했었지만 그렇다고 해도 (주)성원 회장의 아들일 줄이야. 지금은 좀 덜하긴 해도 2003년도의 성원은 그야말로 세계 굴지의 기업으로 우뚝 솟아 있는 곳이었다. 나는 기대감에 차서 바라보는 수정이를 잠시 쳐다보다가 대답했다.

"놀랐어."

"…반응이 뭐 그래? 알고 있었어?"

"아니."

"그런데 왜 그래? 아, 맞다. 지금 그게 문제가 아니고 이걸 봐야 해."

사실, 부잣집도 웬만해야지 너무 크면 반대로 놀랍지도 않은 경우가 살다 보면 허다하게 생긴다. 어느 정도의 부자인지 감도 안 오는 그런 집 아들이라는 말을 들으니 놀라운 가운데서도 그냥 마음이 차분히 가라앉았다. 오히려 유성이와 우리가 다른 틀로 구분되어 있구나 하는 느낌에 그 소식은 좋다기보다는 씁쓸한 뒷맛을 주기도 했다. 그런데 수정이는 또다시 알려줄 것이 있다며 가방을 열심히 뒤적거린다. 그리고는 곧 신문 한 부를 꺼내어 그중 사진 하나를 손가락으로 짚어주었다.

수정이의 손가락 끝에는 다른 신문과 마찬가지로 흑백의 거무튀튀한 사진이 약간 크게 붙어 있었다. 그 사진 안에는 중년의 남자분이 꽤 멋진 미소를 지으며 아들뻘쯤 되는 사람의 어깨에 팔을 두르고 있었는데 가만히 보니 그 아들로 생각되어지는 인물은 바로 유성이다. 사진에서는 얼굴이 조금 달라 보였지만 그래도 유성이인 것은 쉽게

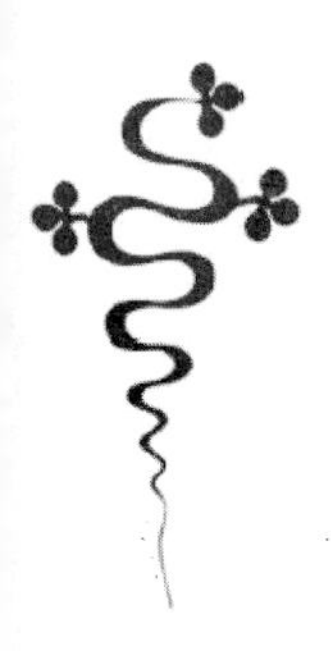

알아볼 수 있었다. 유성이가 다쳤을 때 병원에서 마주쳤던 그 아버지와 사진 속 남자분이 닮았다는 생각에 그럼 이 사람이 성원그룹 회장이구나, 싶어 밑에 써 있는 기사로 눈길을 주었다. 반쯤 읽었을까, 마저 읽지도 못하고 나는 그만 거기서 발견 된 이름 하나에 경직되고 말았다.

「(주)성원의 지석태 회장은 장남 지유성 군을 동반하여…….」

거기까지만 읽다가 멈춰야 했던 것이다. 지석태, 그리고 지… 유성?

"이거, 이거 어떻게?"

"그렇지? 너도 이상하지? 유성인 원래 신 씨잖아. 다들 신유성이라고 부르는데 여긴 왜 지유성이라고 나온 걸까? 잘못 나왔다고 볼 수도 없는 게 원래 그 회사 회장 이름이 지석태 맞잖아. 신석태가 아니라."

그렇지, 지석태가 맞지. 나는 간혹 경제주간지 등에서 얼굴을 보이던 지석태 회장을 뒤늦게 다시 떠올리며 일전에 석원이 앞으로 왔던 편지를 함께 떠올렸다. 그 당시에는 전혀 생각도 못하던 것이라 지석태라는 이름을 보고도 성원을 떠올리지 못했었는데 이제 그 이름을 신문에서 대하고 보니 말할 수 없이 이상하다는 것을 깨달을 수 있었다. 이름이 같다는 것 때문이 아니다. 이름 정도야 똑같을 수 있다는 것을 모르지 않았다. 하지만 어째서 유성이의 아버지 이름도 지석태인 것인가. 두 사람의 아버지 이름이 똑같을 수 있다는 우연이 과연 어느 정도로 가능성 있는 일인 건지 모르겠다. 게다가 유성이의 성은 또 뭐지. 지유성?

잠시 멍해 있던 난 급히 신문을 뒤집어 제일 앞부분을 펼쳤다. 그래, 이 신문이야. 지난 주에 석원이가 유심히 보던 그 신문이 바로 이거였어. 이 만화도 똑같은 내용인걸.

『작은 도련님도 오시긴 하는 건가요?』

유성이네 기사 아저씨가 말하던 작은 도련님. 그게 혹시 석원이라면!

그럴 수도 있어. 유성이가 말하던 이번주의 그 일이, 그리고 석원이가 아버지 보러 간다고 했던 그 일이 바로 이 일일 수도 있어. 게다가 유성이가 지 씨로 변하는 상황이라면, 무언가 앞뒤가 맞잖아. 지금까지 그 두 사람의 어색함도 설명이 되고 말야.

"수정아, 유성이 생일이 언제지?"

"유성이? 2월이잖아."

유성이가 2월이라. 그렇다면 석원이가 충분히 동생이 될 수 있었다. 같은 나이라면 생일을 따져서 호적 정리를 하곤 하니까. 물론 석원이는 형제가 없다고 했지만 만약, 그 둘이 의붓형제라면 없다고 대답할 수도 있는 것 아닐까. 나의 억측일 수도 있는 일이지만 그러나 아무리 이렇게까지 공교로울 수가 있나. 나는 지금까지 엎치고 덮쳐오던 모든 일들이 술술 풀려 나가는 것을 느끼며 스스로 당황하고 말았다.

유성이가 (주)성원 회장의 아들이라는 사실보다도 성 씨가 다르다는 일에 더욱 흥분하는 내가 무척 신기했는지 연신 네가 더 놀라워, 라고 말하는 수정이를 간신히 집으로 돌려보냈다. 그리고 침대에 누워 베개로 머리를 누르기 시작했다. 내가 미쳐야 하는 건가! 어떻게 이런 말도 안 되는 일들만 자꾸 생기는 걸까. 과거로 돌아온 것 하나만으로도 이미 나는 사람들에게 미쳤다는 말을 듣고도 남음이 있었다. 누가 그 말을 믿을 것인가 말이다. 그런데 이젠 무슨 대기업 회장의 아들이 느닷없이 반에서 속출하질 않나 거기다가 비밀 많고 사연 많은 남자 친구 또한 의붓형제로서 나란히 그 회장의 아들이라는 의문을 던져 주질 않나… 내 인생이 무슨 만화야?

도저히 이해하기 힘든 상황 속에서 혼자 이리저리 생각을 정리해보다가 시계를 보니 이미 저녁 8시가 넘어 있었다. 석원이가 전화를 한다고는 했지만 아마도 아버지와의 만남이니 시간이 더 걸릴 수도 있었다. 나는 계속해서 시계를 노려보았다. 이 일에 대해 물어보면 대답을 할 것인가, 말 것인가. 이 일을 물어봐도 되는 일일까, 안 되는 일일까.

계속해서 고민에 고민을 거듭하던 난 결국 석원이를 찾아가 보기로 마음먹었다. 아니, 마음먹기보다는 도저히 집에 앉아 있을 수가 없어 나오다 보니 자연히 발길이 그쪽으로 갔다고 해야 정확할 것이다. 그러나 내가 정말 석원이에게 이 모든 것에 대해 대답 좀 해보라고 물어볼 수 있을까. 불현듯 석원이의 상처를 헤집어놓을 성질의 질문이라는 생각에 이마를 찡그렸다. 석원이 성격이라면 지금까지처럼 이 일도 숨기려고만 할 텐데, 게다가 말하기 쉬운 일도 아닌데, 그냥 넘어가야 하는 게 아닐까.

77

경비 아저씨가 구식 트랜지스터 라디오의 채널을 맞추고 있는 모습을 밖에서 바라보며 아까보다 더한 고민에 휩싸였다. 이렇게 모른 척하는 일이 언제까지 가겠니. 분명 유성이가 신 씨가 아니라 지 씨라는 것을 이제 모든 아이들이 눈치 챘을 테니 그게 또 다른 소문을 불러올 거고 만약 두 사람이 의붓형제가 맞다면 서서히 석원이에 대한 소문도 어디선가 나오기 시작할 텐데, 그렇게 되면 나는 네가 아니라 다른 사람들에게서 그 아이의 말을 들어야 하는 거잖아. 그게 더 어색하지 않을까. 지금까지 궁금해도, 걱정되어도 묻어두기만 했던 일들이 생각났다. 가르쳐 주지 않는다면 나도 굳이 알려 하지 않겠다던 내 다짐도 기억난다. 하지만 그것과 이건 다른걸. 석원이가 감추고 싶어하는 일이라 해도 이건 가족에 관한 일이잖아. 이런 일들마저 남들의 입을 통해 들을 수는 없는 거잖아.

돌아가야 할지 말아야 할지 갈피를 잡지 못한 채 한참을 오락가락하고 있으니 이윽고 아파트 입구에 검은 자동차 한 대가 조용히 멈추어 섰다. 석원이가 그 안에서 내리는 것을 보며 면밀히 살펴보니 분명, 낮에 보았던 차종이 맞다. 다른 누군가가 옆에 타고 있는 것이 보

였지만 차 문이 바로 닫혀 버려 검은 유리창 안으로 누구인지 식별하기는 매우 어려웠다. 차가 출발하는 것을 확인한 뒤 아파트 입구 쪽으로 걸어가고 있는 석원이를 불렀다. 부르는 소리에 멈칫하는 어깨가 보인다. 돌아서는 모습이 느린 것을 보니 내가 나타난 것이 놀랍기도 하고 또한 원하지 않았던 일이기도 한 모양이다. 아마도 조금 전 내가 보았을 그 차 때문에 그런 것이 아닌가 싶었다. 사실 난 더 커다란 일을 알고 왔지만 말이다. 다가가는 날 향해 이마를 찌푸리는 석원이의 얼굴이 보였다.

"좀 늦었네. 밥은 먹었어?"

작게 고개를 끄덕이는 석원이. 평소 같으면 들어가자고 할 텐데 아무 말도 없는 것을 보니 내 목소리가 이상하게 들린 모양이었다. 어쩌면 석원이도 학교 안에 퍼지고 있는 그 소문들에 대해 신경 쓰고 있는 것인지도 모른다. 그래서 나를 살피는 것인지도. 그런 생각이 들자 조금 망설여졌다. 그냥, 모른 척해야 할까. 그러나 소문은 빠르다. 나의 모른 척이 얼마나 갈 것인지.

"조금 전 그 차에 유성이 타고 있었니?"

먼저 내가 보았던 일부터 물어보았다. 물론 이 일도 석원이에게는 뜻밖이었는지 이마가 더욱 찌푸려졌다.

"낮에 저 차가 유성이 데리러 온 거 봤어. 그리고 나도 타고 집까지 갔었고."

그제야 고개를 끄덕이는 석원이. 곧 내 말에 대답해야 한다고 여겼는지 조금 생각하는 눈치더니 결국, 오다가 만났어, 라고 어수룩하게 둘러대었다. 하긴, 석원이라면 말을 안 하면 안 했지 거짓말을 할 성격은 아니다. 하지만 오다가 만났다는 말은 아무래도 너무 엉성하구나.

나는 석원이의 얼굴을 쳐다보았다. 그리고 지금까지 고민하던 일들에 대해 깨끗이 결론을 내렸다. 난 너에 대한 이야기들을 남한테 듣는 게 이제 싫다, 석원아. 이젠 너한테 들었으면 해. 그게 설사 너의 약점 같은 거라고 해도 나한테만은 네가 직접 말해 줬으면 좋겠어. 적어도 너의 가족에 관한 거라면 지금까지처럼 타인에게서 듣는 게 아니라 너에게 들었으면 해.

"석원아."

눈의 착각이었을까. 내 말에 석원이의 눈가가 미세하게 떨리는 것처럼 보였다. 이 어둠 속에서 그런 것이 보였을 리가 없는데도 말이다.

"네 아버지 이름이 지 자, 석 자, 태 자였지."

석원이의 눈을 볼 수가 없어서 고개를 숙였다가 다시 들었다. 내가 그 짧은 행동을 하는 동안 석원이가 낮게 대답했다. 그래, 라고. 그 말을 듣자 나는 더 이상 고개를 숙이거나 해서는 안 되겠다고 마음먹었다. 이건 내가 너를 피할 일도 아니고, 네가 나를 피할 일도 아니지. 그냥 조금 놀라운 일일 뿐이야.

"…아는지 모르겠는데 지금 학교에서는 이상한 소문이 돌고 있어. 그러니까… 유성이가 성원이라는 회사 회장의… 아들이라는 건데, 유성인 신 씨인데도 그런 소문이 났어. 그리고, 음… 그리고… 좀 더

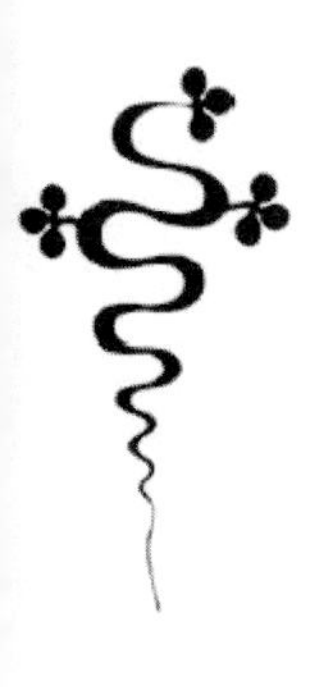

놀라웠던 건 그 회장의 이름이 네 아버지 이름하고 똑같다는 사실이야. 난… 깜박했었는데."

조리있게 말하고 싶었는데 마음만 사뭇 급하고 말이 잘 되질 않는다. 석원이는 잠시 날 보다가 담배를 꺼내었다. 요즘 들어 많이 자제하는 모습을 보였다는 걸 알지만 말리지는 않았다. 천천히 아파트 건너편에 마련된 벤치로 다가가서 앉기에 나도 따라가 앉았다.

"그래서?"

한참 담배 태우는 것에만 열중하던 석원이가 어둡게 묻는다. 그 깊고 어두운 목소리에 하마터면 아니, 그렇다고. 굉장한 우연 같아서. 라고 대답할 뻔했다. 그렇게 말한다고 해서 나의 어설픈 연기를 못 알아볼 석원이가 아닌데도 불구하고.

"…조금 이상하다 싶어서. 아니, 많이 이상해서."

"그거 확인하러 온 거야?"

석원이의 말이 까슬하게 들려왔다. 확인이라는 단어가 거슬린다.

"…확인보다는… 음, 너 같아도 이런 일은 알고 싶지 않을까."

최대한 내 말을 이해해 주길 바라며 천천히 말했다. 그저 이런 놀라운 사실을 확인이나 하러 온 것이 아님을, 실은 나도 이런 질문을 하는 것이 무척 마음에 들지 않는다는 것을, 그런데도 하게 되는 나를 이해해 주었으면 싶었다. 석원이는 피우던 담배를 탁탁 털어내더니 곧 저만큼 날아가 꺼지지 않고 연기를 내뿜기 시작하는 불똥을 쳐다봤다.

"…그런 게 왜 알고 싶은데."

내 바람은 안 이루어지려는 모양이다. 나 또한 꺼지지 않은 불똥을 쳐다보다가 눈을 감았다. 내가 알고 싶어한다는 것이 이 아이에겐 불쾌한 일일까. 단지 호기심으로 이러는 게 아니라는 걸 정말 모르는 걸까. 무슨 말을 해야 할지 알 수가 없어 망설이고 있는데 옆에서 차가운 석원이의 목소리가 다시 들려왔다.

"난 해줄 말 없다. 소문으로 들었으니 나중에 소문으로 확인해."

석원이는 그 말을 끝으로 자리에서 일어서 버렸다. 감고 있던 눈을 떠서 바라보니 이미 석원이의 얼굴은 격한 감정을 숨기느라 서늘하게 굳어 있었다. 일전에 한 번 보았던 감정을 죽이는 그 얼굴이 내 마음을 무겁게 함과 동시에 어느 곳인지 모를 부분에 숨어 있던 반발심을 잔뜩 끌어올려 주었다. 소문으로 확인하라는 말이 나를 무척 불쾌하게 했고 비참하게 했다. 지금까지 참고 기다렸던 마음이 모두 어디로인가 사라지고 끝을 알 수 없는 격한 기분이 나를 휘어잡았다.

"지석원!"

"……."

"그게 진심이야? 내가 너에 대해서 소문으로 알길 바래?"

석원이의 걸음이 멈춰졌다. 그러나 나는 이제 시작이었다.

"언제까지 그래야 하는데? 언제까지 너에 대해서 몰라야 하고, 모른 척해야 하고, 다른 사람한테 들어야 하는 건데?"

"……."

"이 신문, 수정이가 나한테 가지고 왔어. 그러니까 이제 곧 너에 대해서도 학교에 퍼지긴 하겠지. 그럼 어떻게 할까, 난? 어머, 그러

니? 석원이가 그랬었니, 하면서 다른 애들하고 너에 대해 떠들어야 하겠어? 석원인 이런 애였구나, 다른 애들 틈에 끼어 고개를 끄덕이기라도 해야 하냐고?"

석원이가 돌아선다. 나의 격함에 놀란 것 같지는 않았다. 그보다는 또 다른 감정의 분출로 인해 그것을 조절하기가 힘들어 보일 뿐이다.

"나에 대해 또 뭘 들었는데."

그래, 그게 가장 크게 걸리는 일이겠지. 절대로 너에 관한 일이 나에게 들어오는 일은 없을 거라고 믿고 싶었겠지. 나는 여전히 내 앞에서 경계심을 보이는 석원이에 대해 믿을 수 없을 만큼 화가 치밀었다. 그 순간에는 석원이를 이해해야 한다는 생각보다는 어째서 날 이해하지 않는지, 왜 날 배려하지 않는지에 대한 생각만 반복해서 들었기 때문이다.

"뭘 들었냐고? 글쎄, 너무 많이 들어서 뭔지도 잘 기억이 안 난다. 그래, 이런 건 어때? 어느 날 가족들과 함께 있는데 남자 친구가 연관되어 있을지도 모르는 어마어마한 폭력단 사건이 뉴스에서 나오는 거야. 그 얘길 들은 여자애는 너무 놀라게 되지, 걱정도 되고. 하지만 남자 친구가 아무 말 없었던 건 그만한 사정이 있을 거라 생각하고 마음을 돌리는 거야. 그리고 평상시처럼 행동하게 되는 거지. 하지만 그런다고 그 애 마음이 편했을까? 난 아니라고 확신해."

어쩌면 석원이의 눈이 흔들리고 있었을지도 모른다. 내가 조금만 더 자세히 보았더라면 그 모습을 발견했을지도 모른다. 그러나 나는 그 순간 다른 때의 나보다도 훨씬 더 충분히 이기적이었다.

"이건 어때? 그 여자애는 아직 남자 친구의 가족 사항도 제대로 몰라. 왜 혼자 사는지, 왜 그 애 주변엔 항상 험한 일들만 생기는 건지, 어떻게 그렇게 많은 위험한 사람들이 곁에 존재해야 하는 건지, 늘 불안 속에 살면서도 왜 그래야 하는지에 대해선 아무것도 아는 게 없어. 왜 그런지 알아? 물어볼 수가 없거든. 늘 뭔가에 싸여서 살아가고 있는 듯한 남자 친구를 보면 너무 불안해져서 아무것도 물어볼 수가 없게 되는 거야. 그러다가 가족에 대해서까지 다른 누구에게 듣게 돼. 확실한 건 아니지만 짐작은 할 수 있을 정도로. 그래서 이번만큼은 꼭 직접 듣고 싶다는 생각에 찾아가는데 그 남자앤 또다시 그러는 거야. 소문으로 들으라고. 자신 말고 다른 이들의 입에서 나오는 소리에 만족하라고. 지겹니, 이런 얘기들? 하긴 네가 싫어하는 종류의 얘기들이겠지. 하지만 이거 하난 마저 들려줄게. 그 여자애는 이제 이런 상황이 싫대. 언제나 비밀에 싸여 있고 늘 아슬아슬해 보이기만 하는 남자 친구와 숨바꼭질하는 게 이젠 정말 싫대! 무슨 말인지 알겠어?"

숨이 막힐 정도로 말을 쏟아내고 나니 그제야 가슴속이 조금 시원해진 기분이었다. 그래, 나 너에게 이렇게나 말하고 싶은 게 많았어! 가쁜 숨을 내쉬는 나의 머리 위로 아파트 여기저기에서 창문 열리는 소리가 들려왔다. 그러나 석원이는 그런 소리에도 움직임 없이 내가 쏟아내는 말들을 무표정하게 듣고 있더니 이윽고 다 끝나고 나자 천천히 웃음을 지었다. 너무나도 삭막하게 웃음을 지어서 내쉬던 숨도 멈추어질 지경이었다.

"…그게 결말이야?"

하지만 목소리는 조금 전하고 전혀 다름이 없다. 가까이에 서 있지 않았더라면 아마 못 들었을지도 모르겠다 생각될 만큼 석원이의 목소리는 작았다.

"그럼 더 이상 나에게 할 말이 없겠군."

내가 바랬던 대화는 이게 아니었는데도, 내가 원했던 결과 또한 이런 것과는 거리가 멀었는데도, 우리의 대화는 어느새 끝을 향해가고 있었다. 석원이의 마지막 말이 간신히 중심을 찾으려 하던 내 감정을 더욱 흩트려 놓았다. 이가 덜덜 떨려왔다.

"그러니? 이제 할 말이 없을 것 같니?"

"……."

"적어도, 내가 너에 대해 얼마나 특별한 감정을 가지고 있었는지 네가 알고 있다면 이렇게 하지는 못했을 거야, 알아? 이 나쁜 자식아!"

"……."

"잘 지내. 이제 곧 학년이 바뀌고 나면 볼 일도 없을 테니 너에겐 무척 다행이겠구나."

그리고 이제 난 영원히 돌아가 버릴 테니…….

거칠게 발길을 돌려 아파트 단지를 빠져나왔다. 계속해서 뛰는 가슴이 이제 아파오고 있었다. 그래, 겨우 그 정도였군. 내 옆에 있어준다면서, 바뀌지 않길 바란다면서, 자신에 대해 단 한 마디도 가르쳐 주지 않을 정도밖에는 안 되었던 거야. 결국 너도 18살짜리 어린애일 수밖에 없을 테니 그게 무슨 뜻인지 깊이 생각해 보지도 않고 그저 멋있어 보이려고 했던 말장난에 불과하겠지.

버스 정류장까지 쉬지 않고 걸어왔다. 발바닥이 아팠고 세찬 숨으로 인해 가슴이 뻐근했으면 이제… 눈두덩도 아파왔다. 세상이 뿌옇게 변하려 하는 게 느껴져 서둘러 눈을 비볐다. 네가 그런다면 나 또한 너한테서 신경을 꺼줄게. 어차피 곧 돌아가게 될 2003년도에 또다시 너와 나의 사이가 어떻게 되었는지 애타게 찾는 것보다는 이게 훨씬 나은 결말일 테니.

78

"왜 그래?"

수정이와 동태의 눈이 동그랗다. 석원인 학교를 나오긴 했어도 하루 종일 엎드려 있기만 했고 간혹 일어나더라도 창 쪽으로 고개를 향한 채 동태나 수정이의 말까지도 무시해 버리는 상태였으며 나는 나대로 석원이 쪽은 쳐다보지도 않고 오랜만에 공부에 몰두하는 척 별 말없이 그날, 그날을 보냈던 것이다.

그러나 그것은 그저 겉모습일 뿐, 이제 곧 돌아가야 한다는 생각이 강해서 아무것에도 흥미를 못 느끼는 판인데 거기에 석원이하고도 틀어진 상태이니 공부가 될 리 없었다. 단지 신경을 쏟을 만한 일, 다른 이에게 귀찮음을 당하지 않을 그런 일들이 필요했을 뿐이다.

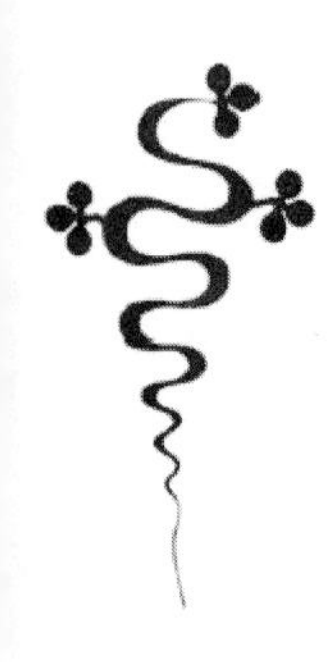

"또 싸웠어? 그냥 평소에 조금씩 싸워. 그렇게 띄엄띄엄 크게 싸우지 말고."

1학기에 두 번 정도 어색해졌던 일을 빼면 그다지 큰 소리 없이 지내오던 우리들이었기 때문에 수정이가 보기에도 이번 일은 좀 크구나, 싶었던 모양이다. 그렇지만 내가 해줄 말이 별로 없었다. 우리의 일은 그저 싸움 정도의 간단함이 아니기 때문이다. 간혹, 생각과 마음의 차이로 인해 벌어지는 틈이 있을 뿐, 그리고 그 틈이 이번에는 제법 컸을 뿐, 싸움은 아니었다.

내가 우려했던 일은 한 삼 일쯤 뒤에 터져 나왔다.

"유성이 새아버지가 지석원이라는 애 친아버지래. 그거 들었어?"

"진짜야? 성만 같아서 난 소문 같은데?"

"아니라니까. 전에 그 회장 생일 파티인가 뭔가에 나타났었는데 그때 사진에 찍혀서 잡지에 나왔대. 미선이가 전에 가져왔었어. 난 못 봤지만."

"그 사진 나도 봤어. 잘 안 나오긴 했는데 그래도 자세히 보니까 진짜 지석원 맞더라."

"웬일이니? 그럼 그 둘이 형제라는 거야?"

"그렇겠지, 둘 다 그 집 아들이잖아."

"그런데 석원이라는 애는 왜 매일 그러고 다녀?"

"신유성 엄마가 석원이한테는 새엄마잖아. 잘해줬을 리 없지. 혼자 살라고 내쫓기도 했다는데 뭐."

“정말?”

“그러니까 저렇게 되지. 유성이가 이번에 지 씨로 바꾸려고 하는 것도 후계자 때문이래. 새엄마가 전처 아들을 경계해서 그렇게 시켰다는데?”

“어우, 야, 그럼 뭐야, 유성이는 사실 지 씨도 아닌데 그 집 아들까지 되고 재산도 노리는 거잖아.”

“그것뿐만이 아냐. 사실은 석원이네 엄마 이혼당한 거라며?”

“그래?”

“맞아. 전에 석원이가 어떤 여자랑 둘이 손 꼭 잡고 다니는 걸 다른 반 애가 봤대. 그런데 그 여자가 석원이랑 그렇게 닮았었다는 거야.”

“친엄마구나!”

“어쩌니. 이제 보니 석원이 참 안된 애구나.”

“그러게. 유성이 못된 놈이다, 야.”

정말 듣고 있을 수가 없을 정도로 소문은 끝간데 없이 퍼져 나갔다. 다른 것은 몰라도 석원이의 어머니가 아직 살아 계시다는 것은 말도 안 되는 소리였다. 그리고 나머지 이야기들도 보나마나 입과 입을 통해 만들어진 이야기일 것이 뻔했다. 도대체 누가 그걸 확인했다고 저렇게 당연한 듯 퍼뜨리고 다니는 걸까.

우리 반 아이들은 그래도 유성이나 석원이 눈치 보느라고 아무 말 없이 조용히 넘기는 것 같았지만 화장실이나 매점, 운동장, 혹은 교문 같은 곳에 서 있기만 하면 여기저기서 들려오는 소문들에 휩싸여

귀가 아플 정도였다. 내가 이렇게 어이없고 화가 나는 걸 보면 당사자인 두 사람이 편했을 리 없다. 그러나 그 둘의 행동은 이전과 별반 달라진 것이 없었다. 마음속은 그렇지 못했겠지만.

유독 동태만 그런 소문에 별 신경 안 쓰는 눈치였다. 평소 같으면 석원이에 대해 이상한 소리 하는 아이들을 그냥 놔두지 않았을 텐데 이번에는 모조리 못 들은 척으로 일관하며 아무 말 없이 하루하루를 넘어가고 있었다. 잘 모르겠지만 이런 일로 문제가 생기면 그건 결국 석원이에게 안 좋을 거라는 것을 짐작하는 것이 아닌가 싶다.

79

"내일이 방학식이라니, 우와! 기분 삼삼해."

소리없이 시간이 흐르고 이제 곧 방학이 될 것이다. 물론 2학년 마지막 방학이라서 보충 수업이 더 강화되었기에 쉬지 못하고 3일이 지난 시점부터 다시 학교를 다녀야 했지만 그래도 방학이라는 말은 가슴을 픽 설레게 하는 묘한 힘이 있었다. 그래서 동태가 들떠 버렸다.

"반대로 너희 부모님들께서는 얼마나 고심이시겠니? 이번 방학 때는 공부나 좀 해라."

"넌 그런 말 하지 말고 석원이랑 빨리 풀기나 해. 애들이냐, 아직 그러고 있게?"

답답해 죽겠다는 듯 가슴을 치는 시늉까지 하는 동태를 보며 나는 모른 척 고개를 돌려 버렸다. 간혹 석원이에게 말을 걸고 싶기도 했지만 그런 내 행동을 자제해 온 지 벌써 여러 날이다. 그러고 있는 사이 우리의 골은 더욱 깊어져 갔고 이제 석원이의 이름을 불러볼 기회도 영영 없어진 듯 보였다.

아직도 소문은 잠잠해지질 않고 꼬리에 꼬리를 물고 일어나고 있었으며 석원이는 2~3교시가 시작되어서야 학교에 나왔다가 종례 전에 돌아갔다. 그래도 나오는 게 어디인가 싶었는지 선생님들도 별 말씀없으시고 담임 선생님도 예전처럼 심하게 화를 내시지는 않았다. 모두 석원이와 유성이의 소문을 들어 알고 계시기 때문에 그럴 것이다.

—한번 놀러오지.

며칠 전 빈이가 그냥 했어 하면서 밤 11시에 전화를 한 일이 있었다. 그리고는 연습실에 한번 놀러오라고 했다. 시끄러운 소리가 들려오는 것으로 보아 술집인 것 같았고 평소 같으면 그 시간에 우리 집에 전화를 해올 빈이가 아니었기 때문에 옆에 석원이가 있는가 보다, 짐작은 했으면서도 물어보지는 않았다. 석원이도 분명 빈이가 전화하고 있다는 것을 모르고 있을 거라 여겼기 때문이다. 이게 쓸데없기만 한 자존심이라는 것인가.

"으~ 추워라."

"도대체 저따위 스팀인지 뭔지 두 개 틀어놓고 이 60명이 들어찬 공간이 따뜻해질 거라고 생각하는 근거가 뭐야?"

"여름보단 낫잖아. 저 털털거리는 선풍기 두 대, 정말 죽이지 않냐? 이게 뭐로 봐서 솟아오르는 용의 나라 학생들의 교실이냐? 이디오피아 난민 봉사 단체지."

날이 추워질수록 반 아이들의 불만도 높이 쌓여갔다.

"석원이 추울 텐데."

이제 점심 시간마다 수정이의 자리로 옮겨서 밥을 먹던 나는 슬쩍 그쪽을 쳐다보았다. 도시락 같은 것을 챙겨오는 성격이 아니어서 2학기가 시작되고 나서는 두 개의 도시락을 항상 가져와 하나를 주곤 했었는데 이제 그나마 그만두고 나니 석원이는 내내 점심을 거른 상태로 창밖만 내다보곤 했다. 지금도 여전히 귀에 이어폰을 꽂은 채 다른 곳을 보고 있는 석원이. 그 아이의 옆얼굴이, 책상 위에 올려져 있는 손이 힘겨워 보이는 느낌에 가슴이 답답해졌다.

"뭐가 춥다는 거야?"

못 본 척하며 다시 도시락에서 밥 한 수저를 떠내던 나는 급기야 퉁명스럽게 말을 뱉어내고야 만다. 그러자 수정이가 나를 책망하듯 팔을 툭 쳤다.

"겨울인데 늘 가을옷 하나만 입고 다니잖아, 가을부터 계속. 파카를 입고 있어도 추울 창가 자리에서."

사실 나도 알고는 있었다. 비록 긴팔이라고는 해도 석원이의 옷은 이런 겨울에 입기에 부실해 보였던 것이다. 그나마 앞을 다 열어놓고 다녀서 바람이나 찬공기를 막아줄 것 같지도 않아 보이는데 그런데도 지퍼조차 잠그지 않아 오히려 추위를 못 느끼나 하는 생각까지 들

정도였다.

나는 다시 한 번 석원이를 바라보았다. 그리고 짧게 한숨을 내쉬었다. 어제의 일이 생각났기 때문이다. 물론 보충으로 인해 학교에 나오긴 하겠지만 그래도 곧 방학이라는 것 때문에 기분이 들떴었는지 동태가 그냥 집에 가서는 안 된다고 강력히 주장했었다. 그래서 수정이와 나란히 그러자고 대답을 한 뒤, 복도에 서서 기다리고 있는데 석원이가 먼저 쑥 나오더니 동태가 그 뒤를 황급히 쫓아나온 것이다.

"야! 같이 가자니까. 세령이도 가잖아. 사내 자식이 쫀쫀하게, 임마. 네가 먼저 사과하면 되는 거 아니냐? 무슨 자랑이라고 아직까지 이러고 있어, 어?"

저거였군. 저걸 목적으로 어딘가 가자고 한 거였군. 그 모습을 보고 있자니 어쩔 수 없이 웃음이 나와 조금 웃는데 그 순간 석원이가 가다 말고 뒤를 돌아 창가 쪽에 기대어 있는 나에게로 시선을 주었었다. 순간 가슴이 내려앉는 느낌을 받았다. 그 아이, 무언가 말을 하려고 나를 본 것인지, 혹은 동태의 말에 생각없이 쳐다본 것인지는 모르겠지만 내 웃는 얼굴을 보더니 잠시 침묵하긴 했었다. 그리고는 곧 짧게 웃음을 내뱉으며 복도 저쪽 끝으로 가버렸다. 겨울로 접어들고 있었기에 해는 짧았고 그래서 창가로 들어오는 햇살은 모든 물건들을 쓸쓸하게 만들어주고 있었다. 석원이의 등도 예외는 아니었다.

"야! 걱정 마, 걱정 마. 내가 확 정리해 줄게."

잠시 어제 일을 떠올리고 있는데 동태가 옆에서 호언장담을 한다. 그렇지만 이제 그런 생각 같은 것은 없었다. 나는 곧 돌아갈 것이고

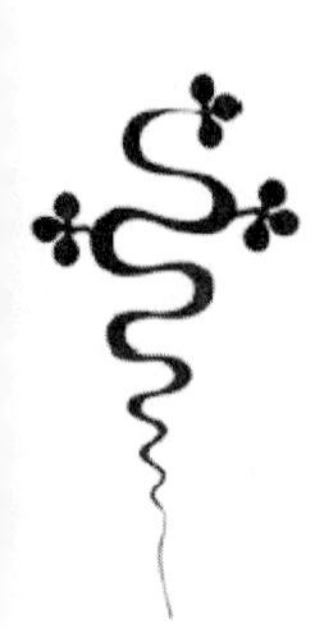

그 후에는 이미 12년이라는 시간이 고스란히 가로막을 테니 무언가를 기대하기에는 그 공백이 너무 길었던 것이다.

"너도 잘 생각해 봐. 석원이가 저렇게까지 화를 내는 데는 이유가 있을 거야. 괜히 고집 부리지 말고 먼저 사과하는 건 어떨까."

수정이가 춥다는 듯 겉에 입은 코트 안으로 목도리 끝자락을 집어넣다가 나를 향해 말했다. 누구에게나 한 번씩 해줄 법한 가벼운 말이었지만 나는 예사로 들리지 않는다. 석원이가 화내는 이유라. 석원이가 저렇게까지 화내는 이유.

그들을 놔둔 채 버스를 타고 집에 갈 때까지 나는 그 생각 속에서 벗어나지 못했다. 중간에 노래방을 가자고 하는 동태와 그러자고 찬성하는 수정이에게 미안하다고 말하며 그냥 돌아와 버린 것도 그 때문이었다. 우울할 때 불러야 하는 노래 같은 건 정말 우울하기 짝이 없는 행위였으니까. 방문을 잠그고 다시 책상에 앉아 석원이가 준 부채를 들여다봤다. 수정이 말이 아직도 나를 쫓아왔다. 석원이가 화를 내는 이유… 내가 뭘 잘못했더라. 너에게 섭섭함을 느끼고 화를 냈다고 해서 그게 잘못인 건가? 그 이유로 인해 너까지 이렇게 해야 하는 건가? 너도 내가 마음이 안 좋을 땐 와서 위로해 줄 수 있는 거 아냐? 너라도 나와 같은 입장이었다면 섭섭했을 거야. 안 그래?

하지만 이런 생각을 하다가 다시 고개를 가로저었다. 아니지, 석원이 성격에 이런 것을 말 안 해줬다고 해서 섭섭해하거나 하지는 않겠지. 한없이 까다롭게 굴다가도 또 어떨 때는 말할 수 없이 관대하기도 한 게 바로 그 아이 성격이니까.

[이제 그만 집에 가자.]

[왜? 여기까지 왔는데 조금만 더 보고 가야지.]

[언제까지 있을래? 벌써 해가 지려고 하는데. 오빠랑 아빠가 걱정하실 테니 그만 가자.]

모처럼 엄마와 외출을 했는데 또 저러신다. 엄마는 내가 가끔 영화를 보여 드리거나 저녁을 사드리거나 할 때마다 늘 집에 있을 오빠와 아빠 걱정에 두 시간을 연속 계시지 못하시곤 했는데 오늘도 예외는 아니었다. 속으로 투덜거려 보기도 했지만 결국, 엄마의 고집을 꺾을 수 없다는 것을 알고 집으로 돌아오고 말았다.

[왜 엄마는 늘 그래? 엄마도 엄마의 시간이 있어야 하는 거잖아?]

[이건 내 시간이 아니니? 내가 해야 할 일이고 내가 있어야 할 자리야. 누구나 현재 자신이 있는 위치를 좀 더 소중히 간직해야 하는 거야.]

엄마가 철학자가 되신 건 아닐까 하는 생각이 들었다. 평소에 보던 엄마의 모습과는 또 다르게 엄숙한 모습을 보이시는 것을 가만히 보고 있는데 그 뒤의 말씀이 굉장히 멀어진 느낌으로 들려왔다.

[…너도 이제 그만 돌아오너라. 네 자리로…….]

또렷하던 엄마의 목소리가 흐려짐과 동시에 주위가 칠흑같이 어두워져 버렸다. 이 일은 순간에 일어났기 때문에 나는 어떻게 방이 어두워졌는지도 느낄 수가 없었다. 엄마를 부르려고 했다. 어디로 가시는지 물으려 했지만 목소리가 안 나온다. 이제 더 이상 목소리도 들

려오지 않았다…….

80

"엄마!!"

엄마를 찾기 위해 애태우다가 그만 책상을 걷어차고 말았다. 크게 놀라 일어나니 무언가 고소한 냄새가 나고 있었다. 시계를 보니 저녁 7시. 엄마가 아빠의 퇴근 시간에 맞춰 저녁 준비를 하고 계시는 듯하다. 우선은 반가운 마음에 일어서려 하다가 종아리 부근이 저려와 다시 자리에 주저앉았다. 책상에 앉아서 석원이에 대한 생각을 하다가 그대로 잠이 든 모양이다. 그리고 또다시 꿈을 꾸었지.

꿈에까지 생각이 미치자 숨이 막힐 정도로 답답했던 아까의 기분이 떠올라 우울해졌다. 그리고는 문득 깨달았다. 이번 꿈이 다른 때와는 무척 다르다는 것을.

"현재의 자신의 위치를 좀 더 소중히 간직해야 한다."

"너도 이제 그만 네 자리로 돌아오너라."

평소 엄마에게서 느껴지던 편안함이 아니라 무언가 무겁고 또한 거역할 수 없는 느낌의 목소리가 다시 생생하게 들려오는 듯했다. 그와 동시에 이건 무언가 이상하다는 생각도 들었다. 그만 네 자리로 돌아오라고? 그렇다면 이것은 이제 돌아갈 날이 얼마 남지 않았다는 암시인 건가. 다급한 마음에 헤아려 보니 이것으로 오늘만도 네 번째 꿈을 꾸었다는 것을 알 수 있었다. 신경 쓰이는 일이 이렇게나 많은데도 늘 잠은 나를 따라다녔고 그 잠 안에서 항상 꿈과 만나야 했다. 네 번째의 꿈. 그리고 오늘 밤 또다시 내가 만나야 할 꿈들. 급박하게 이어지는 꿈을 보니 처음부터 헤아린 게 아니라서 정확하게는 모르겠지만 분명 얼마 남지 않았다는 것을 알 수 있었다.

밥을 먹기 위해 가족들끼리 마주 앉은 저녁 시간에 엄마와 아빠를 잠시 살폈다. 두 분 모두 별것도 아닌 TV 문제로 싸우시는 건 여전했지만 그래도 오늘은 저게 행복인가 보다, 하는 노인네 같은 생각이 들었다. 자신의 자리라. 그럼 내가 이런 걸 겪게 된 건 현재 나의 위치에 대해 소중한 마음을 지니라는 뜻이었나? 늘 지나가 버린 고등학교 시절만 그리워하고 있으니 이런 것을 경험하게 함으로써 그 시간의 소중함을 배우라는 교훈이었던 걸까. 어쩌면 그럴지도 모르겠다는 생각이 들었다. 비록 이곳에 와서 1년 가까운 시간을 보냈지만 정작 바꿔놓은 것은 아무것도 없어 보였으니까. 아니, 오히려 아쉬운 것들, 돌아오기 전보다도 더 간절히 바뀌었으면 하는 일들이 늘어나 버렸으니까. 내가 과거로 돌아오게 된 것은 특별 서비스 같은 것이 아니라 어떤 형벌의 일종인지도 모르지 않은가. 만족하지 못하는 자에게 내려지는.

잠시 더 부모님을 보다가 방으로 돌아왔다. 그래, 이젠 확실히 알겠어. 내가 돌아가야 하는 거야. 이걸 무슨 수로 막을 수 있겠어. 그럴 수 있다 해도 막아선 안 된다는 생각이 어렴풋이 들기 시작했다. 아직도 이 시간 속의 상황이 계속되길 바라고는 있지만 그렇게 되어

서는 안 될 거라는 생각을 아까의 꿈이 어렴풋이 일깨워 주었다.

그럼 준비를 해야겠군. 다시 돌아갈 준비. 나는 씁쓸하게 웃으며 책상 앞에 앉았다. 서랍을 열어 노트와 편지지, 봉투들을 보이는 만큼 꺼냈다. 뭐 별달리 해야 할 일이 있는 것은 아니다. 내가 왔던 것을 이 시간의 사람들은 알지 못할 테니 시침 뚝 떼고 다시 미래의 시간으로 되돌아가 모른 척하고 있으면 되는 것이다. 그러니 사실 돌아가기 위한 준비는 아무것도 필요없다. 대신 꼭 하고 싶은 일은 있었다. 석원이. 석원이에게 남기고 싶은 것이 꼭 하나 있었다.

그날 밤 난 석원이에게 긴 편지를 쓰기 시작했다. 곧 돌아갈 내가 무슨 자존심을 가지고 무엇을 섭섭하게 생각해야 하겠는가. 단지 좀 더 좋게 매듭 짓지 못한 게 마음 아프긴 하지만 이렇게 끝날 수밖에 없었다면, 내가 석원이와 앞으로 어떻게 될지 모르는 채 10년 뒤로 돌아가야 한다면, 그전에 두 사람 사이가 멀어지는 것이 결코 나쁘진 않았다고 생각한다. 그게 나에게도, 석원이에게도 최선이었을 테니까. 난 최대한 나의 솔직한 심정과 생각을 길게 적었다. 그리고 나에게 일어났던 모든 일들과 이런 일들로 인하여 앞으로 어떤 상황이 될지 알 수 없다는 말들, 그런 여러 가지를 차분히 쓰고 잠시 멍하니 앉아 있다가 한마디를 더 덧붙였다. 그렇게 하고 싶었다. 비록 석원이에게는 사춘기 시절에 어쩌다 만나게 된 마음 맞는 친구, 그래 뭐 여자라기보다는 친구 같은 느낌에 가까운 사람이었겠지만 내 마음은, 내 감정은 그렇게 어리게만 고정되어 있을 수 없었기 때문에 조금 더 깊게, 더 집요하게 석원이를 보고 있었던 것이다. 그 마음이 어떤 것인지 아직 어린 석원이는 이해해 주지 못하더라도 알고는 있었으면 좋겠다는 생각에 책상에 펼쳐져 있는 또 다른 종이 하나를 끌어다가 적기 시작했다.

「설사 이게 과거로만 끝난다 해도 난 널 기억할 거야. 그럴 수밖에 없을 거야. 죽을 때까지 널 지우지 못할 거라는 걸, 그래서 가끔 마음이 아플 거라는 걸 난 잘 알고 있거든.

넌 어떨까. 이 글을 읽는 넌 무슨 생각을 하고 있을까. 내 과거행 때문에 너의 과거까지도 바뀌어 버렸다는 이 어처구니없는 글을 읽고 넌 무엇을 느낄까.

아마도 난 그걸 듣지 못하겠지. 이 편지는 마지막 날, 마지막 순간에 너에게 줄 생각이니까. 그래서 너의 생각이나 느낌을 난 끝내 들을 수가 없겠지. 미안하다…….

하지만 그 외에는 어떻게도 너에게 알릴 방법이 없을 것 같아. 널 앞에 놔두고 그런 말을 꺼낼 용기도 강함도 나에겐 없거든. 겁쟁이라고 생각해도 좋아. 원래 이것밖에 안 되는 나였으니까.

다만 네게 부탁이 하나 있어. 앞으로 네가 어떻게 되든, 2001년도로 돌아간 뒤 날 알고 싶지 않은 네가 되어 있더라도 지금의 너는 날 기억해 주겠니? 널 많이 좋아하고, 생각하고, 아꼈던 내가 있었다는 것을 너는 잊지 말고 기억해 줄 수 있겠니. 그렇게 해준다면 미래로 돌아갔을 때, 네가 내 옆에 없더라도 견딜 수 있을 거야.

그래, 난 분명 그럴 수 있을 거야.」

81

2학기 마지막 날인 오늘은 수업 대신 방학식이 있었다. 그리고 석원이는 나오지 않았다. 당장 편지를 전해줄 생각은 아니었기에 달리 급할 것은 없었지만 오늘부터 꽤 긴 시간을 볼 수 없다는 생각이 들자 마음속이 서늘해져 외투 안주머니에 넣어둔 두꺼운 편지 봉투를 쓰다듬으며 마음속 허전함을 달래야 했다.

"아직 안 갔냐?"

그러한 허전함으로 인해 버스가 와도 탈 생각 없이 몇 대째인가를 보내고 시무룩하니 서 있는데 무래 선배의 목소리가 들렸다. 뒤돌아보니 그 선배와 함께 도식 선배와 민아 선배도 눈에 보였다.

"요즘 석원이하고 안 다니더라?"

무래 선배의 질문에 웃음으로 대답을 대신하고 다시 돌아서려 하는데 그때 민아 선배가 어딘가를 함께 가자고 나를 끌어당겼다. 그다지 다니고 싶은 마음이 들지 않았지만 그래도 이 사람들은 혹시 석원이의 요즘 생활에 대해 알고 있을까 하는 생각에 머뭇거리다가 결국 따라가게 되었다. 그들이 들어간 곳은 근처 패밀리 레스토랑이었다. 마지막이라는 이유로 민아 선배가 점심을 산다고 들었는데 무래 선배는 점심보다는 이곳에서 파는 생맥주에 더 관심이 가는 눈치이다. 우리 학교가 그나마 교복을 입지 않았기에 웨이트리스가 이상하게 보지 않은 것이지 그렇지 않았으면 굉장히 한심한 눈길을 받았을지도 모른다.

"석원이와 싸웠니?"

상냥하게 웃으며 묻는 민아 선배의 얼굴을 보다가 샐러드를 뒤적이던 포크를 내려놓았다. 도식 선배와 나란히 앉아 있는 모습을 보고 있으니 어쩐지 이 두 사람은 싸움이라는 게 없을 것 같다는 생각도 들었다. 우리도 사실 잘 싸우는 편은 아니었는데. 지금쯤 나와 같이 어딘가에 앉아서 점심을 먹고 있을지도 모를 석원이를 생각하니 가슴속이 갑갑해졌다. 설마 굶는 건 아니겠지.

"나하고 얘기 좀 할래?"

이런 내 기분을 알 리 없는 무래 선배에게 시달림을 받고 있는데 민아 선배가 조금 망설이는 듯한 표정으로 나를 한참 살피더니 말했다. 그리고는 손을 다정히 쥐고 일어서서 한쪽 옆에 보이는 바로 다가가 앉았다.

"너희 문제, 내가 짐작하는 게 맞는 건지 모르겠지만, 그리고 너한테 이런 말을 내가 해도 되는 건지 잘 모르겠지만……."

민아 선배는 매우 어렵게 말을 꺼냈다. 무슨 말을 하려는 건가 싶어 나 또한 긴장이 된다.

"석원이 얘기는 알고 있지? 유성이랑 관련된 거."

마치 오래전부터 그 아이들을 알고 있었다는 듯이 말하는 민아 선배 때문에 잠시 혼란스러워졌다. 석원이에게 스스럼없이 말을 걸던 모습이 기억나면서 다시 한 번 민아 선배를 쳐다보게 되었다. 작게

한숨을 쉬던 선배는 곧 말을 하기 시작했다.

"사실은 한참 고민했었어. 이런 말… 석원이에게 도움이 되는 건지도 잘 모르겠고. 하지만 학교 전체에 퍼진 소문들이 걱정되어서 말야. 네가 정확한 사실을 알고, 이해해 주었으면 좋겠다는 생각이 들었어."

민아 선배의 목소리에 한숨이 섞인다.

"원래는 석원이하고 유성이네 집이 굉장히 가까운 사이였어. 어려서 석원이 친어머니가 폐가 안 좋았던 관계로 춘천으로 이사를 가게 되었었는데 그때 옆집에 살던 아이가 유성이었거든. 아이들이 나이가 같으니까 자연히 어른들도 친해진 거지. 어려서 있지, 유성이는 정말 개구쟁이여서 동네의 말썽꾸러기에 골목대장 노릇을 도맡아했었는데 석원이는 마음이 너무 여려서 툭하면 울었었어. 고양이가 죽어 있는 것만 봐도 불쌍하다고 울곤 했었거든. 그래서 동네 아이들이 늘 울보라고 놀렸었는데 그 아이들을 매일 잡으러 다니며 복수해 주던 게 유성이야."

"…설마요."

"정말이야. 지금도 그렇지만 그때도 두 아이 모두 성격이 판이하게 달랐어. 나중에 석원이 어머니가 입원 치료를 받기 위해 서울로 올라오게 되어서 몇 년 떨어져 있던 거 외엔 유성이네도 서울로 이사를 오는 바람에 다시 만나게 되었었지. 음… 단지 유성이 부모님은 그때 이혼을 하신 뒤였기 때문에 어머니하고만 살고 있었고 석원이는 어머니가 폐암으로 전이가 된 상태였기 때문에 어려서보다 더 내

성적으로 변했다는 것이 달랐을 뿐 겉으로 보기에 두 아이는 예전과 크게 차이가 없었어."

"선배가… 그걸 어떻게 다 아세요?"

"나, 사실은 석원이 고종사촌이야. 이제 유성이의 고종사촌이기도 하고. 어려서부터 외삼촌 집에서 살았기 때문에 그 애들에 대해서는 잘 알지."

"……."

민아 선배의 목소리는 조금씩 커졌고 때를 같이하여 음악 소리는 조금씩 잦아들었다. 아니다, 아마 내가 그렇게 느낀 것이리라. 민아 선배의 이야기를 들으며 다른 모든 것들이 내 귀로 들어오지 않도록 막아서인지도 모르겠다.

"그런데 언제부터인지 이상한 소문이 퍼지기 시작했어. 우리 외삼촌하고 유성이 어머니에 대한 소문이었는데 어디서 어떻게 시작된 것인지는 나도 잘 몰라. 그냥 어느 날 일어나 봤더니 어느새 그런 소문이 느껴지는 거야. 내가 느끼고, 석원이가 느끼고, 마침내 유성이도 알게 되고. 석원이가 삐뚤어진 건 그때부터야. 유성이와의 사이도 서먹해지고 서로를 피하게 되었지."

"……."

"외숙모가 돌아가신 것을 석원이는 외삼촌 때문이라고 생각해 버린 것 같아. 아픈 엄마를 아빠가 죽게 만든 거라고. 그래서 나중에 외삼촌이 유성이 어머니, 즉 지금의 새외숙모와 결혼한다고 했을 때 석원이는 크게 반대했었어. 본래 말이 많던 아이도 아니었지만 그때는

정말 힘들었지. 아무하고도 말을 안 하려 들었거든. 그저 싫다는 말만 반복했었어. 하지만 어린 석원이가 반대한다고 해서 될 일이 아니잖아. 결국 그 아인 외할머니와 살겠다고 집을 나가 버리고 말아."

민아 선배의 이마가 찌푸려졌다.

"하지만 그렇다고 해서 학교에서 퍼지고 있는 것처럼 유성이의 어머니가 나쁜 분이거나 하진 않아. 글쎄, 두 분의 재혼을 받아들이기 힘들어했던 건 유성이도 마찬가지였을 거야. 유성인 살아 계신 아버지가 계셨잖아. 그러니 더 더욱 받아들일 수 없었겠지. 하지만 유성이는 조용히 체념한 듯 그렇게 살았어. 아주 나중에서야 들은 말인데 유성인 석원이가 집을 나가 버리던 그날 밤새 울고 계시던 어머니를 보았대. 그 모습을 보고 차마 자신까지 어머니를 아프게 할 수는 없다고 생각했다는 거야. 아버지로 인해 상처받은 어머니를 계속 겪었을 테니 싫다는 내색도 못하지 않았을까 싶어. 누구나 유성이를 아무런 문제도 없고 행복하기만 한 아이로 알고 있지만 사실은 그렇지 않아. 유성이의 성격도 많이 바뀌었으니까. 그 애 또한 보고 있으면 마음이 아파. 너무 어른스러워서. 유성인 자신의 문제를 석원이에 비해 아무것도 아니라고 그 어린 나이에도 스스로 판단했던 것 같아. 그래서 늘 좋은 모습만 보이려고 노력했었고. 항상 문제를 일으킬 만큼 활발했던 성격이 지금처럼 바뀐 것은 이런 일들에 영향을 받았기 때문일 거야. 그건 석원이도 마찬가지고. 두 아이 다 자신의 어머니를 생각하며 저렇게 다른 모습으로 성장해 왔어. 그리고 서로를 멀리하게 되었고. 내가 보기엔 석원이도 그렇고, 유성이도 그렇고 속에 남겨진 상처는 같다고 느껴. 그 애들은 아직도 서로를 친구라고 생각하고 있을 거야. 비록 겉으로는 아닌 척, 모르는 척 지내고 있지만."

두 사람 모두의 상처. 나는 민아 선배의 말을 들으며 그 이야기 하나하나에 놀라 입을 다물지 못했다. 상상을 못했던 일들. 석원이의 쓸쓸함이, 지나칠 정도로 외로워 보이는 모습이 이런 거였다니. 모든 것에 무심했던 석원이가 이상하게 나에게만은 설명할 수 없는 집착을 보이곤 하던 이유가 이런 상처 때문이었다니.

『…변하지 않는 게 있다면 좋겠다.』

나는 늘 편하게 웃지 못하던 석원이의 모습이 떠올라 가슴이 아파왔다. 또한 짐작하지 못했던 유성이의 사연에 의해서도 나는 아팠다. 서로 나름의 방법으로 자신들의 상처를 감싸고 감추며 살아오고 있던 이 아이들. 전혀 다른 모습으로 성장해 버렸지만 나는 그 두 사람이 얼마나 서로를 닮아 있는지 이제 깨달을 수 있었다.

석원이가 신문에 난 기사를 뚫어지게 보던 모습이 생각났다. 자신의 친아버지와 다정히 사진을 찍은 유성일 보면서 무슨 감정을 가졌던 걸까. 어머니가 그렇게 힘들게 돌아가신 게 아버지와 유성이의 어머니 때문이라고 생각하며 컸을 테니 그 사무친 원망이야 이루 말할 수 없이 컸을 테지.

『…너희 아버지는 널 사랑하시냐.』

나에게 맥없이 묻던 석원이의 목소리. 그 목소리가 다시 생생하게 기억나서 내 가슴을 찢는다. 그 질문의 아픔을 감지하지 못했던 내가 너무 어리석었다는 생각에 눈에 눈물이 고이는 것을 막을 수가 없었

다. 넌 너의 어머니를 배신한 아버지라서 너 또한 사랑하지 않는 거라고 생각해 버린 거니?

손바닥을 이용하여 눈을 꾹꾹 누르면서 다시 유성이에 대해 생각해 보았다. 신기할 만큼 모범적인 모습만을 보여주던 그 아이. 그러나 간혹 모습에서, 느낌에서 생소한 어떤 것을 볼 때도 있었는데 그러면서도 깊이 생각지는 않았다. 나의 관심은 오로지 내가 다시 돌아가야 한다는 것과 두고 가야 할 석원이에게 집중되어 있었으니까. 하지만 이제는 어렴풋이 짐작할 수도 있을 것 같다. 가슴 밖으로 분출하고 싶었을 그 아이의 아픔이나 슬픔, 원망들이 희미하게 보이는 듯도 했다.

아픈 아이들, 정말로 아픈 아이들.

82

집에 와서도 머리 속의 울림은 지워지지 않았다. 아직도 이 모든 이야기들이 어느 한군데 멈추지 못하고 둥둥 떠다니는 느낌이었다. 아까 민아 선배는 자신의 말을 다 마친 뒤 이런 말을 했었다.

『사실은 지금의 소문이 너무 걱정이 돼. 전에도 이런 일이 있었거든.』

『전에요?』

『국민학교 다닐 때였어. 갑자기 전교에 석원이와 유성이에 대해,

그리고 부모님들의 일에 대해하나도 빠짐없이 소문으로 번져 버린 거야. 사실 집안에서도 쉬쉬하고 있던 일인데 갑자기 소문이 났으니 그게 얼마나 큰일이었겠어. 한창 예민했던 석원이었으니 문제도 많이 생겼었지. 결국 전학을 갈 정도로 말이야.』

민아 선배는 조금 망설이는 듯하다가 덧붙였다.

『그때 유성이와 멀어진 석원이가 유일하게 같이 다니던 아이가 하나 있었거든. 그 아이… 어떤 이유에서인지 모르겠지만 그 아이가 그런 소문을 내버리고 만 거야. 처음엔 아닐 거라고 생각했었는데.』

그… 아이? 순간 머리 속으로 스쳐 지나는 이름 하나가 있었다. 설마 그 아이가 일영이인 것은 아닐까. 그러나 민아 선배에게 일영이의 이름까지 물어볼 수는 없었다. 대신 다른 의구심에 대해 질문을 던졌다.

『그런데 왜 유성인 아직도 신 씨로 지냈던 건가요?』

『우리 나라는 호주제로 인해 부모가 이혼하면 아이들은 무조건 아버지 밑으로 들어가게 되어 있다고 들었어. 유성이도 얼마 전까지 친아버지 호적에 들어 있다가 그 아버지가 재혼을 하시게 되었다며 어머니에게 호적 정리를 권해온 모양이야. 어차피 유성인 계속 어머니와 살 생각을 가지고 있었으니까 이제 곧 성도 바뀌겠지. 신문에서는 같이 살고 있는 아들이니까 지 씨로 나온 게 아닐까?』

그랬구나. 그래서 학교에서도 석원이와 유성이의 관계는 몰랐던 거구나. 관자놀이를 꾹꾹 눌러주며 침대 위에 털썩 주저앉았다. 그리고 한숨을 길게 내쉬었다. 민아 선배는 나에게 석원이와 유성이에게

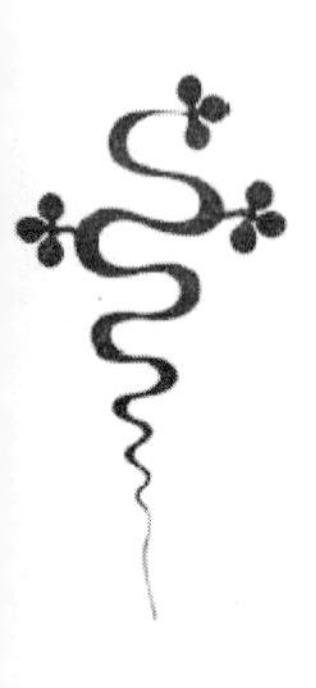

잘해주라고 부탁했지만 그러나 나는 쉽게 대답할 수 없었다. 이제 곧 돌아가야 할 텐데, 이제 돌아갈 수밖에 없다는 걸 확신하고 있는 이 와중에 어떻게 그런 약속을 할 수 있겠는가.

서랍에 들어 있는 석원이의 몇몇 사진들을 꺼내어 바라보았다. 웃고 있는 사진을 찾기가 정말 힘들다. 아니다, 그래도 웃으려고 하는 모습들은 여러 군데에서 보인다. 다만, 그 웃음이 정말 즐거워 보이지 않았기에 어떻게 보면 찡그리고 있는 것으로도 보일 만큼 공허해 보인다는 게 문제였다. 그래, 이제 알겠다. 그래서 넌 나에게 그렇게까지 화를 내야만 했던 모양이야. 너의 가장 큰 아픔을 꺼낸다는 게 무척 힘든 일이었을 텐데 그걸 난 너무 간단히 물어보고 빨리 대답하라고 강요했었어. 너와 유성이의 관계를 깨달았으면서도 설마 그 뒤에 이런 일들이 얽혀 있을 거라고는 생각하지 못했기 때문에 나는 네 스스로 말해 주기를, 스스로 알려주기를 바랬던 거지. 밖으로 꺼내기 힘들어하는 너를 모른 채.

잠시 석원이의 부채를 만지작거리다가 외투 안주머니에 넣어놓았던 편지를 꺼냈다. 그리고 다른 종이를 꺼내 지금 현재 나의 마음들도 적기 시작했다. 민아 선배와의 대화, 유성이에 관한 이야기들, 그리고 석원이에 대한 내 생각들. 이미 적혀 있던 것들 위에 또다시 다른 편지지들을 겹쳤더니 이제 잘 접히지도 않았다. 편지봉투에는 들어갈 것 같지가 않아서 둥글게 말아 다른 종이로 꼼꼼하게 감싼 뒤 끈으로 묶어 다시 주머니 안에 힘들게 넣어놓았다. 그리고…

주위를 둘러보다가 이마를 찡그렸다. 이제 내가 준비할 일들은 모두 끝난 것인가. 결국 난 석원이에게 아무것도 해주지 못하고 그냥 가는 건가. 그 애를 도와주고 즐겁게 해주고 싶었는데 정작 아무것도 한 게 없이 더 힘들게 하고 말았어. 이제 다시 간다는 사실에 많이 익숙해졌다. 그리고 차분해졌다. 설사 현재에 가선 아무것도 남는 게 없다 해도 내가 좋아하고 마음에 두었던 건 지금의 석원이니까, 죽을 때까지 기억할 사람도 지금의 석원이니까. 다만 이 모든 게 아프게 기억될 거라는 거, 후회로 얼룩질 거라는 거, 그 사실이 안타까울 뿐. 조금만 현명했더라도 지금쯤 석원일 위해 뭘 해줄까를 생각할 수 있었을 텐데. 얼마 남지 않은 시간을 석원이를 위해 쓸 수 있었을 텐데. 내가 바보였어. 그래, 내가 정말 바보였어.

방학이 시작된 지 일주일 정도 지난 것 같다. 보충 수업이 있었기에 사실 방학이라는 느낌이 별로 없었던 건 사실이지만 늘 비어 있는 석원이의 자리를 보면서 그래, 방학이구나, 하는 생각을 떠올리곤 했다. 요즘은 더 더욱 꿈같지 않은 꿈들에 시달리곤 했다. 이제 돌아왔구나, 정말 왔구나, 하는 생각을 하다가 깨어나는 경우도 있었다.

"선물 사러 가자."

"무슨 선물?"

"얘는? 내일이 크리스마스 이브잖니? 선물 사야지."

아, 벌써 그렇게 되었나. 벌써 성탄절. 시간의 빠름에 감탄하고 있는데 수정이가 나를 데리고 근처의 백화점으로 갔다. 누구에게 어떤 것을 선물해야 할까, 수첩에 적어보려다가 석원이 생각나서 아무것

도 적지 못한 채 공백만 한참을 쳐다보았다. 석원이… 아직도 가을옷 입고 다니니? 이제 정말 추워졌는데 넌 아직도 그 얇은 옷 하나만 입고 다니니.

"이거 사게?"

나도 모르게 남성복 코너에서 발길을 멈추어 석원이에게 어울릴 만한 코트를 찾고 있었다. 꼭 사야겠다고 생각했던 게 아니었는데 내 손은 빠르게 코트를 헤집고 다녔고 곧 수정이가 이런 내 마음을 안다는 듯이 같이 고르기 시작했다.

"아니, 그쪽은 너무 비……."

"하나를 사도 제대로 된 걸 사야지. 이거 어때?"

가격표를 보고는 씁쓸한 마음을 금할 길이 없었다. 이 당시에도 옷 한 벌 가격은 상당했기 때문에 내가 지난 1학기 동안 아르바이트로 모아놓았던 돈 중에서 쓰지 않고 놔두었던 대부분의 금액을 탈탈 털어서야 겨우 장만할 수 있을 정도였다. 나 또한 이 코트가 정말 마음에 들긴 했지만 그렇게 되면 다른 가족들은 어떻게 해야 할까.

결국 수정이의 열렬한 권유로 그 옷을 사고 말았다. 가족이나 친구들은 카드 한 장씩 돌리는 것으로 대체하고 말이다. 그러나 그 아이가 이 옷을 입은 모습을 볼 수는 있을까.

수정이가 버스에 올라서는 것까지 지켜본 뒤 길을 건너기 위해 건널목으로 향했다. 선물을 줄 수나 있을까. 무거운 마음에 한숨을 내쉬는데 앞에 낯익은 누군가의 모습이 보였다.

"유성아."

그 사람은 유성이었다. 갈래 머리를 한 조그마한 중학생 같은 여자 아이와 함께 서 있는 유성이. 그런데 머리색이 조금 이상해 보인다. 근처 상가 불빛 때문에 그런 걸까? 언뜻언뜻 푸른빛이 감도는 게 보였다.

"웬일이야?"

내가 머리 쪽으로 시선을 두고 있자 조금 어색하게 웃던 유성이가 먼저 물었다.

"어, 그냥. 선물 사러."

"집에 가니?"

"가야지."

어쩐지 유성이와의 사이가 한참 멀어진 기분이었다. 기본적인 대화를 나누고 나니 할 말이 없다. 내가 민아 선배에게 모든 이야기를 들었다는 걸 유성이도 알고 있을지 모른다는 생각에 더 더욱 무슨 말을 해야 할지 감이 잡히지 않았다. 마침 신호등이 녹색으로 바뀌기에 다행이다 싶어 먼저 간다고 인사를 하는데 그때 유성이가 곁에 있는 아이에게도 들어가라고 말하는 게 보였다. 아이의 입술이 조금 튀어나오는 듯했지만 유성이는 그다지 개의치 않는 눈치이다. 나에게만 인사를 하더니 서둘러 돌아서서 사람들 틈 사이로 들어가 버리고 말았다. 오히려 내가 당황하여 여자 아이를 쳐다보았더니 어깨를 한번 으쓱하며 체념한 듯 웃어버린다.

"언니. 언니, 유성 오빠 여자 친구예요?"

버스 정류장으로 걸어가면서 조용히 걷기만 하기에 별로 말하고

싶지 않은가 보다 싶어서 그러려니 하고 있는데 대뜸 이렇게 물어와 하마터면 웃음을 터뜨릴 뻔했다. 커다란 눈동자가 떼구루루 굴러가는 느낌을 줄 정도로 맑아 보였다.

"당연하지. 내가 남자로 보이니?"

금세 어두워지는 아이의 눈동자. 꼭 고양이 같은 모습이다.

"그냥 같은 반 친구야."

고양이 같은 아이는 이렇게만 말했는데도 도로 얼굴이 환해졌다.

"넌 유성이하고 어떻게 아니? 이름이 은영이라고 했던가?"

"김은영이요. 학교 후배예요. 1학년 9반 15번이요."

번호까지 말할 필요는 없는데. 내가 잠시 아이의 성격에 당황하고 있는 사이 그 아이는 연신 무언가에 대해 중얼거리기 시작했다. 목소리가 큰 편은 아니어서 귀를 기울여야 했다.

"전에요, 여름 방학 시작하기 얼마 전에요. 비가 많이 왔던 날 있잖아요."

여름 방학 전이면 한창 우기일 때인데 많이 왔던 날이라고 하면 기억날 리가 없다. 물론 석원이와 홍대에서 비 맞아가며 접전을 벌였던 그날만큼은 기억이 나지만.

"그때 학원 끝나고 보니 비가 오더라구요. 저 우산 없어서 학원 현관에 서 있다가 그냥 비 맞고 걸어가는데요, 그런데요."

순간 아이의 얼굴 위로 행복한 미소가 스쳤다.

"누가 우산을 제 손에 쥐어주고 그냥 막 걸어가는 거예요. 그래서 누구냐고 물었는데 뒤돌아보면서 손을 한번 들어주고는 그냥 가지 뭐예요. 나중에 우산이라도 돌려줘야겠다는 생각이 들어서 몰래 쫓아갔어요. 그런데 그 사람이 갑자기 뒤로 돌지 뭐예요? 그리고는 집에 들어와서 말리고 가, 그러는 거 있죠? 그래서 그때부터 좋아하기로 했어요."

고개를 끄덕여 주며 가까워진 버스 정류장을 쳐다보는데 은영이란 아이가 다시 묻는다.

"그 사람이 누구게요?"

"그걸 내가 어떻… 어! 혹시 유성이니?"

"네, 맞아요. 사실은 학교 선배라는 건 몰랐었는데 정말 놀랐었어요. 게다가 공부도 정말 잘하는 거예요. 신유성이라는 이름은 많이 들어봤는데 그 사람과 같은 사람인지는 몰랐었어요. 더 좋아졌지 뭐예요."

그 뒤로도 한참 동안 은영의 눈에 보이는 유성이의 멋진 모습에 대해 들어줘야 했다. 그 마음을 이해할 수 있었기에 듣는 것이 괴롭지는 않았다. 다만, 어째서 유성 오빠가 나를 좋아하지 않을까요, 라는 질문에는 무슨 말을 해줘야 할지 몰라 당황되기도 하였다. 그 고민은 한때 나도 해봤었고 수정이도 하고 있지만 이렇다 할 대답은 찾지 못했던 것이다.

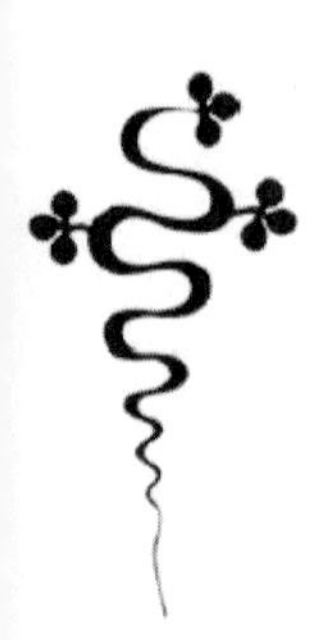

83

창밖을 보라, 창밖을 보라, 흰 눈이 내린다.
창밖을 보라, 창밖을 보라, 찬 겨울이 왔다.
썰매를 타는 어린애들은 해 가는 줄도 모르고,
눈길 위에다 썰매를 깔고 신나게 달린다.
긴긴 해가 다 가고 어둠이 오면,
오색 빛이 찬란한 거리거리의 성탄 빛.
추운 겨울이 다 가기 전에 마음껏 즐기라.
맑고 흰 눈이 새 봄빛 속에 사라지기 전에.

사실 나는 태어나서 캐롤송이 이렇게 슬플 거라고는 생각지 못했던 사람이다. 추운 겨울이 다 가기 전에 마음껏 즐기라는 부분부터 시작해서 새 봄비 속에 맑고 흰 눈이 다 사라질 것을 걱정하는 부분을 들으며 남들과 다르게 나는 무척 울적해져야 했다. 이제 봄이 와도 이 사람들이 잃는 건 눈밖에 없겠지만 나는 앞으로 지내야 할 10여 년의 시간을 잃을 텐데. 비록 예전에 지내봤던 시간이라고는 해도 그 시간으로는 이곳에서 얻은 소중한 것을 간직할 수가 없는데.

석원이의 집으로 가기 위해 일어섰다. 어제 가고 싶었지만 자꾸 망설이기만 했던 탓에 결국 오늘 오후 일곱 시가 다 되어서야 집을 나설 수 있었다. 손에는 커다란 선물 꾸러미가 들린 채로. 거리를 걷고 있는데 눈이 힘차게 날리기 때문인지 곳곳이 떠나갈 듯한 들뜸으로 꿈틀거리는 게 느껴졌다. 비록 이 들뜸으로 인해 엄청난 교통난이 일어났지만 그래도 즐겁기만 한 것이 바로 성탄절이고 또 그날을 즐기는 젊은이들이 아닌가 싶다. 아무리 둘러봐도 20대에서 30대 정도의 연령층밖에 눈에 띄지 않는다. 30대가 지나고 나면 이 즐거운 날을 모조리 집 안에서 보내게 되는 것일까.

그나마 아이들을 데리고 나온 40대 부부로 보이는 사람들이 눈에 띄어 조금 위로를 받으며 다시 걷기 시작했다. 그와 동시에 석원이에 대한 생각도 또다시 찾아온다. 아마 집에 없겠지. 아버지 생신에 갔던 거 보면 조금씩 마음을 풀기 시작했다는 말일 텐데, 그러니 이런 날은 부모님 집에 가 있겠지. 선물은 그냥 경비 아저씨한테 부탁하고 와야겠다, 그리고 몇 주 후에 마지막 편지를 우체통에 집어넣어야지. 별의별 생각을 다 하다 보니 어느새 석원이의 아파트 앞이었다.

도착했다는 반가움과 혹시 마주치기라도 한다면 어쩌지 싶은 조바심, 그러면서도 가슴 한곳을 차지하고 있는 기대감으로 인해 떨리는 가슴을 부여잡고 계단을 올라갔는데 하필 경비 아저씨는 자리에 안 계셨다. 어디 다른 동으로 마실이라도 가신 모양이다. 언제쯤 오실지는 짐작할 수가 없어서 조금 난감해졌다. 어찌할지 몰라 당황하고 있는데 그런 나의 뒤로 누군가가 쏜살같이 달려들어 가 계단 쪽으로 사라져 버렸다. 뒤로 가버린 것이었기 때문에 제대로 보지는 못했지만 놀란 것은 사실이다. 계단 쪽을 살피기 위해 고개를 쭉 빼고 보는데

달려들어 가면서 계단 사이로 사라졌던 무언가가 다시 돌아서서 내 앞으로 오는 것이 보였다. 빠르게 정지하는 그 사람을 보니 빈이었다. 매우 오랜만에 보는 빈.

"오세령, 너구나."

가쁘게 말하는 목소리가 무척 거칠다. 뛰어온 것이 분명하다. 나는 그 아이의 머리를 보다가 씩 웃어주었다. 이번에는 보라색에서 까만색으로 염색을 바꾸었는데 지금까지 본 중에서 가장 잘 어울렸기 때문이다. 예쁘네, 라고 중얼거리며 보니 그 말이 썩 마음에 드는 눈치는 아니었다.

"왜 뛰어다녀? 눈도 왔는데 넘어지면 다치려고."

오랜만에 보았지만 반가움의 인사를 하고 나니 조금 어색해졌다. 아마 빈이도 그러지 않을까 싶어 머뭇거리다가 조금 전에 놀라서 떨어뜨린 소포를 집기 위해 몸을 숙이는데 그때 내 코트 안주머니에 넣어놓았던 두꺼운 편지 두루마리가 툭 소리와 함께 바닥에 떨어졌다. 소포를 주운 뒤 다시 편지에 손을 뻗는데 빈이가 먼저 주워서 나에게 돌려주려고 하다가 자세히 보더니 석원이한테 주는 거네, 한다.

"그래. 그렇긴 한데 지금 줄 건 아니야."

"뭐가 아니야? 그럼 언제 줄 건데?"

"때가 되면."

"별나라 여행 가냐, 때를 기다리게? 같이 가자. 위에 있어."

위에 있다는 말에 조금 놀랐다. 놀랄 일이 아니었는데도 석원이가 이 안에 있다는 사실이 내 가슴을 온통 휘저어놓았다. 떨리기 시작한 가슴이 곧 파라락거리며 종이 부딪치는 소리를 낼 것만 같다.

"아니야, 나 이것만 주고 가려고 했는데 뭐. 네가 대신 전해줘."

손에 들고 있는 소포를 툭툭 두드리며 말하자 빈이는 한심스럽다는 듯 쳐다보았다.

"아직도 그러냐? 무슨 일인진 몰라도 이제 그만 좀 해라. 둘 중에 하나가 양보하면 될 걸 가지고."

양보. 나는 빈이의 말을 들으며 정말 힘없이 웃을 수밖에 없었다. 그런 게 아니고 빈아, 양보를 안 하는 게 아니고 할 수가 없는 거야. 나도 내가 돌아가지 않을 수 있다는 확신만 있으면 이렇게 고집 부리지 않을 수 있거든. 사과도 내가 먼저 했을걸 뭐. 멍하니 밑을 보고 있는데 빈이가 내 손에 있는 소포를 낚아채어 엘리베이터 쪽으로 향했다.

"야! 편지는 놔두고 가. 아직 줄 때 아니란 말이야."

내가 편지를 되찾기 위해 쫓아가자 빈이는 아예 계단을 겅중겅중 뛰어오르기 시작했다.

"안 훔쳐보고 잘 전할 테니까 들어오기 싫으면 거기서 기다려. 석원이 데려올게."

한 3층까지 결사적으로 쫓아가다가 결국 포기하고야 말았다. 몸이 워낙 가벼운 데다가 운동 신경도 좋은지 이제 올라가는 발걸음 소리만 멀리 들려오고 있었다. 잡는 것은 무리였기에 숨을 고르며 천천히 내려오다가 눈을 비벼보았다.

아직 보면 안 되는데. 현관을 힘없이 걸어나와 맞은편에 있는 벤치

로 다가가 앉으며 생각했다. 과거로 돌아왔었다고, 너는 내 과거의 인물이라고, 사실 너의 현재는 내가 살고 있던 2003년도에 남아 있다고 말하는 나를 보며 석원이는 뭐라고 대답을 하게 될까.

답답한 마음에 하늘을 보려 하는데 갑자기 시야가 어두워지며 몸이 뒤로 쏠리기 시작했다. 처음에는 뒤로 넘어지는 거라고만 생각했는데 소리를 지르려고 하니 입도 틀어 막혀진다. 벤치 등받이와 그 뒤로 보이는 작은 나무 울타리를 넘어서 쓸리듯이 뒤로 처박히고 나서야 누군가의 손에 의해 뒤로 끌어당겨진 거라는 것을 깨달을 수 있었다.

"씨발, 무식하게 무겁네."

나직하게 중얼거리는 소리와 함께 눈 위를 가리고 있던 손이 치워졌다. 입만은 여전히 꼭 막힌 채라서 눈만 돌려 주위를 살펴보니 그 나무 울타리 뒤에 다섯 명쯤 되는 사람들이 웅크리고 있었고 그중 세 사람이 내 몸을 힘껏 잡아 꼼짝도 못하도록 지키고 있었다. 날은 이미 어두워져 있었지만 희미하게 주위를 밝혀주는 가로등을 이용해 얼굴을 볼 수는 있었다. 그들의 얼굴을 살피다가 그중 한 사람의 얼굴을 발견하고 그만 신음을 흘려야 했다.

홍대에서 마주쳤던 문찬이라던 남자였다. 푸른 기운이 돌던 민머리가 여전했고 입에는 껌이 경망스럽게 씹히고 있었다. 어째서 나를 이렇게 끌어당긴 거지, 어째서.

"여기 있으라고 했는데?"

그와 동시에 들려오는 빈의 목소리. 땅바닥에 눕혀진 채로 눈만 돌려 나뭇가지 사이로 쳐다보니 현관 앞에 서서 두리번거리며 날 찾고 있는 빈이와 그 옆에 서 있는 석원이가 눈에 들어왔다. 오랜만에 보는 그 모습에 울컥 눈물이 솟구치는 것과 동시에 소리가 지르고 싶어졌다. 그러나 커다란 힘에 의해 막혀진 입은 소리를 지르기는커녕 가만히 있기에도 아픔이 느껴질 정도였고 움직이지 못하게 하기 위해 몇 사람이 깔고 앉아 있는 몸은 숨을 쉬기도 벅찰 정도로 고정되어져 있는 상태였다.

"집으로 전화해 보지 그래?"

빈이가 하는 말에 석원인 고개만 끄덕하고는 안으로 다시 들어가려는지 몸을 돌렸다. 그리고 그와 동시에 빈이가 잊고 있었다는 듯 어떤 물건 하나를 꺼내었다. 하얀 물건이라고 생각했는데 다시 보니 두툼한 편지 뭉치이다. 석원이는 그것을 물끄러미 보다가 내가 쓴 편지라는 말을 듣더니 그제야 받아 들었다.

"야, 저거 니가 썼지?"

그리고 15분쯤 지났을까. 빈이가 혼자 들어간 후 아직도 현관에 서서 읽고 있는 석원이를 보며 문찬이라는 남자가 짜증을 내기 시작했다. 차마 목소리는 크게 내지 못한 채 위협하듯 눈을 치켜뜨기만 하는 것을 보니 조금씩 의문이 들기 시작했다. 이들은 다섯 명이나 되는 사람들이 어째서 석원이 하나 있는 걸 어쩌지 못하고 숨어 있는 걸까.

그들의 이해 안 되는 행동에 한참 의아해하고 있는데 석원이는 마지막 장을 천천히 넘기며 끝까지 읽고 나더니 천천히 담배를 물었다.

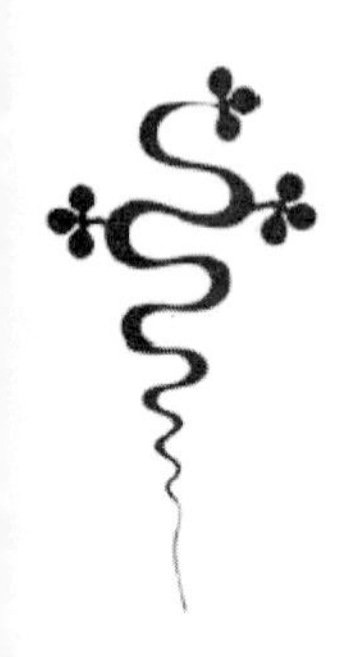

그리고는 첫 장부터 다시 읽기 시작했다. 옆에 있는 문찬이의 몸이 부르르 떨리는 게 느껴졌다. 다리라도 저린 모양이다.

어쨌든 시간은 다시 20분쯤이 더 흘렀고 석원이는 처음보다 훨씬 꼼꼼히 편지를 모두 읽었다. 다 읽고 나서도 이해할 수 없는 내용이라 그런지 별다른 표정의 변화는 없었지만 잠시 무언가 생각하는 눈치더니 몸을 돌려 안으로 들어가 버린다. 그리고 그와 동시에 웅크리고 있던 사람들이 자리에서 일어서며 참고 있던 소리들을 밖으로 토해냈다. 물론 나의 몸도 그들에 의해 일으켜 세워졌고 또다시 강제로 끌려 단지 밖으로 이동해야 했다. 어디로 가는지도 모른 채.

84

"이제 정신 좀 드냐?"

머리에서 울리는 통증에 이마를 찌푸리며 눈을 뜨니 내 몸은 의자에 꽁꽁 묶여 있는 채였고 앞에 어떤 사람이 쭈그리고 앉아 이런 나를 보고 있었다. 그제야 지금 문찬이와 그 일당들에 의해 납치당한 상태이고 또 오던 도중에 누군가의 주먹에 머리를 맞아 기절했었다는 것을 기억할 수 있었다. 맞았던 이유가 갑자기 반항을 하기 시작했다는 거였었지, 아마. 나는 말을 걸어온 남자를 쳐다보았다. 목소리로 보아 아까 운전을 했던 그 사람인 것 같다. 눈을 굴리다가 입을 움직여 보니 안에서 느껴져야 할 이물질의 느낌이 없었다. 이곳으로 오면서 입에 손수건을 집어넣고 또다시 테이프로 몇 겹 붙여서 단 한 마디도 못하도록 입을 막아놓더니 이제 그것들을 모두 없앤 모양이다. 순간 찝찌름한 느낌에 눈이 절로 찌푸려졌다.

"아저씨, 왜 절 이런데 데려온 거예요?"

보아하니 예전엔 당구장이었던 듯 한쪽 벽에 당구대들이 두 줄로 겹겹이 쌓여 있고 입구로 보이는 검은색 문 옆에도 책상과 낡아 보이는 금전 등록기, 그리고 당구공을 넣어놓은 사각 박스들이 역시 줄을 이루어 쌓여 있었다.

"걱정 마. 석원이만 오면 풀어줄 거니까."

"석원인 왜 부르는 건데요? 뭐 잘못한 거라도 있어요?"

"잘못했지. 그 새끼 문찬이 형 직계인데 아무 말 없이 잠수 탄 걸로도 모자라서 성진이 형 밑으로 숨으려 했으니."

친절함이 엿보이는 말투였지만 이 사람도 석원이의 편은 아닌 모양이었다. 주위로 보이는 남자들의 수가 어느새 열다섯 명쯤으로 늘어나 있는 것을 보니 겁이 덜컥 났다. 어떻게 할까 싶어 속으로 궁리를 하기 시작하는데 그때 누군가 나에게 소리를 질렀다.

"야, 이 기집애야. 너 석원이 그 새끼하고는 정확하게 무슨 관계야?"

조금 전까지 안 보이던 문찬이 문을 세차게 열고 들어와 석원이가 왜 이리 안 오느냐고 투덜거리더니 대뜸 나에게 무슨 사이냐고 화를 내는 것이다.

"우리가 잘못 짚은 거 아닐까요? 생긴 걸 보면 영락없는 사내 새끼

인데."

"대답 안 해? 지금 그 잘난 면상으로 씹는 거냐?"

문찬이 이번엔 가까이 다가오면서 으르렁대길래 눈을 감아버렸다. 차라리 석원이가 안 왔으면 싶었다. 설마 날 죽이진 않을 테니. 한숨을 쉬며 고개를 숙이려는데 갑자기 왼쪽 볼에서 불이 일며 몸이 한쪽으로 힘껏 쏠린다. 가만히 눈을 떠보니 지금까지 나에게 말을 걸던 그 남자가 문찬의 팔을 잡은 채 안쓰럽게 내려다보고 있는 모습이 보였다. 빰을 맞은 모양이다. 아프기보단 기분이 나빠졌다.

"씨발, 이제 이년까지 날 무시하네? 어!"

"석원이가 뭘 어쨌는데요?"

어린애를 끌어들인 네가 잘못된 거지. 맞은 것도 분하고 그동안 석원이를 나쁜 길로만 데리고 다녔을 이 남자에게 화가 나기도 해서 고개를 빳빳이 들고 쳐다보았다. 생각 같아서는 번쩍거리는 머리를 열 번쯤 후려치고 싶었다.

"어쨌냐고? 어? 어쨌냐고 그랬냐, 지금?"

다시 불이 이는 빰. 한참 정신을 추스르지 못해 눈을 몇 번 깜박여 보다가 겨우 머리를 드는데 입 안에서 비릿한 맛이 느껴졌다. 바닥으로 뱉어내 보니 붉은 기운이 보이는 게 입 안이 터진 모양이다. 아프긴 했지만 무섭기보다는 점점 더 화만 치밀어 올랐다. 다시 한 번 그의 발치에 침을 뱉어준 뒤 눈을 힘껏 떴다.

"석원이 안 올 거예요. 당신 같은 사람을 만나러 올 만큼 바보로 보여요?"

"이 씨발년이, 어디서 주둥아리를 나불대?"

또다시 들어 올려지는 그의 오른손. 본능적으로 몸이 움츠러들었다. 눈을 질끈 감고 느껴질 고통을 기다리고 있는데 그런 내 귀로 바람 소리가 들려오더니 곧 이어 무언가를 짓뭉개는 듯한 둔탁한 마찰음 소리가 들려왔다. 뒤를 이어 울려 퍼지는 사람의 짧은 비명 소리. 살며시 눈을 떠보니 앞에 서서 나를 위협하던 문찬이가 자신의 오른손을 움켜잡고 고통스럽다는 듯 입구 쪽을 쳐다보고 있었고 발 밑에는 미색 당구공 하나가 뒹굴거리고 있었다. 생각할 겨를도 없이 고개를 옆으로 돌려보았다. 사람의 모습이 보인다.

석원이었다. 양손에 당구공을 쥐고 있는 석원이는 잠시 내 쪽을 보는 듯하더니 곧 다른 남자들의 무릎과 머리를 당구공으로 맞히며 안으로 달려왔고 곧바로 문찬이의 배를 힘껏 차버렸다. 넋 놓고 지켜보고 있던 남자들이 그제야 상황 파악이 되었다는 듯 석원이를 향해 일제히 덤비기 시작했다. 비록 피하는 모습이 보이기는 했지만 저 인원수를 어떻게 감당할까 싶어 애가 써졌다. 어떻게 도울 방법이라도 찾아보기 위해 몸을 움찔거려 보았지만 묶인 것이 저절로 풀릴 리가 없으니 손목만 아프다.

그렇게 속절없이 앉아 있는데 그때 날카롭게 공간을 가르며 들려온 피리 소리. 마치 찌를 듯이 들려오는 그 소리에 쳐다보니 빈이가 씩 웃음을 지으며 이쪽으로 뛰어오는 게 보였다. 날카로운 소리는 피리가 아니라 그 아이가 분 휘파람 소리였다. 조금 멈칫거리며 나처럼 입구를 살피던 남자들이 석원이에 위해 차례로 넘어졌고 곧 빈이도

그 사이에 끼어 가장 먼저 눈에 보인 사람의 목을 힘껏 가격하는 게 보였다. 사실 문찬과 남자들의 수가 훨씬 많았는데도 선제 공격을 당해 당황한 것인지 싸움은 어느 정도 균형을 유지하고 있었다.

이렇게 가까이서 펼쳐지는 육박전을 본 기억이 나에겐 없다. 처음에는 걱정스러운 마음에 눈도 한번 깜박이지 않고 쳐다보았는데 계속해서 싸움이 진행되자 어느덧 구역질이 나기 시작했다. 이것은 영화가 아니었기에 보는 사람으로 하여금 멋있다는 느낌을 주지는 않았다. 그저 처절하고 안타까운 분노 같은 것만 느끼도록 만들었다.

"그만 해!!"

나도 모르게 소리를 질렀다. 그러나 그 소란 속에서 이렇게 작은 목소리가 들렸을 리 없다. 그들은 모두 바짝 긴장한 상태로 한곳에만 집중하고 있었기 때문에 사실 묶여 있는 나에 대해 어쩌면 잊고 있을지도 모른다.

"조금만 기다려. 다들 곧 올 테니."

그리고 그때 뒤에서 들려온 목소리에 순간 소름이 돋을 정도로 놀랐다. 뒤돌아보니 동태가 내 뒤에 쪼그리고 앉아 묶인 손을 풀어주고 있는 중이었다. 아무리 이런 난리통 속이었다고 해도 다가오는 것도 몰랐다는 게 놀라워 빤히 쳐다보았다.

"넌 언제 왔어?"

"지금. 히야, 죽이는데."

당장이라도 이 아수라장 속으로 달려들 것 같은 동태를 자유로워진 한쪽 손으로 잡으며 다시 물었다.

"누가 오길래 기다리라는 거야? 그리고 넌 어떻게 알고 왔어?"

"빈이 놈이 전화를 했어. 정무래라는 우리 학교 선배한테 연락을 해달라고 하더라고. 내가 빠질 수 없는 뭔가가 터진 줄 알고 전화하자마자 달려왔지."

무래 선배에게 연락했다는 것은 도식 선배도 이 일을 알고 있다는 소리라고 받아들여도 되는 거겠지? 크게 안심할 수는 없어도 조금 안도감이 생기긴 해서 잠시 멍하니 있었더니 그동안 동태가 재빨리 그 가운데로 끼어들었다. 요란한 소리가 이어지고 아직도 난투극을 벌이고 있는 이들을 보니 주위에서 경찰에라도 신고를 할까 싶어 마음이 조급해지기 시작했다. 이 사람들이 잡혀 들어가는 것이야 안타까울 일이 없었지만 혹시라도 같이 연관되어 지난번 나이트 사건까지 들춰지는 건 아닐까 하는 마음에 어서 빨리 정리가 되고 이곳을 떠났으면 하는 마음이 간절했다.

"저 자식들이, 여기가 어디라고!"

그러나 내 바람과는 달리 또다시 달려들어 오는 새로운 남자들. 도식 선배네인가 싶어 보다가 그만 당황하여 입을 막고 말았다. 석원이와 빈이, 그리고 동태가 지금도 밀리고 있는 판인데 이제 더 많은 인원수가 달려들었으니 어찌해야 좋을지를 모르겠다. 속절없이 도식 선배와 무래 선배가 올 때까지 기다려야겠다는 생각이 들어 체념하며 앞을 보는데 그때 어떤 사람이 저만치 구석 쪽에서 석원이의 뒤를 향해 다가가는 게 보였다. 싸우기 위해 달려드는 모습과는 또 다르게 매우 조심스러워하는 것 같기에 보니 문찬이다. 도대체 뭘 하려는 걸

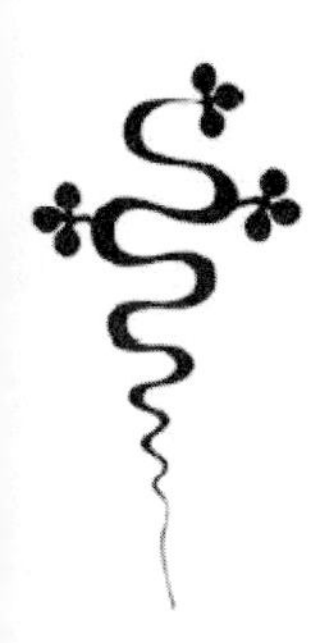

까 싶어 살펴보다가 나도 모르게 자리에서 벌떡 일어서고 말았다. 문찬이가 뒤에 감추듯 가지고 가는 물건은 바로 금전 등록기였다.

"안 돼!"

있는 힘껏 소리를 질렀다고 생각했는데 팔 동작이 너무 커서 그랬는지 소리는 그다지 크게 나지 않았다. 문찬이가 금전 등록기로 석원이의 머리를 내려치려는 모습을 보고 나도 모르게 묶여 있던 의자를 집어 들어 등을 향해 힘껏 휘두른 것뿐인데 그걸 맞은 문찬이가 그대로 바닥에 쓰러져 버린 것이다. 기절한 것으로 보이긴 하지만 이건 분명 내가 휘두른 의자 때문이 아니었다. 막 석원이를 내려치려고 두 손을 바짝 들고 있다가 느닷없이 등을 가격당하게 되어 놀랐는지 그만, 손의 힘을 풀어버리고 만 것이다. 그래서 그 금전 등록기는 석원이가 아닌 본인의 머리를 가격하게 되었고 그대로 기절까지 직행하고야 말았다.

석원인 뒤에서 이상한 소리가 들리자 한 번 돌아보고는 무슨 상황인지 알아챘는지 갑자기 다가왔다. 그리고는 내 손을 잡아끌어 구석에 쌓여 있는 당구대 가장 위로 올려놓아 주었다. 석원이의 팔을 힘껏 잡아당기며 조금이라도 말을 해보려 했지만 다치기라도 했는지 얼굴을 심하게 찌푸리며 나에게 잡힌 오른팔을 급히 빼내던 석원이는 말할 틈조차 주지 않은 채 바로 몸을 돌려 가버렸다.

85

그때 억지로라도 석원이의 팔을 잡아당겨 못 가게 했었다면 어떻게 되었을까. 그랬다면 나는 돌아오기 전까지 그래도 웃으며 남은 시간을 보낼 수 있었겠지. 나는 내 앞에 놓여 있는 노트를 바라보며 한숨을 짓는다. 이제 나의 경험들이 대부분 끝을 맺어가고 있었지만 그래도 이 부분을 생각하는 것은 나에겐 한없는 고통이었다.

그날, 내 팔을 가볍게 뿌리치고 다시 그 혼란 속으로 들어갔던 석원이는 급기야 열 명도 넘는 인원에게 둘러싸여 집중적으로 공격을 받기 시작했었다. 빈이와 동태가 달려들어 가려 하는 모습이 간간이 보였었지만 그 아이들 앞에도 사람들이 버티고 있었기 때문에 용이치 않아 보였고 그래서 그 모습을 안타깝게 보고 있던 내가 우선은 말려야 한다는 일념에 두 개로 쌓여 있는 당구대 밑으로 내려오기 위해 몸을 기울이기도 했었다. 만약 그때 도식 선배와 무래 선배, 그리고 몇 명의 삼학년 선배들이 도착하지 않았다면 아마 나는 그 사이로 뛰어들어 갔을지도 모른다. 아니, 분명 그랬을 거였다.

선배들의 수가 많지는 않았다. 그러나 장소는 일정한데 사람 수는 자꾸 늘기만 하니 이제 싸움이라는 것을 제대로 하기 힘들 만큼 그곳은 좁아지고 말았고 그러자 오히려 수가 적은 우리 쪽이 더 유리해지기 시작했다. 사람들 사이에 끼여서 싸움에 참가하지 못하는 몇몇 사

람들이 허둥거리는 것을 보다가 나는 급하게 밑으로 뛰어내렸었다. 그리고 아까부터 보이지 않는 석원이를 향해 달려갔다. 석원이는 자리에 누워 있었다. 머리에서 흘러내리는 게 분명해 보이는 핏물이 이미 낡을 대로 낡은 붉은 깔개 사이로 스며들고 있었고 그 옆에 앉아 동태가 큰 소리로 이름을 부르는 것도 보였다. 급히 석원이의 머리를 안았었다. 그리고 눈을 떠보라고 소리를 지르기도 했다.

아주 희미하게 눈을 뜨기는 했었지. 나는 석원이가 눈을 뜨던 모습을 회상하기 위해 잠시 움직이던 펜을 멈추어야 했다. 어렵게 눈을 뜨던 석원이. 그 아이는 내 얼굴을 알아보았는지 입가를 조금 움직였었다. 어쩌면 웃으려고 했던 것일지도 모른다. 하지만 마음대로 되지 않는 듯 그 노력은 바로 그만두어졌고 대신 석원이는 내 얼굴에서 시선을 돌려 천장을 바라보기 시작했었다. 알 수 없는 표정을 지으며 천장을 향해 힘겹게 눈을 뜨고 있던 석원이는 그러나 빠르게 감아버렸고 그와 동시에 내 가슴이 무너져 내렸다.

나는 석원이가 죽는구나, 생각했던 것 같다. 그래, 나는 그 아이가 꼭 죽는 것인 줄 알았었다. 나로 인해, 내가 다시 돌아간 과거로 인해 이제 그 아이가 죽기까지 하는구나 하는 그 공포와 절망이 뒤범벅되어지던 순간들.

그 후 도식 선배의 도움으로 빠져나와 동태와 함께 택시로 병원까지 달려가던 길었던 시간들이 어떻게 지나갔는지 내 기억 속에는 남아 있지 않다. 간간이 동태의 고함 소리와 괜찮은가 묻는 것으로 들리던 택시 기사 아저씨의 목소리가 떠오르기도 하지만 그러나 정확하게 그 시간들이 어떠했는지는 기억나지 않는다. 나는 그저 석원이를 보며 말할 수 없는 두려움에 시달렸고 그런 두려움은 마침내 병원에 도착하고 나서야 끝을 맺을 수 있었다. 이제, 살았구나. 나는 병원의 커다란 간판을 바라보며 생각했다. 이제, 살았구나.

"괜찮을 거야. 너무 걱정하지 마."

동태가 나를 옆에 있는 나무 의자에 앉혀준다. 이미 석원이는 한참 전에 치료실로 들어간 후였다. 그래. 그래야지, 하고 대답하면서도 불안한 마음은 없어지질 않았다.

날카롭게 생긴 병원의 원무과장이라는 사람과 앉아서 얘기를 하기도 했다. 어떻게 된 일이냐는 물음에 대충 술 취한 사람들하고 시비가 붙어 싸웠어요, 라고 대답하고 말았다. 그리고 보호자에게 연락하라고 해서 유성이네 집에 전화를 해보았다. 다행히 일하는 아주머니가 전화를 받아 대충 상황 설명을 하고 이제 연이어 도착한 유성이와 함께 이 썰렁한 복도에 앉아 치료가 끝나길, 그리고 부모님이 오시길 기다리고 있는 중이다.

"유성아, 석원이는?"

20분쯤 지난 후에 유성이의 부모님이 오셨다. 모임에 다녀오시는 모양인지 차림새가 병원과는 멀어 보인다. 나는 두 번째 보는 지석태 회장과 유성의 어머니를 쳐다보며 알 수 없는 씁쓸함을 느껴야 했다.

"유성아, 석원인 어디 있니?"

유성이의 어머니가 다급히 물으시는데 동태가 나서서 먼저 설명해

줬다. 아까 내용을 맞춘 대로 술 취한 사람과의 시비였다고 말을 하는데 옆에 서 계시는 지석태 회장은 그 말을 못 믿겠는지 천천히 고개를 저으며 다른 곳을 보기 시작했다. 마침 아까 석원이를 데려갔던 간호사 언니가 나오는 게 보여 그쪽으로 다가갔다.

"보호자가 어느 분이시죠?"

"제가 엄마 되는 사람입니다만."

유성이의 어머니가 초조한 얼굴로 물었다. 자세히 알 수는 없지만 학교에 파다하게 퍼진 소문과는 다른 분일 거라는 생각이 들었다. 미세하게 떨리는 손이며 걱정으로 가득 찬 눈동자들이 얼마나 석원이를 염려하고 계신지 알 수 있게 해주었다.

"이 학생, 얼마 전에 팔을 다친 적이 있었죠?"

다들 어리둥절해한다. 이곳에 있는 사람들은 어느 누구도 석원이의 팔에 대해 알고 있지 못했기 때문에 할 수 없이 내가 대답해야 했다.

"네, 병에 찔린 적이 있었어요."

"그 팔이 치료가 제대로 안 되었네요. 병원에 안 다녔나요?"

"안 다니긴요, 다 나았다고 실밥도 뽑고……."

말을 하다가 곧 멈추었다. 한 세 번 정도 치료받으러 같이 갔을 때 석원이가 이제 자기 혼자 다니겠다고 했던 게 기억났기 때문이다. 몇 번 실랑이를 벌이긴 했지만 석원이는 어김없이 혼자 다녀왔고 얼마 뒤 실밥을 뽑았으니 안 가도 된다고 했었다. 나도 그렇게만 알고 있었는데 그게 거짓말이었나.

그 순간, 몇 시간 전 싸움의 현장에서 내가 오른팔을 잡아당기자 얼굴을 심하게 찌푸리던 석원이가 생각났다. 급히 팔을 빼내며 가버리던 모습, 그리고 평소와는 다르게 그 싸움 속에서 너무 쉽다 싶을 정도로 무너지던 모습들. 설마, 너 팔이 아파서 그런 거였니. 내가 그런 생각들을 하고 있는 동안 간호사 언니는 유성의 어머니와 아버지를 이끌고 어딘가로 가버리고 말았다.

"무슨 소리야, 병에 찔렸다니?"

동태와 유성이의 질문이 동시에 들렸지만 말할 기운이 없어 도로 의자에 앉아버렸다. 말이 안 나왔다. 팔에 있는 상처는 왜 치료받지 않고 놔뒀던 것인지 그것도 알 수 없었고 이렇게 다쳐 버린 석원이가 이해되지도 않았다. 금방 일어날 거라 믿으면서도 간호사 언니의 말에 의해 자꾸만 불안이 커져 갔다. 나도 모르겠다. 석원이가 심하게 다쳤을 리가 없는데. 이제 곧 일어나 나올 텐데.

"CT 결과 나오는 대로 머리하고 팔 수술에 들어간다고 해. 안에 물이 찬 것 같고 신경에 이상 증세도 보인다고."

CT결과, 수술, 물, 신경, 이상 증세…….

"뇌출혈일 가능성이 크다고도 했어. 무언가로 심하게 맞은 것 같다고 하던데. 정말 술 취한 사람들하고 싸운 거야?"

도저히 자리에 있을 수 없었는지 부모님이 가신 곳으로 따라가 검사 결과를 대충 듣고 온 유성이가 한쪽 눈을 찌푸리며 무겁게 말을 꺼냈다.

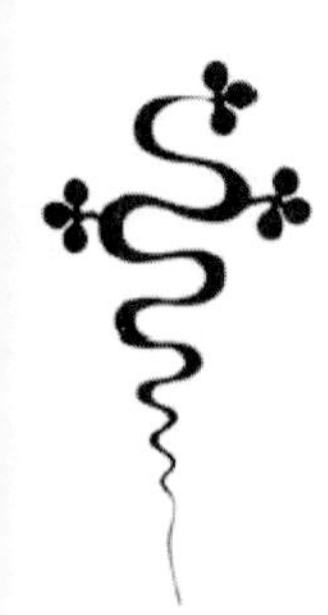

"그렇게 알고 있어라, 그냥."

"나도, 아버지도 아닌 건 알고 있었어. 석원이가 술에 취해 몸도 잘 못 가누는 사람들한테 저렇게 맞고 있지는 않았을 테니까. 병원에서 경찰에 연락하겠다고 하는데."

유성이의 목소리를 들으면서 창밖을 보고 있는데 어느 병실에서인지 캐롤 소리와 축포 터뜨리는 소리, 사람들의 환호성이 12시를 넘긴 이 시간에도 들려왔다. 시간은 이미 26일 새벽인데 사람들은 아직도 크리스마스가 가버린 아쉬움을 잊지 못해 그 분위기에서 벗어나기를 거부한다. 아프다고 하는 사람들끼리 모여서도 저 병실은 저렇게 즐겁고 화기애애한데 나는 아직 석원이가 누워 있는 병실에도 들어가 볼 수가 없다. 다른 이들은 모두 저렇게 즐거워하는데 넌 어쩌다가 이렇게 맞고 또 수술까지 해야 하니. 아직 정신도 못 차리고 뭐 하고 있는 거야. 이렇게 약한 애는 아니었잖아. 몸에서 생겨나는 아픔 같은 건 전혀 느껴지지 않는 것처럼 지냈었잖아. 그런데 지금은 왜 그렇게 아픈 척하고 있어. 어서 일어나야 하잖아.

울음이 소리로 되어 나올 것 같아 입을 막고 눈을 감은 채 한참을 서 있는데 뒤에서 날 부르는 소리와 함께 사람 뛰어오는 소리가 들려왔다. 곧 내 어깨를 감싸는 손이 느껴져 뒤돌아보니 상기된 얼굴의 민아 선배와 어두운 얼굴로 서 있는 도식 선배, 그리고 무래 선배가 보였다.

"석원이는? 석원이는 어때?"

하얗게 질려 있는 서민아 선배에게 유성이가 설명을 시작한다. 그들을 보며 반복해서 듣고 싶지 않아 다른 곳으로 가려고 하다가 문득 무래 선배와 도식 선배의 모습에서 이상함을 느꼈다. 그게 무엇일까 하는 생각을 하다가 곧 깨달을 수 있었다.

"선배님, 빈이는요? 왜 빈이는 안 왔어요?"

설마 싶었는데 대답이 없다. 내 말에 동태와 유성이의 시선도 이쪽으로 집중했고 민아 선배만 조금 고개를 숙이는 게 보였다.

"선배님, 빈이요. 왜 빈이가 없냐구요?"

"빈이도 병원에 입원했어. 조금 전에 수술실로 들어갔다."

도식 선배의 말에 순간 어지러움증이 일시에 퍼졌다. 갑자기 수술이라니.

"아까 우리 나올 때까지는 괜찮았잖아요?"

"칼에 찔렸대."

다급한 내 질문에 민아 선배가 대답했다. 끝내 눈물방울이 얼굴을 타고 흘러내리는 것을 보다가 옆에 보이는 의자에 다가가 앉았다. 끔찍한 악몽을 꾸고 있는 기분이었다. 생각지도 못했던 일들이 이렇게 연달아 일어날 때는 정말 어떻게 해야 하는 걸까. 언제 돌아갈지 모를 상황에서 이런 일이 터지니 마음속이 더욱 갑갑해졌다.

86

아무래도 밤을 새야만 할 것 같아 오빠에게 간단히 전화해 주고

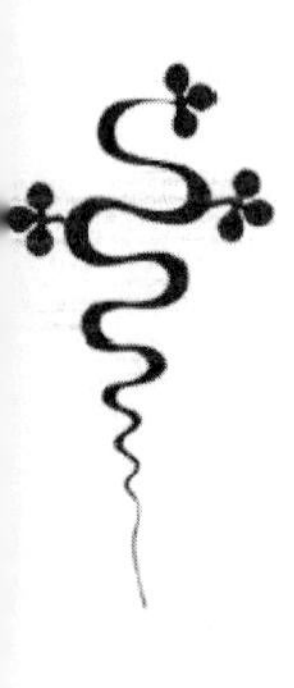

끊는데 뒤로 도식 선배와 무래 선배가 병원 밖으로 나서는 모습이 보였다. 답답한 병원 안에 있는 것이 나 또한 싫어서 그들을 따라 나갔다. 석원이는 아직도 한참을 더 있어야 할 테니 조금 숨을 돌리고 오는 게 기다리기 수월할 거라는 생각도 들었다. 두 사람이 서 있는 곳 옆에 서서 항아리 모양으로 되어 있는 커다란 공공 재떨이를 보고 있다가 무래 선배에게 물었다.

"빈이는 왜 찔린 거예요?"

가만히 한숨만 쉬고 마는 도식 선배, 그리고 얼굴을 잔뜩 찡그리는 무래 선배. 대답할 것 같지 않아 다시 시선을 바닥으로 향하는데 그때 무래 선배의 오른손에 새하얀 붕대가 감겨 있는 모습이 눈에 들어왔다. 아까는 주머니에 넣고 있어서 보지 못했었는데 심하게 다쳤는지 붕대 위로 이미 핏물이 배어 나오고 있었다.

"무래 선배도 다쳤네요."

빈이에게 가보겠다며 들어가는 무래 선배의 뒷모습을 보다가 그때까지 굳은 얼굴로 서 있기만 하는 도식 선배에게 말을 건네니 착잡한 표정으로 고개를 끄덕한다.

"어떤 놈이 칼 들고 빈이를 쫓아가는 걸 옆에서 손을 들어 막다가 같이 찔렸어."

내 입에서 아, 하는 소리가 터져 나왔다. 그 상황이 그런 듯 보이기 시작했다. 동생이 칼에 찔리려 하자 앞뒤 가릴 것 없이 손으로 막았을 무래 선배의 모습.

"그런데도 빈이는 수술할 정도로 깊이 찔린 거예요?"

"무래 놈 손바닥을 스치면서 칼 든 놈이 빈이 쪽으로 넘어져 버렸어. 심하진 않을 거다, 다리 부분에 찔린 거니까."

하지만 그 증세가 석원이보다 그렇다는 것인지 혹은 일상적으로 봐도 심하지 않다는 것인지는 구분하기 어려웠다. 물어보기가 무서워 그냥 가만히 있는데 석원이의 상처에 대해 뭐라고 말했냐고 도식 선배가 물었다.

"술 취한 사람들하고 시비가 붙었었다고 말했어요. 급해서 다른 건 안 떠올랐어요."

"…잘했다. 빈이와 연결 안 되는 게 우리로서는 해결하기 더 쉬울 거야."

도식 선배는 나와 동태와 석원이만 있다가 그렇게 된 거라고 말하라면서 장소나 시간, 그런 것도 대충 알려주었다.

"사람들 거의 안 다니는 곳이니까 괜찮을 거야. 가서 준태하고 말이나 맞춰봐."

"네. 그런데 빈이는 어떻게 하려구요?"

칼에 찔린 상처인만큼 역시 병원에서는 경찰에게 연락할 것 같았다.

"…나하고 무래가 알아서 할게."

하지만 선배님… 그 말을 어른들이 믿을까요, 석원이나 빈이가 다친 이유에 대해 그렇게만 믿어주고 말까요. 물어보고 싶었지만 그럴 수가 없다. 도식 선배도 아직 학생일 뿐인데 어떻게 이런 걸 확실하게 처리해 줄 수 있겠는가. 그저 우리의 거짓말이 먹혀들기만 바랄

뿐이지. 고개를 몇 번 저어주고는 무릎에 바싹 상체를 붙여 바닥을 향해 얼굴을 내리고 한참 관자놀이를 만지고 있는데 앞쪽에서 여러 명의 발자국 소리가 일정하게 들려왔다. 그냥 지나치는 사람이려니, 하고 있었는데 그 발자국들은 어쩐지 이 앞으로 다가오는 느낌을 주었고 그래서 나도 고개를 들어야 했다. 앞에 검은 정장을 입은 몇몇 사람들이 다가오고 있는 모습이 보였다.

"도식이냐?"

"네, 성진이 형."

성진이 형? 그 사람… 석원이가 나이트 클럽에 연관되던 날 들었던 이름. 아까부터 눈물이 말라붙어 까슬하던 눈을 비벼준 뒤 다시 쳐다보니 생각 외로 깔끔하게 생긴 네 명의 사람이 앞에 와 선다. 문찬이와는 비교도 안 될 그 분위기에 어쩐지 주눅이 듦과 함께 어딘지 못마땅하기도 했다. 그사이 성진이라는 남자는 도식 선배에게 석원이와 빈이의 상태에 대해 자세히 묻고 있었다. 문찬이와 같은 곳에 속해 있다고 하더니 어느새 이 이야기가 그들에게 들어간 모양이다. 직접 병원을 찾아온 것을 보면.

계속 있을 마음이 들지 않아 자리에서 일어나 들어가려고 하는데 그때 성진이라는 사람이 뒤를 돌아보며 다른 남자들을 손으로 가리켰다.

"너희 중에 전과 없는 놈 있나?"

"제가 없는데요, 형님."

가장 뒤에 서 있던 아저씨 한 분이 공손히 나서는 게 보였다.

"빨리 세 놈 더 찾아서 데리고 와라. 오늘 술에 취해 석원이하고 빈이 놈 저렇게 만든 건 네놈들이다. 알았냐?"

"네!"

공손하게 서 있던 아저씨가 별 불만 없는지 씩씩하게 대답하고 어둠 속으로 사라졌다. 하지만 난 이게 어떤 식으로 돌아가려는 것인지 아직 갈피를 잡지 못했다. 고마워요 형, 하는 도식 선배의 말이 들려왔지만 모르는 것은 여전했다.

"고맙긴, 문찬이 새끼가 저지른 일이라며."

그 사람은 난 다친 놈들이나 보고 사라지는 게 낫겠다, 라고 말하며 병원으로 들어가 버렸다. 무언가 일이 해결되려는 모양이라고 생각은 하면서도 아직 짐작은 할 수가 없어 나는 그의 뒷모습만 멍하니 바라보고 있어야 했다.

"어린놈들이 말이죠, 건방지게 구니까, 우리도 이렇게 될 줄은 몰랐지. 겁 주려고 칼 한번 빼든 건데."

"어허, 이 사람들이. 허우대 멀쩡해서 학생들을 저렇게 병신으로 만들어놓고 그런 말이 나와?"

실감나는 연기를 하고 있는 검은 양복의 아저씨와 새롭게 나타난 세 명의 평범하게 생긴 아저씨가 짐짓, 억울한 표정까지 지어가며 경찰차로 끌려갔다. 도식 선배가 알려준 대로 나와 동태와 무래 선배도 입을 맞췄고 그래서 애꿎게 전과 없는 저 아저씨들만 유치장에 갇히게 생긴 것이다.

"선배님, 그래도 아무 죄 없는 사람들인데 괜찮을까요?"

도식 선배는 한참 생각하는 눈치더니 대답했다.

"전과 없으니까 괜찮을 거야. 합의만 제대로 되면 되는 거고. 칼로 찌른 한 명만 잠깐 구류되어 있다 나오겠지."

그래서 전과를 들먹였구나. 폭력 전과 있는 사람들이었으면 문제가 더 커질 테니. 하지만 이 상태로 석원이가 깨어나지 않거나 빈이가 더 잘못되어 버리면 합의 가지고 일이 해결될 수 있을까. 걱정은 되었으나 차마 도식 선배에게 그런 것까지 물어볼 수는 없었다.

"합의는 어떻게 하면 되는데요?"

도식 선배는 날 보더니 씩 웃는다.

"성진이 형이 석원이네 아버지를 만나서 설명했다니까 잘될 거다."

그 말에 조금 안심이 되긴 했다. 모두들 한시름 놓았다는 표정으로 서 있다가 마침 빈이의 수술이 끝났다는 말에 그쪽으로 걸음을 옮겼다. 그래도 크게 다친 것은 아닌지 회복실에 누워 있는 빈이를 볼 수 있었다.

"수술했다더니 멀쩡하네?"

"부분 마취했어. 별로 심한 것도 아닌데 뭐."

말하기가 꽤 힘든지 천천히 작게 말한다.

"자랑이다, 이 새끼야."

무래 선배가 대뜸 빈이의 머리를 후려쳤다.

"한 번만 더 니 맘대로 그런 놈들과 어울리면 그때는 나한테 먼저 뒈질 줄 알어."

화가 많이 나 있는 무래 선배의 얼굴에는 그래도 일말의 안도감 같은 게 보였다.

"엄마한테 연락했어?"

"그래. 혹시 경찰서에서 먼저 전화하면 어떡해. 그전에 해야 안 놀라시지."

"지금쯤 서울로 올라오고 계시겠네. 안 오셔도 되는데."

"그러게 말이다. 너 같은 놈을 뭘 보러 오시기까지 하냐?"

"남 말 한다. 지는 경찰서에서 연락 간 적 없는 줄 아나."

"그런데 이 새끼가 아직도 입이 살아서!"

이 두 형제, 싸우기 시작하는 거 보니 어느새 다들 나은 모양이다. 이렇게 함께 있는 모습을 본 것은 몇 번 되지 않았기에 싸우는 모습은 퍽 의외였다. 그러나 도식 선배나 민아 선배의 얼굴에 별다른 기색이 없는 것을 보니 늘 있어온 일인 듯하다.

"석원이는? 아직도 안 일어났어?"

빈이가 묻는 말에 그나마 억지로라도 웃으려 하던 얼굴들이 모두 침울해져 버렸다.

"곧 일어날 거야. 걱정하지 마."

아직 뭐라고 말할 수 있는 상황이 아니어서 대충 대답하였다. 그러자 빈이가 나를 가리키며 말한다.

"너만 남고 다 내보내라. 할 말 있다."

갑자기 할 말이 있다고 해서 조금 당황했다. 절대로 나갈 수 없다

는 표정으로 서 있던 무래 선배를 도식 선배가 끌고 나가자 다들 차례로 밖으로 향했고 그렇게 나와 빈이만 남게 되었다. 나를 보며 씩 웃음을 짓는 게 보여 더욱 미안한 마음이 커졌다.

"미안하다, 나 때문에. 나만 조심했으면 이런 일도 없었을 텐데."

"미안하긴. 너 아니었어도 한 번은 일어났을 일이야. 그리고 그 문찬이 자식 곧 성진이 형한테 정리될 거니까 분해도 참아라."

정리? 나는 그 말이 주는 감정을 느껴보려고 잠시 가만히 있어보았다. 그러나 아무런 느낌도 들지 않는다. 문찬이란 사람이 어떤 일이든 당하길 바랬던 것 같은데도 지금은 그다지 만족스럽지가 않았다. 그게 다 무슨 소용인가. 석원이가 아직도 저러고 있는데. 아까 경찰이 왔을 때부터 정신없이 참기만 했던 눈물이 다시 흘렀다. 문찬이란 사람이 죽는다 해도 석원이가 괜찮아지는 건 아니잖아. 저렇게 많이 다쳤는데. 이제 그걸 되돌릴 수도 없잖아.

87

"이거 석원이 아파트 열쇠야."

울고 있는 나를 한참 보고만 있던 빈이가 무언가를 내 손에 쥐어주었다. 아파트 열쇠.

"아까 너 납치되었다는 전화 받기 전에 석원이가 뭔가를 하고 있었거든. 아마 편지 같은 거 쓰고 있었던 것 같은데."

빈이는, 나중에 가서 봐라, 라고 말하고는 피곤한 듯 눈을 감았다. 잠을 자려는 듯해서 이불을 다시 잘 여며주고 밖으로 나왔다. 무래 선배가 초조한 듯 서 있다가, 석원이 수술 들어간대, 라고 말한다.

"수술이요? 결과 나왔나요?"

"역시… 뇌출혈이래. 의식 장애일 때부터 짐작은 했다는데, 문제는……."

무래 선배는 문제는, 이라고 말하고는 한참 머뭇거리다가 다시 이어 말했다. 이런 걸 말해 줘도 되는가 고민하는 것 같았지만 결국 언제고 알 일이라고 판단한 듯하다.

"반신불수가 될 수도 있고 혹은 깨어나지 못할지도……."

반신… 불수. 순간 머리 위쪽으로 피가 몰리는 느낌에 황망히 무래 선배의 팔을 붙들어 중심을 잡아야 했다. 반신불수라니, 지금까지 멀쩡히 살아 있던 애가, 아니, 분명 2003년도까지 멀쩡히 살았을 애가 반신불수라니. 너무 기가 막혀서 울음도 나오지 않았다. 그 말을 믿기가 힘들어서 나도 모르게 아니죠, 아니죠, 라고 반복하여 중얼거렸다. 그러면서도 다리는 쉬지 않고 석원이가 있는 병실 쪽으로 달려가고 있었다. 아닐 거라고, 그런 일은 절대 없을 거라고 자꾸만 그 말을 부정했다.

수술실 앞에는 여러 사람들이 모여 있었다. 수술실 문 앞에서 눈을 꼭 감고 계시는 유성이의 어머니와 그 옆에 서 있는 유성이, 복도 의자에 앉아 가끔 도식 선배에게 무언가를 묻고 있는 듯한 석원이의 아버지, 곧 울 것 같은 표정으로 동태와 나란히 다른 의자에 앉아 있는

민아 선배. 나는 그들을 바라보며 지금 들은 말을 아니라고 해줄 만한 사람이 누구일까, 막연히 생각해 보았다. 그리고는 곧 저만치 서 있는 오빠와 민지 언니를 발견하고 놀라야 했다. 병원을 가르쳐 준 기억이 없는데.

"무슨 병원인지는 말해야 할 거 아냐? 걱정하는 가족들은 생각도 안 해?"

오빠가 무척 화가 난 듯, 그렇지만 애써 조용히 말했다.

"어떻게 알고 왔어?"

"내가 서울시내 큰 병원들에 다 전화해 봤어. 석원이 이름으로 입원한 환자 있냐고."

민지 언니가 더욱 조용히 말하고는 날 끌고 구석으로 갔다.

"이번엔 또 무슨 일이야? 정말 술 취한 사람들에게 맞은 거야?"

고개만 끄덕였다. 미안해요, 민지 언니. 자꾸 거짓말만 해서.

"어떻게 걔한테는 이런 일만 자꾸 생기니? 너 거짓말하는 거 아냐?"

"아니에요, 언니. 석원인 나쁜 짓 할 애 아닌 거 언니도 알잖아요."

"세상에 죄짓는 사람들이 모두 나빠서만 그러는 거니? 상황이 그렇게 되니까 어쩔 수 없이 하는 사람들이 더 많지."

"……."

"난 말야, 석원이를 나쁘게는 안 본다. 하지만 네가 걱정되는 것도 사실이야. 석원이가 자꾸 이런 일에 말려드는 애라면 난 네가 그 애랑 안 만났으면 좋겠어."

언니, 그건 안 돼요. 이제 얼마 남지도 않았는데 못 만나게 되면 안 돼요.

"민지 언니, 지금은 그게 중요한 게 아니잖아요. 석원인 아직 정신도 못 차렸는데."

민지 언니는 아직 석원이의 상태까지는 모르는 것 같았다. 그래서 대충 설명해 주고 오빠와 돌아가서 기다리라고 말했다. 안 가려고 하는 오빠를 달래서 같이 돌아서면서 민지 언니는 내게 오만 원을 넣어 주었다.

"날 밝으면 밥 사먹어. 다시 올 테니까."

그리고는 석원이의 부모님에게 인사를 드리고 돌아갔다.

"너도 가지 그래?"

혼자 병원 복도에 기대어 서 있는데 유성이의 목소리가 들렸다.

"얼마나 걸린대?"

"글쎄, 여덟 시간쯤?"

"유성아, 나 어디 좀 다녀올게."

"어디?"

"…석원이 아파트."

유성인 잠시 보더니 조금만 기다려, 라고 말한다. 그리고는 자신의 엄마에게 가서 뭐라고 몇 마디 한 후 날 데리고 밖으로 나왔다. 병원 입구에서 기다리라고 하더니 10분쯤 후에 처음 보는 오토바이를 끌고 내 앞에 나타났다.

"이거… 네 꺼니?"

유성이가 오토바이도 탈 줄 알았다는 것에 놀라 물어보았지만 별다른 대답은 없었다. 그저 어서 타라는 말이 들려와 서둘러 뒤에 올라탔다. 자신의 허리를 꽉 잡으라고 말하더니 곧 출발하는 유성이. 익숙한 운전 솜씨에 놀랄 겨를도 없이 우리는 새벽 차량이 오가는 한적한 대로 위로 접어들었다. 오토바이를 타고 있는데도 하나도 춥지가 않다. 바람은 그냥 서 있어도 거세게 느껴질 정도였고, 기온도 입을 떼기 힘들 만큼 추운 날씨였는데 그사이를 가르며 달리고 있어도 춥다는 생각은 들지 않았다. 그저 석원이가 써놓았을 편지라는 것이 자꾸만 신경이 쓰여져서 조금 더 빨리 달렸으면 하는 마음만 간절했다.

아파트에 도착해서 문을 열고 들어서니 방 안 불이 환하게 켜져 있다. 머뭇거리는 유성이를 데리고 들어가 아무 데나 빈 마루바닥에 앉으라고 시킨 뒤 방으로 들어갔다. 침대 위에 내가 선물한 코트가 올려져 있고 그 침대 옆에 펴져 있는 상 위에는 내 편지 뭉치와 그리고 무언가를 쓰고 있었던 흔적이 있는 종이 한 장이 올려져 있었다. 결국 입은 모습은 못 보고 말았어, 코트를 바라보며 차라리 선물 같은 건 생각을 말았어야 했다고 뒤늦게 후회하다가 가만히 상 앞에 앉아 종이를 들어 올렸다.

「세령아,

과거. 그래, 이 일이 네게 과거일 수도 있겠지. 별로 중요한 건 아니지만, 그 과거라는 게 말이야. 길게 쓰긴 했지만 내용은 간단하구나. 네가 갑자기

10년 뒤로 사라져 버린다고 해도 10년 뒤에 다시 만나면 되는 거니까. 그렇게 되면 이건 현재가 되는 거야. 네가 걱정했던 게 이런 거라면 내가 보기엔 필요없는 걱정일 뿐이다. 그리고」

그리고… 그리고.

석원이의 편지에는 그리고, 까지만 씌어져 있었다. 그리고라. 그 다음에 넌 무엇을 쓰려고 했을까. 나에게 어떤 말을 들려주려고 했을까. 어서 일어나서 그 뒷말을 말해 달라고, 아직 많이 남아 있는 공백을 보며 중얼거려 보다가 내가 쓴 편지와 함께 챙겨 드는데 그때 상 밑에 무언가 놓여 있는 것을 깨달았다. 빼내어 보니 지난 가을에 선물한 액자였다. 이걸 보며 편지를 썼었니. 가만히 사진을 보다가 그 액자도 손에 들고 방을 나왔다.

유성이가 베란다 밖을 내다보며 서 있는 모습이 마치 석원이인 듯해 하마터면 석원아 하고 부를 뻔했다. 전혀 비슷하지 않은데 그런데도 저 아이들은 닮아 있었다. 같은 아픔을 공유해서 상처도 비슷할 아이들. 그래 너흰 그렇지, 그렇게 닮아 있었지.

잠시 그 모습을 보며 서 있다가 다시 병원으로 가기 위해 아파트를 나섰다. 내가 들고 나온 액자를 물끄러미 보던 유성이는 중간에 편의점 앞에 멈춘 뒤 작은 쇼핑백 하나를 사 와 그 액자를 담아준다. 그리고 또 오랜 시간을 달려 병원에 도착했다. 천천히 오토바이에서 내려 은빛 광택이 나는 작은 헬멧을 내밀었다. 유성이는 헬멧과 나를 한참 쳐다보더니 어두운 표정으로 고개를 숙인다. 간혹 느꼈던 유성이의

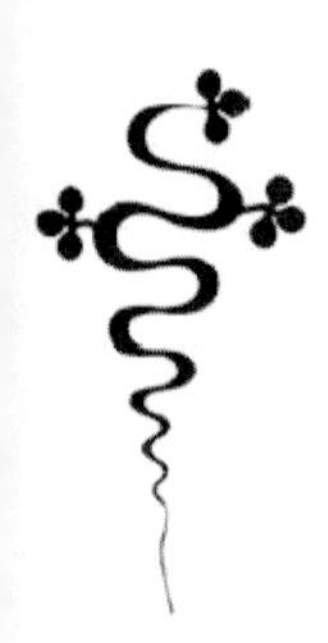

이질감이 지금도 들었다. 어쩐지 학교에서만 보아오던 그 모습이 이 아이의 전부가 아닐 거라는 생각이 들었다.

병원과 떨어진 주차장으로 달려가는 유성이의 뒷모습을 보다가 안으로 들어갔다. 수술실 앞은 여전히 똑같았다. 간 게 아니었냐는 민아 선배의 말에 날 한 번씩 보기만 할 뿐 다시 제각기 다른 생각에 빠져드는 것 같았다.

"무래 선배는?"

동태에게 물으니 어머니 오셨어, 한다. 벌써? 싶어서 손목 시계를 보니 이미 시간은 아침 7시가 다 되어가고 있었다. 정신없이 앉아만 있는 민아 선배와 곧 돌아온 유성이를 시켜 부모님과 식사하러 가라고 하고는 기다리겠다는 도식 선배를 놔두고 동태를 데리고 나갔다. 이 아이도 많이 힘들었을 거라는 생각이 그제야 들었다. 여기저기 뜯기고 맞아서 얼굴이 말이 아닌데도 더 심하게 다친 친구들 때문에 제대로 쉬지도 못하고 밤새 시달린 동태가 안쓰러웠다.

"빨리 먹어."

병원 근처 식당에 들어가 밥을 시켜주었는데도 별로 먹고 싶지 않은 표정이다. 그래서 밥을 국에 말아 숟가락을 쥐어주었더니 그제야 조금씩 먹는다. 동태도 성격이 밝아서 그렇지 사실 친구는 석원이밖에 없는데. 늘 석원이 옆에 붙어 다니려고 했고 빈이가 석원이와 친한 것 같은 눈치를 보이자 괜히 화를 냈던 적도 있었는데. 그런 여러 가지 생각과 함께 이곳저곳 멍든 곳을 보니 속이 상한다. 그래서 내 밥도 덜어 넣어주었다.

"넌 왜 안 먹어?"

"도식 선배 오면 같이 먹을게. 너 먼저 먹어."

내 목소리가 안 좋았는지 울지 마, 한다.

"안 운다. 언제 울었냐?"

"웃기네. 아깐 질질 짜기만 하더니."

"너나 울지 마."

"울어? 내가 울어? 쳇."

동태는 얼른 과장되게 물을 마시더니 남은 밥을 삭삭 비워 먹고 먼저 간다, 하고는 일어섰다. 도식 선배 꼭 보내, 라고 말하고는 잠시 앉아 있다가 신문을 펴 들었다. 거기엔 술에 취해 싸우다가 학생들을 심하게 다치게 한 배 모씨와 친구 세 명에 대해 벌써 기사화되어 나와 있었다. 우리의 거짓말대로 나와 있긴 했지만 그들은 괜찮을지 걱정이 되었다. 그리고… 석원이는 괜찮을까. 나는 또다시 눈 속이 뜨거워지는 것을 깨달으며 앞에 놓인 국을 한 수저 가득 떠서 입 안에 넣었다. 어서 먹고 석원이에게 가봐야지. 가서 옆을 지켜줘야지.

88

이제 다시 시간은 2003년으로 되돌아온다. 나는 이제 마지막 기억들을 정리하려 한다. 내가 돌아오기 전 마지막으로 보았던 석원이, 그리고 다른 이들의 모습이나 일들도 모두 정리하려 한다. 입에

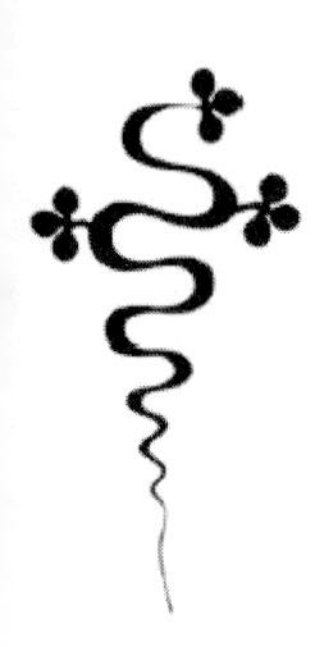

서 한숨이 새어 나오는 것을 느낄 수 있었다. 드디어 마지막인 것이다.

석원이는 12월 25일 자정이 다 되어서 입원을 한 그 상태 그대로 한 달간을 깨어나지 못했었다. 나와 다른 모든 이들이 계속해서 병원을 드나드는 동안, 빈이의 상처가 나아가는 동안, 그리고 빈이를 위해 채경화가 늘 병원에 붙어 살다시피 해서 벌어지는 소란이 이어지는 동안 석원이는 한 번도 눈을 뜨지 않았다.

그리고 그렇게 안타깝게 한 달이 지났던 어느 날, 그날도 아침이 되자마자 병원으로 달려갔다가 잠시 피곤한 몸을 병원 의자에 의지하고 깜박 잠이 들었는데 그 순간을 마지막으로 나는 다시 현실로 돌아오고야 말았던 것이다.

날 깨운 엄마의 목소리. 난 그게 그냥 꿈인 줄 알았었다. 정확한 꿈의 개수를 세지 못했던 난, 늘 이번은 아니겠지 하는 심정으로 매일 찾아오는 현실의 꿈을 부정하곤 했었다. 그래서 이번에도 그런 꿈에 불과하겠지 하는 생각으로 깨지 않으려 했었는데 엄마는 그런 날 일으켜 세워 집 거실로 억지로 데리고 나가셨다. 그리고 그날 하루가 완전히 지나는 동안 난 깨달았다. 이것이 꿈이 아님을, 내가 완전히 돌아온 것임을.

처음 며칠간은 정신을 차리지 못했다. 그 당시에 석원이가 어떻게 되었는지 알아야 한다는 생각에 크게 초조하기만 했지 어디서부터 어떻게 알아내야 하는 것인가에 대해선 엄두를 낼 수가 없었기 때문에 마음만 급할 뿐이었다. 제일 먼저 한 게 회사에 휴가를 낸 것이다.

그리고 석원이가 입원했던 병원을 찾아갔었다.

『1991년 12월 25일 밤 11시에서 12시 사이… 글쎄요. 그런 분은 입원했던 기록이 없는데요. 지석원이라는 분도, 정무빈이라는 분도 입원 기록이 남아 있지 않습니다.』

기록이 삭제된 게 아니냐고 물어봤으나 20년 전의 기록까지도 항상 남겨둔다는 그 말에 그냥 나올 수밖에 없었다. 입원 사실이 없다. 입원 사실이. 어째서? 분명 이 병원이었는데. 납득할 수가 없어 머리를 가로젓다가 집으로 돌아갔다.

컴퓨터를 이용해 석원이가 다친 다음날 조간 신문에 났던 그 기사를 찾아보기 위해서였다. 분명 배 모씨 외 세 명이 술에 취해 미성년자 둘을 폭행했다고 나와 있던 기사. 그러나 어떤 신문을 찾아봐도 그런 기사는 찾을 수 없었으며 방송 기록을 검색해 봤지만 어떤 뉴스에서도 그런 내용을 다룬 적이 없다고 나왔다.

믿을 수 없는 일이야. 불과 10년 전의 일인데, 모든 기록이 사라지기엔 너무나 짧은 시간인데. 서둘러 다른 날을 검색해 봤다. 석원이가 성인 나이트 클럽 지역 싸움에 끼어들던 날 뉴스에서, 그리고 신문에서 그 사건을 보았으니 분명 그 기록은 남아 있으리라. 꽤 크게 보도되어 나왔던 거니까 작은 기사는 없어졌다 해도 그건 있을 거라 생각했었다.

그리고 한참 만에야 이런 게 모두 소용없는 짓이라는 것을 알 수 있었다. 1991년 가을에 일어났던, 9시 뉴스 긴급 속보로 나오기까지 했던 그 사건이 자취를 감춘 듯 보이지 않았던 것이다. 날짜까지 기

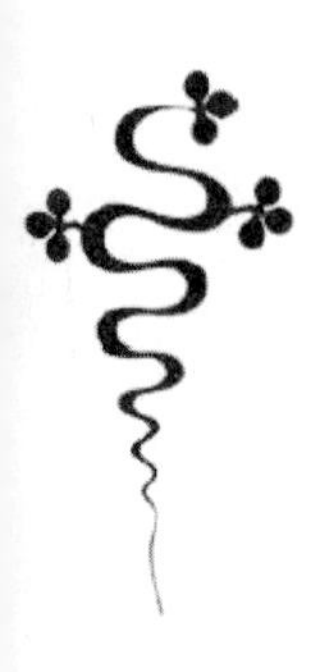

억하고 있는데도 뉴스는 도무지 나올 생각을 하지 않았다. 혹시, 내 기억이 잘못된 것인가 하는 생각에 그 해 8월 말부터 11월까지 모조리 뒤져 보았지만 아무것도 찾아지지 않았다. 아무것도…….

지금 생각하면 난 그때 반쯤 정신을 놓고 있지 않았었나 싶다. 그런 사건들을 찾을 수 없으면 석원이의 존재도 없어지는 것같이 느껴져 키보드를 미친 듯 두들겨 대고 아무것도 찾을 수 없음을 깨달았을 때는 전화를 해댔다. 내가 알고 있던 모든 번호들, 혹시라도 끔찍한 소식을 먼저 듣게 될까 봐 차마 누르지 못했던 그 전화 번호들을 말이다. 석원이의 번호, 빈이의 번호, 동태의 번호, 그리고 마지막으로 유성이의 번호. 이렇게 나는 두려움과 기대감을 가지고 차례로 버튼을 눌렀다. 그리고 그 번호들이 모두 결번이라는 것을 안 뒤로는 절망에 빠져들었다. 어떻게 이럴 수가. 그사이 모두 이사를 가버리기라도 했다는 말인가.

망연자실. 이제 무얼 더 찾아봐야 하는지 몰라 멍하니 모니터만 쳐다보고 있을 때 전화벨이 울렸었다. 기운없이 집어 든 수화기에서 수정이의 목소리를 들었을 때 난 소리를 지를 뻔했다. 맞다. 수정이, 어째서 수정이를 잊고 있었지? 수정이는 알고 있을 텐데, 10년 전에 바뀐 과거를 모조리 기억하고 있을 텐데.

『석원이가 누구야?』

수정이의 첫 대답은 이러했다. 석원이가 누구냐니, 늘 내 옆에 붙어 다니던 그 애가 누구냐니. 다급히 설명하고 나서야 수정인 석원이를 기억해 냈다. 아, 그 무서웠던 애, 하며. 그리고는 갑자기 그 애는 왜, 라고 되물었었다.

『언제 입원을 했다는 거야? 겨울 방학 때? 그럼 내가 모르는 일이지. 학교 다닐 때도 그 애가 뭘 하고 다니는지 몰랐었는데 방학 때 입원한 걸 어떻게 알아.』

『무슨 소리야? 너하고도 꽤 친했잖아.』

『도대체 누굴 얘기하는 거야? 네 짝이었다며? 매일 인상만 쓰고 있던 애. 너도 걔 무섭다고 말도 안 걸었었잖아. 그런데 내가 언제 걔랑 친했다는 거야?』

『기억이 안 나? 어떻게 그걸 기억을 못해? 동태랑 2학기 소풍도 같이 갔잖아.』

『동태는 또 누구야? 우리 반에 그런 이름을 가진 애도 있었어? 뭐 이름이 그래. 동태?』

수정이의 말을 듣다가 수화기를 놓쳐 버렸다. 믿을 수 없었지만 수정인 내가 바꿔놓기 전이었던 원래의 과거만을 기억하고 있었던 것이다. 게다가 자신이 유성이를 좋아했던 것도 전혀 기억나지 않는다면서!

『난 테니스부 이성찬 좋아했잖아? 유성인 네 꺼라고 건드리지 말라 그런 게 누군데. 그리고 난 하얀 남자 원래 안 좋아했었어. 왜 그래? 오늘 꿈꿨어?』

꿈? 나는 잠시 망연히 꿈이라고 중얼거려 보았다. 꿈이라니 말도 안 된다. 그 길었던 일들이, 거의 1년에 가까웠던 일들이 모두 꿈이라고? 내가 경험한 게, 석원이의 손이, 그 애의 심장 소리가, 내 뒷머리

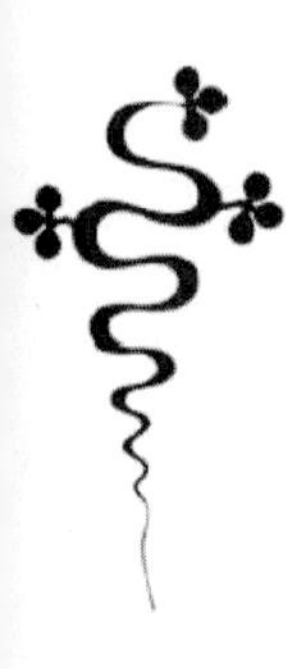

에 닿았던 그 애의 눈물이 모두 꿈이었다고? 그럴 리가 없어, 어떻게 단 하루 만에 그런 꿈을 꿀 수가 있냐고. 어떻게 그 짧은 시간에.

89

"꿈속에서 가끔 앞으로 벌어질 일들을 예상하긴 하지. 복권에 당첨 된 사람들, 또는 일가친지의 사망을 먼저 암시받는 경우, 혹은 태몽 뭐 그런 거."

"암시 같은 거 말고 내 말은 어떤 사람이 무언가를 열렬히 원할 때, 그리고 그 원하는 것을 늘 꿈으로 보거나 할 때, 그럴 때 현실에서도 그 일이 일어날 수 있다고 보냐는 거야. 예를 들면 과거로 돌아가고 싶어하던 어떤 사람이 어느 날 보니까 진짜 돌아가 있다거나."

수정이는 그런 일은 있을 수 없다고 딱 잘라 말했다.

"생각해 봐. 꿈이라는 건 개인의 머리 속에서 일어나는 뇌파 작용일 뿐이래. 그런 게 어떻게 이 지구상의 모든 생물체가 공유하고 있는 시간을 돌릴 수 있겠어? 꿈은 꿈일 뿐이야. 그런 힘을 가지고 있지는 않다고 봐."

자신있게 말하는 수정일 보며 내가 믿고 있던 그 일들이 얼마나 허무맹랑한 것인지 깨달을 수 있었다. 그러나… 나는 수정이의 말을 들으며 답답해진 가슴을 몰래 문질렀다. 아무리 이론은 그렇다고 해도, 그리고 돌아온 현실에선 그런 흔적조차 찾을 수 없었다고 해도, 내가 너무나 생생하게 느꼈던 그 기억들을 어떻게 모두 꿈이라고 치부해 버릴 수 있단 말인가.

사실 나의 경험을 수정이에게조차 털어놓지 못하는 것은 그 일들을 의심해서가 아니라 다른 사람에게 말하고 나면 영영 없었던 일이 될 것 같아서, 석원이와도 다시는 보지 못할 것 같아서 그런 것일 뿐 나 혼자만의 꿈이라는 걸 인정해서가 결코 아니었다. 하지만 현실은 나에게 너무 엄격했고 그곳을 구성하고 있는 모든 이들의 추억 속에 나와 같은 기억은 발견되지 않았다. 하다못해 오빠에게 슬쩍 대학 시절 여자 친구들에 대해 떠보았을 때도 민지 언니의 이름은 끝내 나오지 않았던 것이다. 오빠의 사진첩 한 귀퉁이에 있던 민지 언니 얼굴을 가리켜 보이며 이 언니랑 사귀지 않았었나? 라고 짐짓 모르는 척 물어봤을 때 오빠는 그랬었다. 내가 사귄 애가 어디 있었냐, 다 미팅에서 잠깐씩 만나다 말았었지.

그런 이유로 수정이와의 대화를 끝내고 또 다른 증거를 찾으려고 노력하던 나는 결국 아무것도 발견하지 못하고 끝내 버렸다. 학교에 가볼까, 혹은 지난 10년간의 신문들을 모조리 조사해 볼까, 그런 생각들을 끊임없이 해보았지만 그러나 주위에서 일어나는 일들만 보아도 그게 얼마나 소용없는 짓인지 깨달을 수 있었다. 오히려 내 자신이 더 이상 이 혼란을 못 견뎌하고 있는 걸 깨달았기에 다시 한 번 침착하게 정리해 봐야겠다는 생각이 들어 일기장을 펼쳤다. 그리고 분류를 시작했다.

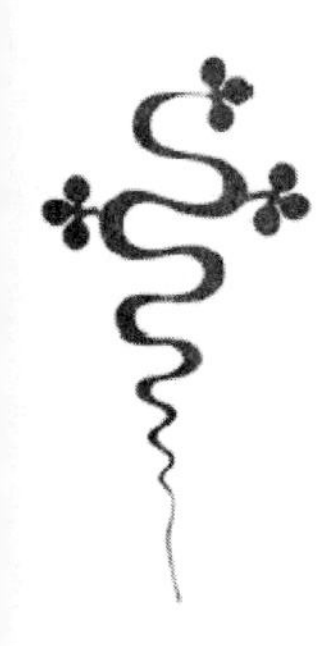

	현 실	비 현 실
1	나	동태
2	석원	정유래, 정무빈 형제
3	수정	박도식 선배
4	유성	최정욱, 문찬, 성진, 그리고 조폭들
5	가족	성인 나이트 사건
6	서민아 선배	석원이의 사고
7	선생님들	유성이와 석원이의 관계
8	반 친구들	민지 언니, 김은영이라는 1학년 후배
9	(주)성원, 지석태 회장	덕만(마대걸레), 허현(무특징), 채경화
10		석원이의 어머니 무덤, 가슴의 흉터
11		나와 석원이와의 관계

더 찾으려 한다면 수도 없이 많겠지만 이쯤에서 그만두었다. 아무리 찾아보아도 내가 사실이라고 인정할 수 있는 일들은 얼마 되지를 않았다. 석원이를 통해 알았던 일들이나 사건들, 또한 매우 개인적인 기억이었던 탓에 현실적이라고 할 수 없었고 게다가 어린 고등학생이었던 석원이의 주변에 이런 일이 일어날 수 있다는 것, 마치 만화책에서나 볼 수 있을 법한 일들이 현실처럼 등장했다는 것 등등이 더더욱 현실이라는 것과는 동떨어진다는 것을 여실히 가르쳐 주고 있

었다.

그리고 나는 이런 일들을 하나하나 생각해 보면서 마침내 인정하고 싶지 않았던 마지막 일을 그제야 생각하게 되었다. 석원이, 석원이라는 아이가 나에게 보여주었던 마음. 나는 그것이 얼마나 비현실적인가를 처음으로 깨닫고는 씁쓸하게 웃음을 지을 수밖에 없었다. 처음 꿈에서 깨었을 때 이것이 있었던 일이었음을 굳게 믿을 수 있게 해주던 가장 중요한 사실이 이제 덫이 되어 날 누르는 것이다. 정말 그럴 수 있었을까. 과거로 돌아가기 전 원래의 고등학생 때 내가 꿈속에서처럼 마침내 석원이와 친해지기라도 했었다면 그때도 그 아이, 나에게 마음을 열고 나에게 그 정도의 신뢰감을 심어줄 수 있었을까. 아니라는 생각이 든다. 설사 좋아하는 감정이 생겼었다고 해도 이 정도는 아니었을 거라는 생각이 들었다. 아무것도 뚜렷하지 않고 어리기만 했던 그때, 그 애가 꿈속처럼 날 대할 수 있었을 거라고, 그 애가 그렇게 커다란 마음을 가지고 있을 정도로 성숙한 아이일 거라고 나는 말할 수 없는 것이다.

그래, 이건 꿈이다. 내가 만들어낸 나만의 이상형을 그 애에게 입혀 버린 누구나 한 번쯤 꾸곤 하는 꿈일 뿐이다. 게다가 '(주)성원' 이라니, 그 그룹 회장의 아들이라니, 그것도 유성이와 의붓형제라는 극적인 장치! 인정하고 싶지 않지만 나 또한 어쩔 수 없는 신데렐라 콤플렉스를 앓고 있는 이 시대의 젊은 여자들 중 하나인 모양이라고 씁쓸하게 혀를 차야 했다.

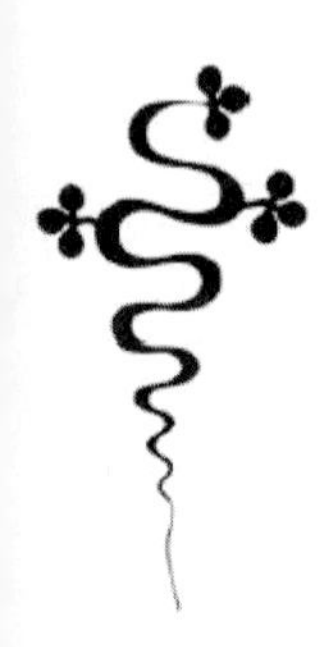

결국 나에게 남은 것들은 이런 것뿐이다. 되돌아오고 나서 보니 그 과거는 그저 허망한 꿈에 불과했다는 것, 내가 걱정하고 내가 염려하던 그 아이는 이 세상 어디에도 존재하지 않는다는 것, 아마도 비슷하게 생긴 어떤 이가 내가 모르는 어디에선가 살고 있을 테지만 그 사람을 찾아가 나에 대해 말해 주더라도 결코 기억하지 못하리라는 것, 그래서 나는 지금보다 더 마음이 아플 것이라는 것 등등.

한참을 적어 내려가던 노트가 오늘은 무척 얇다는 생각이 들었다. 너무 많아서 무엇을 써야 할지 모르겠다 싶었었는데 그게 아니다. 그리고 나는 더 더욱 커다란 혼란 속에 빠져 버리고 말았다. 이렇게 작은 것 하나까지도 기억나는 이유를 알 수가 없다. 그런데도 나 외에 아무도 기억하는 사람이 없다는 것, 그 많은 것들을 나 혼자 겪었다는 것을 도저히 이해할 수가 없었다. 결국 꿈을 정리하면, 꿈을 되짚어 나가다 보면 무언가 떠오르는 실마리가 있을지 모르겠다는 마지막 기대가 어그러진 지금, 이제 나는 모든 것을 포기한다. 내 머리 속이 폭발할 것같이 아프다.

"언니, 또 무슨 생각 해요?"

오늘도 어김없이 종은이가 나를 쳐다보며 물었다. 무슨 생각 해요. 나는 내 가방에 들어 있는 커다란 노란색 노트를 떠올려 보다가 곧 고개를 저었다. 그리고는 서둘러 앞에 놓인 모니터를 바라보며 오늘까지 작성해야 한다고 과장님이 신신당부하던 그 서류를 향해 신경을 집중시키기 시작했다. 이제 정말 정신 좀 차려야겠다 생각하며.

그래, 한 달간, 한 달간을 꼬박 기다렸는데도 아무런 일이 없다는 건 내가 경험한 게 꿈이었음을 확실히 말해 주는 거야. 정말로 과거로 돌아갔던 거라면 석원이나 동태, 그리고 유성이나 빈이를 아무 데서도 보지 못한다는 게 말이 안 되는 거지. 적어도 그들이 너를 찾아오기라도 했어야 하지 않겠니. 네가 아무리 꿈 따위를 정리하고 또 분석해 봐도 꿈속의 인물들까지 현실로 불러올 수는 없는 거잖아. 나는 실제로 현실 세계에서는 만나본 적이 없던 빈이나 동태, 그 외에 많은 인물들을 떠올리며 한숨을 내쉬었다. 그래, 이건 꿈이야. 그냥 엄청난 꿈을 꾼 거야. 한여름밤의 꿈 같은 것. 요정의 장난으로 일어나는 가벼운 해프닝.

90

"살다 보니 이런 일도 있네. 다들 어떻게 변했을까? 우리 학교도 이제 보니 정말 학교였구나."

"그렇게 감탄할 일이야? 당연한 거지. 졸업 때 냈던 동창회비도 아직 그대로 쌓여 있을 텐데."

"다 나오긴 할까? 모르고 지나치는 애들이 더 많으면 어떻게 하지?"

"인터넷 안 하는 애들은 못 나오겠지."

"하지만 안 하는 애들이 어디 있겠어? 와, 기대된다. 성찬이도 나

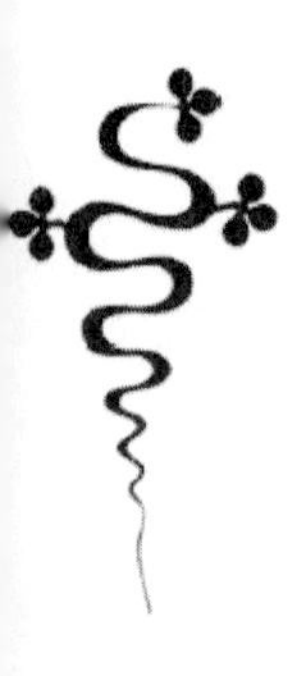

올까? 걔 아직 테니스 하고 있으려나?"

"아닐걸."

수정이는 처음으로 하는 동창회 때문에 많이 들떠 있었다. 하지만 나는 그다지 반갑다는 생각이 들지 않았다. 얼마 전에 동창을 찾아준다는 모 사이트를 통해 만나게 된 3학년 아이들이 떠올라 더 우울해졌을 뿐이다. 석원이와는 전혀 무관한 그 아이들을 보면서도 계속 꿈과 실제를 혼동해야 했었는데 이제 동창회에 나가 2학년 아이들 중 한 명이라도 마주친다면 정말 견딜 수 없을 것 같았다.

"왜 안 가? 유성이 안 보고 싶어? 고등학교 때 그렇게 좋아하더니."

"…지금은 고등학교가 아닌걸."

"그래도 궁금하지 않아? 나가자, 세령아. 너 안 가면 나 혼자 어떻게 가니."

수정이를 바라보며 어쩌면 석원이가 나올지도 모른다는 생각을 잠깐 해보았다. 그러나 그 생각도 잠시일 뿐 나는 얼른 고개를 흔들었다. 고3 때 이미 우리 학교에서도 퇴학당한 아이였다. 잘려 버린 학교 동창회 같은 곳에 나올 리도 없거니와 설사 나온다 하더라도 그 애가 나를 기억할 일은 없을 것이었다. 나만… 더 힘들어지겠지.

"너, 여기까지 와서 안 들어간다고 하면 나 정말 끝장 낼 거야."

"내가 온 거냐? 네가 끌고 온 거지."

"어쨌든! 너 진짜 성격 이상하다. 나하고 있으면 말도 잘하면서 왜 애들한테 가자는 건 이렇게 싫어해? 그 애들이 무섭디?"

그러나 내 결심과는 달리 결국 동창회장에 끌려오고 말았다. 퇴근 시간에 맞춰 회사 앞에서 기다리고 있는 수정이를 피한다는 것은 너무나도 어려운 일이었다. 옷차림에 전혀 신경 쓰지 않은 나를 흘겨보며 백화점에 끌고 가더니 억지로 고른 짙은 남색 바지 정장을 보고는 이마를 살며시 찌푸리기도 했다. 그리고는 나를 끌고 화장실로 들어가 정성껏 화장을 고쳐 주었다. 그렇게 해서 오게 된 졸업 10년 만의 동창회.

어느 곳이나 홀이라고 이름 붙여진 곳은 대부분 붉은 카펫이 바닥에 깔리기 마련이다. 이곳도 예외는 아니어서 바닥뿐만 아니라 테이블보도 짙은 와인 색으로 모두 통일되어 있었고, 그 위에 새하얀 천 또한 구색을 맞추어 정갈하게 덮여 있었다. 나는 그곳들 중 한군데에 서서 수정이가 어서 사교를 마치고 돌아오길 기다리며 후르츠 칵테일을 조금씩 맛보기 시작했다. 그다지 사람들이 많이 모인 곳으로는 가고 싶지가 않았던 탓에 테이블 중 가장 구석진 것 앞에 서 있었는데 하필 그 자리가 모이기 가장 편안한 자리가 될 줄이야. 앞에 놓인 맛깔스러워 보이는 새우 카나페를 먹고 있는 사이 어느새 내 옆으로 한 사람, 두 사람 모여들더니 급기야 선생님까지 한 분 다가오셔서 나는 졸지에 카나페를 한 손에 들고 인사하기에 바쁜 처지가 되고 말았다.

"2학년 담임 아냐?"

나는 어색하게 인사를 하며 수정이에게 속삭였다.

"그러게. 어쩌다 보니 2학년 애들끼리 모이게 되었네."

수정이의 말에 씁쓸하게 고개를 끄덕여야 했다. 별로 보고 싶지 않

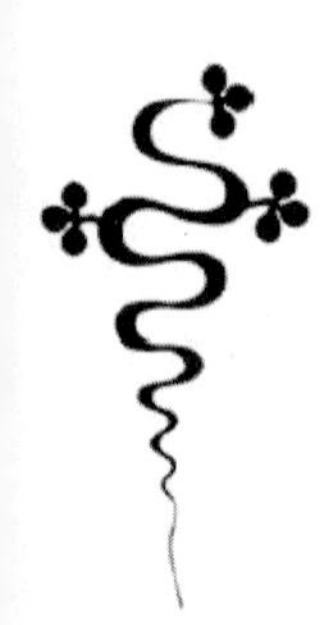

왔던 아이들 중 가장 대표적인 친구들이 여기 다 모이는구나. 저만치 서 있는 민석이를 보며 자꾸만 치밀어 오르는 어떤 감정 하나를 추스르지 못해 당황하고 있는데 그때,

"어. 유성이다. 유성이 왔다!"

뒤에서 누군가 이렇게 소리를 쳤다. 그 소리와 함께 가슴이 심하게 덜커덩거리는 느낌을 받아야 했다. 겨우 유성이 한 명 온 것을 가지고. 나는 애써 차분한 척을 하며 뒤돌아보았다. 그리고는 곧 수척한 유성이의 얼굴을 마주 보게 되었다. 유성이는 부드러웠던 인상이 모두 지워진 날카로운 얼굴을 한 채 반 친구들과 인사를 하고 있었다. 물론 얼굴 모양이 변한 것은 아니다. 어려서 내가 좋아했던 그 모습 그대로 유성이는 이 자리에 나와주었다. 다만 어쩐지 우수가 드리워진 얼굴 위로는 항상 트레이드 마크처럼 보여지던 따뜻함이 단 한 줌도 남아 있지 않은 느낌이었다.

나는 주위에서 떠드는 아이들 소리를 들으며 천천히 시선을 돌렸다. 여전히 유성이는 반 아이들의 관심을 모으고 있었다. 저렇게 어두운 느낌의 얼굴빛이 더 멋있어 보인다고 속삭이는 목소리들도 어렴풋이 들려왔다. 그러나 내가 가진 감정은 그들과는 조금, 아니, 많이 다른 것이다. 유성이를 통해 보여지는 것이 그들과는 다르기 때문이었다.

"성찬이 너무 이상해졌어. 머리 벗겨지기 시작하는 거 봤니?"

누군가가 테니스부 이성찬이 왔다고 큰 소리로 말하는 것을 듣고 빠르게 다녀온 수정이가 무척 실망에 찬 표정을 지으며 손마디를 꺾기 시작했을 때이다.

"지석원인 아직 안 왔나?"

테이블 근처로 다가오신 선생님이 마침 그 옆에 서 있던 민석이에게 물으시는 음성이 내 귀로 파고들었다. 지석원이 누구인지 서로 물어보는 웅성거림 사이에서 내 가슴만이 마치 감전이라도 된 듯 세차게 뛰어오르기 시작했다. 꼭 들려서 얼굴이라도 보이고 가라고 전화를 하셨다는 선생님. 나는 선생님의 말씀이 끝나기도 전에 어서 이곳을 빠져나가야 한다고 스스로를 달래기 시작했다. 비록 보고 싶다는 마음이 이만큼 강렬하더라도 절대로 이곳에 남아서 그 혼란과 절망을 고스란히 겪는 바보짓을 해서는 안 된다고 스스로를 깨우치기 시작했다. 절대로 그래선 안 된다고. 그러나…

"누구야? 쟤 봐. 저런 애 있었어?"

"본 것 같은데. 분명 낯익은 얼굴인데."

결국 나는 돌아가지 못했다. 이 자리에 있을 필요가 전혀 없다는 것을 알고 있으면서도 나는 결국 마지막으로 얼굴이라도 한 번 보고 싶다는 마음속의 요구를 뿌리치지 못했다. 언제 올지 모른다는 생각에 혼자 테이블을 내려다보며 빈 유리잔을 그 위에서 굴리고 있는데 문득, 주위에 서 있는 아이들의 웅성거림이 조금 달라졌다는 것을 깨달았다. 그리고는 곧 내 뒤로 다가오는 어떤 느낌을 생생하게 감지할 수 있었다.

"그래, 맞다. 지석원이야. 우리 반에 있었잖아. 3학년 때 잘… 어쨌든 맨 뒤에 창가에만 있던 애."

옆에 있던 민정이의 말이 들리고 곧 수정이도 내 옆구리를 쿡 찌른다. 그러나 정작 나를 찌른 것은 수정이의 손가락이 아니라 민정이의 목소리였다. 지석원이라는 이름 석자.

"그래, 왔구나. 지석원 이놈."

"네, 선생님."

반가이 말씀하시는 선생님의 목소리와 그 뒤를 이어 나직하게 울려 나오는 낯익은 목소리. 네, 선생님. 네… 선생님.

목소리가 조금 변했다는 것을 알 수 있었다. 더 낮아지고 더 두꺼워졌으며 더 듣기 좋게 변하였다. 나는 피식 웃으면서 생각 외로 그 목소리에 담담할 수 있는 내 자신에게 놀라야 했다. 그러면서도 마음과는 달리 몸은 떨고 있는 것에도 웃음이 나오는 것은 마찬가지이다. 아까부터 뒤돌아보고 싶어했으면서도 차마 그럴 수가 없다. 석원이의 얼굴을 본다는 게 두려워진다. 아무것도 모르고 무심히 지나칠 그 애의 얼굴을 본다는 게 너무 두려워진다.

"석원이 왔구나. 더 멋있어졌네. 나 기억나?"

훗, 하고 들려오는 소리. 내뱉듯 웃곤 하던 바로 석원이의 웃음소리가 등 뒤에서 들려왔다.

"뭐 해? 인사 안 해? 그래도 짝이었는데 반갑지도 않냐?"

툭툭 치는 수정이의 손에 의해 마치 졸다 놀라기라도 한 양 서둘러 뒤를 돌아보았다. 마음으로는 어떻게 쳐다봐야 할지 몰라 주저하고 있었는데 내가 돌아서는 것과 동시에 누군가 내 팔을 잡아 앞으로 당긴다. 순간 누구일까, 쳐다볼 새도 없이 뒤에서 유리 깨지는 소리가 요란하게 들려왔다. 테이블 위에서 굴리고 있던 유리컵이 내가 몸을 돌리는 힘에 의해 딸려왔던 모양이다. 붉은 카펫이 깔려 있는 부드러운 바닥 위에서도 유리컵은 산산조각이 나고 말았다. 하필 이런 자리에서, 이런 만남에서 실수를 해야 했던 나의 마음처럼 말이다.

황망함에 어쩔 줄 몰라 뒤를 살피다가 곧 컵이 깨지기 전에 나를 잡아당긴 사람이 있다는 것을 깨닫고 고개를 들어보았다. 석원이었다. 석원이는 내 뒤에 퍼져 있는 유리 파편들을 쳐다보며 수정이에게도 앞으로 나오라고 주의를 주더니 그제야 잡았던 팔을 놓으며 내 얼굴을 쳐다보기 시작했다. 현실 세계로 돌아와서 처음으로 마주치는 눈빛이었다. 이만큼 시간이 지나 이제 어른이 되어버렸는데, 더 이상은 열여덟, 어린 나이의 석원이가 아닐 텐데, 나는 그만 석원이의 눈빛에 시간과 장소를 초월하고 만다.

"재수, 너냐?"

그리고 그 혼동은 석원이의 입술이 움직이는 것으로 끝을 맺었다. 재수라. 나는 한 번도 들어본 적 없는 이름으로 불리는 것에 당황하여 제때 대답을 하지 못했다. 석원이는 나를 기억하지 못하는 건가. 이 아이는 지난 십 년간 내 이름도 잊어버린 것일까.

"…재수가 누구야? 난 이 나이 먹도록 그렇게 불려본 적 없어."

다른 이름으로 불리어진 것에 왜 그렇게 짜증이 났는지 모르겠다. 그냥 있었어도 되는 것이었는데 나는 기필코 그게 아니라는 말을 뒤늦게 하고야 말았다. 적어도 내 이름까지 잘못 알게 할 수는 없다는 오기였는지도 모른다. 다른 곳으로 갈 것처럼 몸을 돌리던 석원이가

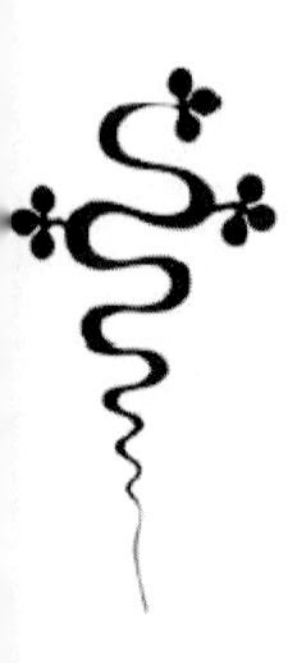

다시 걸음을 멈추고 나를 쳐다보기 시작했다.

“오세령 아니냐?”

그리고 그와 동시에 정확하게 발음되어 나오는 나의 이름. 마치 내가 결코 네 이름을 몰랐던 게 아니라고 말하듯 희미하게 웃음을 짓고 있던 석원이는 멍하니 서 있기만 하는 나를 뒤로한 채 저만치 서 있는 남자들의 무리 곁으로 가버리고야 말았다.

“재수가 뭐야?”

뒤에 같이 서 있던 수정이만이 나직하게 물어올 뿐이다.

91

조금 더 큰 듯하구나. 그리고 조금 더 마른 듯하고.

나는 나와 불과 여섯 걸음 정도 떨어진 곳에 서 있는 석원이의 뒷모습을 보며 자꾸만 올라오려 하는 웃음을 자제하기 위해 애를 써야 했다. 그렇게 좋으니. 그리고 그 물음은 내 기분을 한없이 우울하게 만들었다. 그런데도 내 눈길은 석원이의 머리를, 등을, 손을… 그리고 다리를 떠나지 못한다.

석원인 짙은 남색 정장을 입고 있었고 목에는 같은 색의 타이를 매고 있었다. 늦여름에 충분히 더워 보일 수 있는 옷차림이었지만 그러나 나는 나와 같은 색을 선택해 준 그게 너무 신기해서 더워 보인다는 생각은 하지 못했다. 그저 바라보고 또 바라볼 수 있는 지금이 어쨌든 좋은 것이다. 어릴 적 버릇이 아직 남은 것일까, 한 손은 주머니에 넣고 다른 한 손은 와인 잔을 든 채 그렇게 서 있는 석원이. 얼굴은 볼 수 없어도 지금의 내 심정으로는 이것으로 충분하다.

그래, 이제야 생각이 난 건데 꿈이었던 거 정말 다행이야. 만약 그게 꿈이 아닌 과거였다면, 그래서 너한테 그런 사고가 실제로 났던 거라면, 난 지금 어떻게 지내고 있겠니. 처음엔 그저 다시 돌아왔다는 생각에 과거이길 바랬었지만 이제는 아니다, 석원아. 네가 무사한 모습, 잘 지내 보이는 모습을 보니 꿈이었던 게 이렇게 행복한걸. 그래, 빌어먹을. 이렇게 마음이 아플 정도로 나 행복하다.

조금 시간이 지나고 곧 석원이는 어디를 간 건지 보이지 않게 되었다. 문득 생각났다는 듯이 갑자기 많은 사람들 사이로 사라져 버려 나도 모르게 쫓아갈 뻔했다. 석원아 어디 가, 하면서. 그리고 내 부름에 뒤돌아보며 같이 갈래? 라고 할 그 아이를 상상하면서. 웃음을 짓다가 눈물이 나올 것 같아 급히 화장실로 들어갔다. 세면대 앞에 서서 화장이 번지지 않게 하려고 티슈로 조심스럽게 찍어낸 후 손을 오랜 시간 공들여 천천히 닦았다. 그러고서도 한참을 거울 속의 나를 뚫어지게 바라보다가 고개를 저어야 했다.

집에 가야겠다는 생각이 들어 화장실에서 나오자마자 수정이를 찾아보았다. 그러나 어디에서도 수정이의 모습은 보이질 않는다. 10분쯤 회장 안을 돌며 눈으로 찾아보았으나 워낙 많은 수가 모여서 그런지 쉽게 찾아지질 않았다. 결국 나중에 잔소리 조금 듣기로 결심하고 밖으로 그냥 나와 버렸다. 더 이상 그곳에 있다가는 어디에서고 울음

을 터뜨릴 것만 같았기 때문이다.

"가냐?"

덜컹!

막 엘리베이터 버튼을 누르는데 목소리 하나가 들려와 심장이 멎는 줄 알았다. 저 목소리, 분명 석원일 텐데. 석원이가 부른 것 같은데. 그러나 확인하기 위해 돌아볼 마음은 나지 않는다. 뒤를 돌면 정말 울지도 모르겠다는 생각이 들었기 때문이다. 동시에 또 다른 목소리가 들려왔다.

"누구야? 아는 애야?"

"훗, 2학년 때 짝이야."

순간, 내 몸은 빠르게 뒤로 돌아서고 있었다. 석원이의 웃음소리, 혹은 나를 소개하는 소리 때문이 아니었다. 누구냐고 물었던 그 목소리의 낯익음에 소스라쳐서 바라보니 거짓말처럼 목소리의 임자가 나를 바라보며 씩 웃음을 짓는 것이 보였다. 그때보다 키도 많이 커 있고 얼굴도 어른스러워졌지만 한 번에 그 얼굴을 알아볼 수 있었다. 동태, 넌 동태 아니니.

"짝? 그래? 그럼 저 애도 데려가자."

가슴속에서 치밀어 오르는 반가움에 나도 모르게 한 걸음 떼어놓는데 동태가 빠르게 말하더니 앞으로 다가왔다. 그리고는 엘리베이터 문이 열리자마자 나를 끌다시피 해서 그 안으로 함께 들어갔다.

"어딜 가자는……."

당황되기도 하고 어이없기도 해서 묻다가 순간 문이 닫히는 것을 보며 말끝을 흐려야 했다. 엘리베이터에 올라타자마자 나와 동태를 한 번 쳐다본 뒤 별 관심 없다는 듯 돌아서 버린 석원이의 뒷모습이 보였기 때문이다. 너무나도 가깝게 느껴지는 그 아이 때문에 회장 안에서 마주쳤을 때보다 더욱 혼란스러워져야만 했다. 석원이가 이렇게 가까이 있는데도 볼 수가 없다는 게 참을 수 없다. 손만 뻗으면 닿을 수 있는 곳에 있는데도 그럴 수 없다는 게 참을 수 없다. 부르면 뒤돌아볼 수 있는 거리에 있는데도 부를 수 없다는 게 참을 수 없었다.

숨이 막힐 것같이 길게만 느껴지는 시간이 흐르고 겨우 1층에 닿았다. 엘리베이터에서 내려 입구 쪽으로 다시 이끌려 가다가 동태에게 잡혀진 손목을 빼내며 걸음을 멈추었다. 이렇게 갈 수는 없는 거니까. 이렇게 너를 보면서 아무렇지 않은 척하는 것은 나에게 무리일 테니까.

"어라? 왜 빼지?"

"어디 가는데?"

"짝이라며? 안 반갑냐? 같이 가서 한잔해야지."

성격까지도 꿈속과 똑같은 동태.

"…나 위에 친구 기다려. 올라가 봐야 돼."

"무슨 섭섭한 소릴. 가려고 하는 걸 몇 명이 봤는데 그런 어설픈 거짓말을 하냐?"

"아니야. 그냥 바람 쐬러 나오려고 했던 거야. 친구가 기다린다니까."

"췟, 나도 기다려, 나도. 우리 반 여자애들 다 나 기다리고 있어,

지금."

전혀 들어줄 것 같지 않은 자세로 다시 나를 떠미는 동태. 뒤에서 내 양쪽 어깨를 잡아서 미는 바람에 꼼짝없이 도로에 세워진 차까지 비칠비칠 가야만 했다.

"뭐 하는 거야? 놔."

그리고 막 그 차의 운전석에 올라타려 하던 석원이가 그제야 동태를 보며 놓으라고 말한다.

"왜? 같이 가면 좋잖아? 반가운 사람끼리 즐거운 시간 좀 가져 보자는데."

"헛소리 그만 하고 타기나 해."

여전히 동태는 굳은 소리나 듣고 있었다. 어떻게 하는 행동이 꿈속과 이렇게 똑같을 수 있을까, 왜 나는 이런 아이가 같은 학교에 있었음을 모르고 있었던 걸까.

내가 주춤거리며 서 있는 사이 석원이가 모는 검은색 차는 곧 눈앞에서 사라져 버렸다. 그저 차를 몰고 간 것뿐인데 마음속에서 느껴지는 상실감은 이루 말할 수 없이 크다. 조금 전 동태가 내 손을 놓고 차의 뒷자리에 올라탔을 때 아주 잠깐이기는 했지만 석원이가 날 쳐다봤었다. 물론 아무런 감정이 없는 얼굴로. 그래도 그 순간에 난 얼마나 많은 생각을 했는지. 석원이가 입을 열어 같이 가자, 라고 하기를 바랬던 걸까. 사실은 나도 다 기억이 나, 라고 말해 주길 바랬던 걸까.

집에 터덜터덜 돌아와 옷 갈아입을 생각도 못하고 멍하니 앉아 있다가 한구석에 위치한 전신거울 앞으로 가보았다. 길기만 한 키에 어깨를 덮는 길이의 머리는 그나마 하나로 묶여 있었고 수정이의 반대를 무릅쓰고 샀던 이 옷은 아무리 봐도 남성용 정장으로밖에는 보이질 않았다. 내 키가 조금 작기라도 했다면 괜찮았을 테지만 176이라는 키에 이런 정장은 어울리지 않는 게 사실이다. 나는 내 모습을 위아래로 훑어보다가 길게 한숨을 쉬었다. 어차피 치마를 입었다 해도 넌 우스웠을 거야.

고개를 저으며 침대로 다가가다가 곧 책상 서랍에 들어 있는 일기장에 생각이 미쳐 서둘러 꺼내보았다. 현실과 비현실, 내가 구분해 놓았던 표를 한참 들여다보다가 비현실 쪽에 있던 동태를 지우고 현실 쪽으로 옮겨 적었다. 그러면서도 뭔가를 상당히 희망적으로 받아들이고 있는 나를 연신 비웃긴 했다.

아무리 그래도 1년을 짝을 했는데 동태 얼굴 정도는 본 적이 있었겠지. 오늘 보니 무척 친한 듯한데 고등학교 시절 때도 분명 그랬을 것이다. 그리고 늘 우리 반을 오가기도 했을 것이고. 내 꿈에서 둘이 친하게 나온 것도 이렇게 생각하면 별반 무리가 없다. 그래, 뭐 동태 하나 사실적 인물이 되었다고 해서 뭐가 달라지겠는가. 다 미련일 뿐인데.

92

"꼭 스파게티 먹을 거야, 난. 싫으면 집에 가고."

간혹 우리 오빠는 아이처럼 굴곤 했다. 교보문고로 책을 사러 가야 하는데 아무래도 무게가 꽤 될 것 같아 함께 가주면 밥을 사준다고 했더니 저렇게 떼를 쓴다. 스파게티는 양도 적은데. 투덜대면서 일단 알았다고 고개를 끄덕인 후 교보문고 안으로 들어갔다. 찾는 책의 위치를 알기 위해 직원에게 물어보고 있는데 바로 옆에 있던 오빠가 무언가 일을 저질렀다는 신호가 들려왔다. 마찰음이 꽤 크게 울려 돌아보니 아니나 다를까, 누군가와 부딪친 듯 매우 미안한 표정으로 자리에 주저앉은 오빠가 상대방의 책을 주워주고 있었고 그 상대방 또한 상당히 민망해하며 괜찮다고 계속 손을 내젓고 있는 중이었다.

"죄송합니다. 제가 다른 데를 보다가 그만……."

거기까지 말하던 오빠가 갑자기 뒷말을 흐렸다. 바닥에 무릎을 댄 그 자세 그대로 상대방을 뚫어져라 쳐다보는 모습에 나 또한 그 사람의 얼굴을 쳐다보았고 약 3초쯤 후에 왜 오빠가 말을 끊었는지 정확히 짐작하게 되었다. 짐작은 했는데 잠깐, 이게 짐작이 되었다고 말하고 넘어갈 상황인가.

"너 황민지……."

"민지 언니!"

오빠가 막 민지 언니를 부르는 순간 내 입에서도 그 이름이 함께 나왔다. 둘 다 반가운 표정으로 어쩔 줄 몰라 하다가 난데없는 내 목소리에 얼굴을 굳히며 이쪽을 쳐다본다. 아, 내가 아는 척해선 안 되는 일이지. 어떻게 아냐고 한다면 뭐라고 대답을 해야 하나.

"어떻게 그때 일을 기억해? 대단하다."

민지 언니가 날 매우 신통하다는 표정으로 보고 있는 중이다. 사실 내가 기억한 일이 아니었다. 두 사람이 서로 날 쏙 빼놓고 과연 저 애가 어떻게 알았을까라며 몇 마디 나누더니 그래, 그때 세헌이 너한테 우산 주러 왔다가 나랑 인사한 적 있었어, 하면서 마치 내가 그렇게 말한 것처럼 단정 지어 버린 것이다. 하긴 나로서는 다행한 일이긴 하지만 가장 중요한 문제는 아직 남아 있었다. 민지 언니도 현실의 사람이었다는 것이 나에겐 아직도 풀리지 않는 의문이었다. 그렇다고 언니, 어떻게 내 꿈에 나타났던 사람이 현실에도 있어요, 라고 물었다간 저 신통하다는 표정은 다 날라갈 테니 물어볼 수도 없다. 아니, 물어볼 만한 일 자체가 안 되나?

그사이에 두 사람은 매우 사이좋게 스파게티 전문점으로 향했고 난 혼란에 휩싸인 머리를 붙들고 뒤를 따라가야 했다. 내 잠재의식이 유난히 좋은 건가? 어떻게 생각도 안 나는 사람들을 기억 속으로 끌어들여 꿈에서 만날 수 있는 거지? 아무리 한두 번씩 본 관계라고 해도 말이야.

안에 들어가서도 별다른 말없이 언니의 얼굴만 살펴보았다. 혹시

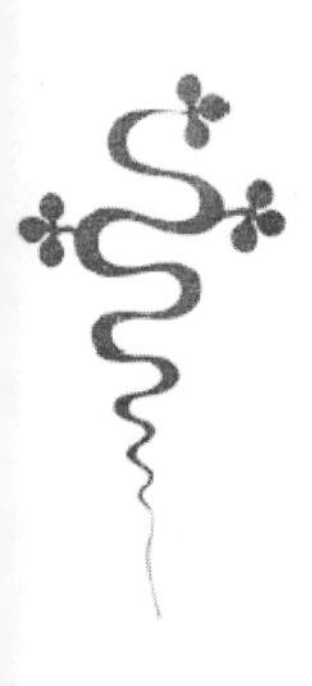

나 하는 생각이 아주 실낱같이 있긴 했지만 그 기대는 역시 아무짝에도 쓸모없는 일이었다. 언니는 나를 알아보지 못했다. 아니, 언니는 그저 고등학교 시절에 내가 우산 하나 받쳐 들고 오빠의 학교까지 갔던 일만 기억하고 있는 것이다.

나는 서로의 소식을 묻고 답하느라 정신없는 두 사람 옆에서 괜히 애꿎은 피클만 난도질했다. 그리고는 두 사람이 헤어지자마자 아직 책을 사지 않았다는 것도 잊어버린 채 그냥 오빠 옆 좌석에 앉아버렸다. 이러고 싶지 않지만 한없이 처지는 기분을 나도 어쩔 수 없었다. 그러나 이런 나와는 반대로 집에 돌아오는 내내 오빠의 얼굴은 매우 들떠 있었다. 꿈속에서 내가 그 언니 학생증을 살짝 실례한 게 계기가 되어 사귀게 되었을 때의 표정과 흡사하다. 뭐야, 그럼. 내 꿈, 그건 곧 일어날 일들을 예시하는 거였나?

집에 들어오자마자 다시 일기장을 펴들고 민지 언니를 지우려고 하다가 던져 버렸다. 짜증나게… 오세령, 너 뭐 하는 거냐? 그 언니와 넌 현실 세계에서 만난 적이 있는 사이라잖아. 그런데 뭘 자꾸 기대하는 거냐구. 책상에 엎드려 고개를 푹 파묻었다. 상황이 묘하게 돌아가는 게 느껴진다. 원래 오빠와 민지 언니는 만남이 예정된 사람들이었을까.

"웬일이야?"

또다시 밤새 이리저리 뒤척이다가 회사로 출근했는데 수정이가 전화를 했다.

"시간나면 좀 보자."

"왜?"

"민정이 결혼하잖아. 그래서 그전에 아는 애들끼리 모여서 선물부터 결정하기로 했거든."

"그중에서 내가 아는 애가 몇 명인데?"

"알긴 다 알지. 왜, 싫어?"

별로 친하지도 않은 친구 결혼 선물을 꼭 모여서 결정해야 하냐고 묻고 싶었지만 생각해 보니 이런 경사에 곁들여질 말이 아니라 여겨져 그만두었다. 결혼 선물은 품앗이로 해놓아야 한다는 수정이의 어이없는 말을 들으며 전화를 끊긴 했는데 그다지 썩 내키지는 않는다. 품앗이라는 말에 혹한 것을 보니 나도 결혼할 생각은 있는 모양이다. 그러나 왜 수정이에게 이런 말을 듣는 내내 머리 속으로는 석원이가 떠오른 것일까. 왜!

"이봐, 오 대리. 뭐 하는 거야?"

과장님의 느닷없는 호통 소리가 들리기 전까지 나는 이마를 감싸며 한껏 얼굴을 찌푸리고 있었다. 갑자기 왜 저러시나 싶어 쳐다봤더니… 이런! 어느새 내 손에 들려 있던 펜이 과장님의 책상까지 날아가 있는 것을 볼 수 있었다. 아니, 볼펜이 왜 저기까지…….

"저… 소, 손이 미끄러워서."

사무실에 있는 사람들이 심상찮은 눈으로 나를 보고 있었다. 꿈만 이상한 게 아니라 머리도 바보가 되어가고 있는 것 같았다. 슬그머니 일어나 커피를 뽑으러 가는 척하며 나와 버려야 했다. 뒤에서 과장님

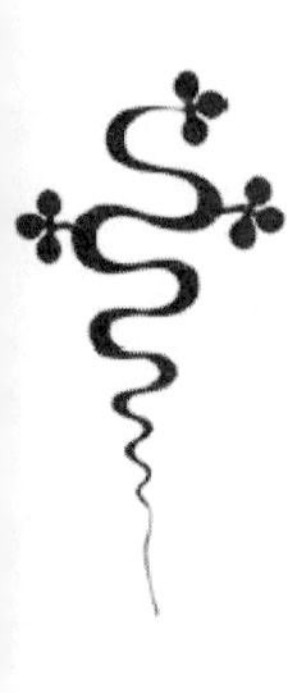

의 혀 차는 소리가 들려왔다.

그리고 오늘, 나는 결국 약속을 지키지 못했다. 압구정동에 도착하여 니키재키라는 간판이 붙어 있는 2층을 바라보고 있으면서도 끝내 안으로 들어갈 마음은 생기지 않아 그냥 돌아서야 했다. 안에 들어가 결혼과 관련된 이야기들을 태연하게 듣고 있을 자신이 없었던 것이다. 다시 떠오르는 석원이에 대한 생각을 막을 자신도 없었다. 사실은 나도 충분히 그녀를 축하해 주고 싶었는데도 말이다. 진심으로…….

정신을 차렸을 땐 어떤 주택가 안을 걷고 있는 나를 깨달을 수 있었다. 혼자 생각에 빠져 걷다 보니 어느새 이곳까지 온 모양이다. 뒤로 한참 전에 벗어난 유흥가의 불빛이 희미하게 보인다. 집에 가야겠다고 하면서도 무작정 여기까지 걸어온 것을 생각하니 저절로 어깨가 처졌다. 집으로 가는 차를 타려면 어느 쪽으로 나가야 하나. 왔던 길을 다시 되돌아갈 수도 없어 잠시 주위를 두리번거리다가 대충 짐작이 되는 곳을 향해 걷기 시작했다. 그리고 곧 무언가에 걸려 중심을 잃고 말았다.

갑작스러운 일이라 처음엔 나에게 무슨 일이 생긴 건지 깨닫지 못했다. 그저 온몸에 힘이 빠지더니 곧 앞으로 추락하는 듯한 느낌을 아주 잠깐 받았었는데 0.1초 후 지면과의 충돌이 있고 난 후에야 내가 무언가에 걸려 넘어진 것이라는 걸 알 수 있었다. 아픈 무릎 때문에 바로 일어나지도 못하고 한참 끙끙대다가 겨우 몸을 일으켜서 다리 쪽을 살피니 어떤 집 대문 앞에 시커멓게 생긴 기다란 무언가가 튀어나와 있는 게 보였다. 저게 뭐지? 보이긴 하는데 어떤 물건인지는 알 수가 없어 자세히 들여다보다가 순간 뒤로 넘어질 뻔했다. 사람 다리인 것이다. 순간 치밀어 오른 공포에 머리털까지 곤두선 듯했다. 왜 이런 데 사람 다리가 있는 거야! 무섭다는 생각이 들어서 서둘러 일어나 밝은 곳으로 가려 하는데 그때 나지막하게 신음 소리 같은 것이 들려왔다. 그리고 그제야 이런 데 사람 다리만 달랑 있을 이유가 없지 않냐는 생각도 겨우 들었다.

조금 더 마음을 진정시킨 뒤 그 사람 쪽으로 다가가 봤다. 대문에 가리어졌던 상체가 보일 때쯤 슬쩍 멈춰서 살펴보니 검은 정장 바지에 흰 와이셔츠를 팔뚝까지 걷어 올린 어떤 남자였다. 뒤로 몸을 기대어 힘없이 앉아 있는 것을 보니 이곳이 이 사람 집인가 하는 생각도 든다. 고개를 숙이고 있기에 깨워볼까 싶어 앞으로 바싹 다가가 앉았는데 그제야 얼굴이 보이기 시작했다. 갸름하고 약간 까무잡잡한 얼굴. 깔끔한 턱선. 그리고 여전히 강하기만 한 인상.

93

한참을 넋 놓고 그 앞에 쭈그리고 앉아 있다가 아, 하는 소리를 내며 벌떡 일어섰다. 얘가 왜 여기 이러고 있지? 왜 석원이가 이 모양으로 앉아 있는 거지? 잘못 본 것은 아닐까 했는데 고개를 다시 숙여 확인한 바로는 석원이가 맞았다. 그저 깨워줘야겠다는 생각에 다가

왔을 뿐인데 여기서 이렇게 마주치게 되다니. 마음속이 한참을 소란스러워진다. 손톱을 뜯으며 어떻게 해야 할지 몰라 고민하다가 다시 그 앞에 앉았다. 그리곤 어깨를 살짝 흔들어 보았다. 미동도 안 한다. 혹시 다친 것은 아닐까 하는 생각에 몸 이곳저곳을 살펴보기도 했다. 그러나 옷도 그렇고 특별히 이상해 보이는 점은 없었다. 그럼 대체 뭐지? 아까 신음 소리 같은 걸 들은 것 같은데.

의아하게 쳐다보는데 그때 익숙한 냄새가 내 코를 자극했다. 조금 전까지는 걱정과 반가움, 놀람과 번민에 의해 깨닫지 못했었는데 이제 보니 석원이의 몸에서는 술 냄새가 물씬 풍기고 있었다. 그제야 이 상황을 이해할 수 있게 된 나. 어이가 없어 다시 한참을 내려다봐야 했다. 이 녀석, 또 어릴 때처럼 술이나 마시고 다니는 건가?

잠시 내려다보다가 어쨌든 일으켜 세워서 택시라도 태워 보내야겠다는 생각이 들었다. 그러나 생각은 그런데 행동으로 옮기기는 쉽지가 않다. 이렇게까지 뻗어버린 건장한 남자를 나 혼자 힘으로 들추어 업고 갈 수도 없으니 말이다. 석원이의 친구들 전화번호라도 알고 있다면 좋을 테지만 지금 당장 알아볼 수 있는 것도 아니어서 난감함에 나중에는 그냥 옆에 풀썩, 주저앉아 버렸다.

술 깰 때까지 기다려야 하나. 아직도 벽 한쪽에 기대어 눈을 감고 있는 석원이를 바라보니 피식 웃음이 나온다. 내가 얼마나 보고 싶어 했었는데, 얼마나 곁에 서보고 싶어했었는데, 이렇게 엉망이 된 모습으로 나타나니. 바닥에 내려져 있는 손을 바라보며 잡아보고 싶다는 충동과 싸우느라 결국 시선을 다른 곳으로 돌려야 했다. 차라리 얼굴을 보자 하는 생각에 위로 드는데 그때 내 눈을 사로잡는 것이 하나 있었다. 바로 석원이의 풀어진 셔츠로 인해 들여다보이는 목덜미. 뭐, 내가 이 상황에서 남자의 목덜미나 보며 음험한 생각을 하자는 것은 아니었다. 다만 두 개쯤 단추가 풀어져 있는 셔츠를 보고 있자니 예전에 알았던 일이 한 가지 떠오른 것일 뿐. 지금까지 꿈속의 인물인 줄 알았던 동태와 민지 언니는 내가 어디서고 한 번씩 본 적이 있어서 나온 것일 테니 그렇다고 치지만 과연 한 번도 본 적이 없는 다른 건 어떨까. 본 적 없던 것들 또한 내 꿈에 고스란히 재현되어 나왔을까.

조심스럽게 손을 뻗어 석원이의 셔츠 단추를 하나하나 풀기 시작했다. 가슴은 요란하게 뛰고 있었고 혹시라도 이 모습을 들킨다면 어쩌나 하는 걱정도 없는 건 아니었지만 그런 것보다는 나의 의아함과 궁금함이 훨씬 더 컸다. 우선은 봐야겠다는 생각에만 몰두하여 차례로 단추를 풀어가는데 그때 무언가가 나의 손등 위로 무겁게 올려지는 게 느껴졌다. 엉겁결에 비명을 질렀지만 너무 놀라서 그런지 소리로 나오질 않는다. 손을 거두어들이지도 못한 채 쳐다보니 이미 석원이가 정신을 차리고 나를 험한 얼굴로 쳐다보고 있었다. 무언가 변명을 하긴 해야겠는데 떠오르는 것이 있을 리 없었다.

"미안… 해. 아픈 줄 알고 말이지… 너 괜찮은 것 같으니까 나 그만 간……."

아픈 줄 알고 옷을 벗기다니, 스스로가 답답해져서 얼굴을 찌푸리다가 어느 순간 입을 다물고 말았다. 기대어 있던 몸을 일으켜 바로

앉던 석원이의 동작으로 인해 단추가 풀어졌던 셔츠 자락이 넓게 벌어졌었는데 그 사이가 지금 생생하게 노출되어 드러나 보였던 것이다. 그리고 그 안으로 보이는 길고 붉은 자국.

『낫에 찔린 거야.』

아직도 그때의 목소리가 이렇게 생생한데. 나는 믿을 수 없다는 표정으로 가슴의 흉터를 쳐다보다가 다시 석원이의 얼굴로 시선을 돌렸다. 입술이 슬쩍 비틀어지는 것이 지금 나의 눈길로 인해 무척 못마땅해졌음을 말하는 듯해서 잠시 목이 타는 기분이 느껴졌다. 그렇지만 이 흉터, 이 흉터는 정말 어떻게 된 것일까. 내가 이 흉터를 원래 알고 있었단 말인가. 나도 모르게 본 적이라도 있었단 말인가.

"병 있냐?"

이런 내 모습을 보며 어처구니없어하던 석원이는 이미 벌어졌던 옷자락을 말끔하게 정리한 뒤 자리에서 일어선 다음이었다. 그때까지도 앉아 있던 나를 내려다보다가 처음으로 건넨 말이 이것이다. 병 있냐. 그렇게 보일 수밖에 없겠구나 싶어 이마를 찌푸리다가 다시금 가야겠다는 생각을 하며 대충 인사를 했다.

"서봐."

혼란한 머리를 억지로 진정시키며 세 걸음 정도 걸었을 때였다. 갑자기 나를 불러 세운 석원이는 자신 쪽으로 오라는 듯 손짓을 하며 휴대폰을 꺼내어 어딘가로 전화를 하기 시작했다. 그리고는 대뜸 화를 내는 모습에 어안이 벙벙해졌다. 무슨 일인지는 모르겠지만 말하는 내용을 보니 아무래도 동태가 연관되어 있는 모양이었다. 도착할 때까지 갈 생각 말라며 전화를 끊는 석원이를 보니 뭔지는 몰라도 오늘 동태의 신변이 조금 걱정스러워졌다.

"이 근처 잘 알아?"

도대체 왜 불렀을까 싶어 머뭇거리고 있는데 다시 밑도 끝도 없는 질문을 한다.

"어? 어, 아니 그냥……."

"타."

어디에, 라고 물을 사이도 없이 석원이는 앞으로 성큼성큼 걸어갔다. 맞은편에 세워져 있는 자동차의 뒷좌석을 열어 무언가를 마구 치우고 닦는 일을 한참 하더니 다시 나를 돌아보며 빨리 오라는 뜻의 고갯짓을 한다.

"너 운전해도 돼? 술 마셔놓고."

결국 석원이의 옆좌석에 타고 말았다. 동태가 억지로 태우려 했던 그 순간에는 거절을 할 수 있었는데 지금은 석원이가 직접 불러서 그랬던 걸까, 안 된다는 것을 알면서도 내 몸은 이미 그 애가 열어준 차문을 지나 안으로 들어가고 있었다.

"누가 술을 마셔?"

"…너한테서 나는 게 향수 냄새겠어?"

그리고 사실 차 안에서도 술 냄새가 진동을 하고 있었다. 검문이라도 하면 음주 측정기도 필요없을 것이었다. 석원이는 훗 하고 웃더니 담배를 꺼내 문다.

"…옷에서 나는 거야."

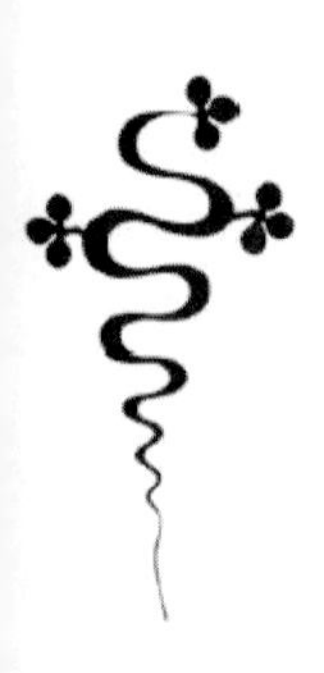

나는 잠시 석원이의 옷을 쳐다보다가 다시 뒷좌석 쪽으로 시선을 돌렸다. 고개가 그쪽으로 향하자마자 몰려오는 알코올 향에 어쩐지 속이 메스꺼워지는 느낌이었다.

"뒷좌석에 술 부어놓고 구른 거야?"

석원인 대답 대신 내 얼굴을 잠깐 보고는 여기서 어디로 가야 해, 한다. 오른쪽이야, 라고 대답해 주었다. 우리는 신사동으로 가는 중이었다.

"그런데 아까는 왜 술 취한 척 앉아 있었어?"

"언제?"

"내가 넘어지고 나서 가보니까 정신없던데?"

"눈만 감으면 취한 척이냐?"

어이없는 그 대답에 잠시 할 말을 잃었다. 지나가던 사람이 본인의 다리에 걸려 넘어졌는데도 눈 한 번 뜨지 않던 사람이 사실은 일부러 그런 것이었다니. 그 말은 옆에 앉아 한참을 가만히 있던 그때에도 나의 일거수일투족을 모조리 느끼고 있었다는 소리 아닌가. 그러고서도 오로지 나의 잘못일 뿐이라는 듯 불만이 많은 옆얼굴을 보고 있자니 어쩐지 꿈속에서 나란히 앉아 있던 교실로 되돌아온 느낌이었다. 그때도 간혹 석원이는 이렇게 억지를 부리곤 했었는데. 내가 대답할 수 없도록 교묘히 억지를 부려놓고 그걸 재미있어했었는데.

20분쯤 지났을까. 마침내 10층 정도 되어 보이는 건물 앞에 차를 세운 석원이는 마치 나를 잊은 것처럼 건물 안으로 들어가려 했다. 여기까지 온 것은 순전히 길을 알기 위해서였다는 듯 뒤도 돌아보지 않는 그 모습에 차에서 내리다가 순간 허탈해져서 어찌할 바를 모른 채 조금 서 있어야 했다. 하긴 챙겨줄 이유는 전혀 없는데도 말이다. 어떻게 해야 하지. 안으로 들어갈까, 아니면 집으로 돌아갈까.

"지… 지석원!"

건물 안으로 들어서다 말고 멈칫하는 뒷모습이 보였다. 하지만 할 말이 있어서 부른 것도 아닌데. 나도 모르게 소리를 내어 불러 버린 입을 탓하며 할 말 있으면 하라는 표정으로 쳐다보는 석원이를 보다가 문득 아까 묻고 싶었던 일이 떠올랐다. 사실은 정말 알고 싶었던 일이긴 한데 뭐라 물을 수 없던 것. 물어봐도 될지 알 수 없었지만 그래도 알고 싶은 일.

"너, 너 가슴에 있던 흉터 뭐야?"

그다지 중요한 질문일 거라고는 기대하지도 않았다는 듯 눈에 살짝 어이없음이 어리는 게 보였다. 그리고는 그냥 들어가 버리려고 해서 다시 급하게 덧붙여야 했다.

"그 흉터… 낫에 찔린 거니?"

그리고 이 질문과 함께 나는 숨을 힘껏 들이마셔야 했다. 안으로 들어갈 것 같던 석원이가 빠르게 뒤를 돌아보며 얼굴을 굳히는 게 보였던 것이다. 한참을 내 얼굴만 쳐다보며 이마를 찡그리고 있던 석원이는 곧 나직한 목소리로 물었다.

"내가… 말한 적 있어?"

"아, 아니. 그게……."

이 정도로 당황해할 거라고는 생각하지 못해서 말을 얼버무려야

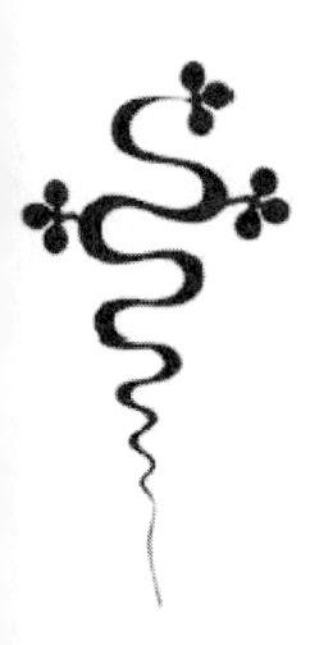

했다. 낫에 찔린 거 맞구나 싶어 놀라는 가운데 석원이 또한 당황했다는 것을 깨달았던 것이다. 내가 뭐라 대답할 말을 찾지 못하고 그저 우두커니 서서 보고만 있자 갑자기 쳇, 하고 혀를 차고는 건물 안으로 거칠게 들어가 버렸다. 마치 그 질문에 너무나도 화가 난다는 얼굴로.

94

"야! 여기서 뭐 해?"

집에 가는 쪽이 현명할 거라고 억지로 나를 다독였을 즈음이다. 저쪽에서 누가 부르는 것 같아 자세히 보니 동태였다. 옆에 웬 여자가 같이 서 있는 것을 보고 다가가야 하나 말아야 하나 망설이고 있는데 동태는 안에 들어가 있으라며 여자를 들여보내고는 나에게 다가왔다.

"석원이 왔냐?"

"응. 지금 들어갔어."

동태는 결국 왔네, 하며 날 걱정스러운 눈빛으로 쳐다보기 시작했다. 좀 전에 전화 통화 하던 모습이 생각나서 문득, 무슨 일을 저지른 것인지 궁금해지기 시작했다.

"그래서? 그냥 술을 부어버렸단 말이야?"

"재미있었어."

나이와 상관없이 천진한 표정을 하고 있는 동태를 보니 웃음이 나왔다.

"아무리 여자 친구 없이 혼자 나왔다고 술까지 붓냐? 하지만 당하고 있을 애도 아닌데."

"운전은 딴 놈한테 맡기게 하고 뒷좌석에 앉았을 때 그냥 부어버렸지 뭐. 하하. 그러게 누가 혼자 나오래? 그 자식 때문에 매일 분위기 망치잖아."

그제야 석원이의 몸과 차 뒷자리에서 나던 술 냄새의 진상을 알게 되었다.

"어쨌든 그 덕분에 너라도 만나서 데리고 온 거니까 잘된 거지 뭐. 야, 그러고 쳐다보지 마라. 언제 죽을지 모르는 몸이다."

"그러게 누가 그런 짓을 하래?"

내가 보기에도 걱정은 되겠다 싶어 한 말인데 그때까지도 계속 실실거리던 동태가 갑자기 정색을 하며 나를 쳐다보았다.

"그런데 넌 왜 그렇게 친한 척이지?"

"너야말로 먼저 시작했잖아."

"내가 한다고 너도 해? 날 언제 봤다고."

"너랑 같은 날 봤잖아? 넌 되고 난 안 돼?"

"시끄러워."

순간, 나와 동태가 서로 놀라야 했다. 가장 마지막 말은 우리가 낸 소리가 아니었기 때문이다. 동시에 고개를 돌려 바라보니 석원이가 문 옆에 서 있는 모습이 보인다. 어둠 속이었지만 아마도 우리를 꽤

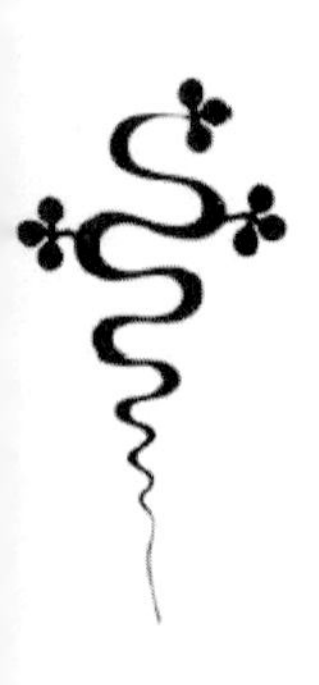

나 한심해하고 있을 거라는 것을 잘 알 수 있었다. 무슨 일이 있었는지 이미 들었기 때문에 이제 곧 사단이 나겠구나 싶어 보고 있는데 그때 오히려 당사자인 동태가 매우 태평하게 나를 보며 말을 걸었다.

"너, 석원이 좋아하냐?"

"응… 뭐, 뭐?"

"어이, 네 짝이 너 좋다는데?"

생각없이 대답하다가 그제야 정신이 들어 동태를 쳐다보았지만 이미 그 애는 석원이를 보며 이런 말을 하고 난 후였다. 나는 단지 앞으로 어떤 일이 전개될 것인가 바라보고 있었을 뿐인데 왜, 동태 이 녀석만 등장하면 일시에 모든 분위기가 코미디로 전환하는 것인지 이유를 알 수가 없다. 기막혀서 쳐다보고 있자니 석원이 또한 그랬는지 그냥 안으로 들어가 버리고 남은 건 의기양양하게 웃고 있는 동태의 얼굴뿐이었다.

"너, 뭐야? 무슨 헛소리……."

"아무튼 고마워. 너 아니었으면 날 새도록 맞았을 거야. 들어가자. 기다리겠다."

"뭘 또 날 새도록 맞… 아니, 어딜 또 간다고 그래? 야! 이건 놓고 말해."

이미 키가 훌쩍 커버린 동태인지라 손을 뿌리치는 게 무척 버거웠다. 조금 전에 정말 어이없게 속마음을 들키고 난 후라 그게 장난이었든 뭐든, 어서 집으로 도망가고 싶은 마음만 간절했는데 한번 작정하고 나를 당기는 동태의 힘을 감당하기는 무척 어려웠다.

그래서 결국 안으로 끌려 들어가고 말았다. 묵직한 벨소리가 들리며 문이 열리고 어두운 술집 내부가 한눈에 들어왔다. 카운터 옆에 놓인 당구대 세 개를 지나쳐 안으로 들어갔다. 깊숙이 위치한 자리까지 끌려가 앉고 보니 뒤로도 당구대 세 개가 보였다. 그런데도 좌석이 꽤 될 정도이니 넓이가 어느 정도인지 짐작이 가지 않는다.

"아니지, 너는 이쪽에 앉아야지."

어차피 들어왔으니 도망갈 수도 없는 터라 보이는 곳 아무 데나 앉으려고 했는데 이번에도 동태가 막으며 석원이 옆쪽으로 밀어 그곳에 앉혀 버렸다. 그리고는 곧 주위에 있는 몇 명의 사람들에게 소개를 좌르르 늘어놓기 시작했다. 이렇게 소개라는 것을 할 정도로 나에 대해 알려준 것이 없었기에 당연하게도 동태의 입에서 나오는 대부분의 말은 거짓말에 불과했다. 그러나 그걸 말릴 생각이 없는지 석원이가 가볍게 웃고 마는 게 보여 그런 모습을 곁눈으로 지켜보고 있다가 결국, 뭐 어떠랴 싶은 생각에 고개를 들어 사람들을 쳐다보았다. 마침 동태가 인사를 하라며 다른 이들의 이름을 말하기 시작한 때문이었다.

그리고 곧 억 하는 소리가 입 밖으로 새어 나갈까 봐 입술을 꼭 깨물며 앞에 앉은 한 쌍의 남녀를 뚫어질 듯 바라보아야 했다. 그들은 바로 빈이와 채경화였던 것이다. 또다시 상상도 못했던 인물들이 출현하고 만 것이다. 이미 겪어본 일이었기 때문에 놀라기보다는 어처구니가 없었다. 혹시 꿈속의 조폭들도 조만간 눈앞에 나타나게 되는 건가? 내가 알고 있는 성격들을 고스란히 가지고 있는 그들을 보자니 반가움과 함께 희미한 짜증이 일어나기 시작했다. 이해할 수 없는

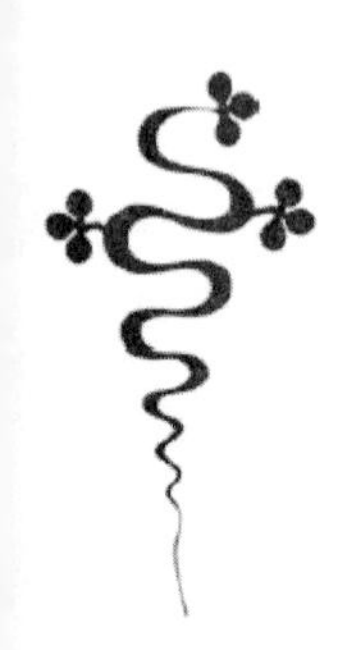

현상들에 대한 짜증이라고 해야 하나. 아무튼 이렇게 기가 막힌 일들이 자꾸 일어나자 정말 화가 날 것 같은 기분에 휩싸이고 말았다.

"그래, 그러자. 오늘은 내기 한번 해보자. 짝도 다 맞는데."

한참 마음속의 갈등으로 인해 빈이와 경화에게 시선을 고정시키고 있는데 그때 경화가 이상한 말을 꺼냈다.

"그럴까? 그럼 너희들이 가지고 싶은 거 말해. 소원 들어준다, 오늘!"

그리고 그에 맞춰 좋다고 맞장구치는 동태. 빈이와 석원이는 마음에 안 드는지 시큰둥한 반응인데 채경화와 동태와 동태 여자 친구만 좋다고 부추기고 있는 실정이었다. 사실 난 그때까지도 무엇을 하자는 건지 몰라 어리둥절해하다가 결국 남자 셋이 당구를 쳐서 그중 이긴 남자의 파트너에게 원하는 것을 선물한다는 다소 유치한 게임 내용이라는 것을 알아차리고는 곧 실소를 터뜨렸다.

"오빠 난 전에 본 그 목걸이 가지고 싶어."

"믿어. 한 방에 끝내줄게."

복싱이냐, 한 방에 끝내게? 자신있게 당구대 쪽으로 가는 동태와 달리 빈이는 매우 시큰둥하게 채경화를 보며 말하고 있었다.

"내가 이겼는데 왜 네 소원을 들어줘?"

"그러기로 했으니까."

"집에 갈래?"

아무래도 문제가 많은 커플이었다. 사실 나는 빈이의 성격으로 보아 두 사람이 어떻게 아직도 붙어 다니는 건지 무척 신기하기만 했다.

"뭐 가지고 싶냐?"

계속해서 두 사람만 살피고 있는데 갑자기 들려온 석원이의 목소리. 자리에서 천천히 일어서며 물어보는 모습에 괜히 가슴이 뛰기 시작했다. 별뜻은 없을 텐데 말이다. 그저 정해진 규칙에 의해 묻는 것일 텐데.

석원이의 뒷모습을 따라가다 보니 이미 큐대를 들고 있는 동태와 빈이가 보였다. 앉아 있을 땐 몰랐는데 빈이는 꿈속의 어릴 적과 조금 다른 모습을 하고 있었다. 아직도 예쁘다고 말해 주고 싶은 얼굴이었지만 그러나 몸집은 이제 완연한 남자라고 할 수 있었다. 조금은 아쉬운 생각이 들었다. 미소년의 느낌을 주던, 조금은 작았던 빈이가 나는 참 좋았었는데.

"역시 석원이 오빠가 제일 잘하네."

빈이를 보며 또다시 꿈과 현실을 혼동하고 있는데 그때 채경화의 목소리가 그런 나를 깨웠다. 그 목소리를 따라 다시 시선을 돌리니 석원이가 큐대를 길게 잡고 상체를 구부리고 있는 모습이 눈에 들어왔다. 유연해 보이는 동작을 보고 있으니 예전, 농구를 하던 모습들하며 체육대회를 휩쓸던 모습들이 떠올랐다. 비록 그 모습들은 꿈에 불과했지만 원래도 넌 운동을 잘했었지. 항상 무언가를 두드리거나 맞추는 걸 좋아한다고 놀리기도 했었잖아.

문득 꿈속에서 문찬이 일당에게 납치되었을 때 당구공을 손에 들어 정확히 목표물을 맞히던 석원이의 모습이 떠올랐다. 그래, 그랬었는데. 저 애… 내가 위험에 빠졌을 때 앞뒤 가리지 않고 나에게 달려와 주었었는데. 그걸 알까? 지금 저 애에게 넌 나한테 그런 존재였

어, 라고 말하면 기억해 낼 수 있을까. 당구대 주위를 돌며 말 한마디 없이 몰두하고 있는 얼굴. 난 저 표정을 가끔 본 적이 있었다. 어색한 듯 서서 노래를 할 때, 드럼을 두드려 댈 때, 세상의 모든 아침이란 영화를 볼 때, 그리고 언젠가 무슨 말인가를 하다가 내 얼굴을 볼 때. 다시는 날 보며 그런 표정을 짓는 널 볼 수가 없겠지. 이젠 학교도 아니니 너와 매일 마주칠 일도 없을 테고. 그러니 더 더욱 넌 나하고는 상관없는 사람이 되겠지. 서서히 가슴 저 밑바닥에서부터 무언가 뜨거운 기운이 올라오는 게 느껴졌다. 그리고 계속 석원이의 행동들을 지켜보고 있는 게 얼마나 힘든 일인지를 깨달았다. 처음 동창회에서 봤을 때는 얼마 보지 못하고 헤어져 버려 크게 느끼지 못했었는데 이렇게 오랫동안 지켜보고 있자니 저 애와 나를 가로막고 있는 단단한 막이 느껴져 견딜 수 없이 고통스러워졌다. 몰랐었는데, 정말 몰랐었는데, 나와 상관없이 내 영향력이 전혀 미치지 않는 곳에서 저렇듯 편안하게 살아가고 있는 모습을 본다는 건 정말 고문과도 같은 일임을 이제야 깨달았다. 나와 무관한 너의 웃음, 나와 무관한 너의 즐거움, 나와 무관한 너의 행복. 그게 이렇게 잔인한 일일 줄이야. 너의 평범한 행복을 보는 게 고통이 될 수도 있다는 걸 왜 알지 못했을까. 그래, 어쩌면 이번 만남을 계기로 너와 친구가 될 수도 있을 테지. 그러면 가끔 네 얼굴을 보며 살 수도 있을 거야. 간혹 안부도 묻고, 때론 걱정도 해주고, 어쩌다 운이 좋은 날에는 단둘이 만나 술잔을 기울일 날이 올지도 모르지. 하지만 그래선 안 된다는 생각이 드는구나. 어쨌든 난 나도 소중하거든. 널 보며 이렇게 매일매일을 고통 속에 있을 나를 방치할 수는 없어.

아직도 웃으며 떠들고 있는 채경화와 동태의 여자 친구를 놔두고 살며시 일어섰다. 화장실로 가는 척, 옆으로 향하다가 몰래 문으로 다가가 최대한 빨리 밖으로 나와 버렸다. 꼭 동태가 잡으러 올 것만 같아 나가자마자 택시를 탄 뒤 그제야 내가 온몸을 떨고 있었다는 것을 알 수 있었다. 그래, 오세령. 꿈은 꿈으로 놔두자. 현실과 결부시키면 너만 힘들어지니까. 그냥 이대로 놔두자.

95

그 후 하루하루가 어떻게 보냈는지도 모르는 상태에서 흘러갔다. 아무 생각도 나지 않도록 그저 일에만 몰두하며 지내다 보니 전부서 사람들이 적응하기 힘들어하는 눈치였다.

"언니, 왜 그래요? 일에 미친 사람 같아. 과장님이 뭐라 그래서 충격받은 거예요?"

늘 졸고 있거나 혹은 멍하니 앉아만 있는 내가 무척 답답했는지 과장님이 질책을 한 적이 있었는데 종은이는 내가 그것 때문에 일에 매달리는 것으로 알고 있었다. 사실 그건 아닌데. 그저 난 아무 생각도 하지 못하도록 일에 매달리고 있을 뿐이었다. 그렇지 않으면 또 무언가를 할 것만 같아서, 내 꿈속에서 일어났던 일들을 확인하고자 무슨 일이든 할 것만 같아서 정신을 딴 데 돌리려고 할 뿐이다.

그랬다. 석원이와의 만남이 있고 난 후, 나는 하마터면 또다시 꿈 속의 일에 정신없이 몰입할 뻔했던 것이다. 현실과 자꾸만 이어지는 느낌이 들어 그 꿈을 떨쳐 버릴 수가 없어 며칠을 힘들어해야 했다. 분명 연관이 있을 것 같다는 혼자만의 생각에 몰두해 보곤 하지만 결과적으로 남는 것은 아무것도 없었다. 내가 꿈을 통해 남들이 모르는 무언가를 조금 봤다고 해서 그게 뭐 어떻다는 말인가. 결국 그런 것들은 현실의 고등학교에서 나 스스로 보았었거나 언뜻 느꼈었거나 할 법한 것들, 혹은 내 거창한 상상력이 만들어낸 동화 같은 것들뿐이었던 것이다. 그 일이 꿈에 좀 나왔다고 해서 이렇게 정신을 놓고 살다간 정말 내가 죽을 것 같았다. 사실 확인을 해본다고 나에게 남는 게 무엇이 있겠어. 내 아픔만 늘어나는 거겠지. 그냥 여기서 끝내자. 더 이상 꿈같은 거에 휘둘리지 말고 이쯤에서 끝내 버리자.

나는 종은이의 말에 고개를 저어 아니라고 대답해 준 뒤 다시 앞에 놓인 서류철에 매달렸다.

"너 진짜 안 나올 거야?"

"안 간다니까."

"다 모이는데? 동창회 때도 너 그냥 나가 버려서 제대로 애들하고 말도 못 했잖아."

"무슨 할 말이 또 있어. 잘 지내는 거 보고 왔으면 된 거지."

토요일 오전 근무를 하고 있는데 수정이가 전화해서 오늘 모임에 대해 다시 조른다. 저녁에 2학년 때 친구들끼리 모이기로 했다고, 그러니 너도 나오라고. 물론 석원이가 나올 가능성이야 매우 희박했지만 내가 안 나가려고 하는 이유는 그것뿐만이 아니다. 이제 잊으려고 노력하고 있는데 그곳에 나가서 석원이와 관련있는 다른 친구들의 얼굴을 보면 그 노력도 모두 물거품이 되고 말 것 같아 나가지 않기로 했을 뿐이다. 난 요즘 수정이의 얼굴도 안 보려 노력하는 중이었다. 꿈과의 연결, 이제 나에겐 지긋지긋하다.

내가 안 나간다는 것에 불만이 많은 수정인 시큰둥하게 전화를 끊었다. 그 통화 후 나도 서둘러 일과를 마치고 바로 집으로 돌아왔다. 침대에 누워 멍청히 아무 노래나 흥얼대고 있는데 다시 생각이 빈이와 채경화에게 쏠린다. 왜 그들이 존재하는 걸까. 어떻게 그들을 꿈속에서 만날 수 있었을까. 한참을 그 생각 속에 빠져 있다가 나도 모르게 일기장을 펼쳐 들었다. 그리고 채경화와 빈이의 이름을 지웠다…….

나도 모르게 그들의 이름을 현실 쪽으로 옮겨 적으려 하다가 그제야 정신이 들었다. 노트를 벽 쪽으로 집어 던지며 그만두자니까! 하고 소리를 질렀더니 엄마가 놀라서 들어오신다.

"뭐가? 누구랑 싸웠어?"

"아니야, 엄마. 그것보다 우리 집에 쇠 대야 있어?"

있긴 있는데 그건 뭐하게, 라고 물으시는 엄마를 남겨두고 일기장을 들고 나왔다. 마당 구석에 있는 조그만 광 문을 열고 그 안에 처박혀 있던 쇠 대야를 꺼내 들었다. 국민학교 저학년 때까지 우리 집 이 세수대야를 썼었는데. 무척 커다랗고 무거운 대야라서 늘 아빠가 물을 떠주시곤 하셨어.

칙… 성냥을 그어 일기장에 불을 붙인 뒤 쇠 대야에 던져 넣고 잠시 지켜보았다. 나의 꿈들이 타 들어가는 모습은 생각 외로 담담함을 느끼게 해주었다. 어쩌면 나의 흥분이 최고로 고조되어 있었기에 그랬던 것인지도 모른다. 시원하기도 하고 섭섭하기도 한 묘한 슬픔 같은 것을 느끼며 집 안으로 들어왔다. 현관에서 마당 쪽을 멍하니 바라보시던 엄마가 뭔가를 말하려고 하셨지만 피곤해라고만 말하고 방문을 걸어 잠근 뒤 이불을 뒤집어써 버렸다. 그래 이것으로 끝이다. 그지 같던 꿈하고도 이제 이것으로 끝나는 거다.

"무슨 애가 어제 오후 4시에 잠이 들어서 오늘 4시에 깨니? 어머니가 저러실 만도 하네."

뭔가 부서지는 소리에 눈을 떠보니 엄마와 수정이가 아예 문고리를 부수고 들어서고 있었다. 엄마는 한껏 긴장된 표정으로 어리둥절해 있는 날 보시다가 화를 벌컥 내시며 나가셨고 수정인 어이없다는 듯 웃고 있었다.

"너 보려고 집에 왔는데 어머니가 드라이버로 문을 돌리고 계시더라."

"드라이버로 부셨어?"

"아니. 어머님이 부탁하셔서 망치로 부셨어."

망치. 엄마는 필경 노처녀 딸아이가 어디 가서 실연이라도 당하고 온 줄 아신 모양이었다. 어제 그러고 들어와서 하루 종일 방 안에만 있었으니 말이다. 실연… 그래, 실연은 실연이지.

"이게 뭔데?"

엄마가 차려주신 밥을 먹고 있는데 함께 먹던 수정이가 갑자기 잊을 뻔했다며 쇼핑백 하나를 나에게 내밀었다.

"몰라. 어제 한 10시 반쯤이었나? 갑자기 석원이가 들어오더니 잠깐 앉아 있다가 나보고 이거 너한테 주라고 하고는 가더라."

석원이가?

"애들 난리났었어. 이거 뭔지 보자고 하도 졸라대서 감추느라고 죽는 줄 알았다, 야."

그렇게 말하던 수정이의 얼굴이 갑자기 이상한 빛을 띤다.

"솔직히 불어, 너! 그날 동창회에서 사라진 거 석원이랑 같이 간 거였지? 무슨 일이 있었던 거야? 빨리 말해."

"무슨 소리야. 난 그냥 집에 와서 잤는데."

"그럼 이건 뭐야? 애들 말로는 너랑 엘리베이터 타는 거 본 애가 있다는데."

아주, 눈들은 좋아. 수정이의 말을 귀 뒤로 흘리며 쇼핑백을 열었다. 꽤 커다란 상자가 들어 있기에 어리둥절하여 뚜껑을 열어보니 웬 목걸이와 귀고리가 보인다.

"어머, 이거 뭐니? 이런 걸 받으면서도 아무 일이 없었다고 잡아뗄래?"

수정이가 더 흥분하는 가운데 그 사이에 웬 종이쪽지가 하나 있는 게 눈에 띄어 얼른 들고 펼쳐 보았다.

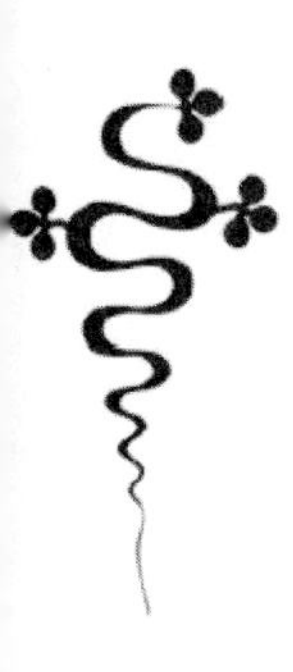

「약속은 약속이니까. 마음에 안 들면 전화해.」

뭐야, 이거. 약속? 언제 이런 걸 준다고 약속했었어? 쪽지를 보고 싶어 안달을 하고 있는 수정이한테 휙 던져 주고 얼른 쪽지 맨 밑에 적혀 있던 번호대로 전화를 걸었다.

—누구야? 한참 게임하고 있는 시간에. 알고 전화한 거면 죽어!

대뜸 들려오는 동태의 목소리.

"야! 왜 네가 받아?"

—내 전화니까 내가 받지. 너 누구야! 지가 해놓고 왜 화를 내!

"네 번호야? 석원이는?"

—석원이? 아, 너 석원이 짝이구나. 그런데 왜 나한테 전화해서 석원일 찾냐? 여긴 내 구역인데.

지금까지 살면서 자신의 집을 구역이라는 말로 표현하는 녀석은 또 처음 보았다. 귀찮은 마음에 따지지 말자 싶어 용건만 간단히 말했더니 갑자기 커다란 소리로 웃어버린다.

—헤헤. 그 목걸이 세트? 그날 내기당구에서 석원이가 이겼는데 너 그냥 가버렸잖냐? 그래서 우리가 그거 사다줬지, 나중에 주라고. 빈이 놈이 돈 아깝다고 안 한다 그러는 걸 겨우 빼앗아서 산 거니까 잘 하고 다녀라.

그제야 이 목걸이와 귀고리의 목적과 출처를 알게 된 나.

"그런데 왜 네 번호를 남겼을까?"

—글쎄. 뭐, 내가 산 거니까 마음에 안 들면 나보고 바꿔주라는 소리였겠지. 마음에 안 드냐?

"어. 정말 안 들어."

솔직히 이 디자인 석원이가 안 골랐다고 해서 얼마나 마음이 놓였는지 아냐? 이렇게 안목없는 애였나 싶어서 실망할 뻔했다.

—뭐가 안 들어? 내 여자 친구는 가지고 싶어하던데. 그냥 해! 귀찮으니까.

"바꾸진 않을 테니까 나랑 좀 보자."

—왜?

"이거 가져다가 석원이 도로 줘."

—뭐 하러? 마음에 안 들면 바꿔줄게.

"그런 거 아니니까 너 있다가 좀 보자."

싫다는 동태를 억지로 달래어 약속을 정한 뒤 전화를 끊었다. 그리고 다시 목걸이와 귀고리를 바라보았다. 어째서 너는 이렇게 열심히 잊으려 하는 내 앞에 규칙적으로 나타나 나를 괴롭히는 거지?

96

"이런 걸 어떻게 받아? 장난이래도 받긴 거북해."

동태가 그냥 가져가, 하는 걸 억지로 쥐어주었다.

"요즘도 이런 물건에 의미를 두는 애가 있긴 있구나. 친구들끼리

내기한 건데 받아도 되지 뭘 그래? 반지도 아니고."

"그럼 그냥 네 여자 친구 주던지. 난 싫어."

여자 친구 주라는 말에 얼굴이 대뜸 밝아지더니 다시 조심스럽게 입을 연다.

"그럼 석원이한테는 네가 받은 걸로 말해도 되지?"

"미쳤니? 그럴 거면 내가 그냥 쓰지."

"그럼 이거 줘봤자 석원이가 주는 게 되는 거잖아. 내 여자 친구가 왜 석원이한테 선물을 받아?"

"아니면 석원이한텐 자기가 가지고 싶다는 거 따로 사주고 이거 샀던 값, 빈이한테 돌려줘. 그럼 되겠네."

돈 없는데, 하며 투덜대는 모습을 못 본 척하고 집에 가기 위해 일어섰다. 석원이에게 직접 말하라고 전화번호 적은 쪽지를 자꾸 내미는데 그걸 마다하느라 힘을 다 뺐다. 사실 받고 싶은 마음이 더욱 크긴 했다. 그래선 안 된다는 것을 알고 있었을 뿐.

"뭐야. 아직 안 갔어?"

집에 왔더니 아직도 수정이가 내 침대에 걸터앉아 잡지를 보고 있었다.

"어떻게 됐어? 주고 왔어?"

그래, 라고 간단히 말하고 수정이 옆에 놓인 과자를 하나 집어 먹다가 술이 마시고 싶다는 생각이 들었다.

"일어나. 버스 정류장까지 데려다 줄게."

"오~ 네가 웬일로?"

"술 사러 가게."

"혼자 술 마시게? 의리없긴. 같이 마시자. 술 마신 지도 오래됐는데."

"넌 내일 회사 안 가냐?"

"짜증나게 이럴래? 나 휴가라고 몇 번을 말했어? 같이 놀러가자고 해도 싫다 그러더니."

아, 수정이 휴가 냈다고 했었지. 정신없이 살다 보니 그것도 잊어버렸네.

"그러는 넌 내일 회사 걱정 안 하고 술 마시게?"

"내일 창립 기념일이야."

"그래? 잘됐다. 오늘 우리 밤새 마셔보자. 세헌이 오빠도 불러서."

그다지 신나는 기분으로 마시고 싶은 술이 아니었는데. 그렇지만 오랜만에 집에서 자고 간다는 수정이를 거부할 수도 없어 그냥 알았다고 고개를 끄덕여 주었다. 그리고는 지갑만 들고 밖으로 나가 과자 몇 개와 육포, 맥주 여섯 병을 사들고 집으로 돌아왔다.

"아무래도 육포 더 사 올 걸 그랬어. 벌써 동이 났네."

그렇게 한 시간쯤 지났을까. 마지막 육포 쟁탈전에서 무참히 져버린 나는 열심히 새우깡이나 먹고 있는데 수정이가 더 먹고 싶다고 보채기 시작했다. 크게 취하거나 하는 것은 아니었지만 늘 술이 들어가기만 하면 어려지곤 하는 게 수정이의 버릇이었다.

"잠깐만. 육포 내놓을 테니까 노래 그만 해. 엄마 깨신다니까."

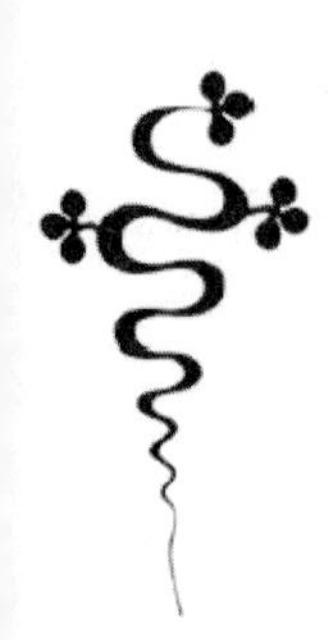

침대에 누워서 노래를 열심히 부르고 있는 수정이를 대충 달래고 오빠에게 바로 전화했다.

"오빠야? 아니, 어딘데?"

—집 근처. 왜?

"들어올 때 육포 좀 사 와라, 많이."

—싫은데. 너 술 먹냐?

"수정이 와 있단 말이야. 좀 사다줘라."

오빠와의 통화를 끝내놓고 보니 수정이가 어느새 내 책상을 뒤지며 계속 흥얼거리고 있다.

"뭐 하는 거야? 와서 술이나 마셔."

"그래. 그런데 너 실연당했어?"

저건 또 무슨 자다가 봉창인지.

"어머니가 너 실연당했다고 걱정하시던데? 그만두자고 그 남자에게 소리 지르고 무슨 편지인지를 태웠다고 그러시더라. 진짜야?"

그… 남자? 편지? 아아, 나는 어제 있었던 일을 떠올리며 고개를 끄덕였다. 그렇게 보일 수도 있겠지. 이제 딸이 실연까지 당했다고 여기시는 엄마를 어떻게 대해야 하나.

"어, 그래. 수정이 왔구나. 여기 있다, 육폰지 칠폰지."

오빠가 방문을 열고 커다란 비닐봉지를 내민다. 받고 보니 육포뿐만 아니라 웬 과자에 아이스크림까지 들어 있었다.

"헤헤헤헤, 칠포래. 바본가 봐."

느닷없이 울리는 웃음소리에 오빠와 수정이가 놀란 모양이다. 멀쩡하다고 여겼었는데 어느새 내가 취했던 것이다.

"적당히들 마셔. 내일 어떻게 하려고 이렇게 마시고 있어?"

오빠는 수정이 때문에 뭐라고 말은 못하고 대신 눈으로만 흘겨보다가 문을 닫으려고 했다.

"오빠야, 민지 언니가 그렇게 좋아?"

그리고 허를 찌르는 내 질문에 그만 당황하고 말았다.

"그 언니 1학년 때 빨간 프라이드 몰고 다녔었지?"

이번엔 놀라는 오빠의 모습.

"내가 다 안다니까. 그 언니 남자 선배들한테 형이라고 불렀었지?"

"민지랑 통화했냐?"

"통화는 무슨, 내가 다 안다니까. 내 꿈에 다 나왔었다니까. 그때 오빠 내 부채 훔쳐서 민지 언니한테 혼났었잖아."

나도 내가 무슨 소리를 지껄이고 있었는지 제대로 모르겠다. 그냥 눈앞이 흐릿해지는 게 그동안 가슴속에 가지고 있던 이야기들을 하나씩 둘씩 야금야금 꺼내고 있었다.

"세헌이 오빠, 세령이가 좀 취했나 보네요. 제가 재울게요, 가서 쉬세요."

"헤헤. 취하긴. 지가 취해놓고 나보고 취했대. 바보 같기는."

당황해 있는 오빠를 얼른 내보내 놓고 수정이가 내 옆에 다시 털썩 주저앉았다.

"술 그만 마셔라. 안 되겠다."

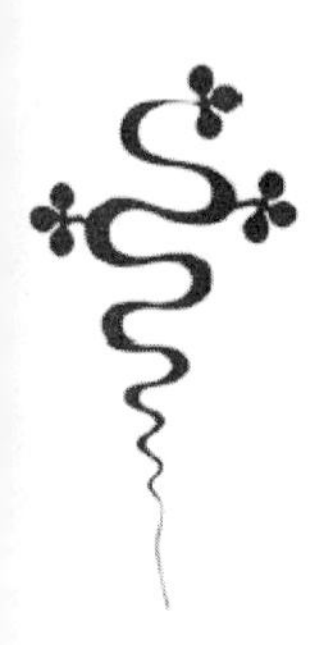

"뭐가 안 돼? 겨우 여섯 병 마시면서. 아, 맞다. 너두, 너두 내가 알지. 너 유성이 좋아했었잖아. 그래서 수학여행 갔을 때도 유성이 때문에 속상해했었잖아."

"어~ 그랬니? 왜 난 몰랐을까. 그리고 또 내가 어떻게 했었는데?"

"그리고? 그리고 나서 1년 내내 유성이가 반응없다고 힘들어했잖아. 사실 그때는 네가 너무 소극적이었어. 그 성격 고치고 이번엔 잘 해봐라, 야."

"점점. 너 왜 그래? 전에도 나한테 석원이 얘기랑 유성이 얘기랑 이상한 얘기만 해대더니 또 시작이야?"

"아니라니까. 이상한 얘기가 아니고 꿈 얘기야. 아니, 꿈이 아니고 과거 얘기야, 과거 얘기."

거기까지 말하고서 수정이의 권유로 자리에 누웠던 것 같은데 그 다음은 기억이 잘 나지 않는다. 내가 무언가 수정이한테 주절주절 말하고 있는 것과 간혹 수정이도 나에게 뭔가를 말했다는 것만 기억이 날 뿐, 그런 희미한 기억들이 계속 이어지다가 어느 순간 아무것도 없이 끊겨 버렸다.

97

"아우, 목말라. 물……."

얼마나 잤는지 심한 갈증에 일어나 보니 침대 옆 협탁에 물병이 올려져 있는 게 보인다. 얼른 물을 두 컵이나 벌컥벌컥 마시고 정신을 좀 차려 주위를 둘러보니 아무도 없다. 어디 갔지? 수정이가 분명 있었는데. 언제 치웠는지 바닥에 어질러 놓았던 술병이나 과자 봉지 같은 것도 보이질 않았다. 시계를 보니 아침 11시이다. 생각보다 빨리 돌아간 건가. 서둘러 일어나 전화를 해보려고 하는데 마침 문이 열리더니 수정이가 웬 밥상을 들고 들어왔다.

"어머니, 다녀오세요. 세령이 일어났네요."

그 기집애 밥 주지 마라, 하는 소리가 들리더니 곧 현관문 닫히는 소리도 들려왔다.

"엄마 어디 갔니?"

"너네 아버지랑 점심 식사 하신대. 너도 이거나 좀 먹어."

수정이가 바닥에 상을 내려놓는데 보니 얼굴이 좀 굳어 있었다.

"왜 그래~ 나 취해서 화내는 거지? 미안해, 수정아."

"얼른 먹고 정신 좀 차려. 말할 거 있으니까."

목소리마저도 딱딱한 수정이. 비장하게 앉아서 날 보고 있으니 좋아하는 콩나물 해장국인데도 꼭 모래를 씹고 있는 것같이 느껴진다. 왜 그럴까. 억지로 밥을 다 먹고 나니 이번엔 치우고 오라고 해서 부엌에 내다만 놓고 들어와 앉았다.

"너 어제 한 말 사실이야?"

그리고 밑도 끝도 없이 나오는 질문. 내가 어제 뭘 말했지? 절교하자 그랬나? 아무것도 생각 안…… 헉!

순간 나는 숨이 멎을 만큼 놀라서 수정이를 다시 쳐다보았다. 설마

그럴 리가 없을 텐데, 싶으면서도 점점 어제 일들이 기억나면서 뜨문뜨문 꿈에 대해 말하고 있던 나를 깨닫고 더욱 불안해져 버렸다. 설마 그 정신 나간 소리를 모조리 지껄인 건 아니겠지.

"어제 네가 한 얘기들, 그거 정말 확인 안 해본 일들이야?"

"나, 난 어떤 것들에 대해 말했는지 기억이 잘 안 나는데?"

"유성이하고 석원이가 의붓형제라고 했었어. 그리고 그밖에도 너랑 나랑 전혀 모르는 학교 선배들 얘기하고 무슨 조직 폭력배 얘기들 하고."

아이고. 나는 눈을 감으며 고개를 절레절레 흔들었다. 나를 어떻게 볼지 이제 뻔하군.

"그, 그게 사실이 아니고 그러니까 꿈이었는데 말이지, 꿈 중에서도 꽤 선명하고 왜……."

그러나 수정이는 시끄럽다는 듯이 내 말을 가로막더니 다시 묻기 시작했다.

"동태… 라고 했었나? 그 애하고 또 다른 몇 명은 현실에서도 봤다며?"

"어. 그렇긴 한데 그 애들을 내가 어디서 따로 봐놓고 기억 못하는 건지도 모르니까."

"그럼 석원이한테 있다는 흉터는?"

대체 어디까지 말한 거니!

"저, 그건 체육 시간에 옷 갈아입다가 봤을지도……."

"우리는 따로 탈의실에 가서 갈아입었는데 너 혼자 남자애들 옷

갈아입는 교실에 남아서 봤었니?"

"아니, 그건 아니지. 그러니까… 음……."

그러나 대답할 말이 있을 리 없었다. 사실 그걸 내가 어떻게 알겠냐고. 수정이는 이런 나를 한참 쳐다보다가 그러니까 다른 건 아직 확인 안 해봤다 이거지, 하고 말했다. 내가 고개를 끄덕이니까 팔짱을 풀며 자리에서 일어나 책상 앞으로 다가갔다. 그리고는 컴퓨터 전원을 켰다.

"뭐 하는 건데?"

수정이는 잠시 인터넷을 연결하고 다시 무언가를 찾아 들어가는데 열중하더니 이윽고 입을 열었다.

"박도식이란 선배랑 정무래라는 선배, 진짜 있더라."

"뭐?"

무슨 말을 하는 거야?

"서민아 선배야 나도 알고 있었으니까 굳이 찾아볼 필요도 없었지만."

"찾아보다니?"

"학교 사이트. 거기에 다 나오잖아. 넌 안 찾아봤어?"

"그러니까 그 두 사람이 정말 있는 사람이란 말야?"

"그렇다니까."

난 어이가 없어서 수정이를 쳐다봤다. 물론 다른 이들도 모두 현실에서 본 마당에 이제 새삼 신기할 것도 없는 이야기였지만 그래도 학교 사이트에서 찾았다는 말에 황당함을 금치 못했던 것이다. 왜 나는

학교 사이트로 들어가서 졸업자 명단을 찾아볼 생각 같은 건 하지 못했던 걸까.

잠시 더 생각을 해보다가 그 두 사람이 학교 선배였다면 뭐 언제고 한두 번쯤 마주쳤을 수도 있는 일이니 꿈에 나온 게 이상한 것만은 아니라는 결론을 내렸다. 한 번 본 민지 언니도 나왔는걸 뭐. 그러고 보니 빈이가 꿈에 나온 것도 그다지 이상하지 않았다. 석원이를 보기 위해서, 혹은 자신의 형을 보기 위해서 학교를 찾아왔을 수도 있는 것일 테니까.

"있다고 해도 이상할 일은 아니잖아. 뭐 하러 찾아봐, 그런 걸."

그러나 이제 꿈속의 인물들이 다시 도처에 깔리는 기분이 들어 언짢아졌다. 좀 끝냈으면 싶은데. 도대체 그 인물들이 몽땅 쏟아져 나온다 해도 지금의 나와 무슨 상관이란 말인가.

"정욱이 때문에 찾아보게 됐어."

정욱이 때문에?

"네가 최정욱을 알아?"

난 박도식 선배나 정무래 선배가 현실인이라는 것보다 수정이가 최정욱을 안다는 게 더 놀라웠다. 그리고 수정이가 내 꿈을 조금씩 기억해 내는 게 아닐까, 하는 말도 안 되는 생각도 잠시 해보았다.

"국민학교 때 같은 반이었던 적 있어. 그래서 알고 있었어."

쳇, 그럼 그렇지.

"수정아, 이런 건 나도 찾아볼 수 있었는데 안 찾아본 것뿐이야. 같은 학교이니 내가 알고 있었을 테고 뭐 그래서 꿈에도 나온 거겠지."

“그래, 그랬을지도 몰라. 하지만 네 입에서 정욱이의 이름이 나왔을 땐 어쩐지 조금 호기심 같은 게 생기긴 하더라구. 그래서 찾아봤어. 다른 인물들도.”

수정이는 날 보더니 조금 걱정스럽다는 표정으로 말했다.

“사실은 그 선배들만 찾은 게 아니야.”

“그럼? 또 찾을 수 있는 사람들이 누가 있는데?”

설마 조직 폭력배들의 가계도 뭐 이런 거 해킹한 건 아니겠지. 수정이는 대답 대신 다른 창 하나를 모니터 화면에 불러내었다.

“…이거, 이거.”

“맞아. 지난 7월에 이 경제잡지에 났던 기사야. 별로 큰 기사도 아니고 또 보는 층이 한정되어 있는 잡지여서 일반 사람들은 안 봤을 가능성이 더 크겠지. 잘 봐, 사진을.”

하면서 사진을 확대하더니 보여준다. 그 사진엔 (주)성원의 지석태 회장이 나와 있었고 그 옆으로 유성이와 석원이의 사진들이 나란히 붙어 있었다.

“성원 지석태 회장의 두 아들 유성 군과 석원 군이 며칠 차이로 각각 미국과 호주에서 유학을 마치고 입국…….”

수정이는 내가 사진을 보고 어리둥절해 있을 때 밑에 있는 기사를 읽어 내려갔다.

“뭐, 뭐야. 그럼 두 사람이 진짜 형제라는 거야?”

“네 꿈대로 의붓형제라는 거지. 유성인 졸업할 때까지도 신유성으로 남아 있었는데 이 기사대로라면 지유성이라는 소리니까.”

무슨 이런 일이.

"나도 이 기사 보고 많이 놀랐어. 자고 있는 네 모습 보기가 좀 무섭더라. 너 정말 모르고 있던 상태에서 꿈꾼 거 맞아?"

"맞… 아. 나 말고도 학교 전체가 몰랐던 일이잖아."

"그랬지. 유성이나 석원이나 이런 거 말하고 다닐 애들이 아니니까. 그저께 2학년 애들 모인 자리에 유성이도 나왔었는데 나중에 석원이 나오고 나서도 둘이 별로 아는 척 안 하더라."

그럼 꿈에서처럼 두 사람 관계가 이상하다는 건가. 동창회에서도 마주친 모습은 보지 못했던 것 같은데. 어떻게 그런 내밀한 일까지 내 꿈에 나와 버린 거지?

"그리고 꽤 큰 게 있어."

수정이는 손가락을 튕겨 내 정신을 깨웠다.

"넌 그 조직 폭력배들이 만화나 이런 종류에서 형성된 이미지일 거라고 했었지?"

"기억 안 난다니까. 내가 어디까지 말했는지도 기억 안 나."

이것 좀 봐 하며 수정이가 다른 창을 하나 더 띄우더니 빠르게 키보드를 눌러댔다.

"네 말로는 석원이나 그 빈이라는 애 사고는 감쪽같이 없어졌다고 했었어. 맞지?"

"그래."

"그리고 그 성인 나이트 사건도 없었다고 했고."

"그랬었어. 내가 그 날짜의 기사들을 얼마나 샅샅이 뒤져 봤는데."

"그런데 이걸 봐봐."

수정이의 목소리에 조금씩 긴장감이 어리는 것이 느껴졌다. 그녀의 손가락이 엔터키를 누르자 또 다른 창들이 화면 위로 나타난다.

98

"여름 방학 하고 나서 동해로 놀러갈 때 석원이가 무슨 신문인가를 유심히 봤다고 했지?"

"어."

"이거, 내가 어젯밤에 우리 고2 때 여름 방학 시작하던 날부터 차례로 모든 신문을 검색해서 찾아낸 거야. 사실은 너 꿈꾸기 전에 본 신문인가 해서 2000년도부터 검색하다가 없길래 한번 해보고 없으면 포기하자 생각하고 찾은 건데 이런 게 나왔어."

수정이의 손가락을 따라가며 커다랗게 인쇄체로 나열되어 있는 글자들을 읽어내려 갔다.

「홍칠만파 행동대원 김성두 외 다섯 명 검거.」

홍칠만… 홍칠만파라고. 머리가 급속히 어지러워지기 시작했다. 어째서 이런 것까지.

"그 성인 나이트 사건 일어난 게 분명 11월 중순이라 그랬지?"

정신이 없어서 그만 자리에 앉고 싶다 생각하는데 수정이가 또다시 무언가를 말해 왔다.

"그래, 맞아. 그건 나도 찾아봤던 거야. 그 해 가을 동안 나온 기사를 다 찾았는데도 없었는걸."

"그래서 난 1991년 9월부터 싹 다 뒤져 봤어. 그런 비슷한 일이라도 일어났나 싶어서. 적어도 1992년 가을까지는 모조리 뒤져 볼 생각이었어."

수정이의 눈이 반짝 빛나는 느낌을 받았다.

"그리고 이걸 찾아냈는데 말야."

"……."

"너 석원이가 고3 때 왜 퇴학당했는지 알아?"

"…몰라. 학교에서도 그냥 폭력이라고만 했었잖아."

"자, 이제 이걸 읽어봐. 아니, 내가 읽어줄게."

수정이는 작은 글씨체를 읽기 힘든지 손가락으로 하나하나 짚어 내려가며 또박또박 읽었다.

"날짜는 1992년 4월 13일 자야. 그때가 석원이 퇴학당한 그쯤이기도 하고. 잘 들어봐. 지난 토요일 밤, 서울 방배동에 위치한 모 성인 나이트 클럽에서 홍칠만파와 백자기파의 지역 싸움이 일어나 큰 파문을 일으킨 데 이어 어제 검찰은 검거되었던 조직원들 중 미성년자도 있었음을 밝혀 커다란 충격을 안겨주었다. 그중 현재 서울 모 고등학교 3학년에 재학 중인 J모 군은 한국 굴지의 S기업 대표, J 회장의 차남인 것으로 밝혀져 놀라움을 더하고 있다."

J모 군. 서울 모 고등학교 3학년. S기업 J 회장의 차남.

"어떻게 생각해? 이 사건의 연도와 장소는 다르지만 네가 말했던 것과 거의 흡사해. 그렇게 생각되지 않아?"

"그래서, 여기 나오는 J모 군이라는 게 석원이라는 얘기야?"

"그렇지 않을까? 학교에서도 무슨 일로 재적당하는 건지는 공고문에조차 올리지 않았던 걸로 기억해. 그래서 너하고 나, 또 무슨 일을 저지른 걸까 말했던 적도 있었잖아."

"꼭 그렇다고 볼 수는 없어. 아니, 그렇지 않을 거야. 어떻게 이게 가능한 일이겠냐?"

아닐 거야. 분명 내가 어디선가 이런 신문들을 읽고 머리 속에 남겨두었던 걸 거야. 그럴 거야. 그래서 내 꿈에도 나왔던 걸 거야.

"이게 신문에 난 사실들이니까 나도 모르게 기억하고 있었겠지, 그렇겠지. 꿈에 나온 것들하고는 연도도 다르고 장소도 다르다며."

"네가 천재냐, 근 10여 년 전의 신문 내용들을 기억해 놓았다가 이렇게 아귀가 딱딱 맞게 꿈을 꾸게?"

수정이가 무언가 항의의 말을 했지만 그게 귀에 들리지 않았다. 비틀거리며 침대로 다가가 앉았는데 도대체 지금 무슨 소리를 들은 건지 머리 속이 텅 빈 것같이 정신이 없다.

"하나 더 남았어."

"그만 하자, 수정아. 나 지금 힘들어."

"이것만. 이것만 보고 그만두자. 어차피 하나밖에 안 남았으니까."

도대체 하룻밤 동안 찾은 게 뭐가 그렇게 많은 거야. 내 얘기만 듣

고 어떻게 그런 걸 다 찾아냈니.

"인터넷이 이래서 정보의 바다 아니겠어."

수정이는 혼잣말을 중얼거려 가면서 또다시 무언가를 열심히 찾더니 이리 와, 한다.

"싫어. 그만 하자, 정말. 꿈과 똑같은 사실들이 현실에서 있었다고 해도 그게 무슨 상관이야? 다른 사람들이 들으면 모두 내 잠재의식에 의해 일어난 꿈이라고 할 텐데. 사실 그게 맞는 소리고."

"그럴까? 그럼 이것도 네 잠재의식 속에 있던 걸까?"

수정이가 날 보며 심각하게 말하였지만 별로 관심이 가지 않았다. 모든 것이 다 무의미하게 느껴졌고 두렵기도 했다. 내가 별반 일어날 기미를 안 보이자 그럼 내가 말해 줄게, 한다.

"석원이의 어머니가 심 자, 성 자, 연 자를 가지신 분이라고 했었지?"

석원이의 친어머니? 그것도 인터넷에서 찾았니? 나는 혀를 차며 고개를 저었다.

"석원이의 어머니가 돌아가신 때는 성원이라는 대그룹은 없었어. 그냥 중소기업인 성원이 있었지."

중소기업.

"석원이의 친어머니가 정말로 돌아가신 건지 아닌지 모르잖아. 그런데 무슨 돌아가신 때라는 거야."

수정이는 내 말을 깨끗이 무시하고는 자기 말만 했다.

"그래서 그 회사로 찾기는 힘들더라구. 그때까지만 해도 지석태 회장에 대한 기록도 없었고 또 전처에 대한 기록 같은 게 남아 있을

리 없으니까. 그냥 (주)성원이 성원 케미칼이라는 이름으로 시작된 회사라는 것 외에는 나온 게 없더라구."

성원 케미칼?

"이건 찾기가 힘들겠구나 싶어서 포기할까 하는데 네가 한 말 중에 석원이가 어머니를 닮아 음악에 소질이 있었다 라고 했던 내용이 기억났었어. 그리고 그랜드 피아노에 관한 이야기도."

그랜드 피아노. 그래, 석원이는 어머니가 치시던 피아노라고 했었어.

"생각해 봐. 어머니가 돌아가시기 전에 가지고 있던 거라면, 그리고 아프시기 전에 치시던 거라면 적어도 우리가 7살 이전부터 그 피아노가 존재했었다는 소리가 되는 거야. 7살 때면 일반 피아노를 가지고 있는 집도 그리 많지 않았는데 그랜드 피아노를 가지고 있는 집이 몇 집이나 되었을 것 같아?"

"피아노를 좋아하면, 그리고 그렇게 부잣집이면 가능하지. 게다가 중요한 건 그 그랜드 피아노가 진짜로 존재하는 건지 모른다는 거잖아."

"생각 안 나니? 우리 국민학교 다닐 때 매년 학교에서 조사를 했었어. 집에 자동차 있는 사람, 집에 TV 있는 사람, 오디오 있는 사람, 그렇게 가정 조사라는 걸 했었다고. 그리고 그 목록엔 피아노도 꼭 들어가 있었고. 80년대 초에는 작은 일반 피아노도 어느 정도 사는 집에만 있는 걸로 인식되어 있었는데 그 당시 중소기업을 하고 있던 석원이네가 굳이 그랜드 피아노를 가지고 있을 필요가 있었을까?"

"……."

"직업적인 필요성이 아니었다면 말이야."

직업적인 필요성?

"거기까지 생각해 보고 난 우리 나라의 음악가들을 검색해 봤어. 처음엔 물론 안 나오더라. 많기도 너무 많고. 그래서 유명을 달리한 음악가들을 검색해 봤지."

"……."

"겨우 찾아냈어. 활동 시기가 너무 짧았었거든. 심성연이라는 이름을 가진 음악가들 중 돌아가신 분들은 딱 세 분이야. 그런데 그분들 중 한 분은 노환으로 얼마 전에 돌아가셨고 다른 한 분은 남자였어."

"……."

"그리고 나머지 한 분. 내 생각엔 이분이 석원이의 어머니일 거라고 생각해. 피아니스트였으며 폐암으로 돌아가신 분."

폐암.

『외숙모는 폐가 안 좋으셔서 외삼촌이 먼 출, 퇴근 길을 감수하면서까지 춘천으로 옮기셨었어.』

서민아 선배의 말이 생각났다.

"돌아가신 시기도 비슷하고, 그리고 사진도 여기 작은 게 하나 나와 있는데… 아무래도 음… 네가 직접 보는 게 좋겠다."

사진? 그 음악가의 사진? 난 수정이의 말에 이끌려 컴퓨터 앞으로 비척비척 다가갔다.

"이 사진도 겨우 찾은 거야. 출신 학교 졸업 앨범 목록 중에 다행히 이분도 계시더라구."

수정이가 여러 사람들의 반명함판 사진들이 다닥다닥 보이는 중에서 왼쪽 구석에 있는 사진을 가리켰다. 확대가 안 되더라, 하는 말과 함께.

"어때? 이제 너도 확신이 들지?"

수정이는 너무 놀라 말도 못하고 서 있는 날 보며 고개를 한 번 끄덕했다. 세상에, 저 사진… 저 사람은 석원이야. 어떻게 저렇게 석원이랑 똑같을 수가 있지? 나는 석원이의 갸름한 턱과 깊은 눈동자와 오뚝한 코를 그대로 가지고 있는 20대 초반의 여자 사진을 쳐다보며 몸을 부르르 떨었다. 모르는 사람에게 두 사람의 사진을 놓고 물어봐도 누구나 가족이라고 대답할 거라 확신이 들 만큼 그 둘은 닮아 있었던 것이다.

99

"이렇게 작정하고 찾아도 찾기 힘든 분인데 음악 전공한 사람이라 해도 이런 걸 잠재의식 속에 가지고 다닐 수 있는 사람은 별로 없어."

수정이의 말을 들으며 그대로 방바닥에 주저앉았다. 뭐야, 이거. 그럼 꿈이 아니라는 거야? 하지만 그럴 리도 없잖아. 정작 여기 앉아 저런 정보를 찾아낸 수정이도 까맣게 모르는 일인데. 애써 아무것도 아니라고 생각하려 했는데 석원이의 어머니 사진을 본 순간 다른 일

들 또한 모두 꿈에서 보기가 매우 희박한 일들임을 인정해야 했다.

"나… 나 무서워, 수정아."

수정이는 내 말을 듣더니 자기도 바닥으로 내려와 앉는다.

"알아. 나도 어제 이걸 찾아내고서 많이 무서웠었어."

"그럼 이게 뭐라는 소리지? 이런 게 모두 사실이었는데 너도, 유성이도, 그리고 동태나 빈이, 채경화, 또 민지 언니, 게다가 석원이도 기억하지 못했어. 그런데 어떻게 이런 게 내 머리 속에 들어와 있는 거냐구."

어떤 식으로 맞춰봐도 이건 말이 되지 않았다. 꿈이라고 하기엔 그 꿈에서 일어난 일들이 너무 현실적이었고 그래서 사실이라고 받아들이려고 하면 나 외엔 기억하는 이가 아무도 없었다. 이걸 어떻게 받아들여야 하겠어, 이걸.

"내 생각엔 네가 다시 한 번 석원이를 만나보는 게 좋겠어."

"하지만 그 애도 모르는 일이잖아."

"물론 너 혼자 꾼 꿈이니 알 수는 없겠지. 하지만 네가 겪은 일들 모조리 석원이를 중심으로 해서 일어났던 일들이야."

석원이를 중심으로.

"석원이를 만나보도록 해. 그리고 이런 일들도 얘기해 보고."

"미쳤다고 할 거야."

"처음엔 그렇다고 생각할지도 모르지만 다 듣고 나면 그렇지 않다는 걸 알게 될 거야. 뭔가 이유가 있으니까 네가 그런 꿈을 꾼 거 아니겠어? 덮으려고만 하지 말고 이유를 찾아봐야지."

이유가 있는 꿈. 이유가 있는…

"게다가 그 하룻밤 사이에 1분 1초까지도 정확한 꿈을 꾼다는 거, 마치 현실 생활을 겪는 것처럼 꾼다는 거, 너무 이상하잖아. 분명 꿈이 네게 말하고자 하는 게 있었을 거야."

꿈이 내게 말하고자 하는 것. 꿈이 내게…

"하지만 나 무서워, 무섭단 말이야. 꿈이 뭘 말하고 싶든 놔둘래. 그냥 잊어도 될 거야. 지금까지 이렇게 살아왔는데."

"세령아, 무섭다는 건 이해해. 나도 그래. 무슨 심령학 같은 그런 쪽으로 자꾸 생각이 가는 게 나도 무섭기는 마찬가지야."

젠장. 네가 심령학이라는 말을 꺼내니까 더 무서워지잖냐, 이 기집애야.

"그래도 그냥 잊고 살기엔 걸리는 게 너무 많다. 너희 오빠를 봐. 여기 와서 민지라는 그 언니 다시 만났다며? 그 두 사람 원래 그렇게 만날 운명이어서 네 꿈에 나온 것일 수도 있잖아."

"……."

"한번 보기나 해봐. 보고 말이나 해보라고. 그래서 아무것도 건지는 게 없으면 그걸로 좋은 거고. 또 알아? 이 꿈을 풀어줄 무슨 힌트 같은 걸 발견하게 될지."

결국 난 수정이의 성화에 오후 2시가 조금 못 되어 집을 나서야 했다. 동태에게 전화를 해보았지만 뭘 하는 건지 휴대폰을 꺼놓아 연결이 되질 않았고 그 외 우리가 연락할 수 있는 친구들 중에 석원이의

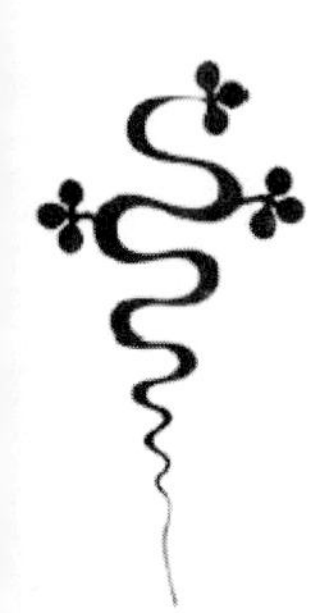

연락처를 알 만한 애는 아무도 없었다. 석원이의 연락처. 이럴 줄 알았으면 그때 동태가 석원이 연락처 적어준 종이 가지고 올 걸. 여름이라 땀은 비질비질 쏟아지는데 정작 어디를 가야 하는지 알 길이 없어 뜨거운 한낮에 우리가 다니던 고등학교까지 와버렸다.

더 이상 갈 곳도 없어서 할 수 없이 동태의 연락처를 간혹 눌러보다가 차라리 집에서 찾아볼 걸 그랬다고 생각하며 앞에 보이는 카페에 들어갔다. 차가운 아이스티를 시킨 뒤 냅킨에 낙서를 하며 암담하게 시간을 보내고 있는데 잠시 뒤에 보니 내가 낙서를 한 내용은 거의 대부분 033이라는 숫자였다. 033? 이게 뭐지? 전혀 근거를 알 수 없는 숫자에 대해 한참 생각해 내려 애썼는데도 전혀 떠오르지 않았다. 5분쯤 기억하려 애쓰다가 귀찮아져서 그만두자 하고는 막 다시 동태에게 전화를 하려고 하는데 그때 내 휴대전화가 울렸다.

"여보세요."

—세령이니? 나 수정이.

"어, 그래."

—어떻게 됐어? 만날 수 있겠어?

"아니. 동태도 연락이 안 되고 석원이가 어디 있는지 아는 애도 없잖아."

—저기 내가 조금 전에 기억해 낸 건데, 그저께 유성이하고 석원이가 별다른 말은 안 했었다고 했잖아.

"그랬지."

—그런데 두어 마디 하긴 했었거든. 유성이가 먼저 단풍 들면 볼

만하겠다 하니까 석원이가 그렇겠지, 라고 했었는데 그래서 애들은 뭐 별로 친하지도 않던 애들이 뜬금없이 웬 단풍타령이야, 했었는데 너 뭐 짚이는 거 없어?

단풍? 그러게 웬 단풍? 지금 늦여름이니까 곧 단풍이 들긴 하겠지만 애들 말대로 두 사람이 싱겁게 단풍 얘기나 할 만큼 그런 사이도 아닌데. 왜 그런 말을 했을까?

—내 생각엔 말이야. 혹시 석원이가 춘천에 사는 거 아닐까? 원래 살던 곳도 춘천이라며. 유성이가 그런 뜻으로 춘천에 단풍 들면 볼만하겠다, 라는 말을 했다고 보면 별로 어색하지 않잖아. 아무리 서먹한 관계라도 사는 곳에 대해 몇 마디 주고받을 수는 있는 거니까.

춘… 천? 033? 그래, 춘천! 033은 춘천 지역 번호였어. 얼마 전 동태가 연락처 적은 종이를 나한테 내밀었을 때, 그때 봤던 거였어. 그걸 아까 떠올렸던 거였는데 이제야 그 번호가 뭔지 생각나다니. 나는 서둘러 수정이에게 고맙다고 외치고 이번엔 다시 기차역으로 달리기 시작했다. 사실, 춘천에 가더라도 뭘 어떻게 해야 할지 다음 계획은 아무것도 없었지만.

기차에 올라탄 건 3시 7분이었다. 3시 7분 기차라. 5분도 아니고 10분도 아니고 7분. 별 쓸데없는 생각이긴 했지만 그래도 7이라는 숫자를 생각하니 좋은 일이 생길 것 같아 기분은 좋다. 왜 춘천에 가야 한다고 생각했는지는 잘 모르겠다. 기차에 올라 자리를 찾아 앉으면서도 집주소나 전화번호도 모르는 상태에서 왜 무작정 가는 것인지 나 자신도 이해하지 못했던 것이다. 그냥 막연히 그래야 한다는

느낌만 있을 뿐.

평일이라 별로 사람들도 없고 해서 2인석 자리에 혼자 앉아 가게 되었다. 멍하니 창밖을 바라보니 꿈속에서 석원이와 함께 이 기차를 타고 춘천을 가던 생각이 났다. 그때는 이렇게 막연하지도 않았고 또 그 애의 어머니를 본다는 생각에 들떠 있기도 했었는데. 난 창밖을 스쳐 가는 풍경들을 보면서 꿈속의 나와 석원이, 그리고 현실의 나와 석원이를 하나하나 생각해 보기 시작했다. 지금은 비록 어려서의 거친 모습이 많이 줄어들긴 했지만 그래도 석원이만의 느낌은 고스란히 남아 있었기 때문에 나는 지난 동창회나 혹은 그 외의 마주침에서 늘 고등학교로 다시 돌아간 듯한 느낌을 받곤 했었다. 이제 내가 석원이를 찾아내어 이런 일들을 모두 말해 준다면 그 애는 어떤 표정을 지을지, 아니, 이제 더 이상 어리지 않은 그는 도대체 어떤 얼굴로 나를 보게 될 것인지.

100

"도대체 어떻게 된 거야. 이 동태 녀석은 뭐 하느라 휴대폰도 꺼놓은 거야?"

춘천 역에 도착하여 딱히 갈 곳이 없어 동태에게만 계속 전화를 했는데 이미 많은 시간이 지난 지금까지도 여전히 전원을 꺼놓았다는 소리만 지겹도록 들려왔다. 아마도 또다시 게임에 몰입하고 있을 거라는 짐작을 하며 이제 정말 난감하게 되었다고 이마를 찡그리는데 그때 눈앞으로 지나가는 택시 한 대를 발견했다. 솔직히 나는 석원이가 어느 곳에 살고 있는지 전혀 알지 못했다. 그리고 현재 춘천에 머물고 있는지에 대해서도 알지 못한다. 그렇지만 너무나도 자연스럽게 택시에 올라탄 나는 아직도 머리에서 지워지지 않고 있는 부용산과 소양호라는 이름을 대며 그곳으로 가달라고 부탁했다. 아저씨는 뒤를 힐끔 보더니 관광객 같지 않은 차림에 의아해하는 눈치면서도 말없이 시동을 걸어 출발해 주었다. 그러는 동안 나는 창밖을 바라보며 혹시라도 그냥 지나치게 되는 것은 아닐까 싶어 주의 깊게 사방을 살피기 시작했다.

처음엔 못 알아보고 그냥 지나쳐 가고 말았다. 아저씨는 더 가도 아가씨가 찾는 곳은 아닐 것 같다며 다시 되돌아가 보자고 말씀하셨고 그래서 그러자고 한 뒤 밖을 내다보고 있는데 왔던 길을 되돌아 5분쯤 달렸을까, 갑자기 이곳이구나, 하는 생각이 들 정도로 낯익은 산이 눈앞에 딱 나타났다. 그렇게 쉽게 지나쳤던 곳인데도 말이다.

버스 정류장은 이제 제법 잘 닦여진 도로와 함께 깨끗한 알림판으로 바뀌어져 있었다. 그리고 옆에 서 있던 미니 마켓도 조금 더 커지고 깔끔한 모습으로 변해 있었다. 그러나 그 뒤에 보이는 산의 모습은 그때나 지금이나 여전하다. 아직 단풍이 제대로 들지 않았다는 것만 빼면. 우두커니 서서 사방을 돌아보다가 마켓에 들어가 석원이가 샀던 그대로 맥주 몇 캔을 샀다. 그리고 한 발 한 발 그 무덤이 있던 산중턱을 향해 올라가기 시작했다. 왜 가보려고 하는지 나도 알지 못

한다. 그곳에 석원이가 있을 거라고 장담할 수도 없었고 또한 그 자리에 무덤이 있을지 확실하지도 않았는데 너무나 자연스럽게 내 걸음은 그곳을 향하고 있었다. 도대체 그곳에 무덤이 있길 바라는 건지, 아니면 없길 바라는 건지 그것조차 확실하지가 않다. 이 이상한 꿈의 행진이 여기서 끝나길 바라는 것인지 혹은 아직도 이어져야 한다고 믿는 것인지, 알지 못했기 때문이다.

혼란한 내 마음과는 다르게 그곳까지 올라가는 길은 무척 수월하였다. 길이 매우 정갈하게 정리되어 있었기 때문이다. 딱히 무슨 공사나 그런 걸 한 건 아닌 것 같았지만 오솔길처럼 반듯하게 정돈되어 있어서 꿈속에서 올라갔던 것보다 훨씬 길 찾기도 쉬웠고 올라가는 것도 수월했다. 그리고 그렇게 눈앞에 펼쳐진 산중턱의 평평한 지대.

아! 난 탄성 소리와 함께 사들고 온 것을 발치에 떨어뜨릴 수밖에 없었다. 거기엔 내가 기억하고 있는 그대로 자그마하고 예쁜 무덤 하나가 얌전히 자리 잡고 있었기 때문이다. 한참을 그 무덤과 앞에 세워진 비석만 바라보고 있다가 떨어뜨린 물건들도 잊은 채 천천히 앞으로 다가가 보았다.

심성연(沈性姸). 그 비석엔 내 기억에 남아 있는 그대로 이 이름 석 자가 가지런히 적혀 있었다. 심성연. 어제 수정이가 찾아낸 피아니스트였다는 그분. 젊어서 폐병으로 고생하다가 결국 폐암으로 전이되어 돌아가셨다는 그분. 그리고 석원이, 석원이에게 너무나도 똑같은 얼굴을 남겨놓고 가신 그분. 가슴속이 뭉클해진다. 내가 꿈에서도 이곳을 찾아왔었다는 걸 알고 계실까. 꿈에서 혼자 서 있는 석원이로 인해, 그리고 뒤에 보이는 무덤으로 인해, 마음 아파했었다는 걸 이분은 알고 계실까. 눈물이 천천히 고이더니 곧 밑으로 흘러내렸다. 아무 생각도 나질 않았고 그저 이 무덤과 같은 무언가를 공유하고 있는 듯한 느낌에 빠져 천천히 그 앞에 무릎을 꿇고 앉았다. 그리고 손을 뻗어 비석에 새겨져 있는 골을 따라 손가락으로 천천히 그어 내려갔다. 심 자에 이어 성 자 연 자까지. 그러는 중에도 알 수 없는 무언가가 가슴 밑바닥에서부터 솟구쳐 올라와 눈물이 쉬지 않고 흘러내렸다.

이름을 다 쓰고 난 후, 다시 이곳저곳을 쓰다듬다가 난 결국 참지 못하고 비석에 기대어 울음을 터뜨렸다. 왜, 어째서, 이분이 여기에 있는 것일까. 난 어떻게 알고 꿈에서 여길 왔던 것일까. 결국 모든 게 다 사실이었다는 걸 알아내었는데 이제 어떻게 하면 되는 것일까. 난 이제 어떻게 해야 할까. 더 이상 무섭다거나 이상하다는 생각은 들지 않았다. 단지 왜 이렇게 가슴이 아프고 슬퍼야 하는지 그 이유를 알 수가 없어 더욱 많은 눈물을 흘리며 얼굴을 팔 깊숙이 묻어버렸다. 그동안 겪어왔던 꿈속의 일들과 현실의 일들이 빠르게 머리 속을 스쳐 지나갔고 그와 동시에 억지로 잊어보려 했던 석원이의 모습들이 하나하나 떠오르기 시작했다. 밑바닥에 눌려 있던 그 아이를 향한 생각들이, 감정들이 터져 나오는 것같이 마음이 아팠다.

툭. 투둑— 투두둑. 툭.

한참을 그렇게 엎드려 울고 있자니 주변에서 낙엽 떨어지는 소리가 들려왔다. 정말 조용한 곳이구나. 낙엽 떨어지는 소리도 들릴 정도로. 그 소리를 듣고 있자니 비로소 마음이 편해져서 어느새 내 울

음도 천천히 그쳐 갔다. 지고 있는 햇살이 이곳을 비추고 있어 등 위가 뜨거웠지만 툭툭거리며 떨어지는 낙엽 소리에 마음이 끌려 그대로 계속 기대어 있었다.

낙엽 떨어지는 소리, 낙엽… 떨어지는, 낙엽…… 낙엽?

잠깐! 아직 단풍이 떨어지기에는 이른 시기일 텐데? 이렇게 뜨거운 햇살이 비추는 늦여름에 무슨 낙엽이 이렇게 많이 떨어지지? 여기까지 생각이 미치자 난 소스라치게 놀라며 상체를 세웠다. 그리고 주변에 떨어져 있을 낙엽들을 바라보았다. 이게 뭐야? 지금까지 툭툭 소리를 내며 떨어지던 것들이 이거란 말이야? 난 기가 막혀서 주위에 쌓여 있는 것들을 쳐다보았다. 종이 비행기. 내 주위엔 하얀 종이 비행기들이, 몇 개인지 셀 수도 없을 정도로 많은 하얀 종이 비행기들이 여러 가지 모습으로 흩어져 있었다. 그리고 그 종이 비행기들을 보면서 넋이 나가 있는 내 얼굴 옆으로 다시 날아오는 또 하나의 종이 비행기.

난 벌떡 일어나 그 비행기가 날아온 곳을 주시했다. 왼쪽 뒷편에서 날라온 종이 비행기. 그리고 지금도 하얀 종이 비행기를 들고 서 있는 한 명의 사람. 무표정하게 서 있던 그 사람은 나를 바라보며 천천히 걸어왔다.

"서… 석원아."

석원이는 자신의 이름을 부르는데도 대답없이 무표정하게 쳐다보기만 했다. 내가 이곳에 나타나서 놀란 것일까. 어째서 자신의 어머니 비석을 안고 울어야 했는지 몰라 기가 막히는 것일까. 무슨 말이

든 해야 한다는 생각이 들었지만 아무 말도 할 수가 없었다.

"너도 해."

그리고 그런 나를 향해 석원이는 자신이 들고 있던 종이 비행기를 건네주었다. 하얀 종이 비행기. 왜 갑자기 이런 것을 주는지 알 수 없어 머뭇거리고 있던 나는 조심이 받아 들며 얼굴을 쳐다보았다. 그러자 보일 듯 말 듯하게 웃으며 뒤돌아 걸어온 쪽을 쳐다본다. 마치 어서 날려보라고 말하는 것처럼 보여서 나도 모르게 손에 들고 있던 종이 비행기를 힘껏 날려 보냈다.

그 비행기는 얼마 가지 못해 땅으로 떨어지고 말았다. 마치, 꿈속에서 내가 던졌던 모든 비행기들이 추락했던 것처럼.

"훗. 아직도 못하네."

그리고 동시에 뒤에서 들려온 석원이의 목소리. 난 석원이의 말을 천천히 다시 생각하며 뒤돌아보았다. 무슨 말이니? 그게, 무슨 뜻으로 하는 말이니.

나를 보는 그 애의 얼굴이 꼭 무언가를 말해 줄 것만 같아서 한참 보고 있는데 그때까지도 석원이는 마치 앞으로 칠 장난을 구상 중인 듯한 그런 얼굴로 밑에 깔린 비행기들을 보고 있었다. 곧 씩 웃으며 그중 하나를 집어 올려 슛을 하는 듯한 포즈로 그것을 날려 보낸다.

"우린 뭐지?"

그리고 아직도 멍하니 서 있는 나에게 가볍게 묻는다. 우리가… 뭐냐고? 순간 귓속으로 파도치는 소리가 들려오는 것 같아 가슴이 세차게 뛰기 시작했다.

"사람이잖아."

자연스럽게 튀어나온 나의 대답. 그와 동시에 내 기억 속으로 떠오르는 그때의 대화들.

계속 이렇게 있을 수 있는 건가.

"계속 이렇게 있을 수 있는 건가."

아니지, 집에 가야지.

"아니지, 집… 에 가야지."

꿈속처럼 멍하다. 내가 듣고 있는 말들은 분명 석원이가 하는 말이 아닐 거야. 내 기억일 거야. 내 기억 때문에 이렇게 생생하게 들리는 걸 거야. 이제 이 시간이 지나면 또 꿈처럼 사라질 거야, 그럴… 거야.

나는 온몸에 돋는 소름을 느끼며 천천히 눈을 감았다.

변하지 않는 게 있다면 좋겠다.

"변하지 않는 게 있다면 좋겠다."

바다표면을 낮게 스치며 다시 날아오르던 갈매기 떼들, 석원이를 지나 나에게 불어오던 짠내나던 바람, 그 안에서 희미하게 느껴지던 너의 슬픔.

있잖아? 가족은 절대로 안 변해.

"있… 잖아? 가족은, 가족은 절대로 안 변해."

그때, 이렇게 대답하면서도 난 썩 훌륭한 대답이 못 된다는 생각에 시무룩해져 있었다. 지금도 그때의 감정이 고스란히 살아나는 것 같아 눈을 감고 있으면서도 절로 찌푸려졌다. 그와 동시에 들려오는 석원이의 말.

"네가 해줄래?"

미처 그 다음을 생각하기도 전에 들은 말이어서 순간 꿈에서 깨어나듯 내 정신도 깨어났다. 그리고 그제야 내가 지금 얼마나 놀라운 일을 겪고 있는 것인지 깨달을 수 있었다.

"변… 하지 않는… 거?"

"어."

난 천천히 눈을 떠 바라보았다. 여전히 무표정이긴 했지만 석원이의 눈이 떨리고 있음을 알 수 있었다. 눈에 눈물이 고이는 게 느껴져 얼른 깜박였지만 끝내 떨구고 말았다. 믿을 수 없는 일이었지만, 절대 있을 수 없는 일이었지만, 그러나 거짓말처럼 석원이는 나를 기억하고 있었다.

"늙는 거… 늙는 거 빼주면……."

결국, 목이 매어와 끝까지 말을 하지 못했다. 아무 생각도 나지 않

았고 이 상황을 판단할 힘도 없었다. 그냥 눈물이 계속 흘러나와 고개를 숙인 채로 오랫동안 울기만 했다. 그런 나에게 다가오는 석원이가 느껴졌다.

"오랜… 만이다."

오랜 만이다. 오랜… 만이다.

석원아. 그래, 오랜만이구나. 날 알아보는 널 보는 거 너무 오랜만이구나. 보고 싶었다. 날 향해 웃어줄 네가 보고 싶었다.

epilogue

『…꿈인 줄 알았으면 좀 편하게 살다 올 걸 그랬어.』

한참을 아무 말도 하지 못하고 있는 나를 보며 석원이는 발 밑에 있는 종이 비행기를 집어 날렸었다. 꿈인 줄 알았으면…….

나는 석원이의 말을 이해하지 못했다. 그 시간들을 기억해 주는 것이 고마웠지만 그러나 어떻게 이런 일이 있을 수 있는지 납득할 수가 없었다. 꿈이란 건… 지극히 개인적인 것이 아닌가. 믿을 수 없다고 중얼거리는 나를 보며 석원이가 말했다. 나도… 믿을 수는 없어.

석원이가 꿈에서 깨어난 것은 누군가가 내려친 벽돌로 머리를 맞고 난 후였다고 했다. 이름을 부르는 내 목소리에 잠시 눈을 떴다가 감은 후로 꿈을 깨게 되어 한동안 현실 세계에서도 머리의 통증을 느껴야 했다는 석원은 그러나 꿈이라는 것을 인정하게 되기까진 무척 오랜 시간이 걸렸다고 말했다. 고 3때 또다시 제적을 당하고 호주로 유학을 갔다던 석원은 앞으로도 그곳에서 생활하겠다는 계획을 접고 잠시 들리려던 한국으로 완전히 귀국해 버리고 말았다. 자세히 말하지는 않았지만 아마도 꿈이 아닐 거라는 증거물을 찾고 싶어 그랬을 거라고 난 짐작한다. 내가 그랬듯 석원이 또한 같은 과정을 겪었을 거였다.

어떻게 무덤까지 찾아올 생각을 했냐는 말에 나도 수정이의 활약을 간략하게 설명해 주었었다. 내가 어떻게 그 기이한 꿈에 대해 알려주게 되었는지, 수정이가 어떻게 이 많은 정보들을 인터넷에서 찾아내었는지, 그리고 어떻게 이곳으로 오게끔 도왔는지. 그 일들을 흥미롭게 듣고 있던 석원이는 고개를 두어 번 끄덕였다.

『우리, 다른 거 다 필요 없이 둘만 만나서 얘기해 봐도 될 일이었을 텐데 말야.』

내 말에 석원이는 조금 웃었다. 그리고는 꿈인 줄 알았으니까, 라고 대답했다. 난 그 말을 이해할 수 있었다. 주위 모든 사물과 사람들이 꿈이라고 주장하고 있는 가운데 상대방에게 이런 일을 확인해 볼 생각을 한다는 것은 매우 어려운 일이었던 것이다. 물론 석원이는 꿈속에서 나의 편지를 읽어보기도 했었지만 결과적으로 그것 또한 자신의 머리에서 나온 꿈에 불과했으니 더 더욱 확인 같은 건 생각을 못해봤을 거였다.

이런 기이한 현상, 어떻게도 설명할 수 없는 이 일을 어디서부터 맞춰보고 정리해야 할지 아득하기만 했다. 우리 두 사람, 모든 것을 기억한다는 것에 대해서는 크게 감사한 마음이 있었지만 그러나 이

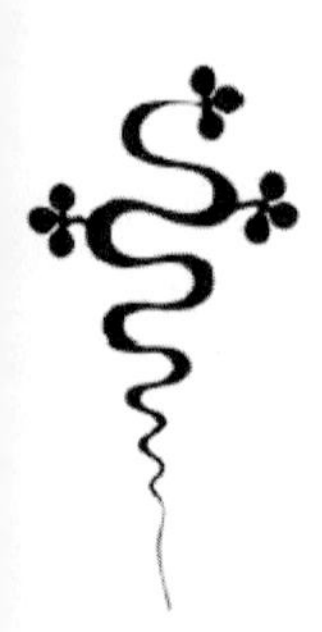

일을 어떻게 받아들이고 이해해야 할 것인지에 대해서는 알 길이 없었다. 내가 한숨을 내쉬자 옆에 앉아 소양호를 내려다보고 있던 석원이가 문득 생각났다는 듯 말했었다. 너에 대해선 인터넷으로도 별로 찾을 게 없던데, 라고.

"당연하지, 난 평범한 대한민국 노처녀일 뿐이라고. 인터넷 같은 곳에 내 신상명세가 나돌아다닐 수는 없는 거잖아. 별로 없는 게 아니라 아예 없었겠지."

하지만 그렇게 대답하면서도 문득 궁금증이 생겼다. 석원이는 정말 나에 대해 아무것도 알아본 게 없을까. 내가 쳐다보기 시작하자 어떤 생각을 하고 있는지 알아챈 듯 눈썹을 찌푸리더니 몇 개 있긴 하지, 라고 말했다.

"그게 뭔데?"

"……출신 대학과 전공, 직장, 직급과 결혼 여부, 집주소, 전화 번호, 휴대폰 번호……."

"뭐야, 너 혹시 탐정 사서 내 뒤를 캐기라도 한 거야?"

그러나 석원이의 말은 끝나지 않았다.

"자주 가는 카페, 자주 가는 식당, 자주 만나는 친구, 자주 가는 책방, 자주 입는 옷……."

한참을 중얼거리던 석원이는 갑자기 웃음을 지으며 깍지 꼈던 손을 풀어 이마를 짚었다. 그리고는 너도 알고 있는 줄 알았으면 그냥 말 걸어볼 걸 그랬지? 라고 말한다.

"날… 따라다녔니?"

"……."

비록 대답은 없었지만 그 침묵이 긍정이라는 것을 알 수 있었다. 내가 카페에 가고, 식당에 가고, 친구들을 만나고, 책방을 다닐 때, 그때마다 어떤 옷을 입고 있는지 살펴보며 뒤나 앞에 서 있었을 석원이를 생각하자 가슴이 먹먹해졌다. 어떻게 단 한 번 눈에 띄지도 않고 그럴 수 있었을지.

"아! 너 그러고 보니 압구정동에 있던 거, 그거 우연이 아니었구나. 맞지?"

또다시 웃고 마는 석원이. 어쩐지 이 넓은 서울 시내에서 그런 식으로 마주쳤다는 것이 이상하다 했는데 지금 이야기를 듣고 보니 전혀 신기할 일도 아니었다. 난 정말 신기해했었는데.

"그런데, 난 사실 수정이 덕에 이곳까지 왔지만 네가 나랑 같은 꿈을 꿨다는 건 전혀 짐작도 못하고 있었거든? 넌 어떻게 알게 된 거야? 내가 여기까지 찾아온 걸 보고?"

"아니."

주머니에서 담배를 꺼내어 손 안에서 빙글빙글 돌리던 석원이는 곧 불을 붙이며 가볍게 휘파람을 불었다.

"…네가 내 흉터에 대해 물었을 때."

"아, 그거."

"그리고… 네가 부른 노래들을 인터넷에서 찾았을 때."

"어?"

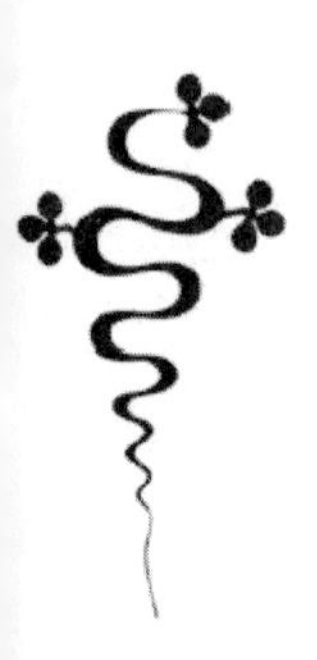

석원이는 담배를 들고 있던 오른손을 밑으로 내렸다. 그리고는 다시 휘파람을 불었다. 꿈속의 수학여행에서 유성이와 석원이 옆에 앉아 별을 보며 불렀던 '주문을 걸어' 라는 노래였다. 내가 입을 벌리고 있는 동안 석원이는 그 곡을 끝까지 불었고 그리고 곧 장난스럽게 웃더니 '내 남자 친구에게' 라는 노래의 첫 소절도 조금 불러주었다.

"아니, 잠깐만. 그럼 넌 이 노래들을 인터넷에서 찾았단 말이야?"

"어."

"대체 뭐로 검색했는데?"

"가사."

"이 노래들, 원래 몰랐었니?"

"유학 갔었으니까."

"음……."

가사를 기억하고 있었던 것 자체가 대단하다는 생각이 들어 쳐다보았다. 나 같으면 벌써 잊어버렸을 것을. 흉터에 대해 알고 있는 것을 보며 혹시나 하는 생각에 검색을 해보게 되었다던 보충 설명을 들으며 문득, 어이없다는 생각이 들기 시작했다. 알고 나서도 지금까지 며칠을 가만있었단 말이야, 그럼?

"뭐니? 말이라도 좀 해주지. 나는 그런 것도 모르고 괜히 일기장까지 홀랑 다 태워 버렸단 말야."

그러나 석원이는 웃기만 할 뿐이다. 어둑해지는 주위를 바라보며 웃고 있는 석원이의 얼굴은 어려서보다 훨씬 편해 보였다. 크게 달라진 것은 없었지만 그때 보이던 힘들고 아팠던 모습은 그다지 남아 있지 않았다. 그게 다행스럽기도 하고 조금 섭섭하기도 했다. 이제 어려서의 석원이를 볼 수 없다는 것이 아주 조금 아쉬워졌다.

"아하하, 그럴 줄 알았어, 그럴 줄 알았어. 웃기는 것들. 야! 너들은 학교에 기부금 내야 돼. 동창회 아니었으면 어디서 만났겠어?"

석원이와 함께 나란히 만나게 되었을 때 가장 처음 나온 동태의 반응이었다.

"사귀기로 한 거야? 저 녀석이 그런 말 할 놈이 아닌데."

이건 빈이의 반응.

"결국, 꿈이 중매를 선 거네? 뭐야, 왜 나는 그런 꿈도 안 꿔."

이건 수정이의 반응이었다. 석원이와 나란히 같은 꿈을 꾸었다는 것은 비밀로 하기로 했다. 그저 나 혼자 신기한 꿈을 꾸고, 그래서 석원이를 만나고, 그래서 이렇게 좋은 결과가 있게 된 거라고만 말해 주는 게 수정이에게도 좋을 거라 여겼던 것이다.

우리를 보는 사람들의 반응은 각양각색이었지만 그중에서 가장 기뻐하신 분은 단연코 엄마였었고, 제일 믿을 수 없어하던 사람은 아쉽게도 우리 오빠였다. 오빠는 석원이 같은 사람이 왜 나를 만나야 하는지에 대해 무척 세심하게 고찰하는 눈치를 보였었다. 민지 언니가 자신을 만나는 것에 대해선 당연하게 여기면서도 말이다.

어쨌든 난, 석원이를 다시 만난 후 가장 먼저 머리를 잘랐다. 또다시 엄마가 구박을 하셨지만 나도 그렇고, 석원이도 그렇고 짧은 머리에 훨씬 더 익숙해져 있었기에 아깝다는 생각은 들지 않았다.

석원이와 다시 만난 뒤 우리는 다시 한 번 정동진을 가기로 결정했다. 그곳에 둘만 가기로 약속했던 것을 잊지 않았던 것이다. 이번엔 훼방꾼들을 마주치지 않기 위하여 신중을 기해 계획을 짰고 그 결과 새벽, 동트는 것을 보러 가는 우리의 곁에는 아무도 따라붙은 이들이 없었다.

"그런데 석원아."

아직 어두운 길을 달리고 있는 자동차 안에서 나는 지금까지 잊고 있었던 일을 떠올리며 입을 열었다. 크게 중요하지는 않다고 생각했었는데 어두운 창밖을 보며 두 시간쯤 앉아 있었더니 그 일이 불현듯 생각났다.

"꿈에서 말야, 성인 나이트 클럽이었나? 아무튼 정욱이와 함께 문찬이라는 사람에게 갔던 날, 내가 듣기로는 성진이라는 사람이 오지 말라는 말까지 했다고 들었는데 대체 왜 간 거야?"

"……."

석원이의 시선은 앞으로만 고정되어 있었다. 내 말을 못 들은 것은 아닐 테니 아마도 어떻게 대답을 할 것인지, 혹은 아예 대답을 하지 말 것인지에 대해 생각을 하고 있을지도 몰랐다. 많이 달라지긴 했지만 꿈속에서의 그 고집불통은 지금도 여전하다고 생각하며 다시 창밖으로 시선을 돌리는데 그때 석원이가 천천히 입을 열었다.

"…도와줘야 할 사람이 있었거든."

"누구? 정욱이?"

"아니."

또다시 침묵을 지키는 석원이. 말하기 불편한 일이라도 되는지 눈썹을 찌푸리며 손가락으로 핸들을 두드리며 말이 없던 석원이는 한동안 시간이 지난 후에 그래도 말은 해줘야 한다고 느꼈는지 다시금 입을 열었다. 그렇지만 썩 내키는 음성은 아니었다.

"전에, 가슴에 흉터 왜 생겼냐고 물었던 적 있었지."

"낫에 찔린 거라며, 아니야?"

"…맞아. 그리고 사실은 그때 죽었을지도 모르고."

애가 왜 이리 썰렁한 얘기를 하는 걸까. 순간 어이가 없어서 쳐다봤더니 슬쩍 내 쪽을 보며 웃음을 짓는다. 그리고는 다시 말을 이었다.

"성진이 형이 날 살렸어."

"……."

그래서 그 사람을 도우러 간 거니, 라고는 물을 수 없었다. 맞을 수도 있고 아닐 수도 있었지만 그다지 묻고 싶지가 않았다. 아니, 어떻게 살렸는데, 라고도 물을 수 없었다. 이건 농담도 아니고 장난도 아니었기에, 그리고 남의 일도 아니었기에 더 이상 물어볼 수가 없었다. 석원이는 별로 기억하고 싶지 않은 일이었는지 이마를 잔뜩 찌푸리며 담배를 태우더니 곧 그것도 밖으로 날려 버리고는 음악을 틀었다. 아직 앙금처럼 남아 있는 석원이의 아픔과 분노를 느끼며 나는 작게 한숨을 쉬었다. 언젠가는 이 모든 응어리가 풀어질 거라 생각하며.

정동진에 도착했을 때는 동쪽 하늘이 서서히 밝아올 무렵이었다. 아직 해는 보이지 않았지만 이미 주위는 꽤 밝아진 상태였고 우리처

럼 해돋이를 보기 위해 몰려온 사람들도 여럿 보였다. 모래밭 중간쯤에 자리를 잡고 가지고 온 보온병을 꺼내 커피를 마셨다. 초콜릿도 꺼내 작게 조각 내어 건네주고는 이제 곧 올라올 해를 향해 시선을 고정시켰다. 저 멀리 바다 밑 어디쯤에 있을 해를 향해.

"석원아."

해는 과연 언제쯤 올라올까.

"어."

"혹시, 이것도 꿈이 아닐까."

"…글쎄."

옆에 앉아 있는 석원이를 한번 쳐다보고는 다시 팔에 턱을 묻었다. 사실은 그런 생각이 아주 조금 들었었다. 이것도 꿈이 아닐까, 이것도 언젠가 끝나게 되고 나는 생각도 못했던 상황 속으로 들어가 버리는 건 아닐까.

"아니야, 아니야. 이제 그런 건 아닐 거야. 그치? 앞으로는 이렇게 옆에 있을 거지?"

훗, 하고 웃는 소리가 들려왔다. 그리고 날 향한 목소리도.

"어떻게 옆에 있어줄까?"

가볍게 묻길래 나도 잘, 이라고 가볍게 대답했다. 물론 물구나무서기나 혹은 한쪽 발로 서서 있으라고 말해 줄까도 싶었지만 그때 옆으로 지나치는 사람들이 눈에 보여 대충 대답하고 말았다. 분명히 웃어버릴 거라고 생각하며 다른 쪽을 보고 있는데 예상과는 달리 석원인 이런 농담에도 웃음을 짓지 않았다. 대신 더 조용해진 목소리로 말했다.

"…나와 결혼할래?"

"뭐?"

놀라서 고개를 돌리니 그 소리가 꽤 컸는지 석원이가 이마를 찌푸린다. 그제야 질문의 뜻을 정확히 파악할 수 있었다. 하지만 이렇게 느닷없이 결혼에 대한 말을 꺼낼 거라고는 생각도 못하고 있어서 당황할 수밖에 없었다. 찡그린 얼굴로 담배를 꺼내는 것을 보고 있다가 사실 고민할 일도 아니라는 생각에 대답했다.

"그러지 뭐."

"……."

불을 붙이려던 담배를 입에서 빼내긴 했지만 대답 자체가 썩 마음에 드는 것은 아닌가 보다. 장난한다고 생각했는지 내 쪽을 무표정하게 쳐다보더니 다시 물어왔다.

"날 사랑하냐?"

그 표정을 보고 있으니 어이가 없어지고 말았다. 지금 이게 청혼을 한답시고 분위기 잡고 있는 것인지 혹은 꼬투리 잡아 싸우자는 것인지 파악이 되질 않는다. 쥐고 있던 초콜릿을 한입 베어 우물거리며 나 또한 최대한 성의없이 대답해 주었다.

"아닌데, 아직 그 단계까지는 못 갔어."

"훗."

다리를 길게 뻗으며 뒤로 손을 짚던 석원이는 오른손에 들린 담배를 손가락 사이에 끼워 빙빙 돌리기 시작했다. 그리고는 어느 순간 힘을 주어 부러뜨리고 만다. 갑작스러운 모습에 순간 내가 분위기 파

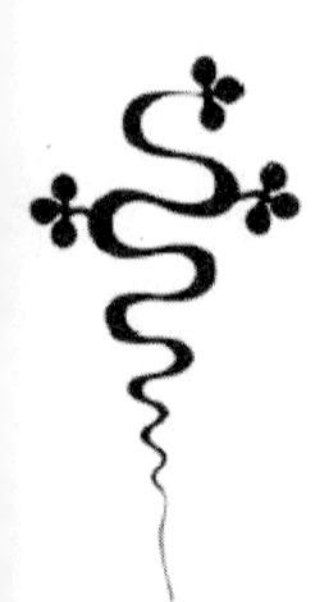

악을 잘못한 건가 하는 걱정이 들었다. 석원이 딴에는 이 무안한 상황을 잘 넘겨보겠다고 노력한 것인지도 모르는데 내가 판을 헝큰 것일지도 모른다는 생각이 들었던 것이다.

부러진 담배를 옆으로 던지더니 이제 라이터를 꺼내어 끄고 켜기를 반복하는 석원이. 입가에 은은하게 냉소가 자리하고 있는 것을 보니 아무래도 내 짐작이 맞는 모양이다. 농담이었어, 라는 말이라도 한마디 해줘야겠다 싶어 막 입을 열려고 하는데 그보다 조금 더 빨리 석원이가 말을 꺼냈다.

"…상관없어. 넌 나랑 결혼할 거니까. 그때부터 사랑하면 돼."

"……."

그게 아니라고 말하고 싶었다. 물론 아직은 꿈속 고등학교 시절의 연장선상에 있는 것처럼 건전과 신뢰 속에서 만남을 구축하고 있긴 했지만 그래도 결혼하고 난 뒤에 사랑해 보지 뭐, 이런 감정은 아니라는 것을 말해 주고 싶은데 뭐라고 해야 할지 감이 잡히지 않았다. 그래서 한껏 이마를 찌푸리며 그냥 확 사랑한다고 말해 버릴까, 하는 생각을 하고 있는데 그때 다시 들려오는 석원이의 목소리.

"그리고……."

"……."

"…그때부터 거짓말 안 하면 돼."

"……."

"……."

"지석원."

"어."

"죽을래?"

"훗."

웃음과 함께 그 자리에서 일어서는 석원이. 손을 들어 한곳을 가리키며 해 나온다, 라고 말한다. 그 소리에 지금까지 있었던 말장난도 잊어버리고 나 또한 흥분되어 자리에서 일어섰다. 수평선에 걸린 조그마한 붉은빛. 강렬한 주홍빛의 아침해는 그렇게 서서히 모습을 드러내고 있었다.

"우와, 정말 멋지다."

생각보다 빠르게 떠오르는 태양을 보며 이제 눈이 부셔와 손을 들어 가리고 있는데 옆에 있던 석원이가 내 머리를 바바박 헝클더니 곧 어깨를 안았다. 나란히 서서 바다를 비추는 해를 보자니 꿈속에서 해질 무렵의 정동진 모래사장에 앉아 있던 그때가 생각났다. 그리고 내 귀에 계속해서 가물거리던 노래까지도.

Remember yesterday. Walking hand in hand Love letters in the sand.

지난날을 떠올려 봐요. 손을 잡고 걸으며 모래 위에 사랑의 편지를 쓰던 그때를.

그날, 바닷가 모래사장을 걸어 다시 돌아오던 때, 내내 생각했던 Skid Row의 노랫소리.

I remember you. Through the sleepless nights and every endless day.

전 당신을 잊지 않아요. 잠 못 이루던 밤들과 끝없이 느껴지던 날들.

I' d wanna hear you say I remember you.

전 당신이 절 잊지 않고 있다는 말을 듣고 싶었어요.

I remember you… I remember you. 나는 석원이를 보며 생각했다. I remember you…

그리고…

"오세령."

"어."

"…사랑한다."

석원이도 나를 보며 생각했을 것이다. I remember you. 언제까지나, 영원히.